Über die Autorin:
Was wollen wir? Und vor allem: Was brauchen wir? ... In ihren Romanen begibt sich Henriette Krohn auf Spurensuche. Selbstfindung und Akzeptanz sind die Themen, die ihre Figuren in der Mitte des Lebens – mutige Frauen, sensible Männer – umtreiben. Sie selbst ist eine Getriebene. Nach ihrem Journalistikstudium in Madrid arbeitete sie als Pressesprecherin auf Konzernebene. Sie internationalisierte die Medienbeziehungen und steuerte die Krisenkommunikation. Bis sie schließlich ihrem Ruf als Schriftstellerin folgte. Wenn sie nicht zur Feder greift, schlägt ihr Herz für Design, Kunst und Architektur. Die Autorin lebt mit Mann, zwei Töchtern und einer Handvoll Tiere zwischen Südwestdeutschland und Südnorwegen.

HENRIETTE KROHN

Pinguine fliegen nur im Wasser

ROMAN

Besuchen Sie uns im Internet:
www.droemer-knaur.de

Originalausgabe Juli 2025
© 2025 Knaur Verlag
Ein Imprint der Verlagsgruppe Droemer Knaur GmbH & Co. KG
Maria-Luiko-Straße 54, 80636 München

Redaktion: Regine Weisbrod
Covergestaltung: www.martinabaldauf.de
Coverabbildung: Collage von Martina Baldauf unter
Verwendung verschiedener Motive von stock.adobe.com
Satz und Layout: Sandra Hacke, Dachau
Druck und Bindung: GGP Media GmbH, Pößneck
ISBN 978-3-426-56026-6

Kontaktadresse nach EU-Produktsicherheitsverordnung:
produktsicherheit@droemer-knaur.de

2 4 5 3 1

TEIL 1

Büros

*D*as mit den Uhrzeigern ist so eine Sache: Manchmal bewegen sie sich ganz schnell. Wenn man zum Beispiel schön beim Spielen ist und man hat die Betten im Puppenhaus gemacht und will die kleinste Puppe – die mit der rosa Mütze und dem hellblauen Anzug – gerade schlafen legen. Dann ist plötzlich schon Zeit fürs Abendessen, obwohl es sich so anfühlt, als hätte man eben erst mit dem Spielen angefangen. Heute dagegen ist die Zeit zwischen den kleinen Strichen, die die Minuten anzeigen, viel, viel länger. Dabei mag sie das Klicken, das der große Zeiger macht, wenn er weiterzieht.

Seit mehr als zwei Stunden sitzt sie jetzt hier. Die Uhr hat sie erst vor einigen Wochen gelernt, und zwar ganz schnell – schneller als die anderen in der Klasse. Und deshalb weiß sie das auch. Also, dass der lange Zeiger schon zweimal um den großen Kreis gewandert ist.

Sie schaut wieder auf ihr Heft und schreibt die Zeile mit dem Buchstaben *H* zu Ende, radiert die letzten drei aber wieder weg. Alle H-Buchstaben sollen ganz genau gleich aussehen. Das wird Papa bestimmt gefallen. Also noch mal. Zwei lange Striche von oben nach unten, einen kurzen dazwischen. Sie sieht wieder auf die weiße Uhr mit dem schwarzen Rahmen über dem großen weißen Tisch, an dem sie sitzt und dessen Tischplatte kalt ist. Sehr kalt. Zu kalt für die schmalen Unterarme. Der lange schwarze Zeiger zeigt auf die Fünf, der kurze sitzt gerade zwischen der Sieben und der Acht.

Das Mädchen gähnt. Sie möchte in den Gang gehen und einen Krankenpfleger fragen, wann ihr Papa kommt. Doch das würde der bestimmt nicht gut finden. Vorhin ist sie kurz auf den Gang gehuscht, zur Toilette gegenüber. Trotz der Dunkelheit draußen vor den Fenstern war da noch alles voller Menschen. Einige wurden in Betten über den Gang geschoben. Die Räder unten an den Gestellen quietschten. Frauen und Männer liefen an ihr vorbei, und das Mädchen musste sich einen Weg zwischen ihnen bahnen, um zu dem Raum mit dem *W* und dem *C* zu gelangen. Warum *W* und *C* Toilette hieß, überlegte sie, als sie den Gang überquerte, der sich anfühlte wie der Fußgängerweg vor der Schule vor Unterrichtsbeginn.

Als sie die Klinke schon in der Hand hielt, kam ihr Papa vorbei, und sie freute sich. Im Gehen las er etwas auf einem Brett, das er in den Händen hielt. Er hätte sie nicht bemerkt, wenn sie ihn nicht gerufen hätte. Papa blieb stehen, drehte sich um und sah sie an. Verwirrt. Und so, als würde er sie gar nicht erkennen.

»Ich bin müde, Papa. Kommst du bald?«, hat sie vorsichtig gefragt, ein leises *Bitte* hinzugefügt und sich an der Türklinke der Toilette festgeklammert.

Papa blinzelte und sah sie an. »Ach so, ja. Stimmt.« Er fuhr sich mit den Händen über den Stoppelbart am Kinn. »Noch ein bisschen, nur noch ein bisschen. Hast du deine Hausaufgaben schon fertig? Mach deine Aufgaben, bis ich komme, und wenn du das hinbekommst, dann holen wir uns was bei McDonald's, okay?«

Ihre Antwort wartete er nicht ab, weil da schon wieder jemand nach ihm rief.

Eigentlich ist sie mit ihren Hausaufgaben schon lange fertig. Eigentlich will die Lehrerin auch nicht, dass sie vorarbeiten. Wenn sich das Mädchen aber entscheiden muss, wessen Schimpfen sie schlimmer findet – das von der Lehrerin oder das von Papa –, dann ist das ganz klar.

Deshalb hat sie sich auch an den Buchstaben H gesetzt, obwohl der noch gar nicht dran ist. Doch sie gehen sonst nie zu McDonald's.

Deshalb will sie jetzt nichts falsch machen, weil sie auch mal ein Happy Meal möchte. Lisa aus ihrer Klasse hatte letztens eine Spielfigur daraus dabei. Eine Susi aus *Susi und Strolch*, die in einer kleinen Hundehütte saß und die man mithilfe eines Knopfes nach draußen schieben konnte. So was will sie auch.

Also schreibt sie Buchstabe um Buchstabe. Radiert, korrigiert, spitzt den Bleistift, schreibt weiter. Sie wird wirklich immer besser. Das ist gut, aber noch nicht perfekt. Weil ihr die Augen langsam wehtun. Wie wenn sie sie ganz lange auflässt, um zu sehen, wie viele Sekunden sie es ohne Blinzeln schafft. Ihre Stirn wandert immer weiter Richtung Heft. Bis die Buchstaben verschwimmen und …

»Na, du bist ja immer noch hier!«

Sie erschrickt und dreht den Kopf in Richtung Tür, durch die ein großer Mann in einem weißen Kittel und mit vielen dunklen Haaren tritt. Den kennt sie ganz gut. Er arbeitet nämlich nicht nur für ihren Papa. Er wohnt auch in dem großen Haus neben dem der Großeltern. Sie findet es komisch, dass er schon Arzt ist. Er sieht nämlich gar nicht so aus, und, na ja, welcher Erwachsene wohnt denn noch bei seinen Eltern. Er wirkt eher wie der kleine Cousin von ihrem Papa. Der geht noch in die Schule für Erwachsene, die Universität heißt, und alle nennen ihn den *Nachzügler*. Was ein komisches Wort ist, findet sie.

Sie kann sich nicht mehr an den Namen des Arztes erinnern, aber dass er nett ist, das weiß sie. Einmal hat sie im Garten der Großeltern geschaukelt, und da haben sie sich über den Gartenzaun hinweg unterhalten. Er war lustig und gar nicht so unfreundlich, wie die Großmutter immer behauptete.

Im Moment lächelt er allerdings nicht. Die dicken Augenbrauen sehen wie die Raupe Nimmersatt aus. Dazwischen ist eine Falte, als er an die weiße Küche tritt und sich einen Kaffee in eine weiße Tasse schüttet. Irgendwie ist hier alles weiß, bemerkt das Mädchen. Sie war noch nicht oft in diesem Raum und nie lange genug, dass sie das mit dem Weiß hätte bemerken können. Aber so ist das. Alles ist glatt und kalt und vor allem weiß. Bis auf die Uhr.

Vielleicht, weil die Uhr und die Zeit für die Leute hier so wichtig sind. Für Papa ist das auf jeden Fall so. Bei seiner Arbeit ist jede Bewegung des großen Zeigers wichtig. Warum, weiß sie nicht genau. Aber sie weiß, dass es so ist.

Der große Mann mit den wilden Haaren kommt zu ihr und setzt sich auf den leeren Stuhl ihr gegenüber. Auf der linken Wange sieht das Mädchen einen großen braunen Fleck, der wie eine Sonne aussieht. Also, er hat keine Strahlen oder so. Aber das hat die Sonne in echt ja auch nicht. Dunkelbraun ist der Fleck drinnen, und draußen wird er heller. Sie mag die Sonne und den Sommer. Und das Freibad, wo sie so gerne hingeht. Was jetzt im Winter nicht geht und sonst auch nicht so oft. Auch wegen der Zeit. Weil Papa nämlich nur ganz wenig davon hat. Und Mama sogar noch weniger.

»Solltest du nicht schon lange zu Hause sein?« Der Mann holt eine Packung Mini-Goldbären aus der Tasche seiner weißen Jacke und legt sie auf das Heft mit den Buchstaben. Ob ihr Papa wohl auch Gummibärchen in seinem Kittel hat? Das kann sich das Mädchen nicht vorstellen. »Ist doch schon fast acht«, spricht der Mann weiter, und sie findet, dass seine Stimme zu tief ist. Also, zu tief dafür, dass er ein bisschen wie der *Nachzügler* aussieht.

Sie greift nach der kleinen Plastikpackung. Ihr Magen knurrt, aber das mit den Gummibärchen findet Papa bestimmt nicht in Ordnung. Also legt sie die Packung zurück auf das Heft.

»Ich warte auf meinen Papa«, antwortet sie.

Eigentlich will sie noch viel mehr sagen. Dass ihre Mama zurzeit vor allem nachts arbeiten muss, weil sie nämlich einen noch viel wichtigeren Job in ihrer Abteilung bekommen hat und jetzt noch viel mehr gebraucht wird als vorher. Dass sie eigentlich bei ihren Großeltern schlafen sollte. Aber Aga ist zu ihrer Mutter nach Polen gefahren, und deshalb geht das da heute nicht. Aga ist die Haushälterin von Oma und Opa und der liebste Mensch überhaupt. Wenn das Mädchen mittags von der Schule zu ihren Großeltern kommt, hat Aga meistens schon was gekocht. Manchmal mag sie das Essen nicht. Aber sie isst es trotzdem. Weil Aga so lieb ist und sie will, dass sie sie mag. Manchmal gibt es auch selbst gebackenen Kuchen, wenn sie Hausaufgaben macht. Immer denselben, und der ist dick und fest im Mund und sehr süß und lecker.

Manchmal wünscht sie sich, dass Aga keine eigene Familie hätte. Dann wäre sie immer bei Oma und Opa, auch Weihnachten und Ostern und überhaupt für immer und ewig. Aber so was darf man sich nicht wünschen, und laut aussprechen darf man es schon mal gar nicht. Auf jeden Fall ist es nicht schön bei den Großeltern, wenn Aga nicht da ist. Und für die Großeltern sind ihre Besuche ohne Aga auch zu anstrengend, hat Mama gemeint. Als ob *sie* anstrengend wäre und nicht Oma und Opa. Oma hat ständig Kopfschmerzen, und man muss ganz leise sein, wenn sie im Raum ist. Und mit Opa fühlt sie sich immer so, als wäre da ein großer, runder Ball in ihrem Bauch. Weil sie nicht weiß, was sie mit ihm reden soll. Weil sie glaubt, dass er das irgendwie auch nicht weiß. Und weil das ja irgendwie nicht geht. Also, einfach gar nichts zu sagen. Manchmal macht sie das trotzdem. Wenn er im Wohnzimmer ist und sie auch, weil sie am Tisch sitzt und Hausaufgaben macht, während Aga putzt. Meistens ist Opa zum Glück nicht da. Aber manchmal eben schon, und dann liest er Zeitung direkt neben ihr, und irgendwann fragt er dann was über die Hausaufgaben oder so. Und dann antwortet sie. Aber nicht so, wie sie Aga antworten würde. Was sie sagt, muss sie aus dem Mund pressen, und meistens denkt sie danach darüber nach, dass das, was sie gesagt hat, irgendwie dumm war. Deshalb hat sie sich angewöhnt, nur ganz kurze Antworten zu geben.

Wegen der Sache mit Aga ist sie dann nach der Schule anders als sonst also nicht zu den Großeltern gegangen, sondern zu ihrer Freundin Lisa. Der Papa der Freundin hatte Pfannkuchen gebacken, die er dick mit Erdbeermarmelade bestrich. Sie haben mit den Polly Pockets gespielt und die vielen kleinen Schatullen mit den winzigen Püppchen auf dem warmen Holzboden des Kinderzimmers zu einer großen Welt aufgebaut. Das hatten sie schon am Morgen in der Schule besprochen, Lisa und sie.

Später am Nachmittag hat Lisas Mutter sie in Papas Krankenhaus gefahren, weil Lisa noch zum Flötenunterricht musste. Sie hat sich am Empfang von ihr verabschiedet, und von dort aus ist das Mädchen zu Papas Station gegangen und ein bisschen stolz gewesen, weil sie den Weg ganz allein gefunden hat. Das würde Papa bestimmt toll finden. Doch als der sie am Aufzug abholte, sagte er nicht viel. Stattdessen brachte er sie hierher in das weiße Zimmer mit der Uhr und der kalten Tischplatte und sagte, sie solle warten, bis er fertig war. Und dass sie nicht erschrecken solle, wenn auch andere Ärzte reinkommen, weil sie sich das Büro ja teilen würden. Lange würde er nicht mehr brauchen, das sagte er auch.

Sie zwinkert einige Male, als sie jetzt wieder an Aga und das Haus der Großeltern denkt. An Agas viele helle Haare, die sie manchmal bürsten und frisieren darf. Und an den Geruch von Opas Büro. Eigentlich darf sie dort nicht rein. Aber manchmal tut sie das doch, weil er einen großen alten Globus hat, den sie sich gerne ansieht. Dafür muss sie auf den Lederstuhl klettern, der vor Großvaters riesigem Holzschreibtisch steht.

Dort sind nicht nur viele interessante Sachen, sondern es riecht auch schön. Nach dem Papier des Zeitungsstapels, der immer auf dem Tisch liegt. Aber auch ein bisschen nach dunkler Schokolade, die er in einer der Schreibtischschubladen ganz oben versteckt. *Herrenschokolade* steht auf der schwarzen Verpackung mit der goldenen Schrift. Sie würde niemals ein Stück davon nehmen. Aber sie riecht gerne daran.

Wieder knurrt ihr der Magen, und der Mann mit dem Sonnenfleck auf der Wange und der tiefen Stimme ihr gegenüber greift zu der Packung mit den Gummibärchen. Er öffnet sie, schüttet sie auf das Heft und wirft sich ein grünes Bärchen in den Mund.

»Die Grünen sind die besten, find ich. Na komm, greif zu. Das bekommt dein Papa schon nicht mit.«

Eigentlich soll sie von Fremden keine Süßigkeiten annehmen. Aber so richtig fremd ist der Mann ja dann auch wieder nicht. Er ist sehr nett. Und er arbeitet mit Papa. Außerdem ist das Magenknurren mittlerweile so laut, dass der Mann das bestimmt hören kann. Also greift sie nach den Süßigkeiten und wirft sich alle Bärchen auf einmal in den Mund. Der Mann lächelt. »So, und wie wär's denn, wenn du dich jetzt ein bisschen ausruhst?«

Sie sieht zu, wie der Sonnenfleckenmann aufsteht, zu einem Schrank geht und zwei weiße Decken und ein Kissen daraus hervorholt. Er legt die eine Decke und das Kissen auf das Sofa, das in der Ecke steht. Dann winkt er sie zu sich. Das Mädchen überlegt. Ob Papa das in Ordnung findet?

Beim Schlafen macht sie keinen Lärm. Und schmutzig macht sie auch nichts. Außerdem brennen ihre Augen, und die weißen Decken sehen warm aus und nach Schlafen. Deshalb schließt sie ihr Heft, räumt die Stifte in ihr Mäppchen und beides in den Ranzen, geht zu dem Mann, legt sich auf das Sofa und lässt sich zudecken. Es ist hart, das Sofa. Die Decken und das Kissen riechen auch nicht so gut. Irgendwie sauber, aber nicht besonders gut. Sie sehnt sich nach dem Bett in ihrem Zimmer im Haus der Großeltern. Die Matratze dort ist weich, und Aga hat über dem Bett eine Lichterkette an die Wand gehängt. Und einen Rahmen mit einem Stickbild, das sie selbst gemacht hat, nur für sie ganz allein.

»Pinguine fliegen nur im Wasser« ist mit bunten Fädchen auf

den Stoff in dem ovalen Rahmen gestickt. Und sie freut sich schon darauf, wenn sie alle Buchstaben davon so richtig lesen kann. Obwohl sie natürlich schon weiß, was da steht. Denn den Satz sagt Aga ihr immer, wenn sie traurig ist. *Pinguine fliegen nur im Wasser,* sagt sie. *Und irgendwann kannst du das auch, das weiß ich.* So richtig versteht sie das noch nicht. Aber dass es sich gut anfühlt, wenn Aga das sagt, das versteht sie.

In ihrem eigenen Zimmer zu Hause bei Mama und Papa hätte sie auch gern so ein Stickbild und eine Lichterkette. Aber als sie Mama davon erzählte, hat sie nur ganz komisch gelächelt und gefragt, ob das nicht *irgendwie kitschig* sei. Und da hat das Mädchen genickt und leise zugestimmt. Trotzdem wäre ihr selbst ihr Zimmer ohne Lichterkette jetzt lieber als das harte Sofa und die Decken, die so komisch riechen.

Aber sie ist nun mal hier. Also legt sie sich hin und schließt die Augen, während der Mann sie zudeckt. Und Decken und das Kissen sind besser als der harte Stuhl und die kalte Tischplatte. Sie steckt sich den Daumen in den Mund, obwohl sie das schon ganz lange nicht mehr gemacht hat. Das Mädchen erschrickt und hofft, dass der Mann mit dem Sonnenfleck deshalb nicht über sie lacht. Doch als sie zu ihm aufblickt, sieht er sie einfach an und lächelt und streicht ihr mit den großen, warmen Händen über den Kopf. Und sie drückt ihr Haar gegen seine Hand wie eine kleine Katze und schließt die Augen.

»Schlaf ein bisschen«, sagt er, geht zur Tür und drückt die Klinke herunter. Als er den Raum verlässt, hört er schon gleichmäßige, tiefe Atemzüge von dem kleinen Kopf auf dem weißen Kissen.

»Armes Kind«, murmelt er noch und schließt langsam die Tür hinter sich.

Armes Kind, echot seine Stimme im Kopf des Mädchens.

1

BERLIN-MITTE 2024

Nasse Socken. Jetzt hat er wirklich nasse Socken an den Füßen. Und das Schlimmste: Die Nässe kommt noch nicht einmal vom Wasser der Dusche, das sich auf den Marmorfliesen der Umkleidekabine gesammelt hat, sondern von seinem eigenen Schweiß. Vincent überlegt, ob er es nach Hause schaffen kann, um sich ein neues Paar zu holen. Dann müsste er nicht den ganzen Tag darüber sinnieren, ob jeder, der sich ihm nähert, den leicht süßlichen Gestank seiner Socken bemerkt.

Doch das Team-Meeting hat er für 7.30 Uhr angesetzt. Es ist 7.10 Uhr. Was bedeutet, dass die Zeit nur noch für den Gang vom Fitnessstudio direkt ins Büro ausreicht. Zu spät kommen ist so ausgeschlossen, dass ihm der Gedanke daran ein Lächeln entlockt. Zu spät kommen. Er. Natürlich ist das ausgeschlossen. Seine Mitarbeiter dürfen gar nicht erst auf die Idee gebracht werden, dass Zuspätkommen überhaupt eine Option wäre.

Vincent beugt sich hinunter, um nach seinem hellbraunen Lederschuh zu greifen. Mit verschwitzten Socken in Fünfhundert-Euro-Schuhe zu steigen ist das Allerletzte. Wie ihm ein solcher Fehler hat unterlaufen können, ist ihm ein Rätsel. Hat er gestern nicht ein frisches Paar der dunkelblauen Gucci-Socken neben seine Sportsocken in die Tasche gepackt? Und falls nicht: Wie hat er etwas so Fundamentales wie ein frisches Paar Socken vergessen können? Heute Abend würde er seine Abendroutine noch einmal kontrollieren.

Er sieht zu dem Mann gegenüber, der in engen weißen Boxershorts vor dem bodentiefen Spiegel steht, beobachtet, wie er sein

Haar mit einem dünnzinkigen Kamm nach hinten und über die kleine helle Stelle am Hinterkopf kämmt. Missmutig blickt Vincent auf die frischen weißen Socken mit den zwei schwarzen Strichen am oberen Rand, die der Muskelprotz an den Füßen trägt und die wiederum in schwarz-weißen Adiletten stecken. Sogar die wären jetzt besser als gar keine Socken.

Wobei … Vincent neigt den Kopf ein wenig nach rechts … Ist das auf der rechten Socke ganz oben eine winkende Gurke? Der Mann dreht sich währenddessen erst nach links, dann nach rechts, schürzt die Lippen und wackelt mit jeder Seite der Brustmuskeln. Dasselbe wiederholt er mit den Muskeln der Oberschenkel und abschließend mit denen des Hinterns. Als er Vincents Blick bemerkt, zwinkert er ihm zu und macht den Ansatz eines Kussmunds.

Vincent hebt die Brauen und nickt dem Mann höflich zu. Was ohne Zweifel eine unangemessene Reaktion auf den Flirtversuch ist. Leider hat er keine Ahnung, wie man auf einen Kussmund sonst reagiert. Egal, ob der von einem männlichen oder weiblichen Mund ausgeht. Aber ein höfliches Nicken ist ganz klar unangemessen. Warum muss er auch immer so steif sein? Warum nicht einfach zurücklächeln?

Das geht natürlich auch nicht. Das würde einen falschen Eindruck erwecken. Was Vincent anscheinend ohnehin schon getan hat, denn jetzt dreht der Typ sich zu ihm um, und bevor der überhaupt ansetzen kann, etwas zu sagen, rafft Vincent seine Sachen zusammen und läuft aus der Umkleidekabine. Dabei erzeugen seine noch immer feuchten Socken sanft quietschende Geräusche in den handgenähten Schuhen, was Vincent erneut erschaudern lässt.

Wahrscheinlich ist ihm das grobe Socken-Versäumnis nur passiert, weil Katharina am vorigen Abend nicht auf seine Mail mit der Präsentation geantwortet hat. Das hat ihn beunruhigt. Sonst antwortete sie innerhalb einer Stunde. Immer. Wenn sie nicht gerade im Bett neben ihm liegt und ihm dort erklärt, dass er hervorragende Arbeit geleistet hat. Auch die Präsentation bezüglich der Kostenreduzierung bei *Solanika* ist ganz klar hervorragend. Dafür haben Vincent und sein Team gesorgt.

Oder sind ihre Empfehlungen doch zu harsch gewesen? Schließlich wird das Unternehmen demnach fünfhundert Arbeitsplätze streichen müssen, um überleben zu können. Eigentlich ist es unwahrscheinlich, dass Katharina das beeindruckt hat. So schnell lässt sie sich nicht schocken. Und der Rest der Geschäftsführung auch nicht.

Haben sie irgendetwas anderes nicht bedacht? Oder – noch schlimmer – einen Fehler begangen? Selbst wenn sechzehn Augen jede Rechnung mehrmals prüfen, kann sich doch immer ein Fehler einschleichen. Ein Fehler, den er finden und ausmerzen würde, ganz klar. Und dessen Verursacher er ebenfalls ausfindig machen und dem er kurz, aber konsequent den Kopf waschen würde. Trotzdem wäre ein Fehler, egal welcher Art, unangenehm. Nein, nicht unangenehm. Inakzeptabel.

Als er an der Rezeptionistin des Fitnessstudios vorbeigeht und sich wie jeden Tag ihr kleines Lächeln abholt, kann er durch die bodentiefen Fenster am Ende der Berliner Skyline einige Sonnenstrahlen erkennen, die sich durch eine kleine Lücke zwischen den tief liegenden, dunklen, geladenen Aprilwolken zu kämpfen versuchen. Die aber sofort wieder verschluckt wird.

Die Sport- und Laptoptasche über der Schulter, betritt Vincent den Aufzug. Und gerade als sich die Türen schließen, kann er durch die metallenen Wände ein lautes Donnern erahnen.

Im Erdgeschoss angekommen, sieht er durch die großen Glasfenster, wie sich Passanten unter einem Vorsprung des Gebäudes gegenüber vor den Sturzfluten zu retten versuchen, die jetzt vom Himmel fallen. Ha, Amateure. Er schlägt den Kragen seines beigefarbenen Trenchcoats nach oben und greift in seine braune Laptoptasche, weil er ja grundsätzlich …

Erst nach einigen Sekunden bemerkt er, dass er ins Leere greift. Okay, vielleicht nicht ins Leere. Doch im hinteren Teil der Tasche, wo sonst sein Regenschirm liegt, findet er nur Geldbeutel, Brillenetui und eine Packung plastikfreier Kaugummis. Er schaut auf die schwere silberne Uhr am Handgelenk. Noch zehn Minuten. Also lässt er die Tasche mit dem Laptop von der Schulter gleiten und nimmt deren Inhalt auseinander. Nur um festzustellen, dass er seinen Schirm tatsächlich nicht finden kann. Was ist das denn bitte für ein Morgen? Erst das mit den Socken und jetzt auch noch das hier.

In der Mitte der Straße haben sich bereits riesige Pfützen gebildet, in denen sich die bunten Lichter der neuen Edelbäckerei gegenüber spiegeln, deren Duft sich selbst durch die Regenwand hindurch bis zu ihm herüberstiehlt.

Er greift ein weiteres Mal in die Laptoptasche, um zu überprüfen, ob er wenigstens die Flasche mit dem Proteindrink eingepackt hat, den er sich nach dem Teammeeting gönnen wird. Doch. Zumindest die ist dort, wo sie sein soll. Auch wenn es das Einzige ist, was an diesem Morgen zu klappen scheint.

Im Eingang des modernen Gebäudes stehend, in dem sich sein Fitnessstudio befindet, sieht er sich um. Unwahrscheinlich, jetzt an ein freies Taxi zu kommen. Vor allem, wenn er pünktlich sein will. Also nimmt er die Tasche mit dem PC unter seinen Mantel und macht sich bereit, die fünf Minuten zum Büro auf höchstens drei zu reduzieren.

Entgegen seinen Berechnungen erreicht er erst nach vier Minuten das Foyer des Bürogebäudes und muss der Tatsache ins Auge blicken, dass er weitaus nasser ist, als er kalkuliert hat. So nass, dass seine Schuhe jetzt laut schmatzende Geräusche von sich geben, als er über den glänzenden Granitboden läuft. Neben dem herben und immer etwas zu starken Raumerfrischer des Firmenfoyers riecht es heute nach nassen Jacken und feuchter Luft. Es dauert einige

Sekunden, bis Vincent seinen Mitarbeiterausweis aus der feuchten Hosentasche bekommt, um durch die Schranke in Richtung Fahrstuhl gehen zu können. An ihm vorbei läuft eine junge Anwältin, die neu in der Rechtsabteilung ist. Alba Yung heißt sie, wenn er sich richtig erinnert. Sie hat sie bei der Sache mit *Solanika* sehr gut beraten, deshalb lässt Vincent sie mit einem freundlichen Nicken vor sich durch die Schranke.

Als er allerdings seine kleine dunkelgraue Karte an das dafür vorgesehene Lesegerät hält, blinkt ein rotes Licht auf. Okay, das ist endgültig genug für heute. Er hält die Karte erneut an das Lesegerät, dann ein drittes Mal. Nur, um kopfschüttelnd die Karte in die Höhe zu heben und sich dem Tresen des Sicherheitsbeauftragten zu nähern. Doch da sitzt nicht Andreas, sondern dessen Aushilfe. Ein junger Mann, von dem Benjamin gerne sagt, dass er wie eine lebendig gewordene Fleischwurst aussieht.

Obwohl der Kommentar politisch unkorrekt, überheblich und deshalb sehr typisch für Benjamin ist, muss er seinem Mitarbeiter recht geben. Der junge Mann hat tatsächlich etwas Fleischwurstiges. Doch so ist Benjamin. Überheblich, aber zu einhundert Prozent treffsicher, was seine Beobachtungen betrifft. Und alles andere eigentlich auch.

Deshalb hat Vincent ihn in sein Team geholt, obwohl er erst vierundzwanzig und damit der Jüngste seiner sieben Mitarbeiter ist. Wobei das Alter letztlich keine Rolle spielt, wenn es um *Performance* geht. Schließlich hat Vincent vor zehn Jahren in genau demselben Alter angefangen und von Beginn an als High Performer gegolten. Was ihn, wenn alles so weitergeht, schon innerhalb der nächsten Jahre noch eine Etage höher in die Geschäftsführung katapultieren wird.

Doch eins nach dem anderen. Jetzt gilt es erst einmal, diesen Unglücksmorgen hinter sich zu bringen. Das kann ja wohl nicht so schwer sein.

2

*N*och mal laden. Ich wiederhole: noch mal laden, dann Granate abfeuern. Ja, direkt reinwerfen in die *Motherfucker.* Ganz hinten in dem Rucksack ist genug Sprengstoff, damit wir den ganzen Laden in die Luft …«

Die trüben Augen hinter der schmutzigen Brille des Sicherheitsbeauftragten treffen auf die von Vincent. Er reißt sich das Headset vom Kopf und setzt sich gerade auf seinen Stuhl, während er immer wieder blinzelt. Hat der Typ gerade tatsächlich irgendein Online-Game gespielt, statt sich um die Sicherheit des Gebäudes zu kümmern? Und was ist das überhaupt für ein Aufzug, den er sich da erlaubt? Vincent senkt den Blick, um die Schrift lesen zu können, die auf dem schwarzen T-Shirt unter der dunkelblauen Weste mit dem Emblem der Sicherheitsfirma steht. *Irgendwas ist faul hier,* ist da zu lesen. Und darunter: *Oh, das bin ja ich.* Zwischen beiden Sätzen ist ein Faultier zu sehen, das eine Kaffeetasse in der Hand hält und ihm, Vincent, damit zuprostet. Erst die Sockengurke und jetzt das Faultier. Vincent schüttelt den Kopf und knallt statt eines angemessenen Kommentars seine Karte auf den Tisch. »Die funktioniert nicht. Bitte klären Sie das.«

Der junge Mann scheint kein Fan von Blickkontakt zu sein. Stattdessen starrt er auf die Karte, hebt die Schultern, als wolle er den Kopf dazwischen verstecken, und zieht das Plastikstück zu sich über den Tresen. Nach einigen Momenten räuspert er sich und schiebt sie langsam und vorsichtig zurück zu Vincent. »Ihre Karte ist gesperrt.«

Die Worte wurden fast geflüstert, und rote Flecken bilden sich auf Wangen und Hals des Mannes. Vincent vermutet, dass das hier das Worst-Case-Szenario für die Aushilfe ist. Eine nicht funktionierende Karte bedeutet tatsächlichen Kundenkontakt und eine gewisse Problemlösungskompetenz. Und beides scheint nichts zu sein, was der Faultier-Enthusiast sonderlich gut bewältigen kann.

Vincent atmet tief ein und aus. »Dann sorgen Sie dafür, dass sie entsperrt wird. Ich muss in …«, Vincent hebt noch einmal den Arm mit der schweren Uhr und blickt darauf, »… zwei Minuten oben im Büro sein.«

»Aber im Computer steht, dass ich oben anrufen soll, wenn …«

»Jetzt machen Sie schon die verdammte Schranke auf, mein Gott. Sonst sind Sie Ihren Job los, noch bevor ich überhaupt am Fahrstuhl ankomme.« Vincent zeigt drohend mit dem Handy auf den jungen Mann, auf dessen Namensschild Dennis Zimmermann steht. Er ist selbst überrascht von seinem aufbrausenden Kommentar, versucht, die Schultern wieder zu lockern, und rückt kurz seine dünne Krawatte zurecht. Sein Verhalten dem Faultier gegenüber war unsinnig. Wirklich unsinnig. Andererseits ist das heute eine Extremsituation. Die Socken, der Regen und jetzt auch noch das mit der Karte. Sehr unvorhersehbar das alles, sehr unvorhersehbar.

Zumindest drückt der junge Sicherheitsbeauftragte mit einer fahrigen Bewegung und aufgerissenen Augen gleich mehrmals auf den Knopf, um Vincent die Schranke zu öffnen.

Der geht zum Aufzug, und als dessen Tür schon fast geschlossen ist, drängt sich eine durchnässte Person hindurch, die Vincent erst auf den zweiten Blick als seine Assistentin identifiziert. Außer Atem wischt sich Diana einige Male mit dem Ärmel ihres Mantels über die Brille mit dem pinkfarbenen Gestell, bevor sie sie wieder auf die Nase setzt.

Als sie sieht, wer da neben ihr steht, erstirbt das souveräne, immer leicht abgeklärte Lächeln, mit dem sie sonst die Welt betrachtet. Seinem Blick ausweichend äußert sie einen kleinlauten Gruß, räuspert sich und blickt dann zwinkernd auf die Anzeige des Aufzugs, die signalisiert, in welchem Stockwerk sie sich befinden.

Diana ist eine gepflegte Frau Mitte vierzig. Und Vincent vermutet, dass ihr erst jetzt aufgefallen ist, wie verschmiert Wimperntusche und Make-up sind und dass von ihrer zweifellos zeitintensiven Hochsteckfrisur fast nichts mehr übrig ist.

»Sie sind aber früh dran heute«, sagt Vincent in die Stille hinein.

»Stimmt.« Wieder weicht sie seinem Blick aus und nickt. »Mein Mann hat mich gefahren, weil der Wetterbericht so schlecht war, aber das hat mir dann doch nicht so viel gebracht. Leider ...«

Er nickt Diana zu und lächelt.

Als der Aufzug hält und die Türen aufgehen, nickt Diana ihm zu. Nur um dann zügig den Gang hinunter in den offenen Bereich zu eilen, in dem Vincents Team arbeitet. Während er langsam hinter ihr herläuft, denkt er über das nach, was die Teamassistentin gesagt hat. Diana ist also verheiratet. Das wusste er gar nicht. Wobei ... Doch, da war was, letzten Sommer. Hat eine seiner Mitarbeiterinnen nicht von allen Geld eingesammelt, um für Diana ein Geschenk zur Hochzeit kaufen zu können?

Stimmt, Sina war das. Eine Achtundzwanzigjährige, die das Unternehmen schon nach einem halben Jahr wieder verließ. Vincent hat das bedauert. Sehr sogar. Die junge Frau war hochgradig intelligent und auf eine unaufdringliche Art witzig. Eigentlich sind Witz und Charme keine Eigenschaften, nach denen er entscheidet, wenn es um seine Mitarbeiter geht. Aber ihre Art war erfrischend, und er hat sich immer wieder dabei ertappt, sie anderen bei Projekten vorzuziehen. Ihre Kündigung begründete Sina damit, dass sie sich einfach nicht wohlfühle. Dass sie keinen Draht zu den Kollegen aufbauen könne – und zu *Kaiser & Partner* als Unternehmen auch nicht. Dass sie es vermisse, einen eigenen Schreibtisch zu haben.

Vincent geht zur Garderobe seines Teambereichs, nimmt sich einen der vielen leeren Kleiderbügel und entfernt den nassen Mantel von seinem Oberkörper, der an ihm klebt wie eine kalte zweite Haut. Er hängt ihn auf und beobachtet, wie große Tropfen auf den noch trockenen Boden spritzen, die sich dann in mehrere kleine teilen. Zumindest kann er jetzt die nassen Socken nicht mehr fühlen. Er fährt sich mit den Händen über sein zwar nicht ganz trockenes, aber zumindest nur feuchtes dunkelblaues Jackett und sieht sich um.

Ein eigener Schreibtisch. Unverständlich fand er das damals. Und unverständlich findet er das noch immer. Zumindest in dieser Branche. Die Beratung von Unternehmen setzt voraus, dass man kontinuierlich den Blickwinkel wechselt. Dass man niemals zu bequem wird und niemals zu freundschaftlich-nah mit den Kollegen, mit der Firma, mit den Kunden. Dass man sich nie zu sicher fühlt, denn Sicherheit wird schnell zu Bequemlichkeit. Und Bequemlichkeit ist Gift für Veränderungsbereitschaft. An diese Anforderungen hat die Geschäftsführung ihre Büroräume angepasst.

Jedem Team wurde ein Bereich der riesigen, offenen Bürolandschaften zugeteilt, die sich über die fünf Ebenen der Unternehmenszentrale erstrecken. Jeder Mitarbeiter hat wiederum einen eigenen Rollcontainer, den er täglich zu dem Arbeitsplatz bringen kann, der im eigenen Teambereich gerade frei ist.

Vincent findet es geradezu befreiend, dass sein Team nach der Renovierung des Bürokomplexes nicht mehr überall Fotos von Frau / Mann / Kind / Hund / Boot herumstehen lässt, sondern sich aufs Wesentliche konzentriert.

Auch der kahle Sichtbeton des Mauerwerks, die Wände aus Glas, die die Bereiche voneinander abtrennen, und der kühle, graue Steinboden lassen keinen Zweifel daran, dass hier keiner Zeit dafür hat, mal gemeinsam den süßen Katzenkalender durchzublättern.

Vincent lässt den Blick über die leeren, sauberen Schreibtische wandern. Nein, wer hier ist – wer hier sein *darf* –, weiß, was wichtig ist.

Doch Moment mal ... Hier ist ja gar keiner. Vincent sieht sich um, dann hebt er den Arm und blickt auf das schwarze Ziffernblatt seiner Uhr. Es ist 7.30 Uhr. Punktgenau. Wo also sind alle? Der komplette Teambereich ist leer. Selbst Diana scheint irgendwo anders zu sein. Vielleicht ist sie noch kurz auf die Toilette verschwunden, um Haare und Gesicht in Ordnung zu bringen. Doch der Rest? Wo sind denn alle?

Auch in der Kaffeeküche am Ende des Gangs steht nur die Praktikantin eines anderen Teams. Das kann er durch die gläsernen Wände erkennen. Die übrigen Bereiche dagegen füllen sich langsam. Ein wichtiges Unternehmenstreffen hat er also schon mal nicht verpasst. Ein Blick auf sein Telefon zeigt, dass ihm keine Anrufe entgangen sind.

Also zieht er – mittlerweile leicht beunruhigt – seinen Laptop aus der nassen Ledertasche und fährt ihn hoch. Mehrmals und mit ansteigender Wut hämmert er sein Passwort in den Computer. Doch der versucht ihn immer wieder davon zu überzeugen, dass das Kennwort falsch ist. Er blickt sich ein weiteres Mal um, und plötzlich ist da der Mitarbeiter vom Eingangsbereich zusammen mit einem Kollegen, der dreimal so groß und sechsmal so muskulös ist wie die Fleischwurst. Sie kommen auf ihn zu, und während der Hanswurst mit der einen die andere Hand knetet, deutet der Muskelmensch mit dem Finger auf Vincent, während sich überall hinter den Glaswänden die Köpfe in Richtung Vincent drehen.

»Sie! Sie müssen mitkommen.«

3

*S*etz dich, Vincent.«

Katharina geht hinter ihren Schreibtisch und setzt sich auf den ledernen Bürostuhl. Vincent ist sich nicht sicher, ob er sich bewegen kann.

Er will. Will sich von der verschlossenen Tür, durch die die Sicherheitsleute ihn gerade geschoben haben, in Richtung Stuhl bewegen. Doch es geht einfach nicht.

Die Sicherheitsleute, denkt er. Die Wurst und der Muskulöse. Die haben ihn zwischen sich genommen, nach seiner Jacke und seiner Tasche gegriffen und ihn hier ins oberste Stockwerk direkt in Katharinas Büro gebracht. Etwas, das eine solche Maßnahmen rechtfertigen würde, kann nicht ohne sein Wissen geschehen sein. Und dieses Wissen ist definitiv nicht vorhanden. Er hat nichts getan. Außer seine Arbeit. Aber da muss etwas sein, sonst würde Katharina ihn nicht so ansehen. So emotionslos und distanziert sieht sie normalerweise nur aus, wenn ... Nein, das ist unmöglich. Hier muss ein Missverständnis vorliegen. Eines, das er ausräumen wird. Hier und jetzt und gleich und sofort.

Langsam senken sich seine angespannten Schultern wieder, und er ist tatsächlich in der Lage, um die zwei Stühle vor dem großen Schreibtisch herumzulaufen und sich zu setzen. Katharina hat das dunkelblaue, eng sitzende Kleid mit den Dreiviertelärmeln an. Er liebt dieses Kleid. Ihr helles Haar sitzt in einem lockeren Knoten ganz unten im Nacken. Dem delikaten Nacken, den er noch vor zwei Tagen geküsst hat.

Doch da ist noch etwas anderes. Da ist eine eckige Kälte in ihrem Gesicht. Ihre hellblauen Augen, die seinen Blick zwar erwidern, deren Inhalt aber völlig frei ist von Gefühl und Ausdruck.

Aus dem Augenwinkel sieht er eine Bewegung. Als Vincent den Kopf ein bisschen zur Seite dreht, um in den hinteren Winkel des Zimmers zu blicken, ist da nichts. Also dreht er sich zurück zu Katharina und schüttelt leicht den Kopf. Er muss ruhig bleiben, was auch immer sie sagt. Wenn es etwas gibt, das er kann, dann ist es, in heiklen Situationen eine Lösung zu finden.

»Bitte entschuldige, Vincent«, sagt Katharina, verschränkt die Hände ineinander und legt sie auf den Tisch vor sich. Eine Entschuldigung. Vincents Schultern entspannen sich ein wenig mehr. »Eigentlich hatte ich die Sicherheitsbeauftragten darum gebeten, mich vom Empfang aus anzurufen, sobald du ankommst.«

»Okay.« Er lehnt sich nach vorne und hebt die Brauen und bemerkt, dass sein Herz wieder schneller schlägt. Was auch immer jetzt kommt, es wird nicht gut sein. Und da – da ist sie wieder, die Bewegung ganz rechts hinter Katharinas Schreibtisch. Seine Augen schnellen zu dem Punkt, doch wieder ist da nichts. Stattdessen zwinkert Katharina mehrmals und schüttelt kurz den Kopf, als sie sich umdreht, um ebenfalls in die hintere Zimmerecke zu blicken. Sogleich dreht sie sich wieder zurück zu ihm, die Stirn gerunzelt, der Mund leicht geöffnet. Sicher überlegt sie, was es da zu sehen gibt. Doch statt zu fragen, schüttelt sie noch einmal den Kopf, offenbar, um mit dem Programm weiterzumachen, das sie an diesem Morgen verfolgt.

»Da es keinen einfachen Weg gibt, das hier zu tun, komme ich direkt zum Punkt.« Sie greift nach einer schwarzen Mappe, öffnet sie und zieht mehrere Papiere daraus hervor, die sie kurz betrachtet und dann in Vincents Richtung auf den Schreibtisch dreht. Als er liest, was da steht, was da in geraden, scharfen Buchstaben vor seinen Augen erscheint, ist es, als hätte der kleine Stapel Papier all seine Souveränität verschluckt.

»Ich verstehe nicht …« Vincent blickt vom Papier auf und in ihr noch immer kühles Gesicht. Sie schüttelt erneut leicht den

Kopf und verzieht den Mund. Nicht so, als hätte sie ihm gerade nach fünf Jahren gemeinsamer Arbeit aus dem Nichts heraus einen Aufhebungsvertrag vorgelegt. Sondern so, als würde sie ihm nur kurz mitteilen, dass sie heute keine Zeit für ein gemeinsames Mittagessen habe. Kurz presst sie die Lippen aufeinander, bevor sie den Vertrag wieder ein Stück zu sich zieht und mit dem Zeigefinger auf den Stapel pocht.

»Du erhältst eine Abfindung von hundertfünfzigtausend Euro. Das ist mehr als ein Jahresgehalt. Selbstverständlich bekommst du ein hervorragendes Arbeitszeugnis. Das steht zwar nicht im Vertrag, aber das versteht sich von selbst ... trotz allem. Dafür verlässt du das Unternehmen mit sofortiger Wirkung, und«, sie räuspert sich, während ihre blauen Augen kurz die vielen silbernen Ringe ihrer rechten Hand suchen, »natürlich verpflichtest du dich dazu, alle Kundeninformationen und ...«, noch ein Räuspern, »... andere Firmeninterna für dich zu behalten.«

Vincent greift nach dem Vertrag, hält ihn kurz zwischen den feuchten Händen, legt ihn wieder ab und öffnet den Mund. Eine, zwei, drei Sekunden vergehen. Doch nichts, kein Wort will sich zwischen seinen Lippen bilden. Also starrt er sie einfach an und öffnet und schließt den Mund wie ein verblödeter Fisch. Die Stille scheint Katharina jetzt doch unangenehm zu werden.

»Hör zu, Vincent, du weißt selbst, dass du in den letzten Monaten nicht gerade gut in Form warst. Dein Team hat das alles lange genug für dich abgefedert, aber irgendwann kommt selbst für die loyalsten Mitarbeiter der Punkt, an dem sie an ihre eigene Karriere denken müssen. Und vor dem Hintergrund, dass die Firma vor einigen Problemen steht, haben wir entschieden ...«

»Was ... was redest du denn da? Ich verstehe kein Wort von dem, was du da sagst. Meine Form ist wie immer ... war wie immer. Ich ... was ist denn hier los? Liegt das an der Präsentation für *Solanika?* Wenn ja, dann überarbeiten wir die eben noch mal.

Wobei wir uns alle darüber einig waren, dass die Maßnahmen voll und ganz gerechtfertigt sind, wenn es das Unternehmen nächstes Jahr noch geben soll, und ...«

Katharina unterbricht ihn mit einer Handbewegung. »Das betrifft nicht nur die Präsentation, wobei die auch nicht gerade deinem Standard entspricht. Da waren so viele kleine Fehler in den letzten Monaten, dass ich sie gar nicht alle aufzählen kann. Und will. *Bottom Line* ist auf jeden Fall, dass wir dich leider gehen lassen müssen. Ich hoffe, du weißt, dass ich das sehr bedaure, wirklich. Aber mit allen Herausforderungen, die *Kaiser & Partner* gerade stemmen muss, kann ich nicht weiter zwei Augen zudrücken, was das betrifft. Außerdem ... na ja, wissen wir ja beide, weshalb ich das getan habe.«

Erst als er schon aufgesprungen ist und über dem Schreibtisch lehnt, bemerkt Vincent, dass er soeben die Fassung verliert. Die Fassung verlieren. Woher kommt das überhaupt? Die Fassung verlieren? Ist damit eine Glühbirne gemeint? Denn so fühlt sich Vincent, wie eine Glühbirne, die so schnell so heiß geworden ist, dass sie explodiert und kleine, scharfe Splitter in alle Richtungen katapultiert.

Das ist ihm schon sehr, sehr, sehr lange nicht mehr passiert. So lange, dass er sich an einen konkreten Moment nicht einmal erinnern kann. Doch jetzt ist sie weg, jegliche Fassung. Sein Atem strömt in Stößen aus seinem Mund, überholt nur von der Geschwindigkeit seines Herzschlags.

»Was erzählst du denn da? Welche Herausforderungen? Und Augen zudrücken ... warum denn? Wir haben doch ... Wir haben doch vor nicht einmal drei Monaten den Deal mit *Panegrino* abgeschlossen.« Vincent erinnert sich sehr gut daran, wie sie in der *Gallery Rooftop Bar* auf den Deal mit einer in die Jahre gekommenen Brotmarke angestoßen haben. Für diesen riesigen Auftrag würden er und sein Team nächstes Jahr mehrere Monate in Rom verbringen. Den hatte *er* an Land gezogen. Die Pläne für *Panegrino* sind wie immer radikal. Doch genauso radikal ist der Betrag, den das Unternehmen dafür zahlen wird. Radikal hoch, versteht sich.

»So, wie ich das mitbekommen habe, war es vor allem Benjamin, der die Kunden davon überzeugt hat, mit uns zu arbeiten.« Katharina lehnt sich zurück, hebt das Kinn ein wenig.

»Was? Wie ... wie kommst du denn darauf? Hat Ben das behauptet? Ist aber auch völlig egal ... Du kennst mich doch, du warst bei unserem Pitch mit *Panegrino* zugeschaltet. Was also soll das alles hier?«

Katharina faltet wieder die Hände vor sich auf dem Tisch. »Stimmt, ich war zugeschaltet. Und ich fand deine Performance nicht besonders überzeugend. Hätte dein Team nicht alles so gut vorbereitet, hätte das Ganze völlig anders laufen können.« Sie holt ein wenig Luft und blickt auf ihre Armbanduhr. So, als hätte der Termin sie schon viel zu viel Zeit gekostet.

Dann verändert sich ihr Gesichtsausdruck und sie seufzt. »Es tut mir leid, Vincent. Ich wünschte, ich könnte noch was für dich tun, aber seitens der Geschäftsführung gibt es da nichts mehr zu diskutieren. Wir müssen entlassen, und da hat es leider dich getroffen. Der Aufhebungsvertrag steht also, und wenn ich dir einen wirklich gut gemeinten Rat geben soll, dann nimmst du ihn besser an. Jetzt sofort. Ich hab den Vertrag, so wie er ist, nur mit Ach und Krach durchbekommen. Gut möglich, dass sich die Herren«, sie zeigt mit dem Daumen nach rechts, wo sich hinter der Wand die Büros der restlichen Geschäftsführer befinden, »im Lauf des Tages noch umentscheiden. Eigentlich war die Rede davon gewesen, dich fristgerecht und ohne Abfindung zu entlassen, und dann wärst du komplett leer ausgegangen und hättest noch ein halbes Jahr ein Team leiten müssen, das ... na ja ... das einfach nicht mehr zufrieden damit ist, wie du sie führst. Long story short: Die Summe liegt sehr, sehr weit über dem, was dir eigentlich zustehen würde, und ich kann dir nur noch mal in aller Form dazu raten, das hier sofort zu unterschreiben.«

»Was mir zustehen würde?« Vincent schluckt und ist selbst überrascht davon, wie klein und leise sich seine Stimme jetzt wieder anhört. Er hat die letzten fünf Jahre jeden Tag mindestens zehn Stunden gearbeitet. Hat Urlaubstage, Urlaubswochen verfallen lassen, hat so viele Präsentationen gebastelt, dass man, würde man jede Seite davon ausdrucken und aneinanderkleben, sicher eine kleine Brücke bis nach China daraus bauen könnte, ist in dem breiten Doppelbett stets neben irgendeinem Geschäftsbericht eingeschlafen ... wenn nicht gerade Katharina neben ihm lag.

Doch da – da ist die Bewegung wieder, und jetzt, jetzt erst erkennt er, was da am anderen Ende des Büros auf ihn gelauert hat. Das kann nicht sein, und das darf es auch nicht. Doch da ist er, dreht sich schwarz und schnell und unaufhaltsam. Der Strudel. Wie lange hat er ihn nicht gesehen? So viele Jahre hat er sich in Sicherheit gewähnt, obwohl er doch wusste, dass er jederzeit wiederkommen könnte, und da ist er, zieht an ihm, will ihn in sich und mit sich ziehen, was er nicht zulassen darf, nicht zulassen wird, weil ... Vincent dreht den Kopf zu Katharina, die etwas gesagt zu haben scheint, denn sie sieht ihn mit leicht schief gelegtem Kopf an, der Blick zwischen ihm und dem Strudel hin- und herwandernd. Sieht sie ihn etwa auch? Doch das kann unmöglich sein. Noch einmal öffnen und schließen sich ihre Lippen, und nun dringen die Worte zu ihm durch.

»Vincent? Warum schaust du denn so?«

Sie hat ihn nicht gesehen. Weil er nämlich nicht existiert. Vincent setzt sich gerade hin und ermahnt sich dazu, nicht noch einmal in die Richtung zu blicken.

Ich fühle nichts. Ich fühle gar nichts. Ich kann überhaupt nichts fühlen. Weil es ihn nicht gibt, den Strudel. Und Gefühle auch nicht. Wenn man sie nicht zulässt, dann sind sie nicht mehr als

Gedanken, die nichts mit der Tatsache zu tun haben, dass ich hier sitze und am Leben bin und alles unter Kontrolle habe.

Zuerst will das alte Mantra nicht zu ihm durchdringen. Also wiederholt er es immer wieder im Kopf: *Ich fühle nichts. Ich fühle gar nichts. Ich kann überhaupt nichts fühlen.* Er atmet ein, immer wieder, tief und fest, und mit jedem Atemzug fühlt er den Sog des Strudels ein bisschen weniger. Er wird ihn ignorieren. Einfach, weil er nicht existiert, weil er eine Ausgeburt eines früheren Ichs ist, das schon lange nicht mehr da ist, das sowieso und überhaupt mehr als dreihundert Kilometer weiter südlich geblieben ist.

Er wird sich jetzt wieder aktivieren, wird eine kurze Datenanalyse starten und dann logisch und der Situation angemessen reagieren. Kontrolle. Absolute Kontrolle und ein kühler Kopf sind das Credo. Auch wenn sich sein Kopf eher wie ein Ballon voller heißer Luft anfühlt. Trotzdem, los jetzt:

Die Firma will ihn loswerden. Das ist eine Tatsache, die er nicht wird ändern können. Er könnte ablehnen und auf den sechsmonatigen Kündigungsschutz beharren. Mit dem passenden Rechtsbeistand könnte er die Kündigung auch anfechten und würde aufgrund der nachgewiesenen Erfolge gewinnen. Doch eine Tatsache würde sich auch nach Verbleib im Unternehmen nicht ändern: dass er ungewollt ist. Nicht mehr *performt*. Er, Vincent. Ein *Underperformer*.

Er kann die Scham förmlich fühlen, die sich über ihn ergießt. Obwohl das nicht stimmt, nicht stimmen kann. Und wenn es doch so wäre: Warum hat ihn niemand auf seine Fehler angesprochen? Das alles hier wirkt völlig überstürzt. Obwohl … Mitarbeiter wurden schon für weniger entlassen als eine angeblich monatelange schlechte *Performance*. Trotzdem ist da diese unsägliche Demütigung. Die körperlich schmerzt. Und die gleichzeitig so sinnlos ist. Vielleicht will die Firma einfach einen teuren Mitarbeiter loswerden. Und da hat es nun mal ihn getroffen. Und außerdem …

»Was sind das überhaupt für Schwierigkeiten, von denen du da redest?« Vincent lehnt sich nach vorne. »Das letzte war ein Rekordjahr für *Kaiser & Partner.*«

Katharina nickt und rutscht auf ihrem Stuhl hin und her. »Darüber darf ich im Detail nicht sprechen, das verstehst du hoffentlich. Aber noch mal: Du kannst mir glauben, dass ich alles für dich getan habe, Vincent. Aber da war leider nichts zu machen.«

Vincent setzt sich und legt den Kopf in die Hände. Seine Wangen sind heiß und seine Gedanken wirr. Trotzdem ist eines klar: Er muss unterschreiben. Doch zuvor muss die heiße Luft raus aus seinem Kopf. Sonst wird er kein Wort von dem verstehen, was da in dem Schriftstück vor ihm liegt. Alle wirren Gedanken müssen verschwinden und den Fakten Platz machen. Also nicht nachdenken, nicht nachdenken über sein Team, über Ben, über *Panegrino*, über überhaupt alles. Und am wenigsten über Katharina.

Weder jetzt noch während irgendeiner weiteren Situationsanalyse. Also wird er gleich den Kopf aus den Händen heben, wird den Vertrag zu sich herüberziehen, ihn durchlesen und unterzeichnen. Was jetzt aus ihnen werden soll, aus ihm und Katharina, wird er nicht fragen. Natürlich nicht.

Denn die Antwort darauf kennt er schon. Die Antwort lautet, dass alles genauso ist, wie es vorher war. Weil da nämlich nichts ist, nichts war. Nichts, außer Berührung und Wärme und Nähe, was alles Dinge sind, die er sich fortan woanders holen wird. Woanders holen muss.

Also tut er das alles. Er liest den Vertrag. Mehrmals und mit immer stärker werdendem Kopfschmerz, der an jeder Schläfe pocht. Er versteht, was da steht. Und gleichzeitig versteht er überhaupt nichts. Überstürzt. Das ist alles überstürzt, er braucht Zeit, sich das hier in Ruhe anzusehen. Katharina sieht auf ihr Telefon. Sie hält es an ihr Ohr, murmelt etwas und nickt einige Male, während ihre Augen sich mit denen von Vincent treffen, sie betrachtet ihn besorgt. Als sie auflegt, steht eine Falte zwischen den schmalen Brauen.

»Das war Manfred. Er will noch mal mit mir über deinen Aufhebungsvertrag sprechen. Hör zu, ich will wirklich nur das Beste für dich, auch wenn es sich jetzt nicht so anfühlen mag. Deshalb kann ich dir nur raten, zu unterschreiben. Sofort, sonst kann ich nichts mehr für dich tun.«

Als sie das sagt, sieht sie ihn an. Ihr Lächeln plötzlich so mitfühlend warm, dass alles in ihm schmilzt. Was sie sagt, stimmt. Er muss jetzt schnell handeln, um zumindest die Abfindung zu kassieren, für die er ihr noch dankbar sein wird. Also nickt Vincent mechanisch. Greift nach dem goldenen Kugelschreiber. Unterzeichnet. Steht auf. Verlässt, von Katharina begleitet, das Büro in Richtung Aufzug. Er muss jeden Schritt und jede Bewegung einzeln durchführen. Weil er sonst vor Verwirrung und Angst erstarren wird. Würde man ihn jetzt fragen, was und wen er während der letzten Sekunden auf dem Gang zum Fahrstuhl gesehen, ob jemand mit ihm gesprochen hat oder er mit jemandem … er würde diese Fragen nicht beantworten können. In ihm ist alles abgestellt. Wie der Maschinenraum eines Schiffs, das sich ziellos über einen stürmischen Ozean treiben lässt.

Da ist nur ein Gedanke, den er nicht aufhören kann zu denken, der ihn nicht loslassen will: nasse Socken. Er senkt den Kopf und blickt auf seine Schuhe.

Noch vor weniger als einer Stunde waren sie sein größtes Problem. Nasse. Socken.

TEIL 2

Hotelzimmer

LUXUSRESORT LA PALMERA DE ORO, GRAN CANARIA, DEZEMBER 2002

*V*ier Fliesen. Vier riesige Fliesen vor ihr. Quadratisch. Das cremige Weiß der Steine wird von braunen, unregelmäßigen Linien durchzogen. Dieses Gestein hat sie irgendwann mal in ihrem Geografiebuch gesehen. Wie hieß das noch mal? Sie kann sich nicht erinnern, aber das muss sie, weil ihre Gedanken nämlich nur dann weggehen von dem kleinen, warmen Raum und weil dann kurz alles wie vorher ist. Wie vor dem Moment, als sie ins Bad ging.

Plötzlich geht ihr Atem wieder schnell, so schnell, dass vor ihren Augen flimmernde Punkte hin- und herrasen und der kalte Schweiß ihrer Hände auf den Oberschenkeln prickelt. Sie muss jetzt noch mal da runterschauen. Sie muss. Was soll sie denn auch sonst tun? Papa ist unten beim Frühstück. Dann will er direkt zum Sport und ins Spa und erst zur Bescherung am Nachmittag wieder hochkommen. Bis dahin will er gerne *einfach mal ein bisschen abschalten,* hat er gesagt. Sie soll in der Zwischenzeit frühstücken und mit den anderen Kindern zur Animation oder an den Poolbereich gehen.

Sie dreht den Kopf in alle Richtungen, bis ihr Blick an dem roten Knopf über der Toilette hängen bleibt. *Emergencia,* steht darauf. Notfall heißt das auf Deutsch, da ist sie sich sicher. Vielleicht sollte sie einfach den Knopf drücken. Doch was passiert dann? Wer kommt dann? Und: Was soll sie demjenigen sagen? Dass sie glaubt, gleich zu verbluten?

Sie muss noch einmal nach unten auf die Unterhose mit den vielen aufgedruckten Minnie-Mäusen sehen, die immer noch zwischen ihren Beinen klebt und feucht-rot glänzt. Das ist so widerlich. *Sie* ist so widerlich. Denn irgendwo in sich weiß sie, dass sie eben nicht verblutet, dass das kein Notfall ist und dass das, was da passiert, irgendwann hat passieren müssen. Einige Mädchen haben auf der Klassenfahrt darüber gesprochen. Wie Gruselgeschichten flüsterten sie sich die Berichte zu. Was sie jetzt versteht. Weil sich das alles hier beängstigend anfühlt und wie das Ende von allem Guten. Sie weiß nicht, ob der Schmerz normal ist, der sich wie ein festes Band um ihren Rücken schnürt und bis in die Beine zieht.

Vielleicht sollte sie ihre Mutter anrufen. Das Handy des Vaters liegt auf dem Nachttisch. Sie ist nicht mit ihnen in den Urlaub geflogen. Das ist das erste Mal, dass sie das getan hat. Stattdessen ist sie in dem kleinen Haus in Frankreich, das die Eltern vor ein paar Jahren gekauft haben. Weil sie ein bisschen Zeit für sich braucht, hat sie gesagt, als sie ihr das Anfang Dezember erzählte. Erst war sie traurig, weil sie nicht verstand. Hatte sie etwas angestellt? Aber da war nichts. Alles war wie immer. Dann aber erinnerte sie sich an vorherige Weihnachten. An ein falsches Wort der Mutter, dann eine schnippische Antwort des Vaters, dann eine Explosion und knallende Türen und dann ... Schweigen. Sie hatte darüber nachgedacht, ob sich die Eltern scheiden lassen wollten. Lukas aus ihrer Klasse hatte am Anfang des Schuljahrs erzählt, dass er jetzt bei seiner Mutter wohnt, weil seine Eltern sich getrennt hätten. Das sei irgendwie doof, aber irgendwie auch besser, meinte er. Weil sie sich nicht mehr so viel anschrien.

Das Mädchen hatte überlegt. Bei ihr zu Hause wurde nicht geschrien. Außer an Weihnachten. Was daran lag, dass sie da alle zusammen waren.

Normalerweise sind sie das ja nicht. Also zusammen. Normalerweise tut jeder das, was er tun muss. Und eigentlich ... na ja, eigentlich ist Mama sowieso kaum zu Hause, weil sie immer im Krankenhaus gebraucht wird. Und wenn sie dort nicht ist, muss sie andere Sachen erledigen. Würde sie es dann überhaupt bemerken, wenn Mama auszog? Sonntags vielleicht. Wenn sie keinen Dienst hat oder verabredet ist oder zum Sport geht, dann kommt es schon mal vor, dass sie einen Film mit ihr anschaut. Das mag das Mädchen. Obwohl sie nicht so richtig weiß, wann es okay ist, zu lachen oder jemanden im Film gut zu finden. Mama hat nämlich immer eine Meinung. Und wenn man das anders findet, vor allem, wenn Papa zu ihnen stößt, dann ist meistens die schöne Fernsehstimmung vorbei, und dann geht sie doch wieder irgendwohin.

Trotzdem wäre es besser, wenn Mama jetzt da wäre. Denn Papa hiervon zu erzählen, fühlt sich absolut unmöglich an. Warum haben sie nicht einfach in Berlin Weihnachten feiern können? Warum hat Papa sie nicht wenigstens bei Oma und Opa gelassen? Dann könnte sie jetzt Aga rufen, und die würde ihr helfen. Aber hier ist alles fremd, fremd, fremd. Sogar sie selbst ist das auf einmal.

Auch wenn Papa jetzt hochkommt und sie rüber in sein Hotelzimmer geht ... sie kann ihm hiervon einfach nichts erzählen. Wie sagt man so was überhaupt? Im Grunde kennt sie die Worte für das alles hier, glaubte aber nicht, sie aussprechen zu können. Denn auch das hier ist fremd. Neu. Endgültig. Das hier ist die Wirklichkeit. Wirklichkeit, die niemals wieder weggeht und ... Sie lehnt sich nach vorne und fängt an zu schluchzen. Ein Weinen, haltlos und den ganzen Körper einnehmend. Ein Weinen, das nur teilweise zu dieser Zwölfjährigen gehört. Der andere Teil gehört einem noch viel kleineren Mädchen.

Die Tür wird aufgerissen und lässt sie von der Kloschüssel aufspringen. In der Tür steht eine Frau mit heller Haut, schwarzem Haar und einer weiß-blauen Uniform, die aufschreit, als sie sie sieht. Die Frau hebt abwehrend und wild spanisch sprechend die Hände, greift nach dem Wischmopp, der ihr vor Schreck aus der Hand gefallen ist, und will sich gerade umdrehen, um das Zimmer zu verlassen. Im letzten Moment aber blicken ihre dunklen, lieben Augen noch einmal auf das Mädchen, das noch immer vor der Kloschüssel steht, die klebrige Unterhose und die befleckte, hellblaue Schlafanzughose um die Beine, die Stille nur von ihren Schluchzern unterbrochen.

»Help«, sagt das Mädchen, weil Angst und Hilflosigkeit jetzt stärker sind als alle Scham. Nach dem seltsamen Au-pair mit der riesigen Brille letztes Jahr ist ihr Englisch gut genug, sodass sie trotz ihrer Angst einige Worte formen kann. »I am bleeding. Can you help? Please?« Wieder laufen ihr Tränen über die Wangen, während sie Hose und Unterhose hochzieht.

Die Frau sagt etwas. Spanisch spricht das Mädchen nicht. Doch sie kann die Worte *Mama* und *Papa* heraushören, wischt sich die Tränen weg und schüttelt automatisch den Kopf. Die Frau sieht sie eine Weile blinzelnd an. Ihre Wimpern sind dick und schwarz und lang.

Dann nickt sie und beginnt wieder zu sprechen. Der Klang der Worte genügt, dass dem Mädchen erneut die Tränen aus den Augen, über Wangen, Hals und Oberkörper rinnen. So viele, so laute Tränen, dass die Frau den Wischmopp an die Wand lehnt und zu ihr kommt. Sie spricht noch immer, über das Schluchzen des Mädchens hinweg, raunt runde, leise Worte, während sie sie auf die Toilette setzt, ihr Schlafanzughose und Slip herunterzieht und beides in die Wäschetüte legt, die vor der geöffneten Badezimmertür auf dem Boden liegt.

Sie ist sehr klein, die Frau. Nur ein paar Zentimeter größer als das Mädchen, dessen Hand sie nimmt, um sie unter die Dusche zu stellen, ihr Duschgel auf die Hand zu drücken und ihr mit einer Bewegung anzudeuten, dass sie sich waschen soll. Während das Mädchen das warme Wasser auf ihren Körper prasseln lässt, hört sie, dass die Frau das Zimmer verlässt. Wo ist sie hin? Und was soll sie tun, wenn sie aus der großen Duschkabine steigt?

Auf dem hellen Gestein des Bodens der Dusche sieht sie, wie noch immer rote Flüssigkeit auf dem Boden landet, sich in gebogenen Linien in Richtung Abfluss bewegt wie ein kleiner Fluss.

Wäre das nicht sie, wäre das nicht ihr Blut, würde das sogar schön aussehen. Eine ganze Weile lang steht sie so, weil sie nicht weiß, was sie tun soll.

Irgendwann aber fängt sie trotz des warmen Wassers zu frieren an und dreht den Wasserstrahl ab. Als sie sich umdreht und nach dem Handtuch greifen will, steht die Frau wieder im Raum. Sie hält einen quadratischen, hellgrünen Karton in der einen Hand und in der anderen eine frische Unterhose des Mädchens, die sie aus ihrem Schrank geholt haben muss.

Während sich das Mädchen abtrocknet, fängt die Frau wieder zu sprechen an. Sie zeigt auf den Karton, den sie gerade öffnet, und auf die weiße Einlage, die sie daraus hervorholt und in die Unterhose des Mädchens klebt. Sie reicht ihr die jetzt steife Unterhose und deutet an, dass sie sie anziehen soll. Den vollen, hellgrünen Karton stellt sie neben das Waschbecken.

Das Mädchen nimmt die Unterhose, zieht sie an, ohne der Frau in die Augen zu sehen, und greift nach dem noch sauberen Schlafanzugoberteil. Als sie angezogen ist, nimmt die Frau erneut ihre Hand, führt sie zurück ins Schlafzimmer und schlägt die Bettdecke des Doppelbetts zurück. Das Mädchen legt sich ins Bett und lässt sich von der Frau eine kleine lila Wärmflasche geben, die sie ebenfalls mitgebracht haben muss und die sie dem Mädchen auf den Bauch legt. Die Frau schließt die Vorhänge, geht noch einmal zum Bett und streicht dem Mädchen über den Kopf. Sie macht den Fernseher an und schaltet ein spanisches Kinderprogramm ein.

»Conchita«, sagt sie und zeigt auf das Namensschild auf ihrer Uniform. Das Mädchen nickt und schließt dann die Augen.

»Pobrecilla«, murmelt die Frau, als sie langsam die Tür des Hotelzimmers hinter sich schließt.

Pobrecilla hallt es im Kopf des Mädchens nach, als sie sich zur Seite dreht und ihren schmalen Körper um die Wärmflasche krümmt.

4

BERLIN 2024

*H*i, ich bin Greta.« Eine Frau mit einem riesigen Regenmantel in pink-grünem Leoprint läuft vom Empfangstresen auf Vincent zu und reicht ihm die Hand. Bis vor wenigen Sekunden hat sie noch dort gelehnt und laut lachend mit den beiden Sicherheitstypen geredet. Bis sie von einem der Männer auf Vincent aufmerksam gemacht wurde, der vor der Schranke im Foyer des Firmengebäudes stand und einfach nur blinzelnd ins Nichts sah und abwechselnd von Wut und Hilflosigkeit überwältigt wurde. Während Kollegen an ihm vorbeigingen und ihn entweder ahnungslos grüßten oder wissentlich seinem Blick auswichen.

»Unten wartet ein Taxi auf dich. Die Fahrerin weiß Bescheid und fährt dich, wohin du willst.«

Diese Worte hatte Katharina zwischen den sich schließenden Fahrstuhltüren hindurchgequetscht, und Vincent kann sich gut vorstellen, wie sie danach erleichtert aufgeatmet und sich mental selbst auf die Schulter geklopft hat. Geschafft. Für sie war diese Sache erledigt und er abgehakt. Bei Katharina sind da keine Fragen mehr zu einem *Warum* und *Weshalb* und *Überhaupt*. Sie hat getan, was getan werden musste, und dabei das Beste für Vincent herausgeschlagen. Klare Sache. Anders als bei ihm. Bei ihm haben die Fragen eine dicke, zähe, scharfe Suppe gebildet, die die Windungen seines Gehirns verstopfen, die nichts anderes mehr durchlassen. Wie sollte es auch anders sein? Er hat keine Ahnung, was hier gerade passiert. Keine. Ahnung.

Deshalb steht er einfach nur da und starrt die Frau im Regencape vor sich an, unter deren Kapuze dickes, rotes Haar hervorschaut und die ihn anstrahlt, als wäre Sommer und dreißig Grad und überhaupt alles wunderbar. Sie kann natürlich nicht wissen, dass in und um ihn gerade das Gegenteil der Fall ist. Trotzdem nervt ihn ihr Lächeln. Und das Cape. Und die Gummistiefel, die nerven ihn auch. Weil sie noch nicht einmal in demselben Pink sind wie das Regencape-Muster.

»Ich bin heute deine Fahrerin«, sagt sie und lächelt noch breiter. »Deine Koffer hab ich schon geholt. Ist alles verstaut und kaum nass geworden.«

Vincent entzieht seine jetzt ebenfalls feuchte Hand den beringten Fingern der Frau und runzelt die Stirn.

»Entschuldigung?«

»Was Entschuldigung?« Die Frau sieht ihn an, während sie einen Autoschlüssel aus der Manteltasche kramt, an dem etwa zehn bunte Schlüsselanhänger klimpern.

»Ich meinte, dass ich nicht verstanden habe, was Sie da gerade gesagt haben. Von welchen Koffern sprechen wir denn bitte?«

»*Wir* nicht. *Ich* hab von deinen Koffern gesprochen. Und davon, dass die Dinger schon in meinem Kofferraum sind.«

Vincent atmet tief ein und unterdrückt es, die Augen zu verdrehen.

»Das habe ich schon verstanden. Was ich nicht verstehe, ist, von welchen Koffern wir, also Sie, hier reden.«

Die Rothaarige setzt die Kapuze ab, spitzt die Lippen und schüttelt langsam den Kopf.

»Okay, also …« Die Frau zieht ein Handy aus der Hosentasche und tippt darauf herum. Sie überfliegt irgendeinen Text und hält ihm das Handy dann vors Gesicht. »In meinem Auftrag steht, dass ich erst ein paar Koffer vor einer Wohnung in Mitte abholen und dann hierherkommen und einen gewissen Vincent Zimmer abholen soll. Ich hab ein bisschen abenteuerlich geparkt, deshalb schlage ich vor, dass wir uns jetzt mal in Richtung Auto bewegen.

Sonst wird mein Taxi abgeschleppt und dein Kram gleich mit, und das wäre nicht gerade eine Win-win-Situation, wenn du mich fragst.«

Die Firmenwohnung.

In dem Aufhebungsvertrag stand, dass er sie sofort verlassen müsse. Dass mit *sofort* wirklich *in diesem Moment* gemeint war, damit hat er nicht gerechnet. Das alles war perfekt geplant: Jemand muss direkt in seine Wohnung gegangen sein, nachdem er sie am Morgen verlassen hatte, um seine überschaubaren Besitztümer zusammenzusuchen und sie in Koffer und Taschen zu packen. Was ohne Zweifel die Sachen sind, die jetzt im Kofferraum der Rothaarigen lagern. Wieder versteht Vincent nichts. Außer, dass das hier immer seltsamer wird.

Trotzdem geht er der Frau zu ihrem roten Fahrzeug hinterher, was in zweiter Reihe geparkt direkt vor dem Firmengebäude steht. Er muss aus dem Firmengebäude, weil er sonst vor Scham zu zerfließen droht. Um weitere Gespräche zu vermeiden, geht er zur Fahrerseite und öffnet die Tür im hinteren Bereich. Auf dem Rücksitz stehen zwei Taschen, die zu dem Louis-Vuitton-Reiseset gehören, das Katharina ihm als Prämie für einen Auftrag Ende letzten Jahres geschenkt hat. Er schiebt die Taschen zur Seite, um sich zu setzen, und schnallt sich an. Ist das alles hier überhaupt legal? Durfte jemand einfach so Vincents Sachen zusammenpacken, ohne ihn vorher um Erlaubnis zu fragen? Mit einem Mal wird er wieder unglaublich wütend. Firmenwohnung hin oder her. Er hatte die letzten Jahre dort gelebt, und diese Art, mit ihm umzugehen, scheint ihm nicht nur übergriffig, sondern geradezu schamlos. Hatte es nicht genügt, ihm seinen Job zu nehmen? Mussten sie ihn direkt heute auch noch aus der Wohnung werfen? Hätte nicht verdammt noch mal morgen oder übermorgen auch genügt?

Vincent denkt an den hohen, hellen Flur, den Parkettboden und die mächtige Skulptur des Pferdekopfs aus Beton, die auf einem hohen Sockel neben der Tür zum Wohn-Ess-Bereich steht. An die dunkle Küche, die direkt in den großzügigen, offenen Wohnbereich mit den organischen Polstermöbeln führt. Und an die abstrakten, dunklen Kunstwerke an den Wänden und die riesige Fensterfront mit Blick auf die Dächer Berlins.

Eine Wohnung, die ihm stets gezeigt hat, dass er angekommen war. Dass er es *geschafft* hatte. Dass er ganz oben war. Nicht nur in dem Gebäude, in dem sich die Firmenwohnung befindet. Sondern im Leben. Dabei war die Wohnung nie mehr als eine Art Aufenthaltsraum. Die Erweiterung seines Büros mit Schlafgelegenheit. Und trotzdem. Jetzt ist er ... na ja ... obdachlos. Über diesen Gedanken muss er lachen. Die Frau auf dem Fahrersitz beobachtet ihn im Rückspiegel, während sie sich anschnallt. Dabei verengt sie die Augen ein wenig. »Du rastest mir jetzt aber nicht aus dahinten, oder? Ich habe es den zwei besoffenen Pastoren gestern Abend gesagt, die sich hier drin fast eine Schlägerei geliefert hätten, und ich sage es dir heute: Kein Ärger in meinem Taxi. Haben wir uns verstanden?«

Wäre Vincent nicht in diesem Zustand des allumfassenden Schocks, würde er nachfragen, was für einen Unfug die Frau da redet. Wäre er sein normales Selbst, würde ihm vielleicht sogar auffallen, wie skurril und bunt und fragwürdig das Fahrzeug ist, in das er sich da eben gesetzt hat. Doch der Schock ist da und die Wut auch. Und deshalb ist er sprachlos. Starrt einfach in die braunen Augen im Rückspiegel. Und die starren zurück.

»Also, wohin soll's denn gehen?«

Vincent hört das Hupen des riesigen SUV hinter ihnen, dessen Fahrer es anscheinend nicht schafft, sich an dem Taxi vorbeizudrängen, was immer noch in zweiter Reihe parkt. Sie müssen wirklich losfahren. Doch Vincent hat keine Ahnung, was er der Fahrerin antworten soll, die sich jetzt zu ihm umdreht und ihn aufmunternd anlächelt.

»Ich … also … ich weiß nicht so richtig.«

Die Frau zuckt zusammen, als der Fahrer des SUV ein weiteres Mal hupt, dreht sich um und hebt den Daumen Richtung der linken Fensterscheibe. »Sorry, Vincent Zimmer, aber ich muss jetzt auf jeden Fall erst mal weg von hier, sonst rastest nicht nur du aus, sondern auch noch irgendwer anders. Mit Berliner Autofahrern ist nicht zu spaßen, musst du wissen.«

Vincent will etwas antworten. Doch da ist immer noch nichts. Als sie nur Sekunden später an einer roten Ampel halten, dreht sich die Taxifahrerin in ihrem Sitz zu ihm um. Ihr Regencape muss sie beim Einsteigen ausgezogen haben. Denn jetzt trägt sie einen rot-pink gestreiften Pullover, der selbst gestrickt sein muss. Und zwar nicht von jemandem, der besonderes Talent für diese Handarbeit hat.

»Na, wohin geht's nun?«, fragt sie und spielt an dem Ring, der in ihrem rechten Nasenloch steckt. »Gott, du schaust ja schon wieder drein. Was ist denn bitte passiert in der Fancy-Firma, aus der ich dich abgeholt habe?«

Vincent wird dieser Person ganz sicher nicht erzählen, was da gerade passiert ist. Schon allein, weil er es selbst nicht weiß. Hier einfach so zu sitzen und nichts zu sagen, ist aber genauso würdelos. Er ist schließlich ein erwachsener Mann. Ein erwachsener Mann, der dringend hier rausmuss, das steht fest. Er muss nachdenken, obwohl das gerade das Allerschwerste ist. Okay, also, was steht an: Er braucht einen Platz, wo er hinkann, wo er seine Sachen unterbringen, eine Dusche nehmen, den privaten Laptop anschließen und nachdenken kann. Klare Gedanken formen und klare Entscheidungen daraus strömen lassen. Das ist der Plan. Und er ist fähig, ihn trotz aller Widrigkeiten durchzuführen. Na ja … vielleicht zumindest. Außerdem wird er herausfinden, was hier eigentlich los ist.

»Zum *Hotel Hilma* nach Prenzlauer Berg«, antwortet Vincent

also und ist selbst überrascht davon, wie sicher er plötzlich klingt. Obwohl das schlicht das erste Hotel ist, das ihm einfällt. Weil irgendeiner seiner Mitarbeiter dort seine Eltern untergebracht und mehrmals davon geschwärmt hat, wie schön es dort sei.

»Na also«, sagt die Frau und stellt das Navigationsgerät ihres Handys an, während die Ampel auf Grün wechselt und sie losfährt. »Aber wenn du darüber sprechen möchtest, was passiert ist, bin ich für dich da, okay?«

»Äh. Alles klar. Aber eher nicht, denke ich.«

Auch wenn er gerade nichts weiß und genauso wenig versteht von der Welt um ihn herum, ist eines zumindest ganz klar: Diese Frau ist nicht ganz richtig im Kopf. Was sich auch in der Wahl der indischen Klänge spiegelt, die jetzt viel zu laut aus den Lautsprechern des Radios zu hören sind. Und in ihrer Snack-Wahl: Sie greift nach einer Packung mit bunten Marshmallows, die in der Ablage hinter dem Schalthebel liegt, nimmt sich einen und steckt ihn in den Mund. Sie sieht in den Rückspiegel und bemerkt, dass Vincent sie beobachtet, zieht aber die völlig falschen Schlüsse daraus.

»Oh, sorry … kann ich dir was anbieten?«, fragt sie und reicht die Packung nach hinten. *Einhorn-Popel* steht auf dem Plastik mit den pastellfarbenen Marshmallows.

»Eher nicht«, wiederholt er seine Antwort von eben, verzieht den Mund und rückt seine Krawatte gerade.

»Schade, die sind echt gut.«

Der dichte Verkehr durch die Stadt und der Monolog der kauenden Fahrerin, die kein großes Interesse an Rückmeldungen zu haben scheint, gibt Vincent die Möglichkeit, bereits im Kopf mit seiner Situationsanalyse zu beginnen. Krisen sind seine Stärke, in Krisen blüht er auf, sagt er sich immer wieder, wenn sich seine Gedanken erneut in Katharinas Büro zurückwagen. Daten, Fakten, Lösungen. Nichts anderes ist jetzt zielführend. Er darf nur nicht zulassen, dass der Strudel zurückkommt. Aber das wird er nicht. Weil es ihn gar nicht gibt.

Okay. Bis auf die nassen Socken fühlt sich das alles jetzt schon ein bisschen tolerabler an. Nicht gut, aber tolerabel.

»Und da sind wir auch schon.« Die Rothaarige zieht die Handbremse und lehnt sich nach vorne. »Na, hui! Das nenn ich mal einen netten Schuppen. Bestimmt haben die so tolle, dicke, weiße Bademäntel. Solche, die sofort alles Wasser aufsaugen und in die man am liebsten direkt einziehen würde.«

Nachdem die Fahrerin ihm geholfen hat, die Koffer aus dem Auto und ins Foyer des Hotels zu ziehen, kramt er nach seinem Geldbeutel.

»Alles gut, ist schon bezahlt«, sagt die Frau, die nun wieder das Wahnsinnscape trägt, und reicht ihm die Hand. In der linken hält sie die Visitenkarte des Hotels, die sie sich eben vom Concierge hat geben lassen. »Es war mir eine Ehre, heute deine Taxifahrerin gewesen zu sein, Vincent Zimmer. Ich wünsche dir viel Freude mit den Hotelbademänteln und mit deinem Leben natürlich auch. Arrivederci!« Damit zieht sie die Hand wieder zurück, verbeugt sich leicht und läuft zur großen Glastür des Hotels und hinaus in den Regen. Dabei betrachtet sie die Hotelvisitenkarte in ihrer Hand.

Ein Mann, der mit seinem Koffer im Foyer steht und immer wieder vom Handybildschirm zu den beiden gesehen hat, während sie die Koffer hereingebracht haben, hebt die Brauen.

»Also, das Taxiunternehmen würde mich aber mal interessieren. Die war ja …« Er macht eine Geste, als würde er die Finger gerade an etwas verbrennen. Vincent blinzelt mehrmals verständnislos, schüttelt kommentarlos den Kopf und dreht sich in Richtung des Rezeptionisten, um nach einem Zimmer zu fragen. Dabei gelingt ihm sogar etwas, das vielleicht einer Art Lächeln ähneln mag. Gut möglich, dass das Ganze wie eine Grimasse aussieht. Doch zumindest kann Vincent seinen Körper wieder spüren. Nachdem alle Formalitäten erfüllt sind, reicht ihm der hellblonde Mann mit dem kurzen wilden Lockenkopf eine Schlüsselkarte.

Das Zimmer in einem der oberen Stockwerke des Altbaus ist warm und gediegen eingerichtet: dunkler Holzboden, dunkelblaue Samtkissen mit gleichfarbiger Tagesdecke auf dem Kingsize-Bett.

Doch als Vincent seine Habseligkeiten nun neben eine dunkelbraune Kommode mit schnörkeligen Füßen fallen lässt, empfindet er keine Erleichterung. Es riecht nach einem fremden, starken Putzmittel und irgendwie auch nach Fremde im Allgemeinen. Er sieht sich im Zimmer um und dann aus dem Fenster. Lässt die Augen über den hellen Altbau des Hauses gegenüber schweifen, das er aufgrund des dichten Regenschleiers nur teilweise erkennt. Dann zu dem breiten Bett mit der dicken, weißen Bettdecke, die von der noch viel dickeren, dunkelblauen Tagesdecke aus Samt bedeckt wird.

Und jetzt erst bemerkt er, dass er immer noch die nasse Kleidung trägt, dass er friert und müde ist. So müde, dass er sich kurz auf den dunkelbraunen, antiken Holzstuhl auf der anderen Seite der Kommode setzen und die brennenden Augen schließen muss. Er öffnet sie wieder und betrachtet seine Koffer. Das ist alles. Mehr war da nicht zu holen. Drei Taschen und drei Koffer. Deren Inhalt jemand innerhalb von nicht mehr als zwei Stunden hat zusammenpacken können. Ziemlich armselig. Doch jetzt ist keine Zeit für Selbstmitleid. Da ist eine Liste, die auf ihn wartet. Eine Liste, die alles organisieren und die das Gleichgewicht wiederherstellen wird.

Kurz reibt er sich mit den kalten, feuchten Fingern über die geschlossenen Lider. Er muss versuchen, jemanden aus dem Team anzurufen. Das alles ist so surreal, viel zu surreal, um es alleine begreifen zu können. Er braucht jemanden, der ihm eine andere Seite der Situation beschreibt. Der ihm erzählt, was hinter verschlossenen Türen wirklich passiert ist, wenn Katharina das schon nicht darf. Vielleicht ist das hier wirklich alles nur ein Missverständnis, und er hätte vorhin viel mehr insistieren müssen, statt den blöden Vertrag zu unterschreiben. Einen Aufhebungsvertrag. Unfassbar. Er sieht auf sein Handy. Leider mit der Resthoffnung, einen verpassten Anruf von Katharina zu sehen oder eine Nachricht. Doch da ist nichts. Er scrollt durch seine Kontaktliste und tippt auf einen Namen. Emilia. Sie arbeitet seit fünf Jahren mit ihm zusammen, also seit er zu *Kaiser & Partner* gekommen ist. Keine Antwort. Er versucht es noch einmal. Doch auch dieses Mal geht das Klingeln in die Stimme der Mailbox über. Weshalb er den nächsten Namen antippt und einen weiteren, und nach etwa einer halben Stunde hat er fast zwanzig Leute aus der Firma angerufen, Kollegen und Mitarbeiter. Überall dasselbe. Nämlich nichts. Er muss irgendetwas tun. Vielleicht sollte er zurück in die Firma fahren und warten, bis einer der Kollegen das Gebäude verlässt, um eine Antwort aus ihm oder ihr herauszupressen. Noch während er darüber nachdenkt, weiß Vincent, dass er das natürlich nicht tun wird. Obwohl er sollte. Obwohl er auch vorhin hätte für seinen Job kämpfen sollen. Der Verwirrung und Überraschung zum Trotz. Aber plötzlich war er wieder ganz *der Alte*. Ein kleiner Junge, der aufhören will zu fühlen. Der einfach weglaufen will, egal, wohin.

Als er nach der Laptoptasche mit dem Rechner auf dem Tisch greift, zuckt Vincent zusammen. Dahinten. Da, neben dem Fenster. Eine Bewegung. Die gleiche Bewegung wie vorhin in Katharinas Büro, und bevor er nachdenken kann, bemerkt er einen schweren, schnellen, panischen Herzschlag, der von der Mitte seines Körpers in Schläfen, Hände und Beine pumpt und seine Augen etwas sehen lässt, was es nicht gibt, noch nie gegeben hat und was er doch vor so langer Zeit so oft gesehen hat. Die Angst vor der Angst. Das hier ist nur die Angst vor der Angst.

Noch einmal schließt Vincent die Augen, drückt die Finger fest auf die brennenden Lider.

Das ist nicht echt. Es ist nicht die Wirklichkeit. Es ist eine Störung meiner Wahrnehmung, reine Störsignale, die ein Bild in meinem Kopf erzeugen, das ich dann sehen kann, als wäre es real. Doch dort, wo er gerade noch war, ist eigentlich gar nichts. Da ist kein schwarzer Strudel, und da ist auch keine Kraft, die mich zu ihm zieht, kein Geruch nach Kanalisation und kein viel zu lautes Rauschen in den Ohren.

Nach einigen Minuten des Sitzens und des Sich-selbst-Beruhigens nimmt das Rauschen in Vincents Ohren tatsächlich ab. Einige Minuten mehr und er wagt es, langsam die Augen zu öffnen.

Wie lange ist es her, dass das zum letzten Mal passiert ist? Sechzehn Jahre? Siebzehn? Völlig egal, sagt er sich. Wichtig ist, dass es gestoppt wird. Dass er gestoppt wird. Der Strudel. Und dass er nicht noch mal wiederkommt, ganz egal, wie. Vincent erhebt sich von dem Holzstuhl und muss sich kurz an dessen Lehne festhalten. Bis er sie wieder loslässt und Hände und Rücken stattdessen an die Wand presst. Sein Ziel ist der kleine SMEG-Kühlschrank in der hinteren Zimmerecke. Er schiebt sich fast an der Wand entlang, lässt den Blick nicht von dem Punkt, wo der Strudel eben noch zu sehen und zu fühlen war, und öffnet die Kühlschranktür.

Die nächsten Bewegungen erfolgen wie automatisch. Er greift nach einer winzigen Flasche *Absolut Wodka*, führt sie zu den Lippen, stößt dabei an seine Vorderzähne, setzt an und lässt die kalte Flüssigkeit direkt die Kehle herunterlaufen. Nachdem die kleine Flasche leer und das angenehme Brennen im Hals verklungen ist, bemerkt er, dass das noch nicht genug war.

Eigentlich trinkt er kaum. Seine Arbeitsleistung wird schon von zwei Gläsern Bier am Abend zuvor beeinflusst. Doch jetzt gibt es keine andere Lösung. Es ist Vormittag, morgen wartet kein Team auf ihn, um Ergebnisse zu zeigen, Probleme zu besprechen, Lösungen von ihm zu erwarten. Da wartet überhaupt niemand auf ihn. Außerdem gibt es in diesem Moment keine andere Lösung, als nach der zweiten kleinen Wodkaflasche zu greifen und nach den zwei kleinen Champagnerflaschen, die der Kühlschrank hergibt. Warum ist da überhaupt so viel Alkohol drin? Egal, wichtig ist, *dass* er da ist.

Er zieht Hose und Hemd aus, setzt sich aufs Bett und wartet darauf, dass seine Gedanken erst schneller, dann sehr, sehr langsam werden, dass sie aufhören, sich im Kreis zu drehen, und eine andere, freundlichere Realität Einzug hält. Ah, die Kraft des Alkohols. Langsam werden seine Gedanken klarer.

Er wird Katharina später noch einmal anrufen. Und zwar so lange, bis sie rangeht – zur Not mit unterdrückter Nummer. Wer weiß, was wirklich hinter alldem steckt. Weiß man ja gar nicht, was in so einer Firma los ist. Weiß man ja gar nicht …

Vincent gähnt. Sein trüb gewordener Blick wandert langsam zu der schweren Uhr am Handgelenk, und er lächelt träge. Das wird schon alles. Ganz bestimmt. Noch bevor ihm die Augen zufallen, hört er, dass sein Telefon vibriert. Er tastet die noch immer nasse Anzughose danach ab, die er auf den Boden neben dem Bett hat fallen lassen, und zwinkert mehrmals, als er den Namen des Anrufers sieht.

Martin. Mmh. Martin? Martin! Der hat ihn schon ewig nicht mehr angerufen. Ein netter Typ ist das, sein ehemaliger Chef. Wie lange haben sie nicht mehr miteinander gesprochen? Dabei ist er doch so ein netter Typ. Ein bisschen wie Ersatzeltern waren er und seine Frau damals für ihn. Ja, ein sehr netter Typ ist das. Wann hat er ihm das eigentlich das letzte Mal gesagt? Doch bevor er auf den grünen Hörer drücken kann, stoppt die Vibration. Also legt Vincent das Gerät auf den dunklen Parkettboden neben seine Hose, lässt sich aufs Bett fallen, schließt die Augen.

Am Abend wird er Martin zurückrufen und ihm sagen, was für ein toller Typ er ist. Doch jetzt darf er erst mal zur Ruhe kommen. Nur bis zum Abend. Dabei hört er nicht mehr, wie sein Telefon immer wieder von den Vibrationen in Bewegung versetzt wird.

* * *

Erst viele, viele Stunden später öffnet Vincent die Augen wieder. Langsam, vorsichtig, unsicher. Sofort weiß er, wo er ist und warum. Und wünscht sich gleichzeitig, noch ein bisschen Aufschub zu bekommen. Doch er hat seine Gedanken bereits losgelassen, und sie galoppieren, rasen, hämmern, ordnen und analysieren. Also setzt er sich auf und kämpft gegen das Unwohlsein im Bauch, gegen die rasende Angst in der Brust und das Klopfen in den Schläfen.

Vincent lehnt sich zur Seite, um die bauchige Nachttischlampe anzustellen, deren Licht zu stark ist für jemanden, der jahrelang kaum Alkohol getrunken und dann gleich zwei Wodka und zwei Piccoloflaschen Champagner in sich hineingeschüttet und dazu noch nicht einmal was gegessen hat. Er dreht den Kopf in Richtung Fenster. Von außen glitzern Regenfäden an den großen, hohen Scheiben. Er greift nach der schweren Uhr auf dem Nachttisch. Sieben Uhr morgens ist es. Der Alkohol hat ihn für einen halben Tag und eine ganze Nacht ausgeschaltet. Zumindest fast. Zwischendrin waren da immer wieder Episoden des Wachseins, der Panik und der kreisenden Gedanken. Obwohl er für den Rest der mit Schlaf gefüllten Stunden dankbar ist, fühlt sich alles mit dem Katernebel noch undurchsichtiger an. Das hätte er besser wissen können. In seiner Situation braucht er ein klares Hirn und ein neutrales Wesen. Mehr als alles andere.

Vincent schüttelt den Kopf. Es nützt nichts, sich darüber Gedanken zu machen. Das Einzige, was jetzt hilft, ist Aufstehen, Duschen, Rasieren. Er greift nach seinem Telefon. Noch mehr Anrufe. Alle von Martin. Und eine Nachricht. Als er sie liest, setzt er sich auf, sein Herz knallt, statt zu klopfen in seiner Brust.

Ruf mich an. Es geht um Katharina, und es ist dringend.
LG Martin

Martin! Das Handy in der Hand, starrt Vincent in die Dunkelheit außerhalb des Fensters. Der Job bei Martin war Vincents Einstieg als Berater. Damals war er gerade mal dreiundzwanzig und seit einigen Monaten fertig mit dem Studium. Nach einigen Angeboten kleinerer Beratungsfirmen bekam er eine Einladung zum Vorstellungsgespräch bei *Kolb & Kohn Consulting*. Vom ersten Moment an verstanden er und Martin sich, und schon bald war der Mann in den Fünfzigern nicht nur sein Mentor, sondern eine Art Vaterfigur. Das hätte er niemals laut ausgesprochen. Doch so war das damals, das kann er auch mit fast dreizehn Jahren Abstand sehen. Vincent durfte die unterschiedlichsten Fortbildungsseminare besuchen, wurde von Martin zu Veranstaltungen mitgenommen, wo er Kontakte knüpfen konnte. Im ersten Jahr seiner Anstellung lud Martin ihn am ersten Weihnachtsfeiertag sogar zum Essen ein, als er erfuhr, dass Vincent das Fest stets allein feierte, seit er volljährig war. Die Einladung hat er die nächsten sechs Jahre wiederholt, bis …

Vincent schließt kurz die Augen bei der Erinnerung daran, wie Martin ihn ansah, als er ihm Katharinas Angebot beichtete. Er hatte sie auf einem Fortbildungswochenende kennengelernt und war sofort und auf allen Ebenen von ihr begeistert. Mehr noch: Ihr Ehrgeiz, ihr Humor und das nonchalante Auftreten dem Rest der von Männern dominierten Arbeitsgruppe des Seminars gegenüber waren wie eine Offenbarung. War Martin eher still, bedacht und konservativ, waren Katharinas Ansichten unkonventionell, ihr Denken rasend schnell und ihre Argumente stets gnadenlos.

Vor allem die, die sie vorbrachte, um Vincent davon zu überzeugen, dass er in ihr Team und in ihr Unternehmen gehörte. Das Gehalt, das sie ihm bot, war nicht nur unfassbar hoch. Da waren auch noch die luxuriöse Firmenwohnung und die Aussicht auf eine Stelle als Führungskraft, wenn er sich geschickt anstellte … und der Blick, mit dem sie ihn ansah und der ihm – wie er jetzt weiß – letztlich zum Verhängnis geworden ist. Denn Führungskraft wurde er schon nach einem halben Jahr. Das Versprechen dagegen, das ihr Blick ihm gab, hat sie niemals wirklich eingelöst. Was das für ein Versprechen war, weiß er selbst nicht so richtig. Wahrscheinlich war da überhaupt nichts in ihrem Blick gewesen, außer Lust.

Und, obwohl er sich das kaum eingestehen kann, muss Vincent zugeben, dass er sich mehr erhofft hat. Nicht von seinem Job. Von ihr. Was vollkommen idiotisch war. Vollkommen idiotisch. Aber jetzt macht er das ja schon wieder. Dabei darf kein Gedanke dorthin wandern, kein Gedanke darf zu Katharina. Sie war seine Chefin. Und sie haben miteinander geschlafen. Dabei hat sie ihm nie etwas versprochen. Außerdem hat sie aus einer durchaus schwierigen Situation das Beste für ihn herausgeholt, da ist er sich sicher.

Vincent starrt immer noch auf sein Handy.

Seit seiner Kündigung vor sieben Jahren hat er kein Wort mehr mit Martin gesprochen. Daher das heftig pochende Herz, als er auf das Display drückt und Martins Nummer wählt. Trotz des ungewohnt kratzigen Untertons löst Martins Stimme etwas in Vincent aus. Sehnsucht? Schlechtes Gewissen? Oder beides zu gleichen Teilen? Lange kann er nicht darüber nachdenken, denn Martin fängt sofort zu sprechen an.

»Hallo, Vincent. Sicher hast du dich gewundert, warum ich dich gestern angerufen habe. Ist ja schon lange her. Na ja, und vielleicht wunderst du dich auch, dass ich gar nicht frage, wie es dir geht, weil … es gibt eigentlich keinen einfachen Weg, dir das hier zu sagen, deshalb bringe ich es direkt auf den Punkt. Ich weiß, was Katharina da für absolut kriminelle Lügen über dich verbreitet. Und ich glaube kein Wort davon.«

5

*E*in Fremder.

Vincent senkt den Blick zu seinen Koffern und den Taschen, die auf dem feuchten Bürgersteig neben ihm stehen. Dann blickt er wieder in das Spiegelbild in der geputzten Scheibe des Hotels. Er sieht aus wie ... ja, wie denn? Wie jemand, der sich selbst nicht erkennt.

Denn dieser Typ im hellen Trenchcoat, dieser dünne Mann mit dem eingefallenen Gesicht und den tiefen Stirnfalten ... das kann unmöglich er sein. Seit dem Telefonat mit Martin gestern sieht er seinem Vater erschreckend ähnlich. Geschlafen hat er kaum letzte Nacht. Nicht, nachdem er den ganzen Tag wieder niemanden erreichen konnte. So, wie seit der Entlassung nicht. Und nachdem es keiner seiner ehemaligen Mitarbeiter geschafft hat, ihm auch nur eine kurze Textnachricht zu schreiben. Bis auf Benjamin. Von dem er das am wenigsten erwartet hätte. Er schüttelt den Kopf und blickt auf die schwere Armbanduhr an seinem Handgelenk. Warum, weiß er nicht. Schließlich ist da kein Termin, zu dem man ihn erwartet. Nur eine Aufgabe, eine riesige, die ihn das letzte bisschen Kraft kosten wird, die er aufbringen kann.

Sie ist ein Geschenk gewesen, die Uhr. In einem roten Kästchen lag sie auf »seiner« Bettseite in dem glutroten Zimmer des Pariser Hotels mit den seidenweichen Laken. Damals war Vincent erst kurz in Katharinas Team und zusammen mit ihr und einigen Kollegen zu einer Kongresswoche für europäische Beratungsfirmen und Thinktanks eingeladen worden. Nach einem Abendessen mit zu viel Wein landeten sie in ihrem Bett. Nicht das erste Mal. Das hatte es zuvor auch schon gegeben. In der Firmenwohnung, sogar in ihrem Büro. Am nächsten Morgen im Hotel lag jedenfalls nach dem Duschen die kleine Kiste auf seinem Kopfkissen und Katharina mit einem Lächeln daneben.

»Happy Birthday«, flüsterte sie, drehte sich zur Seite und stützte den Kopf mit einem schiefen Lächeln auf die Hand. Seinen Geburtstag feierte er schon sehr lange nicht mehr. Das war einfach kein Tag, der gute Erinnerungen weckte. Sondern nur welche an einen traurig leeren Geburtstagstisch mit zwei, drei Stücken Kuchen vom Bäcker und einem Geschenk, das Vincent sich ein paar Tage zuvor selbst ausgesucht hatte. Nach über einem Jahrzehnt war die schwere silberne Uhr das erste Geburtstagsgeschenk, das ihm jemand machte. Vincent sah Katharina an, und etwas in ihm erzitterte, und dann riss er sich zusammen. Traurigkeit war ein vollends sinnloses Gefühl, völlig sinnlos.

Trotzdem war er sprachlos und wusste nicht, ob das so in Ordnung war. Eine Rolex. Natürlich sei es das, sagte sie. Dass er *ihr bestes Pferd im Stall* sei, und zwar nicht nur, was das Unternehmen betraf. Dabei lachte sie wieder dieses freche Lachen, was ihn diesen seltsamen Ausdruck – *das beste Pferd im Stall* – fast hat überhören lassen. Und sie sagte, dass sie wirklich böse sei, wenn er sie nicht annehme, die Uhr.

Also tat er das und musste sich an diesem Abend zwingen, das schwere Schmuckstück vorm Schlafengehen überhaupt wieder abzunehmen. Von da an kamen viele Nächte, nach denen er neben ihrem warmen Lächeln und einem Geschenk erwachte. Manschettenknöpfe von Mont Blanc. Handschuhe aus Kaschmir von Louis Vuitton. Die Laptoptasche von Métier. Der Burberry-Mantel, den er vor einer halben Stunde vorm Verlassen des Hotelzimmers übergeworfen hat und der immer noch ein bisschen feucht ist.

Katharina liebt seidige Stoffe, weiches Leder und alles, was sonst noch ein angemessen teures, aber nicht zu auffälliges Label trägt. Das liege daran, dass sie früher so sparen mussten, sie und ihre alleinerziehende Mutter. Deshalb wolle sie jetzt auf gar nichts mehr verzichten. Und die Menschen um sie herum sollten das auch nicht. Entsprechend hat sie auch Vincent aus- und nach ihrem Belieben umgestaltet, ihn in schöne Dinge gehüllt. So, wie es kleine Mädchen mit ihren Puppen tun. Und er hat es geschehen lassen und es mit ... Liebe? ... verwechselt. Nein, er hat das nicht nur geschehen lassen. Er hat es genossen, auch wenn er sich jetzt dafür schämt.

Vincent steht noch immer vor dem Hotel. Bewegungslos. Von außen und von innen. Nein. Er sieht, wie sein Spiegelbild den Kopf schüttelt. Das hört jetzt auf. Er hat sich täuschen lassen und dafür bezahlt. *Keine Performance,* ha! Und *die Herausforderungen, vor denen* Kaiser & Partner *steht!* Er hat keine Ahnung, was hier los ist. Aber dass das alles nicht stimmt, ist ihm mittlerweile klar. Der Rauswurf, die Lügen, die Gerüchte, die Katharina in der kompletten Branche über ihn verbreitet. Warum auch immer sie das alles getan hat – es muss aufhören, und sie schuldet ihm Antworten. Und wenn sie seine Anrufe ignoriert und seinen ehemaligen Mitarbeitern explizit verbietet, mit ihm zu sprechen – denn genauso hatte es Benjamin ihm gestern geschrieben –, wird er sich diese Antworten eben holen. Wo, weiß er genau.

Die Fahrt von hier nach Berlin-Dahlem kann nicht länger als eine halbe Stunde dauern. Vincent atmet tief ein und lässt den Mief eines alten Trabants seine Lungen verpesten. *Trabi-Safari* steht auf der ihm zugewandten Seite des Fahrzeugs. Darin sitzen vier junge Frauen, den Luftballonpenissen im Auto nach zu urteilen, ein Junggesellinnenabschied. Eine der Frauen kurbelt die Scheibe herunter und ruft ihm zu, dass er süßer sei als Mangoreis und ob sie mal ein Löffelchen probieren dürfe. Er ist so perplex, dass er gar nichts antworten kann.

»Deine Traurigkeit knutsch ich dir gleich weg, das kannst du aber wissen, du kleiner Remington-Hoffman-Verschnitt!«, ruft eine andere, und damit fahren die Trabi-Junggesellinnen davon.

Mangoreis. Und Remington Hoffman. Da sind andere aber schon weitaus kreativer gewesen. Was auch immer. Er hat keine Zeit für so was. Er wird das jetzt tun. Die Koffer und Taschen in den Kofferraum eines Taxis werfen, den Fahrer anweisen, nach Berlin-Dahlem zu fahren, vor Katharinas Villa aussteigen, klingeln, nach ihr verlangen und nicht weggehen, bevor sie mit ihm gesprochen hat. Völlig egal, ob Sonntag ist und ihre Familie zu Hause. Weil jetzt Schluss ist mit dieser Passivität. Weil er sich jetzt die Kontrolle zurückholen wird.

Er sieht sich um, kann aber nirgends ein Taxi entdecken. Bis auf das immer noch vernehmbare Brummen des Trabis ist es sehr still. Auf der anderen Straßenseite läuft eine große Frau mit einem riesigen Windhund, der einen hellgrünen Regenmantel trägt, obwohl nur noch winzige Tropfen vom Himmel fallen. Ein Blick zum U-Bahn-Symbol am Ende der Straße, dann zur Bushaltestelle gegenüber. Vincent kratzt sich am Kopf und überlegt, ob er das schaffen kann mit den schweren Koffern, den Reisetaschen, seinem Rucksack und dem Laptop. Im Bus würde er mehrere Plätze einnehmen, und das ganze Zeug die Rolltreppe bis hinunter zur U-Bahn zu bekommen, wäre zwar möglich, aber tödlich.

Ein rotes Auto fährt zu schnell an der Reihe geparkter Fahrzeuge vorbei und hält direkt vor dem Hotel.

Das kann nicht wahr sein. Vincent sieht sich um und dann wieder zu dem roten Wagen, der ihm leider sehr bekannt vorkommt. Da ist niemand, der auf das Fahrzeug wartet. Niemand außer ihm.

Hat der Rezeptionist mit dem unangenehmen Ziegenbart ihm ungefragt ein Taxi gerufen? Und wenn ja, wie kann es sein, dass er ausgerechnet die verrückte Rothaarige dafür anheuert? Schließlich gibt es Tausende Taxis in Berlin. Vincent nähert sich langsam dem Auto und lehnt sich nach unten, um durch das offene Fenster der Beifahrertür zu blicken.

Die Rothaarige sitzt am Steuer, das Telefon zwischen Ohr und Schulter geklemmt, und sieht noch nicht einmal zu ihm, um ihn zu begrüßen, während ihre rechte Hand damit beschäftigt ist, die Nägel der linken Hand mit einem lila Nagellack zu bemalen. Ihre Stimme schallt so laut durch den kleinen Innenraum, dass sie es ganz sicher nicht hören wird, wenn er jetzt fragt, ob sie auf jemand Bestimmtes warte oder ob das Taxi frei sei. Doch das ist auch gar nicht nötig.

»Wirf die Taschen einfach in den Kofferraum, ich bin gleich fertig«, ruft sie am Hörer vorbei. Dabei dreht sie sich nicht um, sondern redet direkt weiter und bläst Luft auf die linke Hand, vermutlich, um den Nagellack zu trocknen.

Vincent überlegt kurz. Soll er wirklich noch mal einsteigen ins Fahrzeug dieser Frau und sich damit erneut deren verbaler Diarrhö und ihrem fragwürdigen Fahrstil aussetzen? Natürlich gibt es da noch andere Optionen. Andererseits ist das hier die schnellste. Er hat die Kontrolle, sagt er sich wieder. Er hat die Kontrolle über die Situation und wird sich jetzt sofort die Antworten holen, die ihm zustehen. Und sein altes Leben gleich mit. Also geht er zum Kofferraum, öffnet die Klappe, verstaut seine Koffer, läuft zurück zum Bürgersteig, um die Taschen zu schultern und zur Beifahrerseite zu gehen. Er öffnet die Tür, als ein kleiner, langer Hund vom Fußraum auf den Beifahrersitz springt und ihn mit gehobenen Lefzen anknurrt, woraufhin Vincent die Tür eilig wieder schließt.

Da die Frau noch immer telefoniert, öffnet Vincent die rechte Hintertür des Wagens – inzwischen wieder stark verunsichert ob der Seriosität dieser *Greta Matuschek* und ihres »Unternehmens«. Doch auch hinten ist kein Platz. Zumindest auf seiner Seite nicht. Ein kleines Mädchen im Kindersitz lächelt ihn zahnlos an und streckt ihm einen kleinen grauen Kuschelpapagei entgegen. Die hat er durch die abgedunkelten Scheiben hinten gar nicht bemerkt. Die Fusseln auf ihrem Kopf sind zu einem winzigen Zopf gebunden, der bunte Haargummi ist viel zu groß für die federhaften Flusen. Vincent dreht sich um, aber das Lächeln ist ganz eindeutig ihm gewidmet. Also lächelt er zurück, denn wer erwidert ein zahnloses Lächeln nicht.

Plötzlich blickt das Mädchen sehr konzentriert zu ihm hoch und läuft glutrot an, ihre Augen quellen schier aus den Höhlen, so angestrengt sieht sie aus, während sich die kleinen Fäuste um ihr Kuscheltier ballen und sie einen gequetschten Laut von sich gibt. Wie besessen sieht das hübsche kleine Gesicht plötzlich aus.

Vincent fühlt, wie sein Herz zu hämmern beginnt, und er blickt panisch von dem kleinen Mädchen nach vorn zum Fahrersitz. Was ist bloß mit dem Kind los? Hat es etwas verschluckt? Sollte er es aus dem Sitz befreien und … O Gott, was tut man noch mal, wenn jemandem etwas im Hals stecken bleibt? Gerade als er nach vorne schnellen und das Kind abgurten will, ertönt ein sehr lautes, sehr gedehntes Geräusch, gefolgt von einem intensiven Geruch, der direkt von dem kleinen Körper vor ihm aufsteigt. Langsam schließt Vincent die Tür wieder und tritt einen Schritt zurück.

Der betäubende Nagellackgeruch, der aggressive Hund und Babyfäkalien. Es ist ohne Zweifel eine wirklich schlechte Idee, noch einmal hier einzusteigen. Doch er muss es tun. Muss zu Katharina, muss alles loswerden, weil ihn sonst der Mut verlässt. Und das wird er, weil schon jetzt nicht mehr sonderlich viel davon übrig ist. Also geht er um das Fahrzeug herum, atmet noch einmal tief ein, öffnet die Tür und setzt sich neben das kleine Mädchen, das ihn trotz der Geruchswolke um sie herum jetzt wieder anstrahlt. Er greift nach dem Gurt und begegnet dem Blick der Fahrerin im Rückspiegel. Ihre dichten, geschwungenen Brauen schnellen in die Höhe.

»Boje, ich ruf dich gleich zurück, aber klapp jetzt den Laptop zu, okay? Das, was du jetzt machst, ist reine Verschlimmbesserung. Ist mir scheißegal, ob man *das* oder *der* Laptop sagt. Mach einfach aus, verdammt!« Sie legt auf und dreht sich zu Vincent um.

»Was um Himmels willen machst du denn schon wieder hier? Du bist aber kein verrückter Stalker, oder so? Für so was hab ich gerade echt keinen Nerv.«

Vincent blickt sich um, was blödsinnig ist, weil da natürlich niemand ist, mit dem sie sonst sprechen könnte. »Äh, Entschuldigung?! Sie haben gesagt, ich solle die Taschen in den Kofferraum werfen, und genau das hab ich getan. Außerdem verfolge ich ja wohl nicht Sie, sondern Sie mich.«

»Hä? Was soll das denn heißen? Ich hol hier nur meine Cousine ab. Als ich das Hotel am Freitag gesehen habe, hab ich direkt ein Wochenende für sie und ihren Mann hier gebucht, weil ich ihren Geburtstag letzte Woche vergessen habe und sie echt, echt nachtragend mit solchen Sachen ist und …«

Die Frau will weitersprechen, wird aber von der sich öffnenden Beifahrertür unterbrochen.

»Sorry, aber ich musste erst warten, bis ich wieder gerade stehen kann. Sonst wäre ich die Treppe nicht runtergekommen. O Gott, wie riecht es denn hier. Mach bitte sofort alle Fenster auf, sonst muss ich wieder brechen.«

Eine Frau mit sehr blassem Gesicht steckt den Kopf zur Tür herein und begrüßt den überfreudigen Hund auf dem Vordersitz, der bis eben noch auf dem Sitz gestanden und Vincent mit den Augen eines Psychopathen beobachtet hat. »Und wo ist denn das riesengroße Mädchen, das zwei ganze Nächte ohne Mama und Papa alleine bei Tante Greta verbracht hat? O Gott … und das ganz eindeutig eine volle Windel hat.« Die Frau drückt den Hund weg, hält sich mit den Fingern die Nase zu und lehnt sich ins Fahrzeug, um nach hinten zu dem kleinen Mädchen zu sehen, das jetzt freudig gluckst. Als die Frau Vincent sieht, hält sie inne und nimmt die Finger von der Nase. Ihr Haar ist halblang und so hellrot wie das der Fahrerin, zu der sie jetzt fragend schaut.

»Was ist denn los? Warum steigst du nicht ein?«

Ein Mann mit Brille und dunkelblauem Mantel erscheint neben der jungen Frau. Als er Vincent entdeckt, reißt er die Augen auf. »Was ...? Wer ist das, und warum lässt du ihn neben Florentine sitzen?«

Das kleine Mädchen neben Vincent wirft den Kuschelpapagei in den Fußraum und hebt die Arme in Richtung des Mannes, der ihren brabbelnden Worten zufolge ihr Papa sein muss.

Vincent hebt schützend beide Hände. »Ich ... also, ich dachte, das Taxi wäre frei, und als die Fahrerin gesagt hat, ich solle mein Zeug in den Kofferraum werfen, habe ich das eben gemacht ... Was ist denn hier los? Warum sehen mich alle so an? Ich ... ich will doch einfach nur nach Dahlem.« Vincent versucht, sich abzuschnallen, schafft es aber nicht.

»Der Verschluss des Gurtes klemmt, Moment.« Der Mann im blauen Mantel sieht jetzt nicht mehr schockiert aus. Er geht um das Fahrzeug herum und öffnet Vincents Tür, um ihn kritisch durch die runden Brillengläser zu betrachten.

»Jetzt warte mal kurz, Alex.« Die Frau mit den halblangen roten Haaren folgt dem Mann um das Fahrzeug herum und lehnt sich nach unten. Mit schief gelegtem Kopf betrachtet sie Vincent, der aufgrund des klemmenden Gurts keine Chance hat, sich aus seinem Sitz und damit von diesen fragwürdigen Menschen zu befreien.

»Ich finde, der sieht ziemlich harmlos aus. Greta hat heute eigentlich frei, und nach Dahlem fährt sie dann ja eh noch. Wenn wir uns zusammenquetschen, können wir uns das Taxi doch teilen, oder nicht, Greta?«

Sie lächelt Vincent zu und sieht zu der Fahrerin. Die dreht sich auf ihrem Sitz kniend zu ihm um, vermutlich, um seine Harmlosigkeit erneut selbst beurteilen zu können.

Anders als vorgestern thronen ihre roten Haare heute wie ein Turm auf ihrem Kopf, auf den hellbraunen Lidern ist eine ge-

64

schwungene dicke schwarze Linie gezogen. Wie helles Bier in der Sonne sehen diese Augen aus. Das ist ihm am Freitag gar nicht aufgefallen. Der Schock war so intensiv, dass er das Gesicht der Frau auf der Straße niemals wiedererkannt hätte. Nicht einmal die Lachgrübchen sind ihm aufgefallen.

Genauso wenig wie die bunten kurzen Vorhänge an den Fenstern, der Wackeldackel auf dem Armaturenbrett, die vielen bunten Ketten, die über dem Rückspiegel baumeln, und die gesteppten Zierkissen, die auf jedem der Sitzplätze liegen. Wenn die Frau und der übertriebene bunte Kaftan, den sie heute trägt, überhaupt irgendwo hinpassen, dann wahrscheinlich in dieses Wahnsinnsmobil.

»Klar ist der harmlos. Außerdem kennen wir uns schon.« Sie erzählt kurz von ihrer und Vincents Begegnung vor ein paar Tagen. »Und nach Dahlem muss ich dann ja eh, du hast schon recht. Also los, wenn ihr euch zusammenquetscht und irgendwer den Dackel in den Fußraum bekommt, kann's von mir aus losgehen. Aber als Erstes bring ich euch nach Prenzlberg. Nicht, dass Maya mir noch ins Auto kotzt. Aber nicht, bevor nicht einer von euch die Stinkbombe in Florentines Windel entfernt hat. Das ist ja lebensbedrohlich.«

Auf dem kurzen Weg in das Viertel, eingequetscht zwischen dem Kindersitz und dem Mann, der sich als Alex vorstellt und sich tatsächlich noch erbarmt hat, dem kleinen Mädchen vor der Abfahrt die Windel zu wechseln, erfährt Vincent, dass das Paar die letzten zwei Nächte nur einige Zimmer von seinem entfernt verbracht hat.

»Zwei Nächte ununterbrochener Schlaf, ohne aus einer vollen Windel heraus angepieselt zu werden … das war echt schön. Eigentlich wollten wir bleiben, bis man uns zum Auschecken zwingt. Aber Maya ist schwanger, und die Morgenübelkeit ist heute besonders schlimm. Außerdem haben wir unser Florentinchen vermisst. Und dich natürlich auch, Leah.«

Der Mann lehnt sich nach vorne, um das Dackelwesen zu streicheln, das sich eng an den Hals der Frau auf der Beifahrerseite schmiegt und Vincent dabei nicht aus den Psychopathenaugen lässt.

»Und das, obwohl ihr euch keine bessere und vertrauenswürdigere Babysitterin für Kind und Dackel vorstellen könntet, wolltest du noch hinzufügen, oder?« Die Frau am Steuer blickt in den Rückspiegel und hebt dabei eine Braue.

»Natürlich«, bestätigt Alex und fragt, was Vincent in Dahlem vorhabe.

»Äh, na ja …« Vincent hat keine Ahnung, was er antworten soll. »Ich muss da mit jemandem sprechen …«

Was für ein bescheuerter Satz. Das scheint auch der Mann zu denken und hebt die Brauen, um ihn zum Weitersprechen zu animieren.

»… mit meiner Ex-Chefin. Die irgendwie auch meine … na ja … Ex-Freundin ist«

Hat er das gerade wirklich gesagt? Was für ein Unsinn. Katharina ist nicht seine Ex-Freundin. Auch wenn er sich das gewünscht hätte. Also, ohne das mit dem Ex vor dem Wort.

»Ah ja. Das hört sich ja nicht gerade nach dem perfekten Sonntag an. Manchmal kann das Leben wirklich unangenehm sein. Nein, nicht unangenehm.« Der Mann mit dem blauen Mantel und der Brille überlegt kurz. »Eher grausam und erbarmungslos. Und das sag ich aus Erfahrung.«

Vincent sieht kurz zu Alex rüber, dessen Knie die seinen berühren und der freundlicherweise eine von den Louis-Vuitton-Taschen auf den Knien hat, die Vincent gerade regelrecht peinlich sind. Der Mann wirkt ruhig, angenehm und unaufgeregt. Genau wie seine Worte eben, die Vincents Situation nicht besser hätten beschreiben können. Die Frauen vorne sind in ein Gespräch vertieft, und plötzlich überkommt Vincent der Wunsch, mit jemandem zu reden. Mit jemandem, der keine Ahnung hat von dem, was ihm passiert ist, und dessen Objektivität seine Verzweiflung ein wenig zu entkräften vermag.

Deshalb räuspert er sich und gibt diesem Alex eine Kurzfassung. Von dem, was Katharina gesagt hat und was seitdem passiert ist. Eine Fassung, die vor allem deshalb so kurz ist, weil er ja noch immer keine Ahnung hat, wie es zu seiner Kündigung hat kommen können.

»Und du weißt wirklich nicht, warum die dich entlassen haben?« Alex sieht zu Vincent.

»Kein bisschen«, antwortet Vincent und krallt sich an der zweiten Vuitton-Tasche fest, als Greta mit Schwung eine Kurve nimmt.

»Aber da muss es doch rechtliche Schritte geben, die du ergreifen kannst.« Er überlegt kurz und kratzt sich dann kopfschüttelnd am Kinn. »Mmmh ... andererseits hast du diesen Vertrag unterschrieben ...«

Alex spricht mit genau der ruhigen Stimme, die Vincent sich erhofft hat. Leider beruhigt ihn der Inhalt des Gesagten kein Stück. Dieser Aufhebungsvertrag. Wie hat er nur so dumm sein können?

»Ich weiß. Und ich habe keine Ahnung, warum ich das getan habe.«

Alex überlegt.

»Mmmh, also für mich hört sich das so an, als hätte diese Katharina das ganz geschickt eingefädelt. Hat dich überrascht und direkt unter Druck gesetzt. Da müsste man schon besonders abgebrüht sein, um noch eine vernünftige Entscheidung treffen zu können.«

Vincent nickt, und obwohl er sich nicht direkt besser fühlt, ist es zumindest eine Erleichterung, dass dieser Alex nicht in die anklagende Stimme in Vincents Kopf einstimmt. Statt weiterzusprechen, werden beide durch die erhobenen Stimmen auf den vorderen Sitzen dazu gezwungen, dem dort stattfindenden Streitgespräch zu folgen.

»Du kannst diesen Idioten nicht dein Leben bestimmen lassen. Ist dein Manuskript bei dem Agenten, den du rausgesucht hast? Und der neue Roman? Wann gibst du mir das nächste Kapitel?«, fragt die Frau auf dem Beifahrersitz und um die Zunge des Hundes herum, der ihr Gesicht ableckt.

»Das geht dich verdammt noch mal nichts an, Maya.«

»Doch, das tut es. Ich will nämlich wissen, wie es weitergeht. Nein, das stimmt nicht – ich *muss* es wissen. Du kannst mir nicht drei Viertel Manuskript geben und mich dann zappeln lassen. O Gott, wie fährst du denn überhaupt? Wenn du nicht ein bisschen langsamer wirst, muss ich aussteigen. Okay, das ist besser, danke. Wo war ich stehen geblieben. Ah ja: Wobei das mit dem Manuskript noch nicht mal das Schlimmste ist. Das Schlimmste ist, dass du dir von dieser Nullnummer die Zeit stehlen lässt. Und ich versteh ehrlich nicht, warum du das machst …«

»Jetzt lass Boje mal aus dem Spiel. Ich hab ihm meine Hilfe selbst angeboten, und außerdem …« Sie unterbricht sich kurz, um zu hupen, als ein Mercedes-SUV ihr die Vorfahrt nimmt, und streckt den Kopf aus dem Seitenfenster. »Du hast doch nicht mehr alle Latten am Zaun! Weniger Hubraum, mehr Hirn, du Vollpfosten.« Sie schüttelt den Kopf und kurbelt das Seitenfenster hoch.

»Und außerdem …?« Die Frau blickt auffordernd zu der Fahrerin.

»Und außerdem sind das gerade vor allem das Haus und das Taxi, die mir die Zeit stehlen.«

»Warum fährst du denn immer noch so viel mit der alten Karre? Sag nicht, dass das ganze Geld schon weg ist! Deine geizhalsige Oma dreht sich bestimmt gerade im Grab um, weil du ihr komplettes Nazigold …«

Die Fahrerin tritt auf die Bremse. »Und da sind wir auch schon. Schade, jetzt fehlt uns doch tatsächlich die Zeit, um weiter über *mein* Leben und das Erbe *meiner* Großmutter zu plaudern. Vielleicht beim nächsten Mal.«

»Greta! Ich bin noch nicht fertig ...«, sagt die Beifahrerin, doch die Frau im bunten Kaftan ist bereits ausgestiegen.

»Hat mich gefreut«, sagt Alex und streckt Vincent die Hand hin. »Viel Glück in Dahlem.«

Damit steigt er lächelnd aus, geht auf die andere Seite und hebt den Kindersitz vom Platz neben Vincent.

Und dann ist Vincent allein in dem Fahrzeug. Statt des Männerkörpers auf der einen und des Kindersitzes auf der anderen Seite sind es jetzt seine Gedanken, die ihn einengen.

Was wird passieren, wenn er in Dahlem ankommt? Wenn er aussteigt, die Stufen der Villa hochgeht und vor der Tür stehen bleibt? Er will das nicht tun, wirklich nicht. Will der jungen Frau am Steuer – dieser Greta – sagen, dass sie bloß nicht losfahren soll. Will seine Laufschuhe aus dem Koffer reißen, sie an die Füße werfen und rennen.

Doch so schnell kann er gar nicht rennen, dass er seinem persönlichen Dilemma entkommt. Außerdem bringt ihm die ganze Rennerei auch nichts. Also starrt er aus dem Fenster und lässt die Stadt an sich vorbeiziehen, während die Frau wieder telefoniert. Ihre viel zu lauten Worte versucht er auszublenden, was ihm nur teilweise gelingt, weil ihre Stimme tief ist und eingehend und aufdringlich auch irgendwie. Deshalb ist er froh, als sie irgendwann tatsächlich auflegt.

»Jetzt hör doch mal auf, so zu gucken. Das macht einem ja Angst, verdammt.«

Vincent trifft die Augen der Frau im Rückspiegel. Langsam beginnt sie tatsächlich, ihm auf die Nerven zu gehen. »Wie schaue ich denn, bitte schön?«

»Als hättest du vor, gleich einen Terroranschlag zu verüben oder so. O Gott ... du willst doch nicht etwa ... du bist kein gewalttätiger

Ex-Freund oder so was, oder? Sonst fahr ich einfach weiter und lenk das Taxi direkt in die Havel, verstanden?«

Vincent runzelt die Stirn. Was war denn das für eine Frage? »Was ... was reden Sie denn da? Natürlich nicht. Das ist ja ... also wirklich ... was denken Sie sich denn ...«

Greta schüttelt den Kopf, wickelt eine lose Strähne ihres Haares um den Zeigefinger, um sie dann in dem roten Turm auf ihrem Kopf zu verstauen. »Erstens musst du aufhören, mich zu siezen. Das ist ja schrecklich. Und zweitens«, sie nimmt eine Rechtskurve, deren Wucht Vincent in seinen Gurt drückt, »zweitens hast du vorhin erzählt, dass ich dich gerade zu deiner Ex fahre, und was du meinem Schwager da erzählt hast, habe ich auch gehört. Und bevor du fragst: Ja, ich habe gelauscht, und nein, das ist mir nicht peinlich, weil ich ein durch und durch neugieriger Mensch bin. Bei der Kombination deiner Erzählung über den Job und die Lügen mit dem Blick, den du draufhast, lag der Gedanke eben nahe, dass du was echt Dummes tun könntest.« Sie dreht den Spiegel noch ein Stück zur Seite, um ihn besser sehen zu können.

Eigentlich will Vincent noch etwas antworten. Doch stattdessen schüttelt er den Kopf. Er wird diese Frau nicht mehr wiedersehen. Was sie von ihm denkt oder nicht denkt, ist also vollkommen irrelevant.

Nach einigen Minuten des Schweigens hält der Wagen vor einer weißen Villa, und Greta beugt sich nach vorne, um das Gebäude durch die Windschutzscheibe richtig betrachten zu können. »Mensch, Vincent, schon wieder so ein feiner Kasten. Mmh ... Irgendwie kommt mir der Schuppen bekannt vor. Auf jeden Fall nicht schlecht, Vincent Zimmer. Gar nicht schlecht.« Sie pfeift und nickt, dann dreht sie sich zu ihm nach hinten. Vincent will ihrem Blick ausweichen und aussteigen, doch auch der Gurt des mittleren Platzes klemmt, sodass die Fahrerin erst aussteigen und ihn befreien muss. Sie lehnt sich über ihn, ihr rotes Haar dicht an seiner Nase, und hinterlässt einen Geruch nach ... nach Lack und ...?

Bevor er den Geruch richtig erfassen kann, hat sie den Gurt gelöst und steigt vorne wieder ein.

»Ach so.« Vincent kramt seinen Geldbeutel aus der Hosentasche und lehnt sich nach vorn. »Was bekommen Sie denn von mir?«

»Gar nichts, musste ja eh nach Dahlem. Versprich mir nur, dass du keine Dummheiten machst, okay? Ich weiß, was Ex-Freunde in einem auslösen können, das kannst du mir glauben. Aber hat es jemals etwas gebracht, sich mit Sekundenkleber an die Haustür des Verflossenen zu kleben, damit der einen zurücknimmt? Oder damit zu drohen, einen Instagram-Kanal mit Fotos von all den Zehennägeln zu veröffentlichen, die das Schwein in deinem Bad hinterlassen hat? Nein! Und das sag ich aus Erfahrung.« Sie legt ihren Gurt an und dreht sich zu ihm.

Vincent überlegt nur weniger als eine Sekunde lang, nachzufragen, ob sie da tatsächlich aus ihren eigenen Erfahrungen schöpft. Dann schüttelt er den Kopf und zieht seinen Geldbeutel aus der Hosentasche. Sie waren ungefähr eine halbe Stunde unterwegs, doch da sind nur noch zwanzig Euro. Was nicht reicht, da ist er sich sicher. Trotzdem beschließt er, dass das besser ist als nichts, und legt den Schein wortlos auf die Mittelkonsole des Taxis.

Er steigt aus und geht zum Kofferraum. Als er den letzten Koffer heraushebt, hält er inne. Was tut er da überhaupt? Was will er denn mit den ganzen Taschen? Hier, bei Katharina? Sie wird ihn wohl kaum hereinbitten. Er läuft noch einmal um das Taxi herum zum Fahrerfenster, das sofort heruntergelassen wird. Greta hebt die Brauen.

»Sagen Sie ... ich weiß, Sie haben heute frei ... aber könnten Sie vielleicht trotzdem kurz warten und auf meine Sachen aufpassen? Sie müssen mich dann auch nirgendwo hinfahren, wenn Sie keine

Zeit mehr haben. Ich brauche nur jemanden, der kurz auf meine Sachen schaut.«

Sie hebt den Blick, um auf den kleinen SpongeBob-Schwammkopf-Wecker zu sehen, der auf dem Armaturenbrett klebt, und schüttelt den Kopf. »Keine Zeit, echt nicht. Ist eigentlich mein freier Tag heute, und den muss ich nutzen, um bei mir zu Hause klar Schiff zu machen. Wenn man das so nennen kann. Tut mir leid, Vincent.«

Kurz hebt und senkt sie die Schultern, vermutlich, um ihr Bedauern auszudrücken, lehnt sich dann aber noch einmal nach rechts, um aus einem Berg an Papieren auf dem rechten Armaturenbrett einen Zettel hervorzukramen, den sie ihm durchs offene Fenster reicht.

»Aber wenn du unter der Woche noch mal ein Taxi brauchst, kannst du mich gerne anrufen. So, und jetzt mach's gut, und halt die Ohren steif, warum auch immer man das sagt.«

Margarethe Matuschek, selbstständige Taxifahrerin (staatl. lizenziert) liest Vincent auf dem zerknitterten roten Papierzettel, während er aus dem Augenwinkel die Bewegung des davonfahrenden Fahrzeugs sieht. Mit zitternden, feuchten Händen steckt Vincent den Zettel in seine Hosentasche. Dann blickt er dem roten Fahrzeug hinterher, das zu schnell um die nächste Ecke der mit Kastanien bepflanzten Allee fährt.

Langsam wandert sein Blick auf den Berg Taschen neben sich. Das hat er nicht bedacht. Also, dass er mit all seinen Besitztümern vor Katharinas Tür stehen würde. Vom Haus aus kann man ihn wegen der dichten Hecke zum Glück nicht sehen. Also baut er auf dem Gehsteig und ganz nah an der Hecke einen möglichst kleinen Turm aus seinem Gepäck. Er sieht die leere Straße hoch und runter und bezweifelt, dass sich hier irgendwer an seinen Sachen bedienen wird. Zumal der Turm so aussieht, als würde gleich jemand aus dem Haus kommen, um ihn reinzuholen. Und eigentlich …

eigentlich ist ihm das gerade auch egal. Also schließt Vincent für einen Moment die Augen, atmet noch einmal tief ein und aus und wischt die verschwitzten Hände am Mantel ab. Dann geht er die hellen Steinstufen nach oben. Eine nach der anderen, dabei jeden Gedanken aus dem Kopf drängend, der mit dem Hier und Jetzt zu tun hat. Er sieht, wie sich sein blasser, zitternder Zeigefinger zum Klingelknopf bewegt, und spürt, wie er tatsächlich zudrückt.

TEIL 3

Küchen

*Überraschung: Ich bin in Berlin!!! Heute 20 Uhr bei mir? Pizza,
Bier und die komplette Staffel Criminal Minds, wohoo!*

Die letzten Buchstaben tippt sie ohne großen Enthusiasmus. Denn
nach *wohoo* ist der jungen Frau ganz und gar nicht. Noch nicht
mal nach einem halbherzigen *Hurra* ist ihr. Sie greift nach dem
Hunderteuroschein, den ihr Vater auf das Marmortablett auf dem
kleinen Tischchen neben der Küchentür gelegt hat.

Der kleine Tisch mit der Glasplatte und den goldenen, gekreuz-
ten Beinen muss neu sein. Zumindest hat er am Ende der Sommerferien noch nicht hier gestanden. Das Ding hat sicher ein Vermögen gekostet. Nicht nur, weil es wunderschön gearbeitet ist.
Sondern einfach, weil alles, was die Innendesignerin seines Vaters
kauft, ein Vermögen kostet. Sie greift nach dem Schein und dem
Schlüsselbund, der danebenliegt. Sie hat große Lust, einen der
Schlüssel am Bund in die Hand zu nehmen und damit die Glas-
fläche der Kommode zu zerkratzen. Alles in der Luxuswohnung
des neuen, modernen Wohnkomplexes zu zerstören.

Sie schüttelt den Kopf. Ja klar, Möbel zerkratzen. Lächerlich.
Und voll übertrieben. So schlimm ist das alles nun auch wieder
nicht. Schloss Luisenhof liegt verdammt noch mal zumindest für
dieses Wochenende viele Kilometer hinter ihr. Und allein das ist ja
wohl ein fettes *wohoo* wert. Außerdem hat sie hundert Euro und
Papas Wohnung komplett für sich. Was heißt, dass sie die Straße
runter in den Supermarkt gehen und mehrere Flaschen Alkohol
kaufen wird, der ihr zwar nicht schmecken, ihr aber zumindest
das Gefühl geben wird, dass sie jetzt wirklich erwachsen ist. Sie
geht in den Flur und zieht ihre neuen UGG-Boots an, während sie

spürt, dass ihr Handy in der Hosentasche vibriert. Lächelnd tippt sie auf den grünen Hörer und hält sich das Gerät ans Ohr.

»Erstens: Happy, happy, happy birthday und alles Gute und *feliz cumpleaños* auch! Zweitens: Criminal Minds und Pizza? Zu deinem Achtzehnten? Ernsthaft?« Die raue Stimme am anderen Ende der Leitung wird durch ein Niesen unterbrochen. Gerade will die junge Frau antworten, doch stattdessen muss sie den Hörer von sich weghalten, weil das nächste Niesen ihr sonst womöglich das Trommelfell gesprengt hätte.

»Was ist denn mit dir los? Bist du krank?«

»Erkältung. Und Fieber. Bei uns zu Hause hat's alle erwischt. Aber ich war noch nicht fertig …« Ein weiteres Niesen, bevor die Stimme am anderen Ende weiterspricht. »Drittens: Warum bist du denn in Berlin? Und warum hast du nicht Bescheid gesagt, dass du kommst?«

Die junge Frau seufzt. Das hat sie sich seit ihrer Ankunft gestern Abend auch schon gefragt. Mehrfach.

»Der Internatshöllenschlund hat mich fürs Wochenende ausgespuckt. Am Freitag sind die letzten drei Stunden ausgefallen, und da hat meine Tutorin vorgeschlagen, dass ich doch nach Hause fahren könnte. Also hab ich gestern Vormittag nach der Schule den Zug genommen, und – tadaa – da bin ich. Ich wollte dich gestern Abend eigentlich noch anrufen, aber dann war ich so megafertig, dass ich direkt ins Bett gefallen bin. Außerdem hab ich gedacht, dass du Freitagnacht bestimmt unterwegs bist.«

Kurze Stille am anderen Ende. Dann ein rasselndes Atmen und ein unterdrücktes Husten.

»Mmh … und … deine Eltern?«

Würde jemand anderes sie das fragen, würde die junge Frau jetzt lügen. Was gut wäre, weil sie sich diese Lüge dann womöglich sogar selbst glauben und sich nicht so unglaublich beschissen fühlen würde. So soll das doch sein, wenn man sich Dinge oft genug einredet. Also, dass sie sich irgendwann wie Wirklichkeit anfühlen. Obwohl ihre Cousine und sie sich während des letzten Jahres voneinander entfernt haben, hätte eine solche Lüge noch immer keinen Platz zwischen ihnen. Trotzdem versucht sie, zumindest denselben heiteren Tonfall vorzutäuschen, den sie tags zuvor ihren Eltern gegenüber angeschlagen hat.

»Papa muss das ganze Wochenende arbeiten, und Mama konnte den Wellnesstrip nicht einfach so stornieren, den Gabi ihr geschenkt hat, weil Gabi *keinen Cent zurückbekommen hätte*.« Den letzten Teil sagt sie mit dem stets überartikulierten Ton, mit dem ihre Mutter jeden Laut ihrer Worte ausspricht und der ihre Mitarbeiter bestimmt in den Wahnsinn treibt.

Was, wie sie jetzt merkt, nicht nur überhaupt nicht witzig klingt. Sondern auch total verbittert. Den Eltern gegenüber hat sie gestern hoffentlich überzeugender gewirkt. *Klar ist es verständlich und total okay, dass sie am Wochenende schon verplant sind.* Schließlich hätte sie ja auch vorher anrufen und fragen können, ob ihnen ihr Besuch überhaupt passt. *Gar kein Problem ist das.* Sie hat ja viele Freundinnen von früher hier in Berlin. Und die Cousine und der Cousin sind natürlich auch sofort am Start. Also alles cool und kein Ding. Die Mutter hat dann doch noch gefragt, ob sie nicht besser in Berlin bleiben solle. Sie könne ja rüberkommen in ihre Wohnung und bei ihr übernachten. Leider hat sie es nicht fertiggebracht, nicht erleichtert zu klingen, als die junge Frau antwortete, dass das selbstverständlich nicht nötig sei.

»Weißt du was, scheiß auf das Fieber. Ich komm trotzdem vorbei, bring meine Wärmflasche und Ibuprofen mit, und dann können wir ...«

»Das machst du ganz bestimmt nicht«, unterbricht die junge Frau. »Du bleibst im Bett, und ich mach's mir hier allein gemütlich. Alles kein Ding, echt nicht.«

Das Letzte ist eine Lüge, und das weiß die Cousine sicher. Jetzt ist sie so viele Stunden aus der bayerischen Internatseinöde gekommen, nur um hier genauso öde herumzusitzen.

Während sie sich die Stiefel von den Füßen schüttelt, verabschiedet sich die junge Frau, legt auf und geht zurück in die Küche. Einen Moment lang steht sie in der Mitte des großen Raumes. Unschlüssig fühlt sie sich und auf beklemmende Weise fremd in dem, was ihr Zuhause sein sollte. *Schließlich hätte sie ja auch vorher anrufen und fragen können, ob ihnen ihr Besuch überhaupt passt.* Der Satz hallt mit zu viel Echo durch ihr Hirn. Ihre eigenen Worte waren das. Unbewusst hat sie damit so vieles auf den Punkt gebracht.

Ihr Schlüssel passt ins Schloss von Papas Wohnungstür. Und doch ist sie hier nur eine Besucherin. Für Mamas Loft hat sie keinen Schlüssel. Wobei sie sich hier trotz Schlüssel genauso wenig willkommen fühlt und fremd wie dort. Was bestätigt wird, als sie nach dem Tee sucht, der bisher immer in der Küchenschublade ganz links war. Jetzt liegt dort nur ein Flaschenöffner von *The Durant,* den die Mutter dem Vater am letzten Weihnachtsfest geschenkt hat, das sie zusammen gefeiert haben. Damit er auch seine ganz alten Weine mit den brüchigen Korken öffnen kann.

Sie dreht sich zu dem deckenhohen Weinregal hinter dem Esstisch, in dem die Heiligtümer des Vaters lagern. Auf den Flaschen ist selbst von hier aus eine dicke Staubschicht zu erkennen. Was im starken Kontrast steht zur spiegelglatten Arbeitsplatte aus dem marmorierten Naturstein und dem riesigen Esstisch aus Glas, auf denen nicht ein Fingerabdruck zu sehen ist.

Sicher hat der Vater der Reinigungsfrau verboten, die Flaschen auch nur anzurühren. Vielleicht sollte sie … nein, das kann sie unmöglich tun. Papa würde ausflippen. Der Vater verliert nur selten die Fassung. Das braucht er gar nicht. Weil schlicht niemand auf die Idee kommt, seinen Anweisungen nicht fragenlos Folge zu leisten. Ihr Handy vibriert in der Hosentasche.

Lass dich ordentlich feiern, stand auf dem Display. *Mascha.*

Aber von wem nur?, fragt sich die junge Frau und hört das gläserne Echo des einsamen Weinglases, das sie auf der Marmorplatte abstellt. Keiner der Eltern hat vorgeschlagen, nach Bayern ins Internat zu reisen.

»Dein Geburtstagsgeschenk schick ich dir natürlich«, sagte ihre Mutter. »Aber sonst ist der Weg doch ein bisschen zu weit, oder? Das wäre echt stressig, und in ein paar Wochen ist Weihnachten, und dann sehen wir uns bestimmt.«

Bestimmt. Nicht auf jeden Fall. Sondern bestimmt. Zumindest das Paket war angekommen. Die junge Frau denkt an die neuen UGG-Boots, die sie vor ihrer spontanen Abfahrt nach Berlin in den Koffer geworfen hat und in deren linkem Schuh eine kleine Geburtstagskarte steckte. *Happy birthday wünscht deine Mama.* Als der Karton letzte Woche ankam, hat sie ihn mit klopfendem Herzen direkt ausgepackt, obwohl ja noch gar nicht ihr Geburtstag war. Sie hat die Schuhe gesehen und die Karte und gedacht, dass sie noch etwas übersehen haben müsse. Doch da war nichts. Ein Paar Schuhe und eine Karte.

Dann musste sie an ihre Geburtstage im Haus der Großeltern denken. Damals, als Aga noch lebte. An ihrem Geburtstag gab es immer eine riesige Torte, die mit dem verziert war, wofür sie gerade schwärmte. Mehrmals hat es eine Pippi-Langstrumpf-Torte gegeben. Eine mit *My little Pony* und später sogar mit einem mehr oder weniger gelungenen Gesicht von Britney Spears obendrauf. Die Geburtstagskuchen waren immer eine Überraschung. Auch sonst durfte sie oft gemeinsam mit Aga Kuchen backen, wenn sie mit den Hausaufgaben fertig war. Das war schön, weil sich weder Großvater noch Großmutter jemals in die Küche verirrten. Die Küche war ihr Reich. Im Winter war es hier warm und gemütlich, im Sommer wunderbar kühl. Anders als in Papas Küche mit dem eisigen Granitboden, der sich immer kalt und feucht anfühlte. Oder Mamas, mit dem vielen Edelstahl überall.

Sie bezweifelt, dass die Großeltern überhaupt wissen, dass heute ihr Geburtstag ist. Und Aga ist schon lange tot. Sie schluchzt. Und wenn schon? Die junge Frau greift nach einer der verstaubten Weinflaschen aus dem Regal und muss lachen, als sie das Etikett betrachtet. Ein böses Lachen ist das, und eines, vor dem sie sich selbst erschreckt. *Château Pétrus 1990.* Ihr Geburtsjahr. Wenn das mal kein Zufall ist. Sie nimmt den Korkenzieher, öffnet die Flasche und schüttet das Glas so voll, dass nur wenige Zentimeter zwischen der dunkelroten Flüssigkeit und dem Glasrand bleiben. Dann hebt sie das Glas in Richtung des leeren Raumes. »Herzlichen Glückwunsch. Keine Ahnung, warum ich hergekommen bin, aber hey – hier bin ich.«

Sie trinkt viele, viele Schlucke, setzt dann das Glas ab, legt die Stirn auf die kalte Marmorplatte und lässt ihre Tränen direkt auf den hellen Granitboden unter sich tropfen, bis ein kleiner See entsteht, in dem sie die Reflexion ihres Gesichts zu erkennen glaubt.

»Du kannst einem leidtun«, sagt sie zu dem Mädchen da unten am Boden. »Du kannst einem wirklich, wirklich, wirklich leidtun.«

6

Vincent? Scheiße … was machst du denn hier?« Katharina. Vor ihm in der Tür, die Augen aufgerissen, den Kopf hin und her drehend, um zu sehen, ob jemand in der Nähe ist, der Zeuge dieses potenziell dramatischen Moments werden könnte.

»Du hast Scheiße gesagt, Mama.«

Ein Mädchen und ein Junge tauchen hinter Katharina im Hausflur auf und versuchen, an ihr vorbei einen Blick auf den Besucher zu erhaschen, der ihre Mutter so nervös zu machen scheint. Beide tragen Polohemden, Shorts und jeweils einen Tennisschläger in der linken Hand. Der Junge zieht am weißblonden Zopf des Mädchens, sie revanchiert sich mit einem Klaps auf seine sommersprossige Wange. Katharina reagiert nicht auf die beiden, sondern sieht Vincent kopfschüttelnd an.

»Bist du verrückt geworden? Was soll das? Du kannst nicht einfach hierherkommen und …«

Sie versucht, die Tür zu schließen, doch Vincent platziert den Fuß zwischen Türblatt und Rahmen. Sie schaut erst auf seinen Fuß, dann zu ihm hoch. Plötzlich und das erste Mal seit Tagen ist ihm, als hätte er ein wenig Kontrolle zurückgewonnen. Als ob es dieses Mal Katharina ist, die nicht weiß, was sie tun soll. Trotzdem fühlt es sich einigermaßen furchtbar an, als er zusätzlich langsam und vorsichtig gegen die Tür drückt und damit seine offensichtliche kräftemäßige Überlegenheit nutzt, um sie gegen ihren Druck wieder zu öffnen. Dabei fühlt er sich nicht so selbstsicher, wie er zu sein vorgibt. Doch er muss jetzt weitermachen und Druck auf Katharina ausüben, um an Antworten zu kommen. Er hat sie so überrascht wie sie ihn vor einigen Tagen. Und er wird sich diese Überraschung jetzt zum Vorteil machen.

»Doch. Doch, das kann ich. Ich muss sogar hierherkommen, weil du meine Anrufe ignorierst, während du parallel versuchst, meinen Ruf zu ruinieren. Ich möchte wissen, was hier los ist, oder nein: Ich *muss* wissen, was hier los ist, und vor allem, warum.«

Vincent ist lauter geworden als beabsichtigt, was ihn selbst überrascht. Wieder schnellt Katharinas Kopf nach links und rechts, obwohl die Haustür kaum von irgendwem einsehbar ist. Auf den Wangen zeigen sich rote Flecken, und Vincent ist sich nicht sicher, ob er sie jemals so nervös gesehen hat. Ob er sie überhaupt jemals nervös gesehen hat.

»Gut, dann klären wir das jetzt.«

Noch bevor er protestieren kann, zieht sie ihn ins Haus den Flur hinunter, und plötzlich steht Vincent in der Mitte einer großen, hellen Küche, wo ihn zwei Paar Augen aufmerksam betrachten.

»Kinder, in eure Zimmer. Sofort!«

Katharina schiebt Vincent weiter Richtung Küchentisch. Keines der Kinder reagiert. Nicht einmal, als auch Katharinas Mann den glänzenden Küchenboden betritt, Vincent bemerkt und schier einfriert bei seinem Anblick.

»Das ist jetzt aber nicht dein Ernst.« Er zeigt mit dem Finger auf Vincent, während seine tiefe Stimme durch die Höhe des Raumes donnert. Dabei beben die Flügel seiner markanten Nase, der ganze Körper wird noch größer und noch imposanter. Wie ein wildes Tier, das kurz davor steht, sich auf einen Konkurrenten zu stürzen, denkt Vincent, den Katharina auf einen der transparenten Stühle an dem riesigen Esstisch gedrückt hat. Der riesige Mann fährt sich mit den Händen durch sein dichtes, grau meliertes Haar und legt dann kopfschüttelnd die Hände auf die Lider.

Vincent hat Katharinas Mann schon einige Male auf Veranstaltungen der Firma getroffen. Dabei hat sich der sicher fünfzigjährige Mann mit der großen Narbe auf der rechten Wange stets zuvorkommend distanziert verhalten. Auch Vincent gegenüber. Seiner

Reaktion eben nach zu urteilen, muss er aber wissen, dass Katharina und er mehr als nur Chefin und Mitarbeiter sind. Oder es zumindest waren.

Leise und unauffällig schleichen sich die zwei Kinder an den Tisch und setzen sich Vincent gegenüber. Zwillinge sind sie und, wenn Vincent sich richtig erinnert, um die zehn Jahre alt. Da es sich um ein Mädchen und einen Jungen handelt, können sie nicht eineiig sein. Was schier unglaublich ist, weil sie einander extrem ähnlich sehen. Beide blicken ihn aus den gleichen eisblauen Augen an. Das Mädchen interessiert, aber misstrauisch. Der Junge so, als wäre Vincent ein Insekt, das er entweder untersuchen oder gleich zertreten wird. So ganz sicher scheint er sich da noch nicht zu sein.

»Ich habe dir gesagt, dass ich das geklärt habe, also bitte beruhig dich, und geh mit den Kindern zum Tennis, okay?«, sagt Katharina und versucht, ihren Mann aus der Küche zu schieben.

»*Geklärt*? Das sieht mir kein bisschen nach *geklärt* aus«, hallt die tiefe Stimme erneut durch den Raum, während er wieder auf Vincent zeigt.

In der Zwischenzeit lehnt sich das blonde Mädchen nach vorne zu Vincent.

»Du bist Vincent, oder?«, fragt sie mit leiser Stimme über den Tisch und scheint die Situation sehr unterhaltsam zu finden. Zumindest, wenn er den Spott in ihrem Lächeln richtig deutet.

Vincent erwacht aus seiner Schockstarre und begreift erst jetzt in ganzem Ausmaß, dass er in Katharinas Küche sitzt, vor ihm deren Kinder, neben ihm ihr Mann. Er zwinkert einige Male, um sich davon zu überzeugen, dass er nicht mehr unter den Kissen seines Hotelzimmerbetts liegt und gleich aus diesem schlimmen Albtraum wird aufwachen dürfen. Sondern dass er wirklich hier ist. In ihrem Haus, in ihrer Küche, auf ihrem Stuhl, vor ihren Kindern.

Kurz überlegt er, ob er überhaupt antworten soll. Das seltsame Lächeln der Kleinen hin oder her – was tut er diesen Kindern mit seiner Anwesenheit an? Die beiden können nichts für ihre Mutter. Sein Auftauchen wird womöglich traumatische Erinnerungen bei ihnen hinterlassen. Der Junge lehnt sich indes nach hinten und verschränkt die Arme hinter dem Kopf. Sein Grinsen wird breiter. »Klar ist das Vincent. Das seh ich in seinem Blick.«

»Hä?« Das Mädchen hebt das Kinn ein wenig und legt den Kopf schief.

»Na die Augen ... wie Hannas Golden Retriever, wenn man ihn tritt. So sind die alle.«

»Woher ... kennt ihr ...?« Vincent hört sich an, als wäre er hier der Zehnjährige.

»Ich durfte letzten Urlaub mal Mamas Geschäftshandy benutzen, weil meins kaputt war und Mama Migräne hatte, und da«, sagt der Junge und sieht zu dem Mädchen, »waren einige interessante Nachrichten drauf.«

Jetzt lächelt auch das Mädchen. Unglaublich. Nicht nur, dass Katharina ihren Sohn mit einem Gerät spielen lässt, auf dem sich zahlreiche firmeninterne Informationen befinden. Sie hat noch nicht mal bedacht, dass er auch ihren Chat entdecken könnte. Als Vincent gerade denkt, dass es schlimmer nicht mehr werden kann, betritt eine ältere Dame die Küche. Sie sieht zu Katharina und ihrem Mann, die sich noch immer anbrüllen, dann zu den Kindern und am Ende mit überrascht gehobenen Brauen zu ihm. »Was ist hier los, warum brüllen alle so? Und wer ist das denn?«

Plötzlich sind alle still und sehen zu der hochgewachsenen älteren Dame, die sich die silbergrauen, akkurat gestylten Wellen hinter die Ohren mit den kleinen Perlensteckern schiebt. Sie spitzt den Mund ein wenig und blickt auf Vincent hinunter, der sich dadurch erneut wie ein Insekt fühlt. Wie ein kleiner, linkischer Käfer, der in einer Becherlupe gefangen ist und von allen Seiten betrachtet wird.

»Das ist niemand, Mama. Absolut niemand. Geh zurück ins Wohnzimmer, ich komme gleich mit dem Kaffee.« Katharina stellt sich vor ihre Mutter.

Niemand. Absolut niemand. Mit einem Mal wirkt die riesige, helle Küche mit den hohen Decken und den großen Fenstern wie ein winziges Loch. Vincent scheint es, als würde der große, moderne Kronleuchter, der über dem Esstisch hängt, sich zu ihm herunterneigen, als würde die alte Frau ganz nah vor ihm stehen, sodass er jede ihrer Poren erkennen kann, als würden die vielen teuren, verchromten Küchengeräte um ihn herumwirbeln.

Genau das bin ich, denkt er. *Niemand. Absolut niemand.* Ein Insekt, das sich durch die Ritzen der doppelt verglasten Fenster in die steril saubere Küche verlaufen hat. Und das gleich zertreten wird. Fragt sich nur, von wem.

»Das sieht mir aber gar nicht nach einem Niemand aus. Wer ist das, Katharina? Und keine Lügen. Ich weiß, wann du lügst.«

Katharina legt den Kopf in den Nacken und atmet schwer aus. »Mama, das ist nur ein Mitarbeiter. Und jetzt bitte, lass mich das klären …« Plötzlich wirkt die stets souveräne Managerin wie eine Zwölfjährige.

»Nur ein Mitarbeiter …« Katharinas Mann schüttelt den Kopf. »Unglaublich.«

»Hör auf, Philipp. Was hätte ich denn bitte tun sollen? Ihn vor der Tür stehen und herumbrüllen lassen, damit die Whatsapp-Kanäle der Nachbarn heißlaufen?«

»Ist mir völlig egal, was die Nachbarn sagen. Ohne dich müssten wir uns über diesen Typen hier gar keine Gedanken machen. Unter deiner Würde sollte das sein.« Katharinas Mann lehnt sich an den Küchentresen.

»Halt die Klappe, Philipp«, zischt Katharina, und ihr Kiefer mahlt.

»Sprich nicht so mit deinem Mann, Katharina!«, sagt die ältere Frau.

»Genau, Mama. Sprich nicht so mit Papa!«, stimmt das Mädchen ein.

Katharina entfährt ein seltsamer, wütender Laut. Aus der geballten rechten Faust schnellt ihr Zeigefinger. »Ihr beiden – ihr verzieht euch jetzt nach oben.«

Der zitternde Finger zeigt von einem zum anderen Kind. Dann dreht sie sich zu ihrem Mann und ihrer Mutter. »Und ihr geht bitte, bitte auch. Jetzt seht mich nicht so an. Ich meine das ernst! Ich hatte eine furchtbare Woche, und ich hab echt keine Nerven für das ganze Drama hier.«

»Wie sprichst du denn mit mir …«, setzt die ältere Dame mit zitterndem Kiefer an, wird aber sofort von ihrer Tochter unterbrochen.

»Mama! Bitte! Jetzt!«

Kopfschüttelnd dreht sich ihre Mutter um und läuft aus dem Raum. Katharinas Mann steht noch einen Moment lang unschlüssig vor ihr. Dann dreht auch er sich um, fährt sich mit den großen Händen übers Gesicht und läuft mit hängenden Schultern hinter seinen Kindern hinaus. Vincent fühlt seine eigene Erschöpfung in den Gesten des Mannes gespiegelt.

Katharina bleibt einen Moment mit dem Rücken zu Vincent in Richtung Küchentür stehen, um tief ein- und auszuatmen. Dann dreht sie sich um und setzt sich ihm gegenüber an den Tisch.

»Also, Winnie …« Sie hebt eine Braue und legt die Unterarme auf den Tisch. Wie schafft sie das? Wie kann sie hier so geschäftsmäßig sitzen, während ihre ganze Familie gerade ihren Ex-Geliebten kennengelernt hat? Und ihn noch dazu *Winnie* nennen. »Was willst du?«

Vincent schüttelt den Kopf, muss erst einmal diese schreckliche Wut herunterschlucken, bevor er antworten kann. »Wie bitte?«

Katharina verdreht die Augen, sieht dann aber wieder zu ihm. »War die Abfindung nicht hoch genug? Du weißt schon, dass ich das Maximale für dich rausgeschlagen habe, oder? Mehr hätten die niemals bewilligt.«

Kurz weiß Vincent nicht, was er sagen soll. *Ich fühle nichts. Ich fühle gar nichts. Ich kann gar nichts fühlen.* Doch nicht einmal sein Mantra kann ihn vor dem Sog des Strudels bewahren, der sich da hinter ihm aufzutun droht.

»Das glaub ich jetzt nicht«, er muss sich noch einmal räuspern, »ich will kein Geld.«

»Nicht? Was denn dann? Du kannst nicht einfach hier auftauchen, Vincent. Das weißt du hoffentlich.«

Er nickt. Ist ein Nicken die richtige Reaktion? Oder ist es einfach das, was er immer tut, immer getan hat, wenn Katharina ihn etwas fragte? Klar, war es unvernünftig hierherzukommen. Nein, nicht unvernünftig. Völlig bescheuert war das. Gleichzeitig hat er ein verdammtes Recht auf diese Unvernunft.

»Ich versteh das alles nicht ...«

Katharina verdreht die Augen, und ihre Stimme klingt scharf und spitz, als sie fragt, was er denn nicht verstehe.

Vincent weicht ein Stück zurück. Gleichzeitig versucht er, sich in Erinnerung zu rufen, dass er ein Recht auf eine Erklärung hat. Katharina tut so, als wäre er schwer von Begriff. Dabei ist alles, was da gerade einmal vorgestern passiert ist, ohne Vorwarnung, ohne irgendein Anzeichen geschehen.

Eben noch saß sie bei ihm am Frühstückstisch, eins seiner Shirts über ihre angewinkelten Knie ziehend. Und schon am nächsten Morgen, nicht einmal vierundzwanzig Stunden später, legt sie ihm diesen verdammten Aufhebungsvertrag vor. Bei der Erinnerung daran, wie sie das Stück Papier emotionslos vor ihn auf den Tisch legte, verschwindet jegliche Unsicherheit.

Er hebt den Blick von dem groben Holz des Tisches und sieht ihr direkt in die hellblauen Augen. Er wird das Parfum ignorieren, die Erinnerung an die Zärtlichkeiten, die Erinnerung an die

Katharina, die er sich ausgedacht und die niemals wirklich existiert hat. Und er wird jetzt die Person sehen, die da vor ihm sitzt und die gerade sein Leben zu zerstören versucht. Und da wird eine absolute, völlig klare, fast greifbare Welle des Zorns in ihm losgetreten, die schon viel früher hätte da sein sollen und die ihn jetzt ganz und gar einnimmt, die Muskeln in Kiefer, Händen und Nacken versteift.

»Du hast mich also rausgeworfen, weil ich angeblich Geld von *Solanika* veruntreut habe? Das Unternehmen, für das ich monatelang an einem Restrukturierungskonzept gearbeitet habe, um es vor dem sicheren Ruin zu retten?« Er lehnt sich ein Stück nach vorn und ist selbst überrascht davon, wie ruhig und sachlich er die Worte hervorbringt. Bisher hat er das nämlich noch gar nicht getan. Also mit seinen eigenen Worten ausgesprochen, was ihm sein ehemaliger Chef Martin gestern Morgen am Telefon erzählt hat. Die Version der Geschehnisse, die Katharina innerhalb weniger Stunden überall verbreitet hat, wo es ihr möglich war.

»Dazu kann ich nichts sagen«, sagt sie, und da ist kaum ein Ausdruck in ihrem Gesicht. Nur ein kurzes Zucken um ihr rechtes Auge ist zu sehen. »Und du solltest das auch nicht tun, wenn du deinen Vertrag nicht brechen willst. Keine Firmeninterna, erinnerst du dich?«

Vincent schnaubt. Sie leugnet das Ganze noch nicht einmal, was wirklich verblüffend ist. Stattdessen ist sie völlig gefasst, wie sie sich jetzt auf dem Stuhl zurücklehnt, die Beine überschlägt und die Arme vor der Brust verschränkt.

»Das kann nicht dein Ernst sein«, sagt er und hört selbst, wie hilflos das klingt. Denn hilflos ist er. Weil sie nämlich recht hat. Er hat den Vertrag unterschrieben, und jetzt versteht er auch, warum sie so erpicht darauf war, dass er das sofort tut. Gleichzeitig kann er nicht glauben, wie dumm er gewesen ist. Sie hat ihn überrumpelt – mit allem. Komplett geplant war das, und er kann nichts tun, um all das zurückzunehmen, weil nämlich kein Richter der Welt ihm abkaufen wird, dass er oder überhaupt irgendwer so unfassbar dumm sein kann. Und weil sicher wirklich irgendetwas mit den Geldern von *Solanika* passiert ist und Katharina in der Zwischenzeit gewiss alles in Bewegung gesetzt hat, um alle vorhandenen Spuren zu Vincent zu legen. Und er? Er hat sich zum Sündenbock machen lassen. Hat seine Unterschrift unter ein indirektes Schuldgeständnis gesetzt. Dass jemand bei *Kaiser & Partner* irgendetwas zu seinen Gunsten aussagen wird, ist auch unwahrscheinlich. Ganz abgesehen von den Anwälten der Firma, die ihn und jedweden Rechtsbeistand zerquetschen würden wie eine Kakerlake. Trotzdem kann er nicht aufhören zu sprechen.

»Das kannst du nicht machen ... das könnt *ihr* einfach nicht machen. Diese Lügen verbreiten. Ich habe niemandem Geld gestohlen. Niemandem! Ich verstehe das nicht. Ich verstehe nicht, warum gerade ich und ...« Er lässt die Schultern sinken und schüttelt den Kopf. »Ich verstehe einfach gar nichts.«

Katharina lehnt sich wieder nach vorne und legt ihren geschäftsmäßigen Ausdruck auf, leichtes, nach innen gerichtetes Lächeln, klarer Blick.

»Noch mal, Vincent: Ich kann und möchte darüber mit dir nicht sprechen. Und das werde ich auch nicht, weil ich dir zu keiner Erklärung verpflichtet bin. Vor allem nicht hier in meinem Zuhause. Das ist eine geschäftliche Angelegenheit, und ...«, sie zeigt erst auf Vincent, schlägt dann mit dem Finger einen Bogen durch die Küche, »... gelinde gesagt finde ich es enttäuschend, dass du hier so einfach herkommst. Da hätte ich mehr Anstand von dir erwartet.«

»Eine geschäftliche Angelegenheit.« Aus seiner Stimme ist jedes Gefühl gewichen, und er fühlt nichts als Taubheit. »Aber ... ich meine ... was ist denn mit ...? Was war das denn dann mit uns?«

Mit einem Schnauben lehnt Katharina das Kinn auf ihr nun angewinkeltes Knie. Sie sitzt da, als würde sie mit irgendeiner Freundin über Belanglosigkeiten sprechen. Dabei geht es hier um sein Leben. Um seine Karriere. Um sein Team und die vielen Kollegen, die nach seinem Rauswurf nicht einmal mehr auf seine Anrufe reagieren.

»Weißt du, was dein Problem ist, Winnie?«

Gleich ist es so weit, denkt Vincent. Gleich wird er explodieren, weil sein Inneres durch nichts mehr zusammengehalten wird, weil alles nach außen drängt, die Wut jeden Raum in ihm einnimmt, er sich fühlt wie ein Ballon, in den mehr und mehr und mehr Luft gepumpt wird und dessen Wände schon dünn und brüchig sind, weil sie in wenigen Sekunden auseinandergerissen werden. Gerade will er einatmen, um überhaupt irgendetwas über die Lippen zu bringen.

Doch Katharina wartet gar nicht erst auf eine Antwort. »Du bist viel zu gefühlsduselig. Das ist dein Problem. Ich hab dich echt für klüger gehalten. Das mit uns … also wirklich, Winnie. Ich meine, was hast du denn erwartet? Dass ich meinen Mann verlasse und die Kinder, weil wir ein paarmal zusammen im Bett waren?« Sie lacht ungläubig, schafft es aber trotzdem nicht, ihm in die Augen zu sehen. Das registriert er, kann allerdings nicht weiter darüber nachdenken, bevor sie weiterspricht. »Also wirklich, so naiv kannst du doch nicht sein.«

Gefühlsduselig, wiederholt er ihre Worte in seinem Kopf. *Ein echtes Weichei*, bestätigt eine zweite Stimme in seinem Kopf. Eine Stimme, die er lange nicht mehr gehört hat. Und plötzlich ist es so, als ob sich der Ballon in Vincents Innerem entladen hat. Als ob Luft und Zorn ganz langsam daraus entwichen sind und nur ein labbriges Stück Gummi zurückbleibt, das wohl mal so was wie sein Herz gewesen sein könnte.

Katharinas Worte haben diese Macht, genau wie die der anderen Stimme sie gehabt hat. Sind so scharfkantig wie die Ecken ihrer perfekten Marmorküchenplatte, können jemandes Herz, jemandes ganzes Sein präzise und messerscharf in kleine Stücke hacken. Denn natürlich hat sie recht. *Seine Gefühle ...* dumm sind sie gewesen und naiv. Sinnlos und toxisch.

Und plötzlich ist es gleichgültig, warum sie das alles getan hat. Plötzlich steht nur noch die Tatsache im Raum, dass er es hätte besser wissen müssen.

Vincent versucht aufzustehen, doch sein Körper fühlt sich an, als würden zwei riesige Sandsäcke auf jeder Schulter hängen. Seine Beine zittern, als er aus der Küche in Richtung Tür läuft. Obwohl er sich dafür hasst, hofft er trotzdem darauf, dass Katharina hinter ihm herkommt. Etwas sagt, irgendetwas, damit alles nicht so unendlich sinnlos gewesen ist.

Doch das tut sie nicht. Hinter ihm herrscht Stille. Absolute, allumfassende, quälende, ganz präzise Stille. Die ohne Geräusche sagt, worauf sich alles in seinem Leben reduziert hat.

Nichts.

7

Wie er es geschafft hat, die Taschen und Koffer alleine Katharinas Straße hinunter und in die kleine Seitenstraße zu ziehen, weiß Vincent nicht. Wahrscheinlich hat ihm die Mischung aus Adrenalin, Scham und Wahnsinn geholfen, die da gerade durch seinen Körper gepumpt wird. Zum Glück ist ihm niemand begegnet, denn sicher hat er Furcht einflößend ausgesehen. Verschwitzt, blass, überfordert.

Bis er irgendwann einfach nicht mehr gehen konnte, vor der Garageneinfahrt eines Klinkerhauses anhielt, vor dem ein großer Baucontainer stand und alle Taschen und Koffer einfach fallen ließ. Er sah auf das Haus, das eindeutig leer war. Und an dem an diesem Sonntag sicher nicht mehr gebaut werden würde, weshalb er sich auf einen der Koffer sinken ließ. Er stützte das schweißnasse Gesicht auf die Hände, und seitdem sitzt er so.

Auf einmal und aus dem Nichts muss er an seine Großmutter denken. Diese schweigsame, strenge Frau, die er nur ein einziges Mal treffen konnte. Deren Leben im Krieg begann und fast darin sein Ende gefunden hätte. Und er denkt an die Geschichte, die sie ihm in gebrochenem Englisch von diesem Krieg erzählte. Wie die amerikanischen Soldaten in ihr Dorf kamen und alle Menschen ermordeten, obwohl sich kein einziger Vietcong-Soldat unter ihnen befand. Sondern nur Alte, Frauen und Kinder. Sie erzählte auch, wie Bảo, der Fischer war und der beste Freund ihres Vaters, erschossen wurde. Wie er auf sie fiel und damit sie und das ungeborene Kind in ihrem Bauch rettete. Und dass seine Mutter, das gerettete Baby, Vincent deshalb den Zweitnamen Bảo gegeben habe.

Die Großmutter hatte weiter berichtet, und Vincent hatte zugehört, weil die Geschichten der Großmutter sich anfühlten, als würden sie ihm ein verlorenes Stück seiner selbst entdecken lassen. Nachdem die Soldaten gegangen waren, habe sie dagesessen, sagte sie. Stunde um Stunde und zusammen mit den wenigen anderen, die überlebt hatten. Dagesessen habe sie, das nasse Gesicht in die Hände gelegt, so wie Vincent jetzt.

Die Erinnerung löst etwas in ihm aus. Seine Großmutter hatte alles verloren an diesem Tag: ihre Eltern, Freunde, ihren Mann und fast ihr Leben. Im Gegensatz dazu hat er überhaupt kein Recht, hier so zu sitzen. Sich so aufzuführen, als ob alles aussichtslos wäre. Also steht er auf, wischt sich den kühlen Schweiß von der Stirn und überlegt. Und ermahnt sich noch einmal dazu, dass jetzt nichts anderes hilft als ein kühler Kopf und das Verpacken und Verstauen eines jeden Gefühls. Vor allem darf er nicht da rüberschauen. Da auf dem Fußweg ganz rechts ist nämlich erneut eine kleine Bewegung zu sehen. Wieder nur im Augenwinkel. Doch so bedrohlich, dass er die Augen schließt. *Ich fühle nichts, ich fühle überhaupt nichts. Ich kann gar nichts fühlen.*

Nachdem er es sicher zwanzig Mal wiederholt hat, sickert das Mantra ein. Und obwohl der kalte Schweiß immer noch in Wellen aus seinem Körper strömt, kann er die Augen wieder öffnen. Er sieht vorsichtig nach rechts. Da ist nichts mehr. Außer dem Fußweg. Deshalb dreht er sich zu seinen Koffern und Taschen, betrachtet sie und fängt an, nach geraden und zielführenden Gedanken zu suchen.

Viel weiter wird er mit dieser Flut an Gepäck nicht kommen. Er muss pragmatisch denken. Wohin er fahren und wo er erst einmal unterkommen kann, ist ihm jetzt klar. Obwohl zwischen *können* und *wollen* eine riesige Lücke klafft. Was aber egal ist. Weil es keine andere Möglichkeit gibt als diese. Was ihm von Anfang an hätte klar sein sollen. Gut, von Katharinas Haus ist er weit genug entfernt. Er kann also hier eine Weile warten und sich so weit beruhigen, dass er dazu in der Lage ist, ein Taxi zu rufen und sich zum

Bahnhof fahren zu lassen. Darüber, wohin der ICE ihn bringen wird, will er noch nicht nachdenken. Weil er dann seine Meinung ändert.

Vincent zieht sein Handy aus der Manteltasche, setzt sich wieder auf den Koffer und öffnet die Taxi-App. Die Adresse ist dank Google Maps gut erkennbar, doch ist an dem kleinen Haus keine Nummer zu sehen. Deshalb steht er auf und läuft ein Stück weiter die Straße hinunter, um zu sehen, in welche Richtung sich die Straßenzahl verändert, damit er die richtige angibt und niemand bei einem der Nachbarn klingelt. Gott, nein, der Taxifahrer soll bloß direkt hier vor dem Haus halten, damit Vincent nicht vorne auf dem Fußweg, sondern bei seinen Koffern in der Einfahrt warten kann. Und damit ein sicher nur in seiner neurotischen Fantasie mögliches erneutes Zusammentreffen mit Katharina zustande kommt.

Er geht also zwei Häuser weiter den Bürgersteig hinunter, bis er an die nächste Straßenecke gelangt, die ihm durch das blaue Schild mit der weißen Schrift auch den Namen der Straße bestätigt. Die zwei Nachbarhäuser tragen die Nummern sechs und vier. Also wird der neue Besitzer des Klinkerhauses hier bald ein Schild mit der Nummer acht aufhängen, denkt Vincent, als er langsam die kleine Straße zurück in Richtung seines Schutzbereichs läuft und dabei die Ziffer in die App einträgt.

»Na, Gott sei Dank!«

Vincent zuckt zusammen, sein Kopf schnellt nach rechts.

»Was …?«

»Was ich hier mache?«, fragt die Taxifahrerin, die neben ihm stehen geblieben und das Fenster heruntergekurbelt hat.

»Äh, ja …« Vincent sieht nach links und rechts. Niemand ist zu sehen. Katharinas Haus ist nur einige Straßen entfernt, und deshalb kann er Panik und Unsicherheit trotz der Unwahrscheinlichkeit eines weiteren Aufeinandertreffens kaum unterdrücken.

»Wo sind denn deine ganzen Sachen?«, fragt Greta.

»Untergebracht«, knurrt Vincent und räuspert sich. »Das beantwortet aber nicht meine Frage. Kann ich irgendwas für Sie tun? Denn sonst würde ich jetzt gerne weiter mein Taxi bestellen.«

Er hält sein Handy mit der geöffneten App in ihre Richtung. Sie verengt die Augen und zieht mit einem Knarren die Handbremse an. Dann lehnt sie ihre beiden Unterarme auf das Seitenfenster und schiebt den Kopf hinterher.

»Das gibt es ja wohl nicht!«, ruft sie. »Ich hab dir doch vorhin meine Karte gegeben. Warum hast du denn nicht mich angerufen, sondern rufst dir irgendeinen Hallodri in einer der Apps, die mich und meinen Berufsstand in den Ruin zu treiben versuchen? Und außerdem: Warum um Himmels willen siezt du mich denn bitte immer noch?«

Vincent verdreht die Augen. »Erstens bin ich sicher, dass *du* selbst mit einer dieser Apps zusammenarbeitest, und zweitens ...« Er will gerade sagen, dass er auch sie ohne Zögern in die Kategorie Hallodri ordnen würde, als ihm auffällt, dass ihre Frage eigentlich berechtigt ist. Warum hat er sie nicht angerufen? Dann fällt es ihm ein, und er ersetzt seinen eigentlichen zweiten Punkt.

»Ich dachte, du hättest heute frei?«, fragt er stattdessen und hört selbst, wie schnippisch er klingt. Was diese Greta aber kein Stück zu stören scheint.

»Hab ich auch. Aber doch nicht im Notfall!«

»Und wer sagt, dass das hier ein Notfall ist?« Vincent stemmt die Hände in die Hüften, was ihn sicher lächerlich aussehen lässt, also lässt er die Arme kurz hängen und überkreuzt sie dann vor der Brust. Gott, diese Frau ist wirklich unmöglich. Gerade hat er überlegt, sie tatsächlich um eine letzte Fahrt zum Bahnhof zu bitten. Doch es besteht die tatsächliche Wahrscheinlichkeit, dass er komplett ausrastet, falls sie während der Fahrt weitere ihre irrationalen Wortsalven auf ihn abfeuert.

»Also, wenn du dich selbst jetzt sehen könntest, würdest du das mit dem Notfall verstehen, weil du nämlich echt krass aussiehst. So völlig … na ja, also fertig würd ich mal sagen. Echt, echt fertig.«

»Aha. Bin ich aber nicht, deshalb vielen Dank für deine Fürsorge, aber ich komme wirklich alleine klar«, sagt Vincent, dreht sich um und läuft weiter in Richtung Klinkerhaus. Aus dem Augenwinkel sieht er, wie das rote Auto ihn im Schritttempo verfolgt. Er atmet laut aus und dreht sich wieder in Richtung Straße.

»Was ist denn jetzt noch?«, sagt er, hört dabei aber nicht zu gehen auf.

»Ich hab mir da was überlegt«, ruft die Frau aus dem Seitenfenster.

»Aha.« Vincent schüttelt den Kopf. Nur noch einige Meter, und er kann in die Einfahrt einbiegen und in Ruhe das Taxi rufen. Ein richtiges Taxi. Mit einem Fahrer, der das Radio zu laut dreht und ihn irgendwelche oberflächlichen Sachen fragt und ihn nach einer kleineren Anzahl kurzer Antworten in Frieden lässt.

»Willst du gar nicht wissen, was?«

Vincent hält sich bereits wieder das Handy vors Gesicht.

»Es wird dich überraschen zu hören, aber: nein. Das will ich tatsächlich nicht.«

Wieder das Knarren der Handbremse, dann das Knallen einer Autotür. Vincent bleibt stehen, schließt die Augen, fühlt, dass die Verrückte jetzt direkt hinter ihm steht und dass es wieder zu regnen beginnt. Na klar. Wie kann es jetzt auch nicht regnen.

»Solltest du aber«, hört er, öffnet die Augen, blickt gen Himmel und dreht sich dann widerwillig um.

Greta steht vor ihm und sieht noch immer kein bisschen beleidigt aus. Stattdessen lächelt sie ihn an, und er starrt auf ihre Zähne, weil die überraschend weiß und groß sind. Weshalb ihn das überrascht, weiß er eigentlich gar nicht. Außerdem ist das völlig irrelevant, denkt er und schüttelt leicht den Kopf.

»Oooo-kay.« Er atmet noch einmal ein und lange aus. »Was hast du dir überlegt?«

»Das errätst du nie. Als ich vorhin nach Hause gefahren bin, hab ich mich irgendwie schlecht gefühlt, weil ich dich so abgewimmelt habe, obwohl ich meine Gründe dafür hatte und heute wirklich mein freier Tag ist und ... «

»Es regnet, und so, wie der Himmel aussieht, wird das Wetter nicht unbedingt besser. Können wir also zum Punkt kommen?«, fragt Vincent und ist sich selbst wirklich unsympathisch. Doch er will hier weg, so schnell wie möglich. Und hinter diesem Ziel muss jegliche Höflichkeit gerade verdammt noch mal verschwinden.

»Aber klar doch.« Greta lächelt und zeigt mit dem Finger auf ihn, dann auf sich selbst. »Das hier muss Schicksal sein, da bin ich ganz, ganz sicher.«

Vincent verzieht das Gesicht und wischt sich mehrere dicke Tropfen von Kopf und Stirn.

»Jetzt schau nicht so. Wir haben uns innerhalb der letzten zwei Tage zweimal durch Zufall getroffen. Beide Male habe ich dich mehr oder weniger gerettet, aber hey: Wer zählt da schon.«

Sie hebt und senkt die Brauen.

»Auf jeden Fall kann das ja wohl kein Zufall sein: Vorhin im Taxi hast du Alex, also dem Mann meiner Cousine, erzählt, dass du obdachlos bist. Ich dagegen habe ein Obdach, das mehr oder weniger über mir zusammenfällt. Okay, das war jetzt ein bisschen übertrieben. Aber zumindest habe ich ein Haus. Ein Haus, das ein bisschen Unterstützung braucht, auch zukünftig als solches durchzugehen. Und da kommst du und deine drohende Obdach- und Arbeitslosigkeit ins Spiel.«

Kurz überlegt sie und rümpft die Nase.

»Sorry, wenn ich mir selbst so zuhöre, klingt das, als ob ich mich über Obdachlose oder Leute ohne Arbeit lustig mache, was ich ganz und gar nicht tue, das wäre ja wirklich widerlich, also lass mich das noch mal neu formulieren.« Sie holt tief Luft. »Ein bisschen streichen, ein bisschen umräumen und dafür Kost und Logis umsonst, solange du noch keine neue Wohnung hast. Na? Wie klingt das?«

Vincent schüttelt den Kopf, nimmt die nasse Lesebrille von der Nase, die er nur für Handy und PC braucht, und massiert sich kurz und kräftig die Nasenwurzel.

»Ich kann mich nur wiederholen, wenn ich sage, dass ich wirklich nicht verstehe, was du mir da gerade erzählst. Deshalb gehe ich jetzt einfach und …«

»Na, dann steig ein«, unterbricht Greta und zeigt auf ihr Taxi. »Ich wohne um die Ecke und kann dir genauso gut direkt zeigen, was ich meine. Und wenn dir die Idee tatsächlich nicht gefällt, fahr ich dich, wohin du willst. Umsonst. Ah, und ohne Wartezeit im Vorgarten irgendwelcher fremder Leute.«

Sie lehnt sich zur Seite und zeigt an Vincent vorbei zu dem Klinkerhaus. Vincent fährt sich mit der Hand übers in der Zwischenzeit regennasse Gesicht. Das mit den Koffern ist tatsächlich nicht optimal. Außerdem wird er nass im Zug sitzen müssen, wenn er noch länger im stärker werdenden Regen steht. Warum also nicht? Warum nicht einsteigen ins trockene und warme Auto, sich kurz ansehen, was die Verrückte vorschlägt, und dann ab zum Bahnhof.

Zum dritten Mal innerhalb weniger Tage verschwinden Vincents Taschen und Koffer in dem roten Taxi. Was für ein Albtraum, denkt er und setzt sich erneut auf den Platz hinter der Fahrerin.

Die kramt in ihrer Jackentasche und hält Vincent eine kleine Plastikverpackung nach hinten. *Pfirsichringe* steht auf der grünorangefarbenen Verpackung. Als Vincent den Kopf schüttelt, greift sie selbst zu, steckt sich einige Ringe in den Mund und fährt los.

Nach zehn Minuten wird Vincent doch nervös.

»Wohin fahren wir eigentlich?«, fragt er und lehnt sich nach vorne. Doch da parkt Greta bereits ein, zieht die Handbremse und steigt aus. Vincent sieht aus dem Fenster und betrachtet das Haus, in dessen Richtung sie sich bewegt.

»Kommst du?«, ruft Greta, als er aussteigt und die Tür des Taxis hinter sich schließt.

Das Haus ist recht hübsch, mit einem spitzen Dach und dunklem Fachwerk auf gelber Fassade. Die eine Hälfte des Hauses ist mit kräftig grünem Efeu bewachsen, an den Fenstern befinden sich dunkelgrün gestrichene Fensterläden. Obwohl das Häuschen nichts ist im Vergleich zu den opulenten Villen rechts und links davon, hat es doch Charme. Bis auf den Vorgarten vielleicht, der abgesehen von den riesigen Birken und einigen Nadelbäumen voll ist mit Sträuchern, sodass er wie ein kleiner Urwald anmutet.

Greta stellt sich vor Vincent und hebt die Arme.

»Tadaa! Dein neues Zuhause!«

8

Küche. Unglaublich, wie elastisch dieser Begriff ist. Denn den Raum, in dem er sich jetzt befindet, mit dem zu vergleichen, in dem er eben noch in Katharinas Haus gesessen hat, fällt Vincent schwer: alte geblümte Tapeten hängen teilweise von den Wänden, andere wurden nicht sonderlich sauber entfernt.

Die Türen der abgenutzten Küchenmöbel in Beige und Braun stehen offen und legen den Blick auf ein Innenleben frei, das aus alten Konservendosen, Farbeimern, Pinseln und altem Geschirr besteht. Der Boden ist mit grauem Malervlies belegt, und nur hier und da blickt ein abgenutzter Parkettboden hervor. In der Mitte des großen Raumes steht ein alter Tisch aus Holz, darum Stühle in unterschiedlichen Farben und Formen. Auf einem unbequemen Modell in Lindgrün mit einer Lehne aus Holzstreben sitzt Vincent jetzt und starrt Greta an.

»Also, noch mal: Herzlich willkommen in deinem vorübergehenden Zuhause. Die Villa wurde von meinem Urgroßvater gebaut, ein wirklich scheußlicher Mann, mit einem weitaus weniger scheußlichen Geschmack, wie du siehst.« Sie hebt die Hände und zeigt auf den Raum um sich herum. »Ich hab den alten Kasten vor etwa einem halben Jahr geerbt, als meine Großmutter das Zeitliche gesegnet hat. Aber wie du ebenfalls sehen kannst, hat hier schon lange keiner mehr gewohnt. Weil meine Oma die letzten zehn Jahre in einem dieser Luxusheime für reiche alte Menschen ihr Unwesen getrieben hat. So, das sind die Eckdaten.«

Vincent findet eigentlich nicht, dass man das als Eckdaten bezeichnen kann. Zumindest erklärt es nicht, was er hier macht und aus welchem Grund. Doch er lässt diese Greta erst einmal weitersprechen.

»Gut, also. Ich will den Kasten gerne loswerden, weil ich das Geld dringender brauche als das Haus. Abgesehen davon, dass das Ding eh viel zu groß ist für mich alleine. Deshalb werden wir beide alles so herrichten, dass das Haus verkaufsfertig ist. Prüfen lassen habe ich alles vom Dach bis zum Keller. Das Dach wurde vor einigen Jahren neu gedeckt. Hat mein Vater veranlasst, weil er wohl gehofft hat, die Villa selbst zu erben, ha! Die Fenster sind auch halbwegs neu, und auch wenn das Gebäude mit den hundertfünfzig Quadratmetern bestimmt nicht das größte in der Gegend ist und in Sachen Energetik und so vielleicht auch nicht ganz so überzeugt, ist das hier doch eine solide Immobilie.«

»Ich glaube, ich verstehe immer noch nicht ganz.« Vincent sieht sich noch einmal um in dem Raum mit der hohen Decke. »Ich bin weder Architekt noch Bauingenieur. Deshalb habe ich ehrlich gesagt auch keine Ahnung, wie man ein Haus ›verkaufsfertig‹ macht«, sagt er und zeichnet Anführungsstriche in die Luft, die ihm sofort gerechtfertigt peinlich sind. »Außerdem findest du mit dem richtigen Preis für einen Altbau in dieser Lage, der noch dazu nicht völlig baufällig ist, doch mehr als einen Käufer. Und zwar innerhalb kürzester Zeit und ohne irgendeinen Finger zu krümmen.«

»Ja und nein.« Sie wackelt mit dem Kopf hin und her, und ihr Lächeln verschwindet für einen Moment. »Ich hatte das Haus schon angeboten. Aber wegen der schwierigen Zinslage haben sich nur irgendwelche Investoren gemeldet, pfui Teufel. Und an die will ich nicht verkaufen, schon aus Prinzip nicht. Dafür liegt mir dann irgendwie doch zu viel an dem Haus. Nein, die Villa hat zum ersten Mal in ihrer Geschichte eine echte Familie verdient. Ich hab da schon jemanden im Hinterkopf, aber das ist jetzt auch nicht wichtig.«

Vincent nickt zwar, wundert sich aber über die irrationale Denke dieser Frau. Wen interessiert, wer das Haus kauft, solange das Geld stimmt? Und außerdem: Warum sollte eine Familie die

Immobilie zwangsläufig besser behandeln als irgendein Investor? Das Wort Familie ist Vincents Erfahrung nach ähnlich elastisch wie das Wort Küche.

»Ja, und dann hat sich mein lieber Vater noch mal eingeschaltet und mir angeboten, mir die Villa abzukaufen. Er würde das Haus ein bisschen renovieren und zu einem höheren Preis wieder verkaufen. Und da habe ich mir gedacht – das kann ich auch. Na ja, also theoretisch.«

Sie kratzt sich am Kopf, rümpft lächelnd die Nase und zeigt auf die halb abgerissene Tapete. »Obwohl ich zugeben muss, dass das alles nicht ganz so glattläuft, wie ich mir das vorgestellt habe. Außerdem ist da ja noch mein Taxi, und verschiedene private Verpflichtungen habe ich auch. Und da kommst du ins Spiel, lieber Vincent Zimmer.«

Vincent schüttelt den Kopf. »Das verstehe ich immer noch nicht so richtig. Warum verkaufst du nicht einfach an deinen Vater? Ist doch besser, als Zeit und Geld zu investieren.«

Greta dreht an ihrem Nasenring. Ihre Unterlippe steht ein wenig hervor, wodurch sie ein wenig … na ja … bockig aussieht, findet Vincent.

»Aus Prinzip, schätze ich.«

»Aus welchem Prinzip?« Vincent kann kaum glauben, dass er es wirklich in Betracht zieht, sich auf das hier einzulassen. Er atmet den Geruch nach Lack und Farbe ein, den er wirklich mag, und gesteht sich ein, dass es tatsächlich so ist. Er zieht das hier in Betracht, sonst würde er nicht fragen, sondern das Vernünftige tun und abhauen. Deshalb will er zumindest verstehen, was diese Greta antreibt. Und was von ihm erwartet wird natürlich.

Doch sie schüttelt den Kopf. »Das weiß ich ehrlich gesagt selbst nicht. Vielleicht will ich mir auch irgendwas beweisen, keine Ahnung. Vielleicht kann ich … na ja, vielleicht kann ich das Haus im Moment einfach noch nicht so richtig loslassen. Zumindest nicht, bis ich jemanden gefunden habe, der hierherpasst. Und dieser Jemand wird dank unserer Hilfe das Potenzial dieses Hauses erkennen, sobald wir damit fertig sind. Und das sollten wir auf jeden Fall zusammen hinbekommen.«

Eigentlich will Vincent noch einmal fragen, warum sie nicht einfach mit dem Preis runtergeht. Dann würden sich sicher sehr schnell sehr viele Käufer finden lassen, mit denen sie leben könnte. Zumal sie ja nach der Renovierung mehr für die kleine Villa verlangen wird. Was den Käuferkreis noch einmal enger machen wird. Nein, also, durchdacht klingt das alles nicht. Vor allem die finanzielle Seite. Vorhin hat Greta zwar erwähnt, dass sie das Geld dringender brauche als das Haus. Trotzdem scheint sie nicht an akuten Geldsorgen zu leiden. Sonst wäre es ihr egal, an wen sie verkauft. Zumal sie durch den Verkauf zu einer ziemlich reichen Frau wird. Obwohl …

»Falls wir das hier tatsächlich machen – und ich wiederhole: *falls* –, wirst du eine ordentliche Stange Geld in die Hand nehmen müssen. Allein die Küche …« Er sieht sich um.

»Ich weiß, ich weiß. Wir stehen hier vor einigen Herausforderungen. Aber ich habe meine Entscheidung diesbezüglich schon getroffen: Wir renovieren und möblieren. Staging nennt man das, glaube ich. Na ja, also damit meine ich, dass wir so viel wie nötig und so wenig wie möglich an Möbeln kaufen. Vor allem schöne, gebrauchte Sachen. Die sind preiswerter und geben dem Haus Charakter. Wir machen das so, dass es wohnlich aussieht und die richtigen Leute das Potenzial des Hauses erkennen. Vielleicht wollen die Käufer ja sogar was von den Möbeln, dann können sie mir die ja abkaufen. Und ansonsten nehme ich das Zeug einfach mit in meine neue Bleibe.«

»Okay, also, ich hoffe, du weißt, worauf du dich da einlässt.« Und ich auch, fügt Vincent in Gedanken hinzu. »Das hier wird trotz guter Bausubstanz, neuer Fenster und Dach ein ganz schöner

Brocken Arbeit. Außerdem weißt du ja gar nicht, ob ich handwerklich überhaupt zu etwas tauge.« Obwohl ich das absolut tue, fügt er in Gedanken hinzu. O nein. Vincent rutscht unruhig auf dem harten Stuhl hin und her. Er hat tatsächlich Lust, das hier zu machen. Wenngleich er damit all seinen schon vorhandenen Problemen ein ordentlich großes obendrauf setzen würde. Außerdem wirkt diese Greta auf ihn nicht wie jemand, der viel praktisches Geschick mitbringt. Von der nötigen Pragmatik, die ein solches Projekt verlangt, ganz zu schweigen. In dieses Projekt würde er Stunden, Tage, Wochen investieren. Dass er das hinbekommen kann, ist klar. Aber genauso klar ist, dass er jetzt eigentlich Besseres zu tun hat, als sich hier zu verstecken und House-Flipper zu spielen. Eigentlich. Uneigentlich ist der Gedanke verlockend, sich hier für einige Zeit zu verstecken.

»Na ja, also, versteh mich nicht falsch, Vincent.« Greta rümpft die Nase und neigt den Kopf ein wenig zur Seite. »So, wie ich das verstanden habe, stehen dir im Moment nicht allzu viele Türen offen, und zwar nicht nur im übertragenen Sinn. Also, jetzt mal nichts für ungut, aber nach dem, was du da heute Morgen erzählt hast, sieht es für dich gerade sogar ziemlich beschissen aus, und da ist das doch ein echt guter Deal. Streichen und Möbel aufbauen wirst du ja wohl können. Und als Gegenleistung dafür darfst du hier wohnen, bis du was anderes gefunden hast.«

Vincent hat noch gar nicht darüber nachgedacht, dass er ja tatsächlich mit dieser Greta hier unter einem Dach wohnen würde.

»Gut, dass du das ansprichst. Wie sollte das denn überhaupt ablaufen? Ich meine, wir kennen uns noch nicht mal. Was, wenn ich … ich weiß nicht … einen seltsamen Fußfetisch habe oder … was weiß ich … wenn … wenn ich in Wirklichkeit ein Axtmörder bin, hm? Was dann?«

Was redet er da bloß? Das kann nur der Effekt des latenten Kontakts mit dieser Verrückten sein. Wer weiß, was ein Zusammenleben mit ihr aus ihm machen würde! Und wie es hier aussieht! Sie kann nicht ernsthaft hier wohnen. Und er erst recht nicht.

Doch Greta betrachtet ihn nur freundlich lächelnd, die Arme noch immer vor der Brust verschränkt. »Also erstens bin ich nicht sicher, ob mir der wilde Axtmörder nicht lieber wäre als das mit dem Fußfetisch. Ist aber auch völlig egal. Lass uns noch mal die Fakten auf den Tisch legen: Ich habe ein Haus und brauche jemanden, der für Kost und Logis für mich arbeitet, und du bist sowohl arbeits- als auch obdachlos. Außerdem ist es nun mal mein Fetisch, mich um die zu kümmern, die ganz unten angekommen sind. Die, die niemanden mehr haben und von niemandem mehr etwas erwarten können, weil sie ganz und gar und völlig allein auf dieser Erde sind.«

»Na vielen Dank auch«, murmelt Vincent, widerspricht aber nicht.

»Ah, sorry. So war das gar nicht gemeint. Ich hab da eher aus eigener Erfahrung gesprochen. Ist auch egal, auf jeden Fall hättest du so keinen Stress bei der Jobsuche, und wenn du dann was Neues gefunden hast, kannst du jederzeit abhauen. Was also könnte dagegensprechen? Außer natürlich, du willst wieder zu Mama und Papa ziehen. Wo auch immer die sich befinden.«

Sie lächelt, während Vincent die Lippen aufeinanderpresst. Durch ihr Taktgefühl besticht diese Greta auch nicht gerade. Bisher hat er den Gedanken daran nicht zugelassen. Also daran, wo er ankommen würde, wenn die Zugfahrt endet, die er heute noch antreten wird. Die Trostlosigkeit der kleinen, verrauchten Wohnung. Sein Vater und dessen ganz eigene Trostlosigkeit inmitten des kalten Rauchs. Doch darüber kann er wirklich nicht nachdenken. Weil er sie sonst nämlich nicht antreten kann, diese Reise. Was unmöglich ist, weil die Rothaarige recht und er hier in Berlin sonst schlicht niemanden hat, bei dem er unterkommen kann. Also, bis auf sie und dieses Haus.

Er ist wirklich allein. Ganz und gar. Das war ihm bisher noch gar nicht so richtig bewusst. Also, bewusst schon. Aber was bisher eine bewusste Lebensentscheidung war – wer hat schon Zeit für so etwas wie Freunde? –, fühlt sich jetzt wie eine Bedrohung an. Eine kalte, beängstigende Tatsache. Allein.

Ist das hier vielleicht doch und gegen jede Logik, Vernunft und jedes Bauchgefühl seine beste Option? Zumindest für heute Nacht? Eine Nacht Schlaf, kein Alkohol, nicht die kleine Wohnung und der erdrückende Pessimismus, den der Vater Lebenseinstellung nennt. Vielleicht kann er morgen ja schon wieder klarer denken. Und dann kann er immer noch verschwinden.

Als sich seine Nackenmuskeln gerade ein wenig entspannen, ertönt ein durchdringendes, lautes, ohrenbetäubendes Pfeifen.

9

*V*erdammt noch mal, willst du uns umbringen, Kurt?«
Greta baut sich vor einem großen Mann auf, der mit einem Mal in der Küchentür steht. Über dem dicken Bauch spannt der weiße Rippstoff eines Unterhemds, aus dessen Ärmeln dünne, lange Arme prangen, die fast vollends mit Sommersprossen und ordentlich Gänsehaut bedeckt sind. Das Maiwetter eignet sich definitiv noch nicht für solche Kleidung. Die ebenso langen Beine enden in einer kurzen, roten und gleichermaßen wettermäßig unangebrachten Badehose. Auf der Halbglatze prangt eine dicke Schicht Creme, und aus dem Mund ragt eine rote Trillerpfeife, die Greta jetzt herauszieht.

»Wer …?«, sagt Vincent, blickt zu Greta und dann zu dem Mann in der Tür, der ihn aus kleinen rotbraunen Augen mit rötlichen Wimpern streng ansieht.

»Für dich war's das heute, Freundchen. Du darfst ab jetzt vom Beckenrand zuschauen.« Der Mann hebt das Kinn in Vincents Richtung. Greta verdreht die Augen.

»Ist notiert, Kurt. Und jetzt raus hier, wir haben zu tun.«

Sie schiebt den Mann aus der Tür und schüttelt den Kopf, geht kommentarlos zur Küchenanrichte, füllt eine gusseiserne Kaffeekanne mit Wasser und stellt sie auf den Gasherd.

»Äh, können wir eventuell kurz erörtern, wer das war?«, fragt Vincent, sieht noch einmal zur leeren Tür und findet es höchst seltsam, dass Greta nicht das Gefühl hat, diesen Auftritt kommentieren zu müssen.

»Das ist nur Kurt. Der spielt manchmal hier den Bademeister.«

Vincent will gerade nachfragen, als ein stechender Schmerz durch seinen großen Zeh zieht. »Au, o Gott, was ist das denn?«

Er springt ein Stück auf seinem Stuhl zurück und blickt auf eine große Schildkröte hinab, die vor ihm auf dem Küchenboden sitzt und ihn anstarrt, während ihre Kiefer etwas zu zermalmen scheinen.

»Ach Charlotte, du armes Ding.«

Greta stellt die Kaffeepackung zurück auf die Arbeitsplatte und lehnt sich hinunter, um die Schildkröte aufzuheben und sie auf den Küchentisch zu setzen. Eigentlich ist Vincents Meinung zu Schildkröten neutral. Doch dieses Exemplar ... ist wirklich speziell.

Vincent zeigt auf die Schildkröte und sieht zu Greta. »Sind das ... hast du ihren Panzer etwa mit Glitzersteinen beklebt? Ich will dir nicht zu nahe treten, aber ich glaube, das ist Tierquälerei.«

Greta verdreht die Augen. »Was ist denn das für eine Frage? Natürlich nicht. Die hab ich einem Obdachlosen am Bahnhof abgekauft. Er wollte sie loswerden, weil die Reaktion der Leute auf eine glitzernde Schildkröte doch nicht so positiv war, wie er sich das so vorgestellt hatte. Sein Hut ist nicht nur leer geblieben, sondern Passanten haben ihm auch regelmäßig damit gedroht, ihn wegen Tierquälerei anzuzeigen. Also hab ich das arme Ding mitgenommen, weil ...«

»... es dein Fetisch ist, dich um die zu kümmern, die ganz unten angekommen sind?«, unterbricht Vincent und klingt säuerlicher als beabsichtigt.

»Vincent Zimmer, du bist doch nicht etwa nachtragend? Aber gut, geschieht mir vielleicht recht. Auf jeden Fall solltest du ab jetzt lieber deine Schuhe anlassen. Charlotte ist nämlich die mit dem Fußfetisch, und manchmal überkommt sie die Lust so sehr, dass sie zubeißen muss. Aber eigentlich tut das jetzt nichts zur Sache. Du hast mir nämlich immer noch nicht geantwortet. Haben wir einen Deal?«

Erst Kurt und jetzt die Schildkröte. In der Summe betrachtet ist das hier vermutlich eine sehr, sehr schlechte Idee. Okay, das *ver-*

mutlich kann Vincent streichen. Denn natürlich ist es das. Zu einer Fremden zu ziehen, die eine bissige Schildkröte hält und bei der ein Mann ein und aus geht, der sich als Bademeister geriert, ist eine ganz, ganz unkluge Entscheidung. Selbst wenn es nur für eine Nacht ist. Und unkluge, spontane Entscheidungen hat er während der letzten Tage wahrlich genug getroffen. Also zurück zum eigentlichen Plan: Vincent muss von hier weg. Zumindest für einen Moment, um noch einmal klar über alles nachzudenken.

»Ich … ich gehe kurz frische Luft schnappen«, sagt er also, steht auf und läuft in den Flur und zur Eingangstür und eilt den Kiesweg hinunter zurück auf die Straße.

Mit einem Seufzen lässt Vincent sich auf die Kante des Bürgersteigs fallen. Ein älteres Ehepaar geht vorbei, an der Hand der Dame die Leine eines kleinen Hundes, der ihn genauso misstrauisch betrachtet wie seine Besitzer. Er sollte hier nicht einfach so sitzen. Doch nach drinnen gehen will er auch nicht. Vielleicht … vielleicht sollte er sich endlich zusammenreißen und das Vernünftige tun. Er kramt sein Handy aus der Hosentasche und starrt eine Weile aufs Display. Er muss es tun. Wenn er Bademeister, Schildkröte und nicht zuletzt den Klauen der Rothaarigen entkommen will, muss er es tun. Also wählt er, während er sich selbst laut und dramatisch seufzen hört.

»Bitte?«

Ein Wort. Mehr braucht sein Vater nicht, um seinem Gesprächspartner zu zeigen, dass er bereits jetzt enttäuscht von dem ist, was folgen wird. Ganz gleich, was es ist, und ganz egal, wer da gerade anruft. Denn Enttäuschung und Pessimismus sind seine Lebenseinstellung, seine Raison d'Être, seine Art, der Welt zu zeigen, dass er von niemandem mehr irgendetwas erwartet. Vincent räuspert sich.

»Hallo, Papa.«

Papa. Dieses Wort auszusprechen, wird mit den Jahren immer

schwieriger für ihn. Aber was ist eine distanziertere Alternative? *Vater* vielleicht?

»Ach, du bist das.«

Wieder dieser enttäuschte Unterton. Vincent weiß nicht, wer ihn sonst so anruft. Sein Vater hat noch nie einen besonders großen Freundeskreis gepflegt. Da sind einige Leute von der Kfz-Anmeldestelle. Mit denen trifft er sich wohl ab und an immer noch, obwohl er in Rente ist und die meisten von ihnen jünger sind. Oder zumindest hat er sich mit denen getroffen, als Vincent noch zu Hause lebte. Ein erneutes Räuspern.

»Papa, ich muss, also, ich will …«

»Warte kurz, ich mach mir eine Zigarette an.«

Rascheln im Hintergrund, dann das Geräusch eines Feuerzeugs und ein tiefes Ein- und Ausatmen.

»So, jetzt. Was ist los?«

Vincent stellt sich vor, wie die weißgrauen Rauchschwaden durch die Luft wirbeln. Er kann sich an kein Gespräch mit seinem Vater erinnern, in dem er nicht durch dicke Wolken hindurchsprechen musste. Vielleicht ist der Rauch für den Vater eine Art Schutzwall. Doch wovor will er sich schützen? Es ist ja nicht unbedingt so, dass er sich von sonderlich vielen Dingen aus der Ruhe bringen lässt. Wenn Vincent es recht bedenkt, war da eigentlich keine einzige Situation, in der sein Vater irgendeine sonderlich starke Reaktion gezeigt hat. Weder in die eine noch in die andere Richtung. Außer … außer, als die Mutter ging. Doch wenn er jetzt daran denkt, kann er sich auch gleich von der Schildkröte da drin den Fuß abkauen lassen.

Er überlegt, wie es sein wird, zurück in die Schwaden zu tauchen, in die Einöde der Emotionslosigkeit der kleinen Wohnung. Vielleicht ist es ja genau diese Emotionslosigkeit, die er jetzt braucht. Doch beim Gedanken an das kleine, schmale Zimmer, an das Gemisch von Rauch und Essensgeruch im Hausflur des Plattenbaus reißt die Luft vor ihm plötzlich wieder auf, und aus dem Nichts, ohne Vorwarnung, ist er da – der dunkelblaue Strudel, direkt unter den Füßen auf der Straße. Ein Sog, der ihn rückwärts in Richtung des Bürgersteigrands und der Hecke der Villa kriechen lässt. Er hört sein eigenes Wimmern, als er fühlt, wie sein kompletter Körper in Richtung des tiefdunklen Tornados gezogen wird.

Er lässt das Telefon fallen, mitten auf den Bordstein, hebt es wieder auf und sieht, dass sein Vater aufgelegt hat, oder vielleicht war er es selbst aus Versehen. Vincent kriecht noch ein Stück rückwärts in Richtung Haus, weil er sich nicht traut, den Mittelpunkt seiner Angst aus den Augen zu lassen, steht langsam auf, dreht sich um und rennt durch das alte Gartentörchen hinein in Richtung Villa.

»Was hab ich dir gesagt?« Hinter einer Hecke kommt Kurt hervor und hebt die Hand, um Vincent zu stoppen. »Beckenrand, mein Freund. Für dich nur noch Beckenrand.«

Zu seiner Überraschung muss Vincent lachen. Ein panisches Lachen, begleitet von einem hektischen Kopfschütteln. Wo ist er hier gelandet? Er dreht sich um und blickt in Richtung Straße. Doch da ist nichts mehr. Keine Dunkelheit, kein Strudel. Die Schläfen massierend dreht er den Kopf zu Kurt, der ihn noch immer streng und von oben herab betrachtet. »Alles klar, Chef. Dann geh ich mal zu den Duschen.«

Die Antwort bringt ihm ein mildes Nicken ein, bevor Kurt wieder durch die Hecke in Richtung Nachbarhaus verschwindet. Dabei murmelt er irgendwas davon, dass eben alles seine Ordnung haben müsse. Vincent bleibt einen Moment stehen und betrachtet das Nachbarhaus. Es sieht ganz normal aus. Normaler, als man es von einem Bewohner wie Kurt erwarten würde.

Als Vincent die Küche wieder betritt, sitzt Greta an dem großen Tisch. Vor ihr steht eine Kaffeetasse mit der Aufschrift *Not fragile like a flower, fragile like a bomb.* Auf dem Schoß balanciert sie die Schildkröte, der sie mit der einen Hand über den Panzer streichelt und mit der anderen kleine Blätter eines Kopfsalats füttert.

Auch für Vincent steht eine Tasse mit Kaffee bereit. *Im Notfall frag Rainer* steht darauf.

»Wer ist Rainer?« Vincent zeigt auf die Tasse, obwohl das gerade keinerlei Relevanz hat.

Greta lächelt ihn an und zeigt auf den Platz ihr gegenüber. »Das wird für immer ein Geheimnis bleiben. Ist vom Sperrmüll. Ist auch egal, du hast nämlich immer noch nicht geantwortet. Haben wir einen Deal, du und ich?«

Sie lächelt und hebt ihre Tasse, um mit Vincent anzustoßen. Warum eigentlich nicht?, fragt sich Vincent, obwohl ihm eigentlich sehr viele Gründe dafür einfallen. Zum Beispiel beim Blick auf die Rainer-Tasse. Oder der auf die Schildkröte, die wieder auf dem Tisch sitzt. Und zu guter Letzt auch der zur Küchentür, in der Kurt erneut aufgetaucht ist und mit Zeige- und Mittelfinger auf Vincents Augen zeigt, um selbige Finger dann in seine Richtung wandern zu lassen.

Trotzdem hebt er die Tasse, lässt sie zögerlich durch die Luft schweben und an die von Greta stoßen.

»Na also, das wird toll, du wirst schon sehen! Ich würde sagen, wir besprechen gleich mal die Konditionen deines Aufenthalts in meinen noch nicht ganz so gemütlichen vier Wänden. Was sagst du, Charlotte?«

Greta greift nach dem Tier, hebt es sich vors Gesicht, drückt dann einen Kuss auf den Panzer und setzt es wieder auf den Boden. Vincent zieht instinktiv die Füße an. Greta trinkt einen Schluck aus ihrer Tasse und schüttelt sich angewidert. »Dann lass uns mal die Feinheiten besprechen. Erstens: Du bist ab sofort für den Kaffee verantwortlich. Ich bin eine Frau mit vielen Talenten. Also vielleicht nicht direkt viele. Aber völlig talentfrei bin ich auf jeden Fall nicht. Worauf ich hinauswill, ist, dass Kaffeekochen definitiv nicht zu diesen Talenten gehört.«

Vincent atmet tief aus. Dann nickt er, um zu zeigen, dass sie weitersprechen soll. Dabei betrachtet er die Rainer-Tasse ein wenig misstrauisch, nur um am Ende doch daraus zu trinken. Und Greta stumm zuzustimmen.

»Wie du siehst, ist hier einiges zu tun, und neben dem ganzen Taxifahren und dem Schreiben bleibt mir leider nicht so viel Zeit, mich um all das hier zu kümmern. Also mit ›all das‹ meine ich vor allem … na ja, eigentlich meine ich damit die komplette Renovierung dieses Schmuckstücks. Also, ich helfe natürlich mit. Ich brauch einfach jemanden, der die Sache hier koordiniert und der«, sie lehnt sich zur Seite und sieht von oben bis unten an ihm herab, »genug Geschmack mitbringt, um aus dem Haus ein richtig schönes Zuhause zu machen. Auf die Gefahr hin, mich zu wiederholen«, sie malt eine Linie zwischen sich und Vincent, »das hier könnte also wirklich Schicksal sein.«

Vincent seufzt und sieht sich noch einmal um. Da ist plötzlich eine Erinnerung, die die Wände hochkrabbelt wie eine kleine Spinne und sich dann auf ihm niederlässt. Die Erinnerung an einen heißen Nachmittag. Sommerferien waren damals und er siebzehn Jahre alt. Sein Onkel hatte ihm fünf Euro pro Stunde und ein Mittagessen vom Asia Imbiss nebenan versprochen, wenn er ihm auf einer seiner Baustellen half. Wahrscheinlich hatte sein Vater ihn nur loswerden wollen, um die heißen Sommernachmittage rauchend vorm Fernseher verbringen zu können, und seinem Bruder deshalb so lange in den Ohren gelegen, bis der zustimmte, Vincent bei sich arbeiten zu lassen.

Denn handwerkliches Geschick konnte man Vincent damals nicht nachsagen. Das lag nicht zuletzt daran, dass er bis dahin noch nie mit den Händen gearbeitet hatte. Im Werkunterricht in der Schule vielleicht. Doch sonst hatte es dafür keine Gelegenheit gegeben. Die Möbel in seinem Zuhause kamen aus irgendeinem billigen Möbelhaus. Und wenn die kaputt waren, wurden sie behelfsmäßig wieder in einen Zustand gebracht, der das Weiternutzen für ein paar Jahre garantierte. Der aber niemals als *repariert* durchgehen würde. Als ein Bein des alten Sofas abbrach, klemmte sein Vater einen Stapel Fernsehzeitungen darunter. Als Vincents Bett in sich zusammensackte, wurde die Matratze direkt auf den Boden gelegt.

Eine weitere Erinnerung. Wie er nach dem letzten Arbeitstag auf Onkel Freddies Baustelle nach Hause ging. Verschwitzt, aber mit roten Wangen und einem Schwung in seinen Schritten, der vor den Sommerferien noch nicht da gewesen war. Er hatte die Arbeiten eines Hilfsarbeiters übernommen, Stuck ausgebessert, bis ihm wegen der körnigen Masse die Fingerspitzen bluteten. Hatte Bodenabschlussleisten für den Parkettboden zugeschnitten und Fenster und Wände abgeklebt, damit die Maler sie streichen konnten. Doch das alles, also zuzusehen, wie ein Haus durch ihrer Hände Arbeit wuchs und zu einem echten Zuhause wurde … das alles fühlte sich fast wie eine Erleuchtung an.

Also stolperte er nach Hause, duschte und ging dann zu dem kleinen Tisch in der winzigen Küche, wo sein Vater saß, rauchte und einen Aldi-Prospekt durchblätterte. Er stellte den Wasserkocher an, trat zum Küchenschrank, holte eine Fünf-Minuten-Terrine heraus, um sie mit heißem Wasser aufzukochen. Während er in seinem zweifelhaften Abendessen rührte, kam er nicht umhin, die Melodie eines Schlagers zu pfeifen, den seine Kollegen seit Tagen auf dem kleinen Baustellenradio immer wieder hörten.

»Was ist denn mit dir los?« Sein Vater sah ihn an, während er mit zusammengekniffenen Augen an der Zigarette zog. Vincent hätte nicht antworten sollen. Hätte die Idee, die sich eher wie eine Art Eingebung anfühlte, für sich behalten sollen. Aber seine Laune war zu gut, seine Hoffnung zu glühend, um sie nicht mit jemandem zu teilen.

»Ich weiß jetzt, was ich machen will, wenn ich mein Abi in der Tasche hab.«

Wenn ich mein Abi in der Tasche hab. Seit wann sprach er denn so? Aber genau diesen Effekt hatte sein Vater auf ihn. Er fühlte sich unwohl in seiner Haut, sobald ihn seine Augen fixierten. Vergaß regelrecht, wer er war. Wenn er das denn überhaupt wusste. Vor allem dann, wenn er ihn so ansah, wie er es in diesem Moment tat. Auf den Küchenstuhl zurückgelehnt, die Arme verschränkt, das Kinn leicht angehoben. Spätestens jetzt hätte er aufhören sollen zu sprechen. Denn jetzt hatte er seine volle Aufmerksamkeit. Und das spöttische Lächeln, das sich da ganz langsam in seine Mundwinkel schlich, verhieß nichts Gutes.

Doch da war eben noch so viel Adrenalin in seinem Körper und so viel Freude an der Arbeit an sich und an der Zusammenarbeit mit den Jungs auf der Baustelle, dass er es doch tat. Dass er weitersprach.

»Ich hab mit Onkel Freddie gesprochen, und er hat gesagt, dass ich bei ihm anfangen kann, wenn ich mit dem Abi fertig bin.«

Das Lächeln des Vaters verschwand. Jetzt war von seinem Mund nur noch eine dünne, gerade Linie zu sehen. Er schüttelte den Kopf. »Du willst ... Bauarbeiter werden?«

»Raumausstatter, nicht Bauarbeiter.« Vincent hörte, wie schwach seine Stimme klang.

»Das ist doch das Gleiche. Schau dir meinen Bruder an, den Idioten. Arbeitet sich den Buckel krumm – und wofür? Er kann kaum seine Leute bezahlen.«

Auch Vincent lehnte sich auf seinem Stuhl zurück. Die kleine Küche, der Rauch, die kratzige Stimme des Vaters. Eigentlich war er redegewandt, wie seine Deutschlehrerin ihm immer wieder versicherte. Doch all das, was ihn jetzt umgab und sich wie ein fester Griff um seinen Hals schloss, ließ schier nichts mehr übrig von ihm. »Aber Onkel Freddies Geschäft läuft gut. Das hat er mir selbst erzählt. Er hat so viele Aufträge, dass er kaum hinterher-kommt.«

Sein Vater prustete. »Mein kleiner Bruder hatte schon immer eine lebhafte Fantasie. Du darfst nicht alles glauben, was er dir so erzählt. Da ist mehr Wunschdenken im Spiel als Realität. Aber gut«, er zog an seiner Zigarette und ließ die Hand mit den gelb-lichen Nägeln durch die Luft vage in Richtung Vincent schwei-fen. »Am Ende musst du selber wissen, was du mit deinem Leben anstellst. Wenn du dein ganzes Leben lang die Häuser von irgend-welchen Schnöseln verschönern willst, kannst du das gerne ma-chen«, schloss er seinen Monolog ab, schüttelte den Kopf und lehnte sich wieder über den bunten Werbeprospekt irgendeines Supermarkts.

»Erde an Vincent.«

Vincent hebt den Kopf und blickt in das Gesicht der Schild-kröte, die Greta direkt vor seinen Kopf gehoben hat.

»Charlotte hier würde dir gerne dein Zimmer zeigen.«

Vincent zwinkert mehrmals und atmet schwer aus. Und wäre da nicht die Erinnerung gerade gewesen, wäre er jetzt womöglich tatsächlich weggelaufen, statt zu nicken und das Vorderbein der Schildkröte wegzuschieben, das Greta ihm statt ihrer Hand hin-hält, um ihn nach oben in sein Schlafquartier zu geleiten.

10

*G*eweckt wird Vincent von einem Schrei. Im ersten Moment hat er keine Ahnung, wo er ist. Dann fällt es ihm ein. Leider. Gestern Abend führte Greta ihn in ein Zimmer im oberen Stockwerk, das früher ihres gewesen sei. Eigentlich habe sie bisher darin geschlafen, wolle aber aus Solidarität ins alte Schlafzimmer ihrer Großeltern ziehen.

»Dort zu schlafen, kann ich dir nicht antun. Das ist ein echtes Gruselkabinett. Würde mich nicht wundern, würde sich die an die Wand genagelte Jesus-Figur über Nacht befreien und sich zu mir ins Bett kuscheln.«

Bei diesen Worten schüttelte sie sich, sah Vincent dann aber mit großen Augen an. »O nein, du bist aber nicht gläubig, oder so, wie? Nein? Gott sei Dank. Also nicht Gott sei Dank, dass du nicht gläubig bist, das ist mir egal. Aber sonst wäre das mit der Jesus-Figur ja jetzt echt ein blöder Scherz gewesen. Andererseits ...« Sie überlegte kurz, und Vincent war sich mal wieder nicht ganz sicher, ob sie den folgenden Gedanken wirklich aussprechen sollte. Doch sie tat es. Natürlich.

»... andererseits wäre das recht praktisch, weil wenn du gläubig wärst, dann würde ich weiter in meinem alten Kinderzimmer schlafen und du in dein persönliches Himmelsreich einziehen können. O nein, jetzt sag ich ja schon wieder so was. Okay, ich halt jetzt meine Klappe und hol dir frische Bettwäsche.«

Damit ließ sie ihn in dem kleinen Dachzimmer zurück. Das seiner Meinung nach aber nicht minder unheimlich ist. Der Raum an sich ist nett gestaltet, mit geblümter Tapete, passender Bettwäsche und einer hübschen Lichterkette über dem Bett. Für den Gruselfaktor sorgen die unzähligen Puppen, die überall im Zimmer verteilt sitzen und aussehen, als ob sie ihn anstarrten. Auch das alte Puppenhaus in einer Ecke könnte gut als Kulisse für einen Horrorfilm herhalten. Vincent wäre nicht gänzlich überrascht, würde sich eine der Porzellanpuppen auf der kleinen Kommode auf der linken Seite seines Betts den Kopf plötzlich um dreihundertsechzig Grad drehen und ihm mitteilen, dass sie ihn nun leider in die Welt der Finsternis mitnehmen müsse.

Alles in allem nicht die optimale Kulisse für die ruhige Nacht mit Schlaf, die er sich erhofft hat.

Obwohl sich der echte Horror in dieser Nacht in seinem Inneren abspielte: Wieder und wieder durchlebte er das, was in den letzten Tagen passiert war. Bei dem Gedanken daran, dass er jetzt tatsächlich arbeitslos ist. Und nicht zuletzt, weil er einer wirklich schwerwiegenden Sache beschuldigt wird. Firmengelder veruntreuen, er. Wie so viele Male in dieser Nacht spannen sich auch jetzt nach dem Aufwachen Ungerechtigkeit und Hilflosigkeit zu einem festen Tuch, das ihm schier den Hals abdrückt.

Eigentlich will er sich die leicht muffige geblümte Bettdecke über den Kopf ziehen und die Morgensonne ignorieren, die durch die Äste des Kastanienbaums vor dem Fenster blinzelt. Doch da ist noch einmal der Schrei, nein, ein Ruf ist das. Was ist hier los? Das war doch Gretas Stimme? Ist womöglich Kurt zurück? Ist es dieses Mal nicht bei einem Trillerpfiff geblieben?

»Vincent!« Doch, da wird ganz konkret nach ihm gerufen.

Er springt aus dem Bett, ohne darüber nachzudenken, dass er nur Boxershorts trägt, und läuft – nein springt – die Treppe hinunter bis ins Erdgeschoss und in die Küche, wo er Greta in der Mitte des Raumes antrifft, in einer Hand eine alte Tasse aus Porzellan, den Zeigefinger der anderen auf einen Mann gerichtet, der hinter seinem Laptop am Tisch sitzt und den Kopf schüttelt. Sie dreht sich zu Vincent und atmet erleichtert aus. Alles in Vincent ist angespannt, als er den Raum betritt, ohne den Mann aus den Augen zu lassen.

»Gott sei Dank, Vincent.« Greta schüttelt den Kopf. »Ich brauche einen normalen Menschen an meiner Seite. Vielleicht kannst du diesen Vollidioten, diesen … Neandertaler zur Vernunft bringen.« Sie dreht sich zu Vincent und betrachtet ihn von oben bis unten. »Interessante Outfitwahl«, sagt sie und zeigt auf seine Unterhose.

Vincent verengt die Augen. »Ich habe dich schreien hören. Also bin ich einfach runtergerannt, weil ich dachte, du wärst in Gefahr … Na ja, oder so.«

Greta nickt mehrmals. »Oh, das bin ich auch, glaub mir. Ich laufe Gefahr, gleich auszurasten, und zwar wegen dem da.«

Sie zeigt auf den Mann am Tisch, der sich mit der Hand durch sein hellblondes Haar wuschelt und prustet. »Das ist so ein Bullshit, so ein Bullshit, Greta. Das, was ich sage, gefällt dir vielleicht nicht. Aber es ist nun mal die Wahrheit.«

Mit einem Knall landet eine Tasse vor Gretas Füßen auf dem Fußboden, und Vincent und der Blonde zucken zusammen.

Vincent dreht sich langsam und vorsichtig zu Greta. Es gibt also tatsächlich Menschen, die bei einem Streit mit Geschirr werfen. Aber noch wichtiger: Er ist gestern bei einem dieser Menschen eingezogen.

»Also, Sachen zu zerstören, bringt ja wohl auch nichts. Wolltest du das Geschirr nicht zur Heilsarmee bringen?« Der Fremde zeigt mit dem Finger auf Greta.

»Nein, also ja, also jein: wollte ich, kann ich aber nicht. Weil ich gerade gesehen habe, dass auf der Unterseite des Geschirrsets überall Hakenkreuze gedruckt sind. Und deshalb kommt mir so eine Nazi-Tasse gerade recht, weil ich nämlich sonst echt nicht gewusst hätte, woran ich sonst meine Wut auslassen kann. Weil deine bescheuerte Meinung wirklich die eines absoluten Vollidioten ist.«

»Das ist nicht bescheuert, das sind Tatsachen. Reine Genetik. Und genau das ist es, was dich nervt.«

Greta greift nach einem Teller auf der Arbeitsplatte, doch Vincent nimmt ihr das Teil wieder ab. Er findet den Blonden zwar auf Anhieb unsympathisch. Den Tod durch einen durch die Luft fliegenden Hakenkreuzteller wünscht er ihm dennoch nicht.

»Wie wäre es, wenn ihr euch erst mal beruhigt?«, fragt er. Statt sich aus der halb nackten und deshalb äußerst unangenehmen Situation zu winden, setzt er sich, langsam und ohne Greta aus den Augen zu lassen, an den Tisch zu dem blonden Wuschelkopf am Laptop. »Ich bin übrigens Vincent.« Er hebt vorsichtig die Hand zum Gruß in Richtung des Blonden.

»Weiß schon Bescheid«, antwortet der und salutiert in Vincents Richtung.

»Mich beruhigen? Das kann ich nicht, und das muss ich verdammt noch mal auch nicht.« Greta geht zu einem Küchenschrank, nimmt eine Schüssel daraus hervor, dazu einen Löffel, eine Packung Milch und eine Dose mit Haferflocken. Sie knallt die Sachen vor Vincent auf den Tisch.

»Also, Boje, wir arbeiten seit fünf Monaten an deiner Bachelorarbeit, und jetzt fällt dir plötzlich ein, dass du eigentlich gar nichts vom Feminismus hältst? Ich glaub echt, mein Schwein pfeift.«

Vincent lässt den Blick wieder zu dem Blonden wandern. Er ist mindestens dreißig, hat gebräunte Haut und Haar, das eindeutig durch eine erhöhte Sonneneinstrahlung zu der strohigen Farbe gekommen ist.

Sicher hat er vor seinem Studium als Surflehrer in Südfrankreich gearbeitet und ist deshalb erst jetzt mit dem Bachelor fertig. Sicher haben seine Eltern das total unterstützt, weil sie wollten, dass ihr Junge sich erst einmal richtig austobt, bevor er zum ernsten Teil des Lebens übergeht. Ja, er kann es nicht verleugnen. Er würde diesen Boje gerne … Ja, was denn? Schubsen würde er ihn gerne, gesteht er sich ein. So wie ein Fünfjähriger. Ohne Vorankündigung und mit voller Wucht. Und einfach nur, weil er eine automatische und fast natürliche Abneigung gegen ihn empfindet. *Boje*. Was ist das überhaupt für ein Name?

»In meiner Arbeit geht es nicht um Feminismus, sondern um feministischen Terrorismus in den Siebzigern. Und was ich gesagt habe, hat rein gar nichts damit zu tun, dass ich nicht daran glaube, dass Männer und Frauen die gleichen Rechte haben sollten. Natürlich sollen sie das. Ich hab nur gesagt, dass manche Kritikpunkte einiger Feministinnen damals eben einfach übertrieben waren.« Er dreht sich zu Vincent und erklärt weiter: »Die Ungleichbehandlung im Sport zum Beispiel. Dass Frauenfußball erst seit 1974 erlaubt ist, hat womöglich gar nichts damit zu tun, dass man Frauen diskriminieren wollte. Sondern dass damals einfach nicht so die Nachfrage bestanden hat. Frauen sind naturgemäß langsamer als Männer, weil sie nicht dieselbe Muskelmasse haben. Deshalb ist das Spiel langsamer und nicht so spannend. Gibt es ja bestimmt auch gegenteilige Beispiele, also Dinge, in denen Frauen genetisch im Vorteil sind. Und deshalb sind die entsprechenden Sportarten eben interessanter anzusehen. Ist ja heute auch noch so. Ich meine, wie viele Leute interessieren sich denn bitte für Frauenfußball? Ist doch verschwindend gering die Menge, oder nicht?«

Greta schüttelt den Kopf, nimmt einen Salatkopf aus einem alten, kleinen Kühlschrank und reißt kopfschüttelnd einige Blätter davon ab. »Ich glaub's einfach nicht. Wenn du mal ein bisschen recherchieren würdest, bevor du den Mund aufmachst, wüsstest du, dass Frauen deshalb kein Fußball spielen durften, weil natürlich durchweg männliche Mediziner Bedenken hatten, dass dadurch ihre Gebärfähigkeit eingeschränkt werden könnte. Außerdem sollten Frauen sich auf das konzentrieren, wofür sie zuständig waren: Haushalt und Kinder. Als ob sie nicht selbst in der Lage wären, über ihren Körper zu entscheiden. Und – ha – ob sie Kinder bekommen wollen oder nicht! Und lass mich bitte nicht davon anfangen, wie wenig der Frauenfußball gefördert wird in einem Land wie unserem. Aber wir müssen gar nicht beim Fußball bleiben: Bis in die Siebziger durften Frauen nicht an Langstreckenläufen teilnehmen. Nicht, weil sie teilweise so schnell wie ihre männliche Konkurrenz waren. Sondern, so wurde argumentiert, weil sie dazu körperlich nicht fähig wären oder – und passt auf, denn jetzt kommt meine absolute Lieblingserklärung – ihnen auf der langen Strecke womöglich die Gebärmutter herausfallen könnte.«

»O Gott, das wusste ich nicht. Ist ja völlig verrückt.« Vincent blickt zu Greta und schüttelt den Kopf.

»Allerdings ist es das«, sagt Greta und legt die gewaschenen Salatstücke in eine Holzkiste, in der Schildkröte Charlotte weilt.

Boje scheint die Richtung nicht zu gefallen, die das Gespräch gerade nimmt. Vermutlich ärgert ihn vor allem die Tatsache, dass er nicht mehr im Mittelpunkt dieser Unterhaltung steht. Also streckt er sich, verschränkt die Arme hinter dem Kopf und lehnt sich auf seinem Stuhl zurück. Wie ein Pfau, der eine potenzielle Partnerin beeindrucken will, denkt Vincent.

»Okay, okay … ist ja auch völlig egal und echt kein Grund, mich mit Nazi-Tellern abzuschießen. Anyway, für Wolfgang ist das sicher eh alles pillepalle, oder, mein Freund?«

»Vincent«, murmelt er und kneift die Augen ein wenig zusammen, weil er das Gefühl hat, etwas verpasst zu haben. »Ich verstehe nicht?«

»Na, dort, wo du herkommst, haben Frauen ja wohl heute noch ganz andere Probleme, als dass sie kein Fußball spielen dürfen, hab ich recht?«

»Äh, ich kann dir nicht ganz folgen.«

Boje lehnt sich nach vorne und zeigt auf Vincents Gesicht. »Wo kommst du her? Also ursprünglich?«

»Aus Dresden.«

Boje schüttelt lächelnd den Kopf und sieht Vincent so an, wie man ein Kind betrachtet, dem man die Welt erklären muss. »Ich meine, deine Eltern. Woher kommen die?«

Und damit ist es offiziell: Vincent hasst diesen großspurigen blonden Surfervollposten.

»Das geht dich einen Scheißdreck an, Boje. Und jetzt nimm dein Zeug und hau ab. Sonst hol ich auch noch Omas alten Besteckkasten mit Hitlers graviertem Konterfei raus.«

Boje wirft den Kopf nach hinten und lacht ein übertrieben lautes Lachen. Zu Vincents Überraschung packt er trotzdem seinen Laptop, geht beschwingt zu Greta und drückt ihr einen Kuss auf die Wange.

»Bis morgen, meine Schöne.« Er lehnt sich an ihr Ohr und flüstert etwas.

Greta verdreht die Augen. »Nicht, dass du das auf irgendeine Weise verdient hättest.« Sie geht zu einer Schublade und nimmt einen Zwanzigeuroschein aus einer prall gefüllten bunten Geldbörse, den sie dem grinsenden Boje hinhält. »Das kommt aber auf die Liste, verstanden?«

Noch immer grinsend packt Boje den Schein und steckt ihn in die Hosentasche. Sein gestreiftes Shirt ist ein bisschen zu kurz und gibt den Blick auf einen behaarten Bauchansatz frei. Als Boje sich hinunterlehnt, um Greta einen weiteren Kuss auf die Wange zu geben, wendet Vincent sich ab. Er senkt den Blick, nur um direkt in die Augen der Schildkröte zu starren, die langsam und konzentriert ein Salatblatt zermalmt. Eine Schildkröte mit Glitzersteinen, Bademeister Kurt, eine weitreichende Sammlung von Nazi-Memorabilien und Surfervollposten Boje. Er kann nicht behaupten, dass ihn die Gesamtsituation heute mehr begeistert als gestern. Nein, das hier ist offiziell ein Irrenhaus. Er schaut auf seine Haferflockenschüssel, dann auf seine Boxershorts runter. Eigentlich hat er großen Hunger, aber hier mit einer Fremden in Boxershorts zu sitzen, ist ihm doch ein bisschen unangenehm.

»Ich ziehe mir kurz was an«, sagt er und geht nach oben zu seinen Koffern.

Als er wieder in die Küche kommt, ist Greta gerade dabei, die Scherben aufzufegen und sich dabei mit der Schildkröte zu unterhalten. »Armes Charlottchen. An dich hab ich gar nicht gedacht beim Tassenwerfen. Warte, gleich habe ich alle Scherben zusammen, dann kannst du aus deiner Kiste kommen und ein bisschen rumlaufen.«

Als Greta fertig ist, setzt sie sich an den Tisch und hebt die Schildkröte von der Kiste auf dem Boden auf ihren Schoß.

»Also, wo fangen wir an?«

Vincent geht davon aus, dass sie sich auf die Renovierung der Küche bezieht, und sieht sich um. »Also grundsätzlich würde ich sagen, wir beginnen in der Küche, gehen dann zu Wohnzimmer und Bad über und dann nach oben in Eltern- und Kinderschlafzimmer. Da ist auch noch ein Büro, oder? So, und was das Konkrete betrifft, kommt das jetzt darauf an … Na ja, was sind denn deine Vorstellungen?«

Greta kratzt sich unter dem riesigen roten Dutt, der auch heute wieder in der Mitte des Kopfes thront, zieht die Brauen zusammen und wendet den Blick ebenfalls in Richtung Küchenzeile.

»Keine Ahnung, um ehrlich zu sein.« Sie spielt kurz an dem goldenen Ring am Nasenflügel, hebt dann die Schultern.

Vincent überlegt. »Wie gesagt ist es am besten, wenn wir hier in der Küche anfangen. Die wird wohl am meisten Zeit in Anspruch nehmen. Wir reißen alles raus und sehen, was sich hinter den Möbeln so verbirgt. Und dann … ja, dann musst du entscheiden: Entweder kaufen wir eine Küche. Was meiner Meinung nach nicht so klug wäre, weil Küchen geschmacklich sehr individuell sind und wir das Potenzial der Küche auch ohne Möbel zeigen können. Nämlich, indem wir die Wände und den Fußboden auf Vordermann bringen.«

Sie schüttelt den Kopf. »Wir können die Küchenmöbel nicht rausreißen. Auf gar keinen Fall.«

»Ich versteh nicht ganz …?«

Greta schüttelt noch immer den Kopf und sieht aus, als hätte Vincent vorgeschlagen, das Haus in Brand zu setzen, um zu sehen, was passiert. Sie zeigt auf die Küchenmöbel. »Alles, was du hier siehst, muss bleiben. Wir können das von mir aus anmalen, abbeizen, lackieren oder was man sonst so macht. Aber raus darf davon nichts. Die Küche ist das Einzige, was in diesem Haus irgendeinen Wert für mich hat. Außerdem sind Herd, Geschirrspüler und Ofen fast unbenutzt und vom Allerfeinsten. Hat meine irrationale Großmutter vorm Umzug ins Altenheim veranlasst, wer weiß, warum. Zumal sie ja sowieso Essen auf Rädern bekam. Nur der Kühlschrank ist gefühlt zwanzig Jahre alt. Wir arbeiten einfach um die neuen Geräte herum, okay? Hier gehört keine dieser superfunktionalen Luxusküchen rein, sondern genau diese hier«, sagt sie, und natürlich wandern Vincents Gedanken zurück zu Katharinas heller Hochglanzküche.

»Okay. Aber du weißt schon, dass potenzielle Käufer die Möbel dann bestimmt trotzdem rauswerfen. Ich meine, das ist das Erste, was ich persönlich machen würde. Das heißt, wir investieren viel Zeit und unnötig Geld für etwas, was dann entsorgt wird, und …«

Greta schüttelt den Kopf und verschränkt die Arme vor der Brust. »Keine neuen Möbel in dieser Küche, alles klar?«

»Okay. Ist ja auch nicht meine Sache. Aber du hast mir gestern den Betrag genannt, den du ausgeben kannst. Dreißigtausend Euro sind dafür nicht sonderlich viel, um ehrlich zu sein. Zumindest nicht für ein ganzes Haus. Zumal wir auch beim Modernisieren Lacke, Griffe, eine Arbeitsplatte, Werkzeug und vieles, vieles mehr brauchen. Das wird sehr schnell sehr viel Geld.«

»Mehr als dreißigtausend habe ich leider nicht, weil ich den

Rest meines monetären Erbes … na ja, sagen wir mal, ich habe das Geld gut investiert.«

»Vielleicht könnte das sogar irgendwie funktionieren. Aber auch nur dann, wenn wir alles selbst machen und keinen Handwerker dazuholen. Was ich mir schon zutraue, allerdings ohne Gewähr. Deshalb wäre es ohne Zweifel pragmatischer und praktischer, es so zu machen, wie ich es vorgeschlagen habe. Also: Küche raus und neue rein. Oder eben gar keine.«

Vincent hört selbst, dass er seine Beraterstimme angeschaltet hat. Die ruhige, aber bestimmte Stimmlage, die er für eher irrationale Kunden bereithält. Gott, er vermisst seinen Job schon jetzt. Was wohl mit dem Plan für *Solanika* passiert ist?

Greta scheint der Beratersprech nicht zu beeindrucken. Mit schief gelegtem Kopf zeichnet sie eine Linie von ihren Füßen, die in Fellpantoffeln mit Katzenohren stecken, über die graue Latzhose, unter der sie ein rosa-weiß gestreiftes T-Shirt trägt, bis zu den aufgetürmten Haaren. »Sehe ich so aus, als ob ich ein großer Fan von *praktisch* und *pragmatisch* wäre?« Die Frage klingt fast ein wenig beleidigt.

»Nicht wirklich, nein.« Vincent schüttelt den Kopf. Na gut, sei's drum: Wenn sie die Schränke behalten will, soll sie doch. Nur wegen der ganzen Renovierung ist er hier und nicht auf der Couch irgendeiner WG, um einen Fragebogen auszufüllen und sich von irgendwelchen zwanzigjährigen Studenten interviewen zu lassen, die sich insgeheim fragen, weshalb ein Sechsunddreißigjähriger in eine WG ziehen muss. Und sich gleichzeitig wünschen, dass ihnen dieses Schicksal bloß niemals widerfährt, sondern sie als Sechsunddreißigjährige im eigenen Heim mit Frau/Mann/1,5 Kindern leben, womöglich mit einem verfressenen Labrador im Garten. Gott, oder im Wohnzimmer seines Vaters. Nur um sich von diesem Gedanken zu erlösen, fragt Vincent doch nach.

»Ist das aus Nachhaltigkeitsgründen, oder sind in die Küchenschränke Goldbarren verbaut?«

Er bemerkt selbst, wie lahm der Witz ist. Mit solchen Sprüchen hätten ihn bestimmt neunundneunzig Prozent der supercoolen Studenten-WGs abgelehnt. Doch Greta geht zum Glück nicht darauf ein.

»Also, wenn du's genau wissen willst, ist das hier in gewisser Hinsicht das Haus, in dem ich aufgewachsen bin. Wobei du die *gewisse Hinsicht* streichen kannst. Hier bin ich aufgewachsen, bei Oma und Opa. Na ja, zumindest waren die beiden körperlich anwesend.«

Sie steht auf, geht zu einer Schublade und nimmt einen alten, beschlagenen Silberrahmen daraus hervor, den sie Vincent hinhält. »Meine Oma Hannah und mein Opa Ludwig.«

Er nimmt das Bild und betrachtet es. Eine junge, blonde, ernste Frau. Daneben ein junger Mann mit zurückgekämmtem Haar und einem leichten Silberblick, den Greta von ihm geerbt haben muss.

Greta steht noch immer neben ihm, und er kommt nicht umhin, zu überlegen, was das für ein Geruch ist, der da von ihr ausgeht. Ein Teil ist ohne Zweifel auf Farbe und Lack zurückzuführen. Ein anderer aber riecht herb und frisch und wirklich ... ist *betörend* das Wort? Nein, definitiv nicht. Betörend ist kein Wort, das jemand im einundzwanzigsten Jahrhundert benutzen sollte. Vor allem nicht, um eine völlig Fremde zu beschreiben, an der man definitiv kein sexuelles Interesse hat. O Gott, wo kam dieses Wort jetzt her? *Sexuell.*

Zum Glück nimmt Greta ihm das Foto aus der Hand, um es selbst noch einmal anzusehen, und setzt sich ihm wieder gegenüber. So sieht sie nicht, wie kleine rote Flecken seinen Hals nach oben kriechen.

»Schönes Foto, oder?«

Vincent nickt, stellt sich neben Greta und betrachtet die offenbar frisch Verheirateten noch einmal. Sie sehen wirklich schön aus, die beiden. Nicht sonderlich glücklich, aber schön.

»Leider die schlimmsten Nazis, alle beide.«

»Oooo-kay.« Vincent hebt die Brauen und legt den Rahmen vorsichtig wieder weg, während Greta zur Terrassentür geht, die über einen Wintergarten in den kleinen Garten auf der Hinterseite des Hauses führt. Sie öffnet sie und dreht sich lächelnd zu Vincent.

»Absolut und von Kopf bis Fuß. Denkst du, die Teller mit Hakenkreuzdeko sind hier durch Zufall reingeraten? Du kannst dir meine Überraschung vorstellen, als ich in der Schule zum ersten Mal den Nationalsozialismus durchgenommen und festgestellt habe, dass ich in so einer Art Nazi-Museum aufwachse. Das war harter Tobak, das kannst du mir glauben. Letzte Woche habe ich Hakenkreuz-Christbaumanhänger in Herzform entsorgt, die ich im Keller gefunden habe. Ich meine, bei Kriegsende waren meine Großeltern gerade mal Teenager. Das heißt, sie haben das Nazi-Dekor entweder von ihren ebenso nationalsozialistischen Eltern geerbt und wirklich gut gepflegt, oder sie haben das Zeug selbst gekauft, als sie schon erwachsen waren. Beide Szenarien sind echt freaky, wenn du mich fragst. Es würde mich nicht wundern, wenn wir hier irgendwo noch einen Pärchen-Weihnachtsschlafanzug mit Hitler-Konterfei finden.«

»Oh.« Etwas anderes fällt Vincent nicht ein.

»Oh, indeed. Als ich noch klein war, war ich eigentlich jeden Tag hier. Das Zimmer, in dem du schläfst, war wie gesagt meins. Meistens haben mich meine Eltern erst spätabends abgeholt und mich schlafend ins Auto gebracht. Dass meine Großeltern solche Hitler-Groupies waren, muss ich echt gut verdrängt haben. Andererseits waren die beiden viel zu beschäftigt mit sich selbst, weshalb ich nicht behaupten kann, dass ich sie richtig gekannt hätte.

Auch wenn wir uns räumlich immer nahe waren. Obwohl das bestimmt auf viele Leute zutrifft.«

»Was meinst du?«, fragt Vincent, während Greta sich wieder an den Tisch setzt.

»Na ja, dass man seine Großeltern nicht wirklich kennt. Man denkt das zwar, weil man sich oft sieht und so. Aber am Ende haben diese Leute ein ganzes Leben gelebt und man selbst erst ein ziemlich kurzes. Deshalb kommen viele Fragen erst dann auf, wenn sie tot sind und man selbst erwachsen. Was wirklich schade ist, weil die Probleme, die man hat, ja trotz unterschiedlicher Geschichtsepochen irgendwie doch ähnlich sind. Wird man geliebt? Hat man jemanden zum Lieben? Ist genug Geld auf dem Konto? Und so weiter und so weiter. Und es wäre schon interessant zu wissen, ob man die Fehler der Großeltern einfach noch einmal macht, wie so ein absoluter Vollidiot, nur weil man nicht die Möglichkeit hatte, darüber zu sprechen.«

Vincent nickt und schluckt. Weil er das verstehen kann. Irgendwie zumindest.

Eine Weile ruht Gretas Blick auf der Schildkröte unter dem Tisch, deren Glitzersteine auf dem Panzer das Licht der Sonne reflektieren, die von draußen in die Küche scheint. Auf der Vorderseite ist der Wintergarten nicht zu sehen, der an die Küche angrenzt. Zwei alte weiße Korbstühle stehen darin, und Vincent stellt sich vor, wie schön es sein muss, wenn man dieses Haus besitzt und sich am Sonntag mit einer Tasse Kaffee dort hinsetzt und in den kleinen Garten schaut. Als er in dieser Vorstellung neben sich blickt, sitzt da Greta, was ihn innerlich sofort aufschreckt. Und äußerlich, denn Greta sieht ihn fragend an.

»Alles okay, Vincent?«

Vincent holt tief Luft und nickt. »Ja, ja, klar ist es das. Ich würde nur vorschlagen, dass wir jetzt loslegen.«

Vincent steht auf und geht zu den alten Küchenmöbeln. Er fährt

mit den Händen über das schwarz lackierte Holz der Küchen-
platte, greift nach den Türen der avocadogrünen Ober- und Un-
terschränke. Die sind zwar extrem hässlich und der Lack an vielen
Stellen alt und brüchig, ihre Form ist aber überraschend geradlinig und modern, das Holz komplett in Ordnung. Er öffnet die
auffällig moderne Backofentür und sieht hinein, dann betrachtet
er den Ceranfeldherd, der auf seltsame Art in die alte Küchen-
platte eingebaut wurde.

»Sind die Elektrogeräte von V-Zug?«, fragt er und pfeift durch
die Zähne.

»Jipp.«

Vincent nickt und geht einen Schritt zurück, während Greta
sich neben ihn stellt.

»Wie wäre es, wenn wir die Küchenschränke anschleifen und
neu lackieren? Bestimmt müssen wir auch Scharniere erneuern,
damit sie wieder gerade in den Angeln hängen. Ach ja, und dann
können wir die Türen mit Drucktüröffnern ausstatten. So muss
man einfach draufdrücken, und sie öffnen sich von allein. Dann
brauchen wir theoretisch noch nicht einmal neue Griffe. Stattdessen entfernen wir die alten vorm Abschleifen, verputzen die
Schraublöcher ordentlich und gehen erst dann mit frischem Lack
drüber. Wenn wir das ordentlich machen, sieht man im Nachhinein gar nicht, dass da überhaupt mal Schraublöcher für Griffe
waren.«

Vincent sieht an sich herunter und in Richtung seines Arms,
der auf die Küchenmöbel zeigt wie ein Lehrer auf eine Tafel. Dann
dreht er sich zu Greta, die ihn seltsam anlächelt. Doch er ist im
Flow, deshalb wird er dieses Lächeln jetzt nicht interpretieren.

»Ich will dir nicht zu nahe treten, aber an die Oberschränke
kommst du doch gar nicht ran, oder? Die würde ich komplett abnehmen und stattdessen zwei, drei große Regalbretter aus Echt-
holz anbringen, wenn dir das nicht schon zu viel Veränderung ist,

versteht sich. Das Porzellanwaschbecken kann meiner Meinung nach bleiben, allerdings würde ich eine neue Mischbatterie kaufen. Vielleicht in Gold oder Messing. Den Fliesenspiegel dahinter hacken wir entweder ab und bestellen ein Wandpaneel aus dem Material der neuen Arbeitsplatte, oder wir lackieren mit Fliesenfarbe drüber. Ein frei stehender Kühlschrank könnte in diese Ecke. Vielleicht finden wir ja auf Kleinanzeigen eins dieser coolen Dinger von SMEG in einem Cremeton«, er zeigt auf den Platz neben die Tür, »damit schaffen wir ein perfektes Arbeitsdreieck zwischen Aufbewahren, Kochen und Spülen, was die Arbeit in der Küche praktisch und angenehm machen wird.«

Vincent holt Luft, tritt einen weiteren Schritt zurück und überlegt, ob er etwas vergessen hat.

»Ach so, der Fußboden.« Er geht in die Knie, schiebt das Malervlies ein wenig zur Seite und betrachtet den mitgenommenen Holzboden. »Ein schöner Eichenboden, und noch dazu verlegt in Fischgrät, das ist eine echte Kunst. Nur ein bisschen vernachlässigt ist er.« Er fährt mit den Händen über die spröde Fläche, die jahrzehntelang nicht richtig oder gar nicht behandelt worden ist. Auf den Moment des Abschleifens freut er sich am meisten. Und auf die Überraschung, die ein frisch geschliffener Boden oder ein solches Möbelstück bereithalten. Da sie die Küchenzeile nicht ausbauen, wird er den Boden unter den Möbeln nicht behandeln. Aber das wird den Gesamteindruck auf potenzielle Käufer bestimmt nicht sonderlich beeinflussen.

»Mit dem richtigen Material kann man den bestimmt sehr gut abschleifen und frisch lackieren. Was mich daran erinnert, dass wir gleich noch eine Materialliste aufstellen müssen. Ach ja, und richtig Maß nehmen müssen wir auch gleich noch. Das ist das Allerwichtigste.«

»Woah.«

Vincent, der noch immer den Boden betrachtet, blickt zu Greta auf, die mit verschränkten Armen vor ihm steht und immer noch lächelt. »Ich dachte, du wärst Beraterfuzzi. Und jetzt kommst du hier als DYI-Spezialist um die Ecke. Arbeitsdreieck? Ich habe keine Ahnung, was das bedeutet, aber es lässt meine Libido verrücktspielen, wenn du so redest.«

Sie fächert sich mit den Händen Luft zu, während Vincent fühlt, wie er rot wird. Was ihn ärgert, weil er erwachsen ist und Erwachsene aufgrund eines Wortes wie *Libido* nicht erröten sollten.

»Kein Spezialist. Nur vielleicht ein bisschen interessierter als der Durchschnitt.«

Vincent erinnert sich an seine erste WG hier in Berlin und daran, wie er mit seinem Trainee-Gehalt auf eBay-Kleinanzeigen herumsurfte. Wie er stundenlang nach Kommoden, Schränken und Stühlen Ausschau hielt, die seiner Meinung nach das Potenzial hatten, mit ein bisschen Schleifen und Malen zu Schmuckstücken zu werden.

Als er damals in die möblierte Firmenwohnung zog, verkaufte er die Möbel an die ehemaligen Mitbewohner. Dieser Verkauf schmerzte. Fast physisch spürbar war dieser Schmerz. Aber es musste sein, weil diese alten Möbel in sein altes Leben gehörten. Und der Luxus des neuen Apartments doch eigentlich genau das war, wonach er immer gestrebt hatte.

In der Firmenwohnung war alles vom Feinsten. Und wenn er so darüber nachdenkt, hat er das auch genossen. All der Luxus fühlte sich nach Sicherheit an, nach einem Kokon aus Seidenbettwäsche, aus handgewebten Wollteppichen und Marmorfliesen. Eine Sicherheit, die am Ende kein bisschen mehr wert war als die Möbel, die er damals in den vielen Sozialkaufhäusern Berlins fand, selbst restaurierte und die gemeinsam mit ihm sein WG-Zimmer bewohnten.

»Wann legen wir los?«, fragt Vincent, um all die Gedanken abzuschütteln.

»Von mir aus sofort. Ich nehm mir heute frei und suche direkt alles an Werkzeug raus, was mein Opa so hatte, und drück uns die Daumen, dass so was nicht auch mit Nazi-Emblemen verkauft wurde. Dann machen wir die Liste, und nichts wie ab zum Baumarkt.« Greta setzt die Schildkröte auf den Boden, geht zur Küchenschublade, um ihren Geldbeutel hervorzukramen, und steckt ihn in eine hellblaue Stricktasche, die sie sich über die Schulter wirft.

»Und ins Möbelhaus. Eine passende Mischbatterie in unserer Preisklasse finden wir bestimmt eher dort als im Baumarkt.« Vincent überlegt kurz. »Na ja, also … eigentlich mache ich morgens immer erst einmal Sport und … na ja, ich bin noch nicht mal geduscht, also …«

Vincent tritt einen Schritt zurück, weil Greta ihm sehr nahe gekommen ist.

»Also ich rieche da wirklich gar nichts, was man abwaschen muss«, sagt sie, stellt sich auf die Zehenspitzen und schnüffelt in seine Richtung. Sie lächelt, und zwar völlig unbefangen, wie Vincent feststellt. Er dagegen spürt, wie die Stelle an seinem Hals kribbelt, an der sie gerade gerochen hat.

Ihr Verhalten war regelrecht übergriffig. Und unpassend. Und viel zu direkt für die oberflächliche Beziehung, die zwischen ihnen beiden angebracht ist. Ihm ist diese Nähe unangenehm, und einen Moment lang stehen sie einander einfach gegenüber und sehen sich an. Und auch diese Stille ist nicht gerade angenehm. Zumindest für ihn.

Normalerweise ist er nicht sonderlich anfällig für Schönheit und noch nicht einmal für Attraktivität. Normalerweise sieht er es als das, was es nun einmal ist: eine Eigenschaft, mit der man geboren wird oder die man sich durch viel Arbeit und Recherche angeeignet hat und die nichts, aber auch überhaupt nichts mit der Person an sich zu tun hat.

Ganz im Gegenteil hat er sich schon oft gefragt, ob es nicht grundsätzlich besser wäre, hätten Menschen keinen Körper, den sie frisieren oder verkleiden oder anmalen könnten. Dass Menschen statt dieses Körpers irgendeine andere, vielleicht eine gasförmige Form annehmen könnten, die die wirklich wichtigen Dinge ganz klar offenlegt. Sodass man über das Trügerische hinwegsehen kann, was Körper und Gesicht so häufig erzählen.

Doch diese Frau ist schön. Nicht durch die roten, aufgetürmten Haare. Oder die braunen Augen. Es sind diese unnachgiebige Haltung des Kopfes, der kompromisslos rundliche Körper, die etwas zu großen Zähne, die sie trotz der kleinen dunklen Stelle am linken Vorderzahn nicht hinter geschlossenen Lippen versteckt. Kompromisslos. Das bringt es auf den Punkt. Kompromiss- und schnörkellos. Wenn auch unglaublich irritierend.

Da ist noch immer das Schweigen, und genau wie er betrachtet auch sie ihn, und das alles wird jetzt doch ziemlich lächerlich. Also tritt Vincent einen Schritt zurück und räuspert sich.

»Ich werde dann mal duschen«, sagt er, geht in Richtung Küchentür und spürt, wie Gretas Blick ihm durch den Raum bis in den Flur hinein folgt.

11

*A*lso zuerst einmal haben Sie einen Popel im rechten Nasen-loch. Und ich finde, dass man den Leuten so was sagen muss. Sonst laufen sie den ganzen Tag über damit rum, schauen sich abends im Spiegel an und fragen sich, warum die ganze Welt verschworen stumm geblieben ist. Deshalb schlage ich vor, Sie gehen kurz aufs Klo und kommen dann ohne Popel zurück. Und vielleicht können Sie von dort ja sogar einen etwas moderneren Umgang mit Frauen mitbringen. Wobei das von der Herrentoilette zu erwarten vermutlich illusorisch ist.«

Greta strahlt den Baumarktverkäufer an, der ihr mit offenem Mund gegenübersteht. Eben noch hat der Mann mit der anästhetischen Parfumwolke sie angesehen wie ein Beutetier, nachdem sie ihn fragte, ob er sie bezüglich der Farben und Lacke beraten könne. Er hat sie von oben bis unten gemustert, sich auf seinem Tresen nach vorne gelehnt und mit einem süffisanten »Kommt drauf an, wat du willst, meine Kleene« geantwortet.

Dem mittlerweile wieder geschlossenen Mund und den zusammengekniffenen Augen des Typen nach zu urteilen, wird es jetzt zu keiner Beratung mehr kommen. Dafür spricht auch, dass der Verkäufer sich umdreht und kommentarlos weggeht.

»Na, sehr schön.« Vincent dreht sich zu Greta. »Also wirklich, erst die Sache auf dem Parkplatz, und jetzt das hier. Kannst du dich eigentlich wie ein ganz normaler Mensch verhalten?«

»Was meinst du denn?«

Vincent hebt den Kopf zur Decke und atmet tief ein und aus. Er denkt an das Zusammentreffen zwischen Greta und einem älteren Herrn in Kaki, der neben ihnen parkte. Ob sie nicht auch gerade parken könne, fragte er sie.

Greta ging auf ihn zu und legte nachdenklich den Kopf schief. »Sie süße kleine Maus, Sie. Wenn ich das könnte, hätte ich's doch wohl gemacht, oder nicht?«

Mit diesen Worten ging sie an dem kopfschüttelnden Mann vorbei in den Markt. Vincent indes wich dem Blick des Mannes aus und fragte sich wie schon so oft während der letzten halben Stunde, die mit zu viel Hupen und zu lauter Musik und einem zu aufdringlichen Patschuli-Fahrzeugerfrischer gefüllt gewesen war, was er hier tat. Und warum. Dann fiel es ihm wieder ein, und dann fragte er sich, was er verbrochen hatte, um erst einen Rauswurf aus Job und Wohnung und dann auch noch das Zusammenleben mit dieser Person zu verdienen.

Was ihn wiederum daran erinnerte, dass er dem Ganzen selbst zugestimmt hatte. Und zwar nicht, weil ihm nichts anderes übrig geblieben war. Auch wenn er versucht hat, sich genau das einzureden. Sondern weil er, Vincent Zimmer, Unternehmensberater und sechsunddreißig Jahre alt, mit einem MBA in Business Administration, beschlossen hatte, sich hinter einer Hausrenovierung zu verstecken, statt sich seinen Problemen zu stellen und sich einen neuen Job zu suchen.

Also ließ er Kopf und Schultern hängen und trottete hinter Greta her in den Baumarkt. Weil es ja nichts nutzte. Selbstmitleid zuzulassen war nicht zielführend, und sein Ziel war, jetzt wo er dem allen schon zugestimmt hatte, das Projekt durchzuziehen und dann wieder auf die Beine zu kommen. Auf Beine, die in handgenähten Lederschuhen in ein den Schuhen angemessenes Büro laufen, wo er dort ansetzen kann, wo er bei *Kaiser & Partner* aufgehört hat. Ganz einfach. Ganz, ganz einfach war das.

Obwohl es im Moment nicht so aussah. Vor allem, nachdem er nach dem Duschen noch einmal hoch in das Zimmer mit dem Puppenhaus gegangen war, in dem er schlief. Er hatte erneut versucht, drei seiner ehemaligen Mitarbeiter und dann zwei Kollegen anderer Abteilungen anzurufen. Kein Einziger hatte zurückgerufen. Vincent hatte sich trotzdem dazu aufgerafft, den Geschäftsführer eines kleinen Beratungsunternehmens in Potsdam anzurufen. Den kannte er von einem Workshop, und sie waren sich direkt sympathisch gewesen. Doch der Mann klang an diesem Morgen nicht nur reserviert, sondern regelrecht feindselig, als Vincent ihm erzählte, dass er eine neue Herausforderung suche.

Nach einem zweiten, ganz ähnlichen Telefonat hatte Vincent plötzlich das irrationale Gefühl übermannt, dass in der Zwischenzeit die ganze Welt von Katharinas Anschuldigungen wusste. Und dann hatte er niemanden angerufen, sondern einfach frische Kleidung über sich und seine alten Probleme geworfen und war mit Greta zum Baumarkt gefahren.

Dabei dachte er an das, was sein ehemaliger Chef Martin ihm während ihres Telefonats vor ein paar Tagen im Hotel gesagt hatte.

Lass ein bisschen Zeit vergehen, dann vergessen die Leute die Gerüchte wieder. Und da es kein offizielles Verfahren gegen dich gibt, kannst du immer darauf verweisen, dass das damals völlig unhaltbare Anschuldigungen waren.

Zeit vergehen lassen. Eine unbefriedigendere Vorgehensweise kann sich Vincent gerade kaum vorstellen. Natürlich könnte er auch alle größeren Beratungsunternehmen in ganz Europa durchtelefonieren. Irgendeine Jobmöglichkeit würde er finden, das war ihm schon klar. Wäre da nicht das Gefühl, gebrandmarkt zu sein. Von innen und außen.

Und jetzt stehen sie hier. Er und Greta. Ohne Beratung und mit einer kompletten Küche, die renoviert werden muss. Denn obwohl die Ideen aus Vincent vorhin nur so herausgesprudelt sind, muss er doch zugeben, dass sich sein Kenntnisstand vollständig im Bereich des Halbwissens befindet, was Küchenrenovierungen betrifft. Wobei das nur für den praktischen Teil gilt. Sein theoretisches Wissen ist sicher auf dem Stand eines Interior-Design-Studenten im letzten Semester.

Das liegt am Wochenende. Nicht an einem konkreten, sondern an Wochenenden allgemein. An deren grausamen Länge und Breite der Ereignislosigkeit. Sonntage, an denen oft niemand auf E-Mails antwortete, mussten mit etwas gefüllt werden. Und wenn er anfing, sich nach mehreren Stunden im Fitnessstudio doch ziemlich armselig vorzukommen, waren sein Telefon und die Bücherstapel im Regal der möblierten Wohnung sein einziger Anlaufpunkt. Die Bücher waren nur als Designelement in die Wohnung integriert worden, da bestand kein Zweifel. Und definitiv ohne Leitlinie, was deren Inhalt betraf.

Also hatte sich wohl einer der Mitarbeiter des Interior-Design-Büros, das die Firma mit der Möblierung der Wohnung beauftragt hatte – sicher jemand im Praktikum –, so richtig austoben können. Anfangs hatte Vincent die Bücherwand nicht für voll genommen. Wer hatte schon Zeit zum Lesen?

Doch an einem verflucht schönen Nachmittag im Mai hat er verfrüht aus einem Café im Prenzlauer Berg flüchten müssen, wo er mit seinem Laptop und einer eigentlich bereits fertiggestellten Präsentation den Sonntag hatte verbringen wollen. Nur um die perfekte Präsentation zu einer noch perfekteren zu machen.

Dann aber war ein kleiner Junge mit hellgelber Latzhose und blau-weiß geringeltem Shirt auf ihn und den Laptop zugewatschelt. Dabei hatte der Kleine ein bisschen ausgesehen wie King Kong, der gerade Manhattan überfällt. Erst hatte Vincent den Eltern zugelächelt, weil der kleine Kerl mit dem dunkelblonden Topfschnitt wirklich süß aussah. Doch die Eltern waren offenbar gerade in einen Streit verwickelt und hatten nicht bemerkt, dass sich ihr kleiner King Kong auf Mission begeben hatte.

Mittlerweile stand der vor Vincents Tisch und klopfte mit seinen dicken, kleinen Fäusten auf dessen Laptop. Gerade wollte Vincent sich zur Seite lehnen, um an dem Jungen vorbei seine Eltern zu rufen, als er und sein Laptop von einem Schwall lauwarmen Rühreis mit Kakao getroffen wurden. Zumindest war es das Einzige, was Vincent in der Brühe noch ausmachen konnte, die sich da über ihm ergoss.

Beide, Mutter und Vater, waren sofort aufgesprungen und zu seinem Tisch geeilt. Wo Vincent immer noch saß und von seinem Tisch zu dem kleinen Jungen blickte und zurück. Anders als Vincent lachte der schon wieder, während ihm Speichelfäden mit Resten von Erbrochenem das Kinn herunterliefen. Alles in allem kein schöner Anblick. Was noch unschöner war, war die Oberfläche des Laptops. Hier würde heute niemand mehr eine perfekte Präsentation noch perfekter machen. Wenn man das Ding überhaupt jemals würde reparieren können.

Der junge Vater hatte mit Schweißperlen auf der roten Stirn das Mageninnere seines Nachwuchses von Tisch und Laptop entfernt, die junge Mutter mit dem leicht zuckenden Augenlid Vincent mit ihrer Telefonnummer versorgt. Damit sich sein Unternehmen mit ihnen zwecks der Rechnung für Ersatz oder Reparatur des Geräts in Verbindung setzen könne, hatte sie gestammelt.

Die beiden hatten ihm leidgetan. Er hatte sogar den Wunsch verspürt, sie zu beruhigen, weil alle Daten direkt zur entsprechenden Cloud hochgeladen wurden und weder ein neues Gerät noch eine Reparatur die Firma in eine finanzielle Schieflage gebracht hätte. Doch das konnte Vincent in diesem Moment nicht tun. Weil ihm da nämlich schon etwas eingefallen war. Der darauffolgende Montag war ein Feiertag. Das Fitnessstudio war an diesem Tag geschlossen, und die IT-Firma, die *Kaiser & Partner* betreute, hielt es nicht für notwendig, *24/7 für Sie da* zu *sein,* wie es ihr Firmenslogan versprach.

Nein, er würde diesen Sonntagnachmittag und den darauffolgenden Feiertag irgendwie füllen müssen. Wieder in der Wohnung angekommen, zog er sich die stinkenden Klamotten aus und nach einer Dusche seine einzige Jogginghose an. Kurz dachte er darüber nach, ein wenig spazieren zu gehen. Das Wetter war gut, nicht zu warm und nicht zu kalt. Doch den Gedanken verwarf er. Weil es ihm einfach zu seltsam schien, einsam durch die Straßen zu laufen.

Dabei stand er mitten im Wohnzimmer, direkt vor der dekorativen Bücherwand. Um irgendwas zu tun und nicht in Panik zu verfallen, zog er einen Bildband über das von Arne Jacobsen entworfene SAS Hotel in Kopenhagen hervor und machte sich daran, die kleinen Texte neben den großen Bildern zu lesen.

Von Jacobsen hatte er schon gehört. Das kastenartig anmutende Hotelgebäude hatte er während eines Meetings in Kopenhagen sogar schon einmal gesehen, wobei er damals nicht sonderlich angetan davon gewesen war. Das Buch zeigte nun eine andere Seite dieses Komplexes. Nämlich ein durchweg durchdachtes, in sich logisches Gebäude, das nicht nur die Ästhetik nordischen Designs zur Perfektion spiegelte, sondern auch ein Interieur, das in seiner Einfachheit und der geradlinig zu Ende gedachten Designidee nichts anderes war als eben dieselbe Perfektion, mit der auch das Äußere des Baus entworfen und gebaut worden war.

Vincent hatte sich schon immer für Möbel und Gebäude interessiert. Blieb gerne vor schön beleuchteten kleinen Boutiquen mit Lampen und Dekorationsgegenständen stehen, wenn er von der Arbeit in die Wohnung ging. Oder wurde an den vielen Bahnhofskiosken, die er schon besucht hatte, grundsätzlich von der Abteilung mit den Design-Zeitschriften angezogen. Einige Male hatte er sich eine gekauft, dann aber doch nicht durchgesehen, weil das ja alles in allem Zeitverschwendung war. Doch an diesem Abend saß er in seiner einzigen Jogginghose auf dem teuren Ledersofa, umgeben von Bücherstapeln voller Wunder.

Da waren Bücher über Design-Klassiker der Möbelwelt, Bildbände über mediterranes Design, andere über skandinavisches. Es gab professionelle Ratgeber zu Planung und Bau der perfekten Küche und zu Farbpaletten und ihre Wirkung. Und da machte sich eine allumfassende Erleichterung in ihm breit. Von da an fürchtete Vincent keine freien Abende mehr oder verlängerte Wochenenden. Die bis dato verhassten Urlaube suchte er nicht mehr nur nach dem besten Fitness- und Wellnessprogramm des jeweiligen Luxushotels heraus, sondern danach, in welche Museen oder Häuser er während seines Urlaubs würde pilgern können. Zeitschriften kaufte er nun nicht mehr, um sie zurück in Berlin ungelesen in den Papiermüll zu werfen. Sondern verbrachte Stunden am Pool damit, Magazine mit Möbeln, Einrichtungsideen und ausgeklügelter Architektur zu lesen.

Wenn seine Gedanken nicht bei der Arbeit waren, waren sie in einem Haus wie dem von Greta und planten, bauten, designten die perfekte Umgebung für deren jeweiligen Gebrauch. So hatte er in seinem Kopf schon minimalistische Küchen im Shaker-Stil mit geschlossenen Fronten und klaren Formen geschaffen. Und andere, die durch ihren offenen, unkonventionellen Stil mit viel Chrom und Glas in eine riesige Loft-Wohnung in einem alten Fabrikgebäude Rotterdams passen würden. Hunderte Küchen, Wohnzimmer, Schlafzimmer und Bäder hatte er dadurch geschaffen. Aber eben nur in seinem Kopf. Niemals in dem Raum, der ihn tatsächlich umgab.

Und jetzt wünscht er sich, vor Greta ein bisschen tiefer gestapelt zu haben, als all die Ideen geradezu aus ihm herausgesprudelt sind. Denn jetzt hat er Angst ... Angst zu enttäuschen. Weil es zugegebenermaßen sehr vermessen war zu glauben, dass er das hier kann, auch wenn er es will. Wie jemand, der tausend Kleidungsstücke betrachtet und genau studiert hat und sich dann an eine Nähmaschine setzt und denkt, jetzt einfach mal so einen Anzug nähen zu können.

Das vor dieser Greta zuzugeben, wäre jetzt aber nicht nur äußerst unangenehm. Er bezweifelt auch, dass sie sich davon auf irgendeine Art beeindrucken lassen würde. Er wird das hier also durchziehen müssen. Zum Glück liebt er Baumärkte genauso sehr wie das schwedische Möbelhaus, wo sie dann auch noch hinmüssen, um einige Dinge für den Umbau zu besorgen.

»Okay, dann lass uns mal unsere Liste ansehen.«

Vincent nimmt den weichen Lederrucksack vom Rücken und bleibt mit der schweren Uhr an einem der Riemen hängen. Den Rucksack hat er schon seit Jahren nicht mehr getragen. Er hat ihn in einem der Koffer gefunden. Anders als die Uhr hat er sich das Teil selbst gekauft. Von seinem ersten Gehalt, damals bei Martin. Ja, ganz, ganz anders als die blöde Uhr. Warum trägt er die überhaupt? Das muss ein Automatismus gewesen sein. Teil seiner Morgenroutine, aber sehr unpassend für einen Baumarkt. Doch jetzt trägt er sie eben, und sie ist zu wertvoll, um sie in den Rucksack zu stecken. Also öffnet er stattdessen den Rucksack und nimmt sein Klemmbrett daraus hervor.

Das hat er in einer Schublade der Küche gefunden. Er hat genug Kunden betreut, um zu wissen, dass das hier kompliziert werden wird. Dass Greta, die gerade kleine Papierstücke mit Farbproben in erschreckend grellen Farben aus dem großen Regal vor sich sammelt, in diesem Projekt nicht sonderlich hilfreich sein wird. Und dass es zahlreicher Klemmbretter, To-do-Listen und Aufrufe zu Ordnung bedürfen wird, damit sie das riesige Haus zumindest ansatzweise auf Vordermann bringen.

»Vom Baumarkt brauchen wir eine Schleifmaschine mit Papier in unterschiedlicher Körnung, Möbellack, Lackrollen – oder, besser noch, ein Farbsprühsystem, weil das ein besseres Ergebnis erzielt als Pinsel und Rollen, Material zum Abdecken, Fugenfüller für den abgeschliffenen Parkettboden, genauso wie Grundierung, Beschichtung …«

Vincent sieht von seiner Liste auf und sieht … nichts. Und niemanden. Denn Greta steht nicht mehr vor dem Regal mit den Farben. Er atmet tief ein und aus, ermahnt sich zur Ruhe, vielleicht ist sie einfach auf die Toilette gegangen, und er war so in Gedanken, dass er das gar nicht mitbekommen hat. Also geht er durch die Gänge mit den hohen Regalen, bis er in der Lampenabteilung ankommt. Dort steht Greta auf Zehenspitzen und greift nach einem Kristall eines riesigen Kronleuchters.

»Ist das nicht der absolute Wahnsinn?«

Sie dreht sich zu Vincent und zeigt auf die Monstrosität.

»Wahnsinn ist das richtige Wort.«

Greta lacht und sagt, dass er aussieht, als hätte man ihm gerade das Foto einer Wasserleiche gezeigt.

»Das kommt dem Ganzen relativ nahe, muss ich sagen«, antwortet er leise und eher zu sich selbst und betrachtet noch einmal das Glitzerungetüm. »Außerdem sollten wir nicht zu viel Geld in Dekogegenstände und Lampen investieren. Bestimmt wollen die neuen Eigentümer in der Hinsicht ihre eigene Duftnote hinterlassen. Vor allem nicht …« Er zieht das kleine Schild mit Informationen zu Größe und Preis zu sich und betrachtet es. »Hundertfünfzig Euro? Für eine Lampe aus dem Baumarkt? Sind die verrückt geworden? Das ist doch bestimmt noch nicht einmal richtiges Glas.«

Doch Greta hört ihm schon gar nicht mehr zu, sondern greift nach dem Karton, auf dem vorne ein riesiges Bild der Monsterlampe gedruckt ist, um ihn auf den Einkaufswagen zu stellen. »Ach Quatsch, ist doch ein super Preis. Die nehmen wir, und dafür überlasse ich dir die Auswahl von dem ganzen anderen Zeug, Deal?«

Sie reicht Vincent die Hand. Der schüttelt sie, obwohl er weiß, dass sie das Versprechen niemals halten wird, das dieser Handschlag besiegelt.

Wieder in der Lack- und Farbabteilung, hält sie sich erwartungsgemäß kein bisschen an diesen Deal. Es bedarf ziemlicher Überredungskunst, sie von der neutralen Farbpalette aus Creme, Beige und Weiß zu überzeugen, die Vincent für die Villa vorschwebt. Potenzielle Käufer sollen eine möglichst saubere Leinwand sehen, auf der sie sich verwirklichen können, wie es ihnen passt. Das ist der Plan. Und Vincent hat jetzt schon Angst, auf welche Art Greta den wird torpedieren wollen.

Als sie an der Kasse stehen und Greta eine Packung *Hubba Bubba* in den Wagen wirft, was Vincent nur mit einem Kopfschütteln quittieren kann, ist die Baumarkt-Liste auf dem Klemmbrett komplett abgehakt.

»Ein Klemmbrett«, sagt Greta, als sie am Taxi ankommen und sie einen großen Farbeimer in den Kofferraum hievt. Dabei grunzt sie ein etwas gehässiges Lachen.

»Was? Was ist damit?«

»Ach, nichts. Nur, dass ich lange niemanden mehr mit einem echten Klemmbrett habe arbeiten sehen. Das ist wirklich … na ja, interessant, würd ich mal sagen.«

Vincent verschränkt die Arme vor der Brust. »Ach ja? Besser ein Klemmbrett und ein Kofferraum voller Dinge, die wir brauchen, als *kein* Klemmbrett und einen Einkaufskorb voller Kronleuchter und Wecker in Schweinchenform, und was war das noch mal für eine Toilettenbrille, die ich zum Glück noch entdeckt und wieder aus dem Wagen genommen habe?«

»Meinst du die hier?« Greta zieht eine flache, längliche Kiste vom Einkaufswagen und verstaut sie im Kofferraum. »Da ist ein Comic im Pop-Art-Stil drauf. Die musste ich einfach kaufen. Sonst hätte ich mich für immer geärgert.«

Vincent will etwas erwidern, als ein älteres Paar seinen Einkaufswagen an ihnen vorbeischiebt. Die beiden Herren tragen jeder eine dünne Steppjacke über den reinweißen T-Shirts. Aus dem

Kindersitz des Wagens blickt ein kleiner Yorkshire Terrier Vincent aus großen, dunklen Augen an.

»Na, jetzt lassen Sie Ihr Mädchen doch auch mal was auswählen. *Happy wife, happy life,* sag ich immer, oder, Bernd?« Der Mann, der den Wagen schiebt, zeigt ein schönes Lächeln mit weißen Zähnen, die ihn an die teure Perlenkette erinnern, die Katharina immer trägt. Noch bevor ihn dieser Gedanke in gefährliche Bahnen – nämlich zurück zu Katharina – tragen kann, legt der angesprochene Bernd die Hand auf Vincents Arm.

»Je früher du das lernst, desto besser, mein Guter«, sagt er und zeigt mit dem Daumen in Richtung seines Partners. »Hätte mir viel Ärger erspart.«

Nur in Berlin, denkt Vincent. Nur in Berlin geben einem homosexuelle ältere Herren auf dem Baumarktparkplatz Beziehungstipps. Und für einen Moment scheint sich seine Laune tatsächlich ein wenig zu bessern.

12

*D*ie zwei Herren haben recht, denkt Vincent auf der Fahrt ins Einrichtungshaus. Obwohl Greta natürlich *nicht* seine Frau ist, ist er ja eigentlich auch nicht dafür verantwortlich, dass sie dieses Projekt hier erfolgreich zu Ende bringen. Warum sollte er sie also nicht die schrecklichste Klobrille der Welt einpacken lassen, wenn sie das glücklich macht? Am Ende hat er nichts unterschrieben, ist keine Verpflichtung eingegangen, das hier zu Ende zu bringen. Unterschrieben. Sofort denkt er an den blöden Vertrag, und ihm wird schlecht. Deshalb schüttelt er sich und konzentriert sich auf die Straße vor sich. Wenn ihnen also auf der Hälfte der Renovierung das Geld ausgeht, weil sie noch mehr Monstrositäten erwirbt, ist das eben so. Nicht sein Zirkus, nicht seine Affen.

Und als Greta ihr Taxi dann auf den Parkplatz fährt, fühlt Vincent sich tatsächlich seit Tagen zum ersten Mal nicht völlig schrecklich. Und vielleicht ist *nicht völlig schrecklich* ja für die nächste Zeit sogar gut genug.

Außerdem war er schon seit mindestens fünf Jahren nicht mehr in dieser Möbelhauskette, und der Salat mit Lachs und Zitrone auf der Parkplatzwerbung sieht wirklich gut aus. Also geht er fast schon beschwingt – na ja, oder zumindest nicht so langsam-leidend wie noch vorhin – hinter Greta durch die Drehtür am Eingang.

In der Mitte der riesigen Eingangshalle führt eine breite Treppe zur Möbelausstellung. Links vom Eingang befindet sich eine große Glasfront, hinter der kleine, verschwitzte Wesen wie Gummibälle über-, unter- und miteinander herumspringen und dabei eine Art Kriegsgeschrei von sich geben. »Småland« steht auf einem großen, gelben, runden Schild über dem Eingang zu dem abgetrennten Bereich.

Vincent schaut auf die Armbanduhr, die sich immer noch wie ein schweres, großes Mahnmal anfühlt und die er so bald wie möglich gegen ein anderes Modell austauschen muss. Es ist halb zwölf Uhr mittags an einem Montag. Wo kommen all die Kinder her, die ihre gewiss erleichterten Eltern in dieser Kinderaufbewahrungsstätte abgegeben haben?

Greta hat seinen Blick bemerkt und zeigt auf die Glaswand. »Wollen wir kurz zugucken? Das ist besser als diese YouTube-Videos, bei denen Leute beim Eislaufen hinfallen und so ...«, sagt sie und steht schon fast vor der Glasfront. Also geht Vincent hinterher.

Hinter der Scheibe laufen Kinder routiniert eine große Rampe rauf, um in ein Becken voller roter und blauer Bälle zu springen, die Vincent sicher bis zur Hüfte reichen. Direkt hinter dem dicken Glas steht ein kleiner Junge mit dicken schwarzen Locken, dahinter ein größeres Mädchen, sicher seine Schwester, die denselben Berg dunkler Haare auf dem Kopf trägt. Der Kleine starrt Vincent an, während er genüsslich am Daumen lutscht. An seinen noch feuchten, leicht geröteten Wangen kann Vincent erkennen, dass er gerade noch geweint haben muss. Vermisst er seine Eltern? Oder hat ihn jemand geärgert?

Die beiden, Vincent und der Junge, sehen einander in die Augen, und plötzlich fühlt es sich an, als würde in Vincents Bauch eine Seifenblase voller Mitgefühl mit dem kleinen zerzausten Wesen vor ihm zerspringen. Am liebsten würde er sofort da reingehen, den Kleinen in die Arme nehmen und beim Rest der Herumspringenden den Täter ausfindig machen, der womöglich für die Tränen dieses unschuldigen, wunderschönen, winzigen Wesens verantwortlich ist. Oder weint er etwa doch, weil er seinen Papa oder seine Mama vermisst? Irgendwie wäre das noch schlimmer.

Aber was soll das überhaupt? Sicher hat der Kleine sich nur mit seiner Schwester gezankt und dann überreagiert. Das machen

Kinder doch andauernd. Außerdem: Was geht ihn das überhaupt an? *Richtig,* beantwortet er sich die Frage. *Gar nichts.*

»Hui, was schaust du denn schon wieder so miesepetrig? Also echt, Vincent. Wenn dich das hier nicht gut draufbringt, ist dir nicht mehr zu helfen.« Greta zeigt auf ein kleines Mädchen in einem riesigen pinkfarbenen Glitzertutu, das gerade Anlauf zu nehmen scheint.

Zumindest steht sie da wie ein Stier, der mit den Hufen scharrt. Dann rennt sie los, hüpft auf dem Weg über ein Kind, das auf dem Boden liegt und an die Decke starrt, und dann direkt auf die Rampe, um in das bis zum Rand gefüllte Bällebad und direkt auf einen Haufen Kinder zu springen, die sich dort gerade mit den kleinen Kugeln bewerfen. Der Kinderberg kreischt, als das Tutu-Mädchen auf sie trifft, das fast manisch lacht, nachdem die anderen sie jetzt in einer Art Rachefeldzug strategisch von allen Seiten mit Bällen zu bewerfen beginnen.

»Köstlich!« Greta grunzt regelrecht und lässt das Kamikaze-Mädchen im Tüllrock nicht aus den Augen. Das hat sich in der Zwischenzeit mit einem der Jungen angelegt, auf den sie eben gesprungen ist. Die Kleine zieht den Schnodder aus der Nase nach oben, dann die offenbar rutschende Strumpfhose ein Stückchen an und hebt abwehrend beide Fäuste in Richtung des weitaus älteren Jungen in Jeans und Hoodie. Der wirkt durchaus beeindruckt ob der Chuzpe, die die Kleine an den Tag legt.

Noch bevor das kleine Wesen zum ersten Schlag ausholen kann, stellt sich eine Mitarbeiterin zwischen die beiden. Die Wangen der jungen Frau sind rot, die Mehrzahl ihrer braunen Haare haben sich aus dem Pferdeschwanz gelöst. Alles in allem sieht sie aus, als hätte sie heute schon einiges durchgemacht. Doch ihre Misere scheint noch nicht beendet. Denn statt die Hand des Jungen zu schütteln, den die Mitarbeiterin dazu gebracht hat, diese Geste der Versöhnung darzubieten, will die Kleine weiterhin auf den Großen losgehen und kann nur mit höchster Kraftaufwendung aus dem Geschehen und in den vorderen Bereich des Smålands gebracht werden. Dabei strampelt sie wie verrückt und windet sich in den Armen der Betreuerin.

»Die kleine Josephine möchte bitte aus dem Småland abgeholt werden. Ich wiederhole: Die kleine Josephine möchte bitte aus dem Småland abgeholt werden. Bitte.«

Das abschließende *Bitte* der Mitarbeiterin klingt regelrecht verzweifelt, während sie das kleine Mädchen am Strumpfhosenbund festhält, damit sie sich nicht wieder in den Kampf stürzen kann.

Obwohl er nicht hätte sagen können, woher es kommt, muss Vincent lachen. Und zwar nicht sein sonst eher verhaltenes Lachen, das sich vor allem im Hals bildet. Sondern eines, das von ganz unten aus dem Bauch kommt. Und als er neben sich ein weiteres Lachen hört, sieht er, dass sich auch Greta den Bauch hält.

»Also«, sagt Greta später im Restaurant um einen Haufen Pommes mit brauner Soße herum und sieht ihn an, »ich glaube, das war das erste Mal, dass ich dich hab lachen hören. Nein, jetzt schaust du doch schon wieder so ernst. Dabei siehst du mit einem Lächeln viel weniger wie ein Unternehmenshaifisch aus.«

»Ein Unternehmenshaifisch?« Vincent wischt sich mit der Serviette über den Mund und hebt die rechte Braue.

»Na, du weißt schon. Einer aus dem absoluten Festangestelltenmilieu, aber halt vom obersten Leitertreppchen. Einer, der dem Oberchef auch die Schuhe knutschen würde, wenn das noch eine Treppenstufe bringt. Einer, der über Leichen geht und der das da«, sie zeigt mit dem Finger in Richtung des Bällebads im Småland, das man vom Restaurant im ersten Stock aus über eine große Galerie unten im Erdgeschoss sehen kann, »mit Geldscheinen macht. So à la Dagobert Duck.«

Vincent lacht wieder. Kurz sehen sie sich an, und er meint zu erkennen, dass sie sich wirklich über sein Lachen freut. Was für ein seltsamer Mensch, wirklich. Aber irgendwie auch … angenehm. Nein, angenehm ist nicht das richtige Wort. Dafür gerät man mit ihr zu häufig in Schwierigkeiten. Aber aufrichtig. Das ist sie. Und sie verfügt offenbar über die Gabe, dass sich andere Menschen gut fühlen in ihrer Gegenwart. Bis auf den Baumarkt-Mitarbeiter. Der sicher nicht. Aber Vincent. Irgendwie. Bis sie ihn fragt, wie er auf die bizarre Idee kommt, hier einen Salat zu essen.

»Hier muss man Pommes mit dieser hellbraunen Soße und Fleisch- oder Gemüsebällchen essen. Was von beidem ist egal. Aber die Pommes mit der Soße, die sind fundamental. Alles andere ist absurd. Und unvernünftig ist das auch.«

Wieder blickt Vincent an die Decke, atmet tief in den Bauch und dann wieder aus und fragt, was daran *unvernünftig* sein soll.

»Na, wenn man die Möglichkeit hat, sich was echt Leckeres zu gönnen, und dann macht man das nicht, dann ist das doch wirklich unvernünftig.«

Vincent lehnt sich nach vorn und spießt demonstrativ eine Gabel voller Salatblätter auf. Die wird er gleich essen, nachdem er seinen Punkt gemacht hat. »Aha. Aber woher willst du wissen, dass ich überhaupt gerne Pommes esse? Oder Soße. Oder diese … diese Bällchen da?« Er zeigt mit der Gabel auf ihren Teller.

Greta lehnt sich ebenfalls nach vorne, schiebt sich aber, anders als Vincent, direkt eine riesige Portion Pommes in den Mund und fängt noch kauend an zu sprechen. »Also erstens mag ja wohl jeder Pommes. Pommes sind ein Gericht für die Ewigkeit, für alle Altersgruppen zugänglich und für jeden Geldbeutel sowieso. Sie sind voller knuspriger Zauberei, eine fettige Liebeserklärung an den Genuss sozusagen.« Sie nickt, um ihrer eigenen Brandrede noch einmal zuzustimmen. »Und außerdem habe ich deinen Blick auf meinen Teller gesehen, als wir an der Kasse standen.«

»Was für einen Blick denn? Da war kein Blick.«

Greta spießt noch eine Pommes auf und hält sie ihm direkt vors Gesicht.

»Dein Adamsapfel hat gewackelt und deine Nasenflügel auch. Regelrecht ausgehungert hast du ausgesehen. So als hättest du seit Jahren keine Pommes mehr gegessen.«

Und schon ist Vincent wieder genervt. Er schüttelt den Kopf und will das Thema wechseln. Ist sich aber nicht sicher, ob das nächste Thema besser werden wird als das hier. Und ob es überhaupt ein Thema gibt, über das man sich vernünftig oberflächlich mit Greta unterhalten kann, bezweifelt er auch zunehmend.

»Moment mal.« Sie legt die Gabel mit der Pommes zur Seite und lehnt sich nach vorne. »Das stimmt sogar.«

»Was stimmt?« Vincent versucht, angemessen neutral und desinteressiert zu klingen.

»Du hast seit Jahren keine Pommes mehr gegessen, stimmt's?«

»Und wennschon?« Vincent lehnt sich auf dem Stuhl zurück und schiebt den leeren Salatteller zur Seite.

»Okay.« Greta schüttelt den Kopf und greift wieder zur Gabel. »Das kann und darf nicht sein. Du nimmst jetzt«, sie spießt einen riesigen Haufen Pommes auf ihre Gabel, wischt damit einmal quer über die sahnige Soße und reicht sie ihm, »diese Gabel hier und isst alles, was ich draufgeladen habe. Aber schnell.«

»Warum sollte ich das tun?« Vincent verschränkt die Arme und sieht sich um, um zu sehen, ob jemand diesem skurrilen Gespräch folgt.

»Weil du das eigentlich willst. Und weil hinter dem steifen Gehabe ein Genussmensch steckt.«

»Ein Genussmensch.« Vincent hebt die linke Augenbraue und bemerkt, dass seine Mundwinkel ein bisschen zucken.

»Ja, ein Genussmensch. Jemand, der instinktiv weiß, was gut ist. Jemand, der Genuss zelebrieren kann, der gute Dinge erkennt und sie zu würdigen weiß.«

Sie hält noch immer die Gabel in seine Richtung.

»Und zu diesen *guten Dingen* gehören also Pommes? Mit Soße? Von hier?«

»Na, aber hallo tun sie das. Also los, iss die jetzt. Sonst werf ich mich auf dich wie der Tutu-Ninja da unten.« Sie zeigt noch einmal Richtung Småland, und Vincent hat keinerlei Zweifel daran, dass Greta genau das tun würde.

Außerdem stellt er fest, dass sie ihn schon wieder zum Lachen gebracht hat. Also warum auch nicht. Und was machen ein paar Pommes schon aus? Obwohl er heute Morgen keinen Sport gemacht hat. Und gestern auch nicht. Nun, das wird er heute Abend noch nachholen. Muss es nachholen. Deshalb geht das mit den Pommes in Ordnung.

Außerdem hat Greta recht. Er hat seit Jahren keine Pommes mehr gegessen. Was nicht an dem Gericht an sich liegt. Er ist schlicht nie auf die Idee gekommen, etwas zu essen, das nicht seinem Diätplan entspricht. Den hat ihm der Personal Trainer aufgestellt, den er vor vielen Jahren eine Zeit lang regelmäßig aufsuchte. Und dieser Plan besteht nun mal vor allem aus Proteinen, Gemüse und Dingen mit Körnern. Trainer Paul trug auch im Winter ein ärmelfreies Shirt – wenn auch unter der Jacke – und hat den Plan komplett auf Vincents Leben als *High Performer* abgestimmt. So hat Paul das formuliert. Ein *High-Performer-Diätplan*.

Aber ein High-Performer-Leben führt Vincent gerade nun wirklich nicht. Warum also nicht? Warum nicht die tropfende Gabel nehmen? Früher hat er Pommes geliebt, so wie fast jedes Kind das tut. Warum fühlt sich der Griff nach der Gabel trotzdem wie eine Mutprobe an? Würde Greta ihm nicht gegenübersitzen, würde er sie wieder weglegen. Weil sich sein Leben gerade sowieso viel zu fremd anfühlt. Aber sie sitzt nun mal da. Und er wird das jetzt machen. Also die Pommes essen.

Als er die Gabel in den Mund schiebt, ist da zum Glück keine

Angst mehr. Und auch kein schlechtes Gewissen. Da ist nur noch ... na ja ... Genuss ist da. Tatsächlich und obwohl ihn das Wort eigentlich abstößt. Und Erinnerung an Sommer und Freibad und den alten Kiosk in ihrer Straße, bei dem sie nur ganz selten essen gingen. Pommes mit Ketchup oder Spaghetti mit Tomatensoße und Käse.

»Ha! Na also. Sag ich doch. Ein Genussmensch.«

Vincents Gedanken kehren zurück an den Tisch, und er zwinkert mehrmals, um sich wieder konzentrieren zu können.

Greta sieht sehr zufrieden mit sich aus.

»Als Kind warst du bestimmt genauso wie die kleine Schlägerin da unten, oder?« Noch bevor er nachdenken konnte, hat er das gefragt. Und wie erwartet ist ihm diese intime Frage sofort unangenehm. Er hat sich fest vorgenommen, mit dieser Frau nichts Privates zu besprechen. Nicht, dass er davon sonderlich viel auf Lager hätte. Trotzdem soll alles zwischen ihnen professionell bleiben. Doch in diesem Fall ist seine Angst unbegründet. Denn anders als während all ihrer anderen Gespräche lässt sie Vincents Frage geradezu verstummen.

»Nein. Eigentlich nicht.«

Mehr sagt sie nicht, sondern steht auf und nimmt ihre beiden Gläser. »Noch ein Wasser? Oder willst du dieses Mal aus dem Vollen schöpfen und dich an eine Apfelschorle wagen?«

Vincent kann sich nur knapp davon abhalten, die Augen zu verdrehen, und antwortet stattdessen, dass ein Wasser genug ist.

Nein. Eigentlich nicht. Das war die bisher klarste und kürzeste Antwort, die er von Greta erhalten hat. Geradezu zugeknöpft war das. Würde er sie besser kennen, würde er behaupten, dass das ziemlich untypisch für sie ist. Doch er kennt sie nicht. Und das Ganze geht ihn nichts an. Seine Frage war viel zu privat und ein bisschen übergriffig. Deshalb ist ihre Reaktion genau richtig. Hat die Grenzen zwischen ihnen wieder klar abgesteckt. Weshalb es wiederum gut ist, dass Vincent sie gestellt hat. Denn so weiß er, dass auch sie den Kontakt aufs Professionelle beschränken will und …

»Ich war kein bisschen so wie das Mädchen.« Greta stellt ein Glas mit einer hellroten Flüssigkeit vor ihn auf den Tisch. »Das ist Preiselbeerschorle. Guck mal nicht so, die ist echt lecker. Und jetzt zurück zum Thema …« Greta hat sich Vincent wieder gegenübergesetzt und stellt ein großes Stück Schokoladenkuchen zwischen sich und ihn. Bevor sie weiterspricht, legt sie einen kleinen silbernen Löffel auf seine Seite des Tisches und schaufelt dann ein riesiges Stück der Torte auf ihren eigenen.

»… ich war kein bisschen so wie das kleine Mädchen. Eher das Gegenteil. Ich war introvertiert und angepasst, und ein Tutu hätte mir meine Mutter nie im Leben gekauft. So. Und jetzt du. Was für ein Kind warst du? Wurdest du schon im Polohemd geboren, oder musstest du diese fragwürdige Vorliebe erst entwickeln?«

Vincent zwinkert und schweigt. Was antwortet man auch auf so was? Während er darüber nachdenkt, welche Antwort am unverfänglichsten wäre, hat Greta bereits die halbe Torte gegessen und sieht ihn schweigend an.

Eine Antwort, die dazu einlädt, dass Greta über sich selbst redet, die aber nicht zu einer Gegenfrage einlädt. Genau die braucht er jetzt. Und das kann ja nicht so schwer sein. Schließlich ist er darin geübt. Ein Profi. Sonst hätte er die vielen Firmenweihnachtsfeiern, die oft viel zu langen Zugfahrten mit Kollegen und die oft leider unvermeidbaren Team-Mittagessen niemals überlebt. Was er braucht, ist etwas gänzlich Uninteressantes, das sie gar nicht erst auf die Idee bringt weiterzufra…

»Erde an Vincent?« Greta nimmt eine Serviette vom Tisch und wischt sich den Mund ab. Doch ein Stück Schokolade bleibt in ihrem Mundwinkel hängen. Soll er sie darauf aufmerksam machen? Sicher keine gute Idee. »Was für ein Kind warst du? Fraktion Winnie Puuh oder eher WWE?«

»WWE?«

Greta nickt. »World Wrestling Entertainment. Du weißt schon, diese Show-Ringkämpfe, wo sich ein Kämpfer total einstudiert auf den anderen wirft. So ähnlich wie da unten im Bällebad, aber weitaus weniger aggressiv.« Sie zeigt mit dem Daumen in Richtung Småland und schüttelt den Kopf.

»Mmh.« Vincent schaut über Greta hinweg aus dem Fenster. Eigentlich ist die Antwort darauf ziemlich einfach. Gleichzeitig ist sie unglaublich kompliziert. Vielleicht wäre der Versuch einer Antwort aber trotzdem … okay? Wahrscheinlich wird Greta ihm sowieso nichts anderes durchgehen lassen als eine Antwort. Und da ihm auf diese extrem konkrete Frage keine genügend allgemein gehaltene Reaktion einfällt, muss er da wohl durch. »Kommt drauf an, wen du fragst, schätze ich.«

Der Stuhl unter ihm ist mit einem Mal hart und unbequem. Und obwohl er mehrere Positionen ausprobiert, fühlt sich keine angenehm an.

»Was würde denn deine Mutter sagen?«

Die Frage trifft ihn. Nicht wie eine Ohrfeige vielleicht. Eher wie ein frischer Schnitt in eine alte Wunde. Vincent räuspert sich, greift nach dem Löffel vor sich und blickt in das umgedrehte Spiegelbild auf der Löffeloberfläche.

»Team WWE.« *Doch nur, bis sie ging*, fügt er in Gedanken hinzu.

Greta nickt. Und obwohl Vincent sieht, dass sie natürlich bemerkt hat, wie sein Körper bei der Antwort ganz steif und eckig geworden ist, hakt sie nicht nach.

»Und dein Vater? Was würde der sagen?«

Ohne die eigenen Bewegungen wirklich zu steuern, sticht Vincent mit dem Löffel in die Torte vor sich und isst ein Stück des weichen, teigigen Kuchens. So was zu essen, fühlt sich ganz und gar nicht richtig an. Gleich wird sein Blutzuckerspiegel nach oben rasen wie der überfüllte Wagen einer Achterbahn und dann direkt wieder runter. Aufhören, den Löffel weglegen, will Vincent trotzdem nicht. Seine Kiefer mahlen also weiter, als müsse er nicht nur auf dem Kuchen, sondern auch auf seiner Antwort herumkauen, um zu erfassen, was er eigentlich sagen will.

Dabei weicht er Gretas Blick aus und wendet ihn hin zu einer Gruppe Mütter, die einige Tische weiter an einem großen, runden Tisch sitzt, das jeweilige Kind auf dem jeweiligen Schoß sitzend. Einige der jungen Frauen sehen müde aus, aber keine davon unglücklich. Hat sein eigener Vater ihn jemals so gehalten? Seine Mutter schon, daran kann er sich noch viel zu gut erinnern. Womit er deshalb auch sofort aufhören wird, weil da schon wieder was ist im Augenwinkel. Nein, nein. Das darf jetzt nicht sein. Er schüttelt den Kopf. Er wird jetzt antworten, und dann ist es gut mit dieser Art Gespräche.

»Mein Vater würde sagen, dass ich zu viel *Winnie Puuh* und viel zu wenig WWE in mir hatte.« Das ist eine gute Zusammenfassung, denkt Vincent. Wenn er sich überhaupt einmal Gedanken machte über irgendetwas, was nicht mit ihm selbst zu tun hatte. Was für ein seltsamer Gedanke. Völlig unnatürlich. Vor allem, wenn man die Blicke der Mütter da drüben in Richtung ihres Nachwuchses betrachtet. Da ist sehr viel Fürsorge und noch mehr Nachsicht. Vor allem aber ist da eine Bedingungslosigkeit, von der die kindliche Version von Vincent nicht einmal zu träumen gewagt hätte.

Er stoppt sich bei diesem Gedanken, denn da taucht er tatsächlich wieder auf, dieser widerwärtige Strudel. Diese Ausgeburt all dessen, was schon immer falsch war an ihm. Zu viele Fantastereien, wo es Klarheit und Routine bedarf, zu viel Weichheit, wo doch eigentlich ein harter Kern stecken müsste. Das ist es, was den Strudel antreibt, was ihn zum Kreisen und zum Wachsen bringt. Doch Vincent ist stärker als der Strudel, wird die Quelle sofort zum Versiegen bringen, bevor er ihn erneut wird mit sich reißen können.

»Also, wie auch immer …« Vincent stellt Teller, Gläser und Besteck auf das graue Tablett und hofft, dass dieser Nicht-Satz ihre Konversation bremst. Hat er tatsächlich den halben Kuchen aufgegessen? Er nimmt das Klemmbrett aus der Stofftasche, die Greta ihm in der Villa gegeben hat, und legt es vor sich auf den Tisch.

»Uuuuund, da ist es auch schon wieder. Vincents Klemmbrett«, sagt Greta, und Vincent beschließt, gar nicht erst darauf einzugehen.

»Wir haben noch einiges vor, deshalb gehen wir jetzt am besten noch mal alles durch, was wir in Sachen Möbelhaus brauchen, damit wir nichts vergessen.« Vincent holt ein Brillenetui und einen Bleistift aus seinem Rucksack.

»Ah, wieder die Lesebrille.« Greta legt das Kinn auf die Hände. »Gar nicht schlecht. Verschafft dir so eine Waldorflehrer-Aura.«

Vincent ignoriert den Kommentar und fängt an zu notieren.

»Mal sehen, wir bestellen eine neue Arbeitsplatte für die Küche … die Maße dafür hast du dabei, oder?« Greta greift ihr Telefon, wo sie die Daten am Morgen noch notiert hat, bevor das Klemmbrett in ihr Leben kam. »Außerdem sehen wir uns nach neuen Griffen um, kaufen Regalbretter, die wir statt der Oberschränke anbringen, und natürlich eine goldene Mischbatterie für die Spüle. Außerdem sehen wir uns diese Vadholma-Kücheninsel an und schauen, ob man die Arbeitsplatte aus Holz, mit der die Insel geliefert wird, auch entfernen kann. Hast du dich entschieden, welches Material für die Arbeitsplatte infrage kommt?«

Vincent holt Luft und betrachtet erst erneut die Liste, dann Greta. Die lehnt sich auf ihrem Stuhl zurück, und über ihrer Nase kräuselt sich die sommersprossige Haut, während sie auf einer ihrer dicken Haarsträhnen herumkaut.

»Leider habe ich dir heute Morgen überhaupt nicht zugehört, weil Charlotte wieder so süß auf ihrem Salatblatt herumgekaut hat, und deshalb habe ich wirklich keine Ahnung, von welcher

Entscheidung du sprichst.« Vincent seufzt, erkennt aber zumindest, dass Greta die Sache ein kleines bisschen unangenehm ist. So viel Anstand hätte er ihr gar nicht zugetraut. Deshalb seufzt er noch einmal – nur um sicherzustellen, dass sie dieses Mal wirklich zuhört – und fängt an zu erklären.

»Also, wenn du mich fragst, sollten wir eine ganz einfache Arbeitsplatte aus dem Standardsortiment nehmen. Ich würde dir eine Laminatplatte empfehlen. Die besteht aus einer mit Kunststoff überzogenen Spanplatte und ist in verschiedenen Mustern zu haben. Um den doch ziemlich traditionell aussehenden Fronten was entgegenzusetzen, würde ich zu einem Marmoroptik-Muster raten. Der Nachteil an den günstigen Platten ist, dass sie nicht sonderlich robust sind und man nichts Heißes darauf abstellen kann. Aber sie sind auf jeden Fall weitaus besser für dein Budget. Vor allem vor dem Hintergrund, dass die Familie, die hoffentlich mal in die Villa zieht, sich bestimmt etwas Neues kaufen wird. So kannst du auch mit weniger Ausgaben eine für einen Käufer zumindest überzeugende Küche schaffen und dann sogar ein bisschen Geld spa…«

Greta nickt. »Okay, okay. Ist angekommen. Und was ist die weniger praktische Option?«

»Hier gibt es seit Neuestem auch Platten aus Quarzkomposit, das ist ein Kunststeingemisch. Es ist nicht ganz so teuer wie Naturstein, aber weitaus resistenter als Stein und als die künstlichen Arbeitsplatten sowieso. Außerdem können die Laminatplatten, von welcher Marke auch immer, in Sachen Ästhetik nicht mit den Quarzidgemischen mithalten.«

»Hört sich gut an.«

»Was von beidem?«, fragt Vincent und hat schon eine Ahnung.

»Na, das Quarzid-Zeug natürlich.« Greta nickt und steht auf. »Lass uns das gleich mal anschauen.«

Vincent, der sitzen geblieben ist, schüttelt den Kopf. »Du weißt schon, dass wir gerade erst angefangen haben und du schon jetzt eine riesige Summe für etwas ausgeben möchtest, was die neuen Eigentümer vielleicht direkt auf den Sperrmüll werfen werden?«

Greta zieht die Stricktasche über die Schulter und lächelt. »Um ehrlich zu sein, habe ich das Gefühl, dass du das hier wirklich draufhast. Und dass, wer auch immer das Haus kauft, sich dafür entscheiden wird, die Küche zu behalten, wenn du alles ausleben kannst, was du da in deinem Kopf schon so ausgeheckt hast.« Sie zeigt mit dem Zeigefinger auf sein Gesicht. »Außerdem warst du derjenige, der gesagt hat, dass die Küche das Herz eines jeden Hauses ist und wir darauf besonderes Augenmerk legen müssen.«

»Schon, aber das heißt ja nicht gleich, dass du dein halbes Budget dafür ausgeben solltest.«

»Noch mal: Der Punkt ist angekommen und wurde abgelehnt. Ich will, dass du diese Küche so einrichtest, als würdest du selbst mit deiner Familie da einziehen. Mit allem Schnick und allem Schnack, selbst wenn dafür das halbe Budget draufgeht.«

Kurz überlegt Vincent, ob er es noch einmal mit Vernunft versuchen soll. Bei seinen Kunden hat er sich dank seiner Hartnäckigkeit seine Empfehlungen betreffend am Ende doch immer durchsetzen können. Andererseits hat er eigentlich große Lust ... na ja ... genau das zu tun, was Greta ihm vorgeschlagen hat. Er hat große Lust auf allen Schnick und allen Schnack. Auch wenn jede rationale Faser seines Körpers sich dagegenstellt. Denn, und das stellt er gerade selbst mit großer Überraschung fest, da gibt es noch ganz andere Fasern in seinem Körper. Nämlich die, die sich geradewegs aufstellen bei dem Gedanken daran, all die theoretischen Küchen, die über die Jahre in seinem Kopf entstanden sind, einmal in Wirklichkeit zu sehen.

Selbst etwas zu schaffen, all die Ideen herauszulassen und umzusetzen. Obwohl es ihm schwerfällt, das zuzugeben, hat er doch das Gefühl, dass diese Ideen bei Greta gut aufgehoben sind.

13

*O*kay, ganz ruhig. Die Sache hier muss nicht eskalieren, also …
niemand muss verletzt werden … Vielleicht lachen wir ja
beide in ein paar Minuten schon hierüber … also vorausgesetzt,
du tust jetzt nichts Unüberlegtes.«

Könnte er, würde Vincent in seine Hosentasche greifen, sein
Handy daraus hervorholen und die Sache hier recherchieren. Bestimmt gibt es Tausende, ach was, Millionen von Websites, die sich
mit Verhaltensregeln für eine Extremsituation wie diese auseinan-
dersetzen.

Doch das würde er nie wagen. Niemals. Er traut sich ja noch
nicht einmal, richtig zu atmen. Vielleicht sollte er nach Greta rufen, die eben einfach die Tür aufgeschlossen hat, um dann mit
einigen großen blauen Tüten im Haus zu verschwinden. Nur um
die Tore für dieses Ungetüm hier zu öffnen, das sicher gleich auf
ihn losgehen und sich in sein Hosenbein verbeißen würde, würde
er es nicht mit dem Besenstiel in seiner Hand in Schach halten,
den er zum Glück an die Hauswand gelehnt gefunden hat.

Doch wenn er jetzt nach Greta ruft, könnte das das Ungeheuer
vor ihm nur wieder aufschrecken. Und ein Schreck ist mit Sicherheit nichts, was das zähnefletschende Monster vor ihm besonders
schätzen würde. Trotzdem bleibt ihm kaum etwas anderes übrig.

Dabei hat das Ungetüm gar nicht so gefährlich gewirkt, als Greta ihre Cousine und letztendlich auch Vincent aus dem Hotel abholte.

Schon im Taxi hatte er gedacht, dass das ein schöner Hund ist.
Mit Flecken in hellem Beige und Grau und Dunkelbraun auf dem
Körper und einer kleinen Blesse zwischen den blauen Augen. Da
hat er aber noch nicht die überraschend großen Zähne gesehen, die

der Dackel jetzt fletscht. Sein Onkel Freddie ist mal ganz furchtbar gebissen worden vom Dackel seines Nachbarn. Die Wunde in seinem Unterschenkel hat sich entzündet und sah alles in allem wirklich widerlich aus.

Okay, was also tun? Das Reden schien den Hund etwas beruhigt zu haben. Weiter. Aber was sagt man zu einem Dackel? Wie hat Gretas Cousine den Hund noch mal genannt? Lala, Lulu, Leni ...? Doch, das ist es. Leni heißt er. Aber was, wenn er falschliegt? O Gott, seine Gedanken verknoten sich. Er denkt kein bisschen rational mehr, und das ist nicht gut. Gar nicht gut. Hunde können die Gefühle von Menschen riechen, das hat er mal irgendwo gelesen. Also muss er sich irgendwie beruhigen, um auch den Hund zur Ruhe zu bringen. Zumindest, bis Greta zurückkommt.

»Also ich weiß, dass wir uns nicht kennen. Und dass du bestimmt das Gefühl hast, das Haus hier beschützen zu müssen. Und das finde ich echt super, also wirklich jetzt. Das sollte ein guter Hund ja wohl tun, oder ... äh ... Leni? Ein guter Hund sollte auf sein Haus aufpassen, jawohl.«

Jawohl. Wo hatte er das Wort denn jetzt her? Seine Nerven liegen völlig blank. Doch der Hund scheint ein bisschen runterzukommen. Seine eben noch vollkommen steife Haltung entspannt sich. Also weiter.

»Ich würde sagen, ich beug mich jetzt ganz langsam runter, okay? Das heißt, du siehst genau, was ich mache, und musst keine Angst haben. Dann nehm ich die Kiste und gehe ganz langsam an dir vorbei ins Haus. Sollen wir das mal versuchen? Ja?«

Der Hund wirkt jetzt noch ein wenig ruhiger, also beschließt Vincent, das zu tun, was er angekündigt hat. In Zeitlupe zwar, aber immerhin muss er dann nicht weiter hier warten, bis Greta ihm zu Hilfe kommt. Dabei blickt er dem Hund direkt in die Augen. Blinzeln Hunde eigentlich gar nicht? Und ist es nicht so, dass man denen nicht in die Augen schauen sollte, weil sie das als Bedrohung empfinden? Er hat keine Ahnung, denn bisher hat er nicht sonderlich viel Kontakt mit den Tieren gehabt. Aber das fehlende Blinzeln ist auf jeden Fall unheimlich.

»Okay, also siehst du. Ganz langsam, ich beuge mich runter, ich nehm die Kiste und ... verdammt noch mal ...«

Der Hund springt keifend auf ihn zu. Wieder ist der Besenstiel seine einzige Rettung, sein einziger Schutz. Und wieder stehen sich Hund und Vincent gegenüber.

»Das ist ein Dackel. Sie müssen ihn loben. Sonst macht der gar nichts.«

Die Stimme scheint aus der Hecke zu kommen, die links neben Gretas Villa wächst und die die Grundstücke ihres und eines weit herrschaftlicheren Hauses nebenan voneinander abgrenzt. Ein Haus, das von einem deutlich gepflegteren Garten umgeben zu sein scheint als Gretas.

Die Stimme ist weiblich, weich und doch gleichzeitig so, als könnte sie einen schnell in die eigenen Schranken weisen, wenn notwendig. Und hat er da auch einen Hauch Akzent gehört? Minimal, allerdings vorhanden. Er ist noch immer unfähig, sich zu bewegen, und muss sich mehrmals räuspern, bevor er den Ratschlag der Frau hinter der Hecke umsetzen kann.

»Okay, also. Du bist ein schöner Hund. Ein schöner und braver Hund. Wirklich. Und auch ... na ja ... süß vielleicht. Wobei wir auch ein bisschen bei den Tatsachen bleiben müssen. Also bleiben wir bei hübsch und schön und wirklich ... na ja ... also eine klassische Schönheit vielleicht nicht unbedingt. Also nicht im klassischen Hunde-Schönheitssinn jetzt und ... aaah ...«

Er schreckt zurück, als der Hund wieder einen Schritt auf ihn zuläuft, und weicht auf eine der Steinstufen zurück, die sich unter ihm befinden.

»Dackelspezifisch«, sagt die Stimme aus der Hecke und klingt amüsiert. »Die Komplimente müssen dackelspezifisch sein.«

Vincent will nachfragen, ob die Frau auf der anderen Seite sich da auch ganz sicher ist, als der Hund noch ein Stück näher kommt. Zwar knurrt er nicht, doch Vincent will hier kein Risiko eingehen.

»Okay, okay. Dackelspezifisch also. Dann mal los ... du bist wirklich ... also, du bist echt ein guter Dackel. Ein schöner, schöner Dackel. Und auch sehr ... äh ... lang?«

Der Hund horcht auf und legt den Kopf schief. Wieder entspannt sich seine Haltung, und er setzt sich langsam und leicht seitlich, so als wollte er die eben gelobte Länge seines Körpers präsentieren.

»Ja, also du bist wirklich ein besonders langer Dackel, und deine Beine, ja ... also die scheinen mir wirklich besonders kurz und krumm zu sein. Tatsächlich, also ich habe schon so einige Dackel in meinem Leben gesehen, und deine Beine haben einfach die hervorragende Länge und ...«

»Alles okay?« Greta steht ihm Türrahmen und sieht Vincent mit gehobenen Brauen an. Der Hund geht zu ihr und springt an ihrem Bein nach oben. »Bist du so was wie ein Dackelfanatiker? Der ist aber nur zu Besuch, okay?«

Vincent legt den Kopf in den Nacken und schließt die Augen. »Nein. Nein, ich bin kein Dackelfanatiker. Du hast die Tür offen gelassen, und dann ist der Hund rausgerannt und wollte mich umbringen.«

Greta schnaubt, bückt sich zu einem Amazon-Paket, das neben der Haustür liegt, und ruft den Dackel zu sich ins Haus. »Umbringen. Na, du bist mir ja ein Drama-King. Leah ist eben ein guter Wachhund!«, ruft sie über die Schulter.

»Das habe ich gemerkt«, sagt Vincent.

Er geht in die Küche und stellt die Tüten ab, während Greta sich im Obergeschoss mit dem Dackel zu unterhalten scheint. Als sie in die Küche kommt, hält Vincent ihr ein Glas Wasser hin, was sie dankend annimmt. Obwohl das Zusammentreffen mit dem Hund noch mal glimpflich verlaufen ist, lässt ihn dessen Präsenz im Haus noch nicht ganz los.

»Was macht der Hund überhaupt hier? Gehört der nicht deiner Cousine?«, fragt er also vorsichtig.

»Der Hund hat einen Namen. Diese kleine, wunderschöne und wie von dir schon richtig erwähnt äußerst wohlproportionierte Dackeldame heißt Leah, und ich bin ihr Hundesitter, wenn Alex und Maya was vorhaben. Heute ist irgendein Kita-Fest. Das ist nichts für Dackel, weil Kinder Dackel lieben und die Arme dann den ganzen Nachmittag von schmutzigen Händen am Fell gezogen würde. Außerdem ist Maya ja schwanger, falls du dich erinnerst, und ihr ist seit Wochen so schlecht, dass sie sogar schon auf eine ihrer Leinwände gekotzt hat. Was sich beim Verkauf des Werks bestimmt nicht so gut machen wird. Deshalb hat sie das Dackelchen vorbeigebracht, als wir beim Einkaufen waren. Wir haben also die Ehre, Leah eine Weile zu bewirten. Warte nur, bis du siehst, was ich ihr angezogen habe. Der Amazon-Lieferant war gerade erst da.«

Als sie alle Einkäufe aus dem Auto und in die Küche getragen haben, setzt Vincent Kaffee auf. Eigentlich will er sich in das kleine Zimmer unterm Dach zurückziehen und einfach nur schlafen. Andererseits kommen dann womöglich die Gedanken zurück. Und die Fragen. Dabei waren die letzten Stunden sehr schön ohne die Gedanken.

Ein Kaffee also, denkt er und setzt sich an den Tisch. Greta stellt ihm die volle Rainer-Tasse hin und setzt sich ihm gegenüber.

»Wenn du also kein Dackelfanatiker bist«, sagt sie und nimmt einen großen Schluck aus der dampfenden Tasse, »woher kamen dann die für meinen Geschmack doch sehr spezifischen Aussagen über Leahs Körperbau?«

»Das hat mir die Frau hinter der Hecke gesagt.« Vincent hört selbst, wie fragwürdig sich das anhört.

»Die Frau aus der Hecke also. Okay.« Greta stellt ihre Tasse ab und rümpft die Nase.

»Ach Mann, ich meine, dass da eine Frau hinter der Hecke stand und mit mir gesprochen hat. Bestimmt die Nachbarin von der anderen Seite. Auf jeden Fall stand da jemand, der Stimme nach zu urteilen eine Frau. Und die hat gesagt, ich solle den Dackel loben. Und zwar dackelspezifisch.«

Greta, die ihre Tasse gerade wieder zum Mund führen wollte, lacht so heftig in ihren Kaffee, dass der ihr über die Finger läuft und sie die heiße Tasse fast auf den Tisch vor sich wirft.

»Au, verdammt«, sagt sie und greift zu einem Geschirrtuch, das am Rand des Tisches liegt. Nachdem sie kurz über Hände und Tisch gewischt hat, sieht sie ihn wieder an, grinst und wiederholt das Wort. *Dackelspezifisch.* Vincent schüttelt den Kopf. Aber mehr über sich selbst als über Greta. Wie hat er auf so einen Blödsinn reinfallen können? Das ist so unglaublich bescheuert.

»Wer ist das da auf der anderen Heckenseite überhaupt?«

»Das ist die Gräfin. Also eigentlich ist sie eine britische *Countess,* hat aber nach dem Krieg einen anderen deutschen Adeligen geheiratet und ist deshalb nach Westberlin gezogen. Der Typ ist wohl schon tot, deshalb wohnt sie jetzt alleine dort. Obwohl man eigentlich nichts mitbekommt von ihr. Totenstill ist es. Sie hat auch einen Sohn und den ... na ja ... den kenn ich auch ... also gewissermaßen. Von ihr habe ich allerdings nie was mitbekommen. Außer, dass meine Oma und sie einander spinnefeind waren. Oma hat sie immer *diese blöde Engländerin* genannt, und sie hatte bestimmt einen ähnlichen Titel für Oma.«

Die Gräfin, denkt Vincent. Der Name passt zu der Stimme, die er durch die Hecke gehört hat. Eine Stimme, die jedes *t* und jedes *en* am Ende ihrer Worte sehr deutlich ausführt.

»Und ich muss sagen, jetzt ärgere ich mich doch ein bisschen darüber, dass ich mich nicht schon früher mit der Dame beschäftigt habe. Eine Feindin meiner Oma kann nur ein vernünftiger Mensch sein. Dackelspezifisch, ha!« Sie klopft sich mit der Hand auf den Oberschenkel.

»Geklappt hat es trotzdem. Also das mit dem dackelspezifischen Lob.« Vincent hört selbst, wie das klingt.

»Du hast sie einfach lange genug gelobt, und das liebt sie mehr als alles andere. Irgendwann hättest du sie auch mit *braver Hund* oder *butzi butzi* rumgekriegt. War auf jeden Fall ein genialer Einfall von der Frau. Hätte ich ihr gar nicht zugetraut, so viel Humor. Wenn überhaupt welchen.«

Sie lehnt sich auf dem Stuhl zurück, dreht den Kopf dann in Richtung Wintergarten und überlegt. »Vielleicht sollte ich mal rübergehen und Hallo sagen. Ist bestimmt ganz schön einsam so ganz allein in dem großen Haus.«

»Woher weißt du, dass da nicht noch jemand wohnt? Ich dachte, du bekommst kaum etwas mit von der anderen Seite der Hecke.«

»Ich weiß das, weil ich sie seit einigen Wochen ausspioniere. Also vom Fenster aus meinem ehemaligen Zimmer aus. Weil die Stille da drüben mich misstrauisch gemacht hat und ich dachte, dass man aus so was einen wunderbaren Podcast basteln könnte. Also so in die Richtung …« Sie lehnt sich nach vorne und hebt beide Arme, um mit den geöffneten Handflächen eine Schlagzeile in die Luft zu zeichnen. »*Unauffällig wirkende alte Britin entlarvt: Dutchess S. machte den Keller ihrer Villa zum Umschlagplatz für den Schmuggel seltener Schneckenarten. Und ganz Berlin sieht weg.* So was in der Art.«

»Schneckenschmuggel?« Vincent zwinkert mehrmals.

»Ach, das ist doch nur ein Beispiel. Hätte von mir aus auch was anderes sein können. Ein SM-Keller für Rentner oder so. Ist völlig egal. Denn da war nichts zu holen. Die Frau ist einfach von früh bis spät im Garten. Oder liest auf ihrer Veranda mit einer Decke auf dem Schoß.«

Greta klingt enttäuscht. Als ob das ein schlechtes Leben wäre, denkt Vincent. Den ganzen Tag im Garten, das könnte er sich auch vorstellen. Und ist überrascht von dieser Einsicht.

»Auf jeden Fall sieht das nach einem einsamen Leben aus.«

»Einsam oder allein?«, fragt Vincent, obwohl das eher ein lautes Nachdenken ist.

»Was ist der Unterschied?« Greta ist aufgestanden und faltet umständlich eine Umzugskiste aus dem Baumarkt zurecht. Sie geht zu einem der Küchenschränke und fängt an, wunderschöne Kristallgläser in Zeitungspapier zu wickeln und vorsichtig in den Karton zu legen. Vincent nimmt sich ebenfalls einen Karton und öffnet einen der unteren Küchenschränke, in dem auf zwei Etagen eine riesige Sammlung bunter Glasvasen steht.

»Na, ich denke schon, dass es den gibt. Also irgendwie. Einsam ist man, wenn man eigentlich jemanden um sich haben möchte, das aus irgendeinem Grund aber nicht kann. So geht es vielen älteren Menschen und der Gräfin vielleicht auch. Allein ist eher was Freiwilliges. Weil man andere Menschen nicht aushält oder eine Pause braucht oder einfach gerne alleine ist.« *Oder weil es das Leben weitaus einfacher macht,* fügt er in Gedanken hinzu.

Als nicht sofort eine Antwort folgt, blickt er zu Greta. Die hält eine alte bauchige Glaskaraffe in den Händen. Den oberen Ausschankrand schmückt ein hübscher goldener Rand, über den Gretas schmale Finger fahren, während sich zwischen ihren Brauen eine Falte bildet. Der Blick sieht dem im Restaurant ganz ähnlich. Als Vincent fragte, ob die kleine Greta so wie das Mädchen im Tutu gewesen sei. Doch er fragt nicht nach. Weil das nicht seine Angelegenheit ist und weil diese Frau umringt ist von Menschen und deshalb eindeutig keine Lust aufs Alleinsein hat. Nach einigen Minuten des Schweigens wickelt Greta die Karaffe mit einem kleinen Goldrand in Zeitungspapier.

»Kann sein, dass du recht hast. Aber wenn die Frau nun doch

einsam ist und nicht allein, ist es unsere Pflicht, mal rüberzugehen. Ich glaube, in Opas altem Schnapsschrank ist noch eine Flasche Brandy, die können wir ihr mitbringen. Und bei der Gelegenheit können wir sie auch gleich fragen, ob sie zum Essen zu uns kommen will. Oder wir zu ihr. Ist bestimmt total nett da drüben. Durchs Fenster sieht es auf jeden Fall aus wie in einem dieser britischen Austen-Verfilmungen, so mit Samtvorhängen und weichen Sofas, auf denen Union-Jack-Kissen liegen.«

Vincent dreht sich in Richtung Fenster und Nachbarvilla. Sein Interesse ist nach Gretas Beschreibung zwar an und für sich geweckt. Andererseits hat er keine große Lust, eine weitere verquere Person kennenzulernen.

»Was hast du eigentlich mit Menschen?« Dieses Mal hat er nicht laut gedacht, sondern ist ehrlich interessiert.

»Wie, was ich mit Menschen habe?«

»Na ja, einerseits hast du ein echt ausgeprägtes Talent dafür, Leute zu verprellen …«

»Ich habe was?« Greta stemmt die Hände in die Hüften und sieht nicht nur verblüfft, sondern auch ein bisschen wütend aus. Vielleicht sollte Vincent sie bitten, das Weinglas aus der Hand zu legen, das sie gerade schwenkt.

»Also ich denke da an den Verkäufer im Baumarkt …«

»Na hör mal! ›Meine Kleene‹ hat der mich genannt. Was wäre denn, wenn ich meine männlichen Kunden ab jetzt einfach mal ›kleiner Hosenscheißer‹ nenne? Ist ja nur lieb gemeint.«

»Okay, das stimmt. Aber was ist mit dem Jungen an der Möbelhauskasse?«

Der hatte sie Kaugummi kauend und in fragwürdigem Tonfall gefragt, ob sie nicht mitbekommen habe, dass ihre Kundenkarte schon abgelaufen sei. Der Typ hätte seine Frage zweifellos netter formulieren können. Doch Gretas Reaktion war trotzdem übertrieben.

»Ich habe ihn nur gefragt, ob er sich nicht auch einen anderen Studentenjob vorstellen kann. Davon gibt es mittlerweile wohl genug. Und eine Alternative habe ich ihm auch gleich genannt.«

»Du hast ihm vorgeschlagen, sich als Aushilfe in einer Thanatologie zu bewerben, weil er da definitiv keinen Kontakt zu Menschen hat. Also zumindest nicht mit lebenden. Und du hast das eine Win-win-Situation genannt.«

Greta verdreht die Augen und verschränkt jetzt die Arme vor der Brust, während sie die Hüfte an den bereits ausgeräumten Buffetschrank stemmt, den Vincent in derselben Farbe streichen wird wie die Küchenschränke.

»Ja, und was ist das Andererseits?«

Vincent sieht sie an, weil er keine Ahnung hat, worauf sie hinauswill. Weil sich Gespräche mit ihr wie ein Wollknäuel anfühlen, dessen Anfang und Ende er nicht finden kann.

»Na, du hast gesagt, dass ich *einerseits* alle Leute verprelle. Was ich übrigens nicht tue, aber dazu später mehr. Also muss es ja auch ein *andererseits* geben.«

»Ach so.« Vincent kratzt sich am Kopf. Das *andererseits* hat er noch nicht recht bedacht. Aber jetzt, wo er das tut, fällt es ihm sofort ein, ist ihm dann aber doch zu unangenehm. Er schüttelt den Kopf und widmet sich wieder seiner Arbeit. »Tut mir leid. Ich weiß gar nicht, warum ich das alles überhaupt gesagt habe. Das geht mich nichts an, wirklich. Ignorier's einfach, okay?«

Greta lächelt schief und beobachtet, wie Vincent einen weiteren Umzugskarton faltet.

»Deinen Anstand in allen Ehren. Aber so schnell kommst du mir nicht davon. Los, rück raus! Was ist das andererseits? Und nein, ich werde nicht beleidigt sein.«

Vincent hat keine Lust, das Gespräch fortzuführen. Sie haben genug zu tun. Und überhaupt – was Greta mit ihrem Leben macht, geht ihn nichts, aber auch gar nichts an. Doch dann nimmt Greta ihm die Vase aus der Hand, die er gerade in Papier einwickelt, und hebt die Brauen.

»*Andererseits?*«, fragt sie noch einmal und verschränkt die Arme wieder. Vincent atmet aus.

»Na ja, also andererseits scharst du alle möglichen Gestalten um dich. Mich eingeschlossen. Und diesen Kurt. Und deinen ... was auch immer dieser Boje für dich ist. Abgesehen von deiner Verwandtschaft, dem Dackel und der Schildkröte. Und jetzt möchtest du eben auch noch zur Gräfin rüber.«

Obwohl sie versprochen hat, nicht beleidigt zu sein, ist Gretas Mund zu einem sehr schmalen, sehr angespannten Strich geworden. Als sei sie es nicht gewohnt, auf ihr doch sehr auffälliges Verhalten aufmerksam gemacht zu werden. Er hätte nicht antworten sollen.

»Sorry, aber meine Freunde und Verwandten als Gestalten zu bezeichnen, ist ja wohl echt eine Frechheit. Wir sind alle völlig normal! Völlig normal!«

Gerade als Vincent sich entschuldigen und betonen will, dass er sich ja selbst mit eingeschlossen hat, kommt der Dackel in die Küche gerannt. Er trägt ein Hotdog-Kostüm, setzt sich auf den Boden zwischen Greta und Vincent und sieht vom einen zum anderen. Greta verdreht die Augen, als Vincent grinsen muss.

»Ganz normal also?«, fragt er und neigt sich langsam zu dem Tier runter, das mit für den Körper viel zu großen Pfoten am Hosenbein seiner teuren Armani-Jeans gräbt. Und ihn daran erinnert, dass er unbedingt dem Anlass entsprechende Kleidung benötigt. Greta lehnt sich indes ebenfalls nach unten und streichelt die Augen verdrehend über das Kostüm des Hundes. »Das war im Angebot«, murmelt sie. Und mit Erleichterung sieht Vincent, dass auch sie bei dem Anblick des Hotdogs lachen muss.

14

*K*ühe haben beste Freunde.«

Vincent dreht sich nach rechts und legt sich sein Kissen übers Gesicht. Sein Hirn braucht mehrere Anläufe, um zu verstehen, dass ihm da gerade jemand etwas ins Ohr geflüstert hat. *Kühe haben beste Freunde.* Was? Und: Wer? In einer einzigen Bewegung wirft er das Kissen vom Kopf, dreht er sich zur Seite und springt fast in eine sitzende Position.

Vor ihm sitzt ein kleines Mädchen. Er hat keine Ahnung, wie alt es ist, allerdings sieht es nicht mehr wie ein Kindergartenkind aus. Aber was weiß er schon. Und überhaupt: Viel relevanter ist, was das Kind an diesem Morgen in Gretas ehemaligem Kinderzimmer macht. Sie steht einfach da vor seinem Bett, während ein winziges bisschen Sonne auf ihren dunklen Lockenkopf scheint. Und auf das dunkelgrüne Glitzerkleid, das sie trägt.

»Wer ... Also, wer bist du denn?«

Das Mädchen sieht ihn an, und seine dunkelbraunen großen Augen sehen vollends unbeeindruckt aus, als es sich ans andere Ende des Einzelbetts setzt und sich einen Teil seiner Decke über die Beine zieht.

»Matilda.«

»Okay, und weiter?«

Zwischen den Brauen des Mädchens formt sich eine Falte. »Warum willst du das wissen?« Jetzt verengt sie auch noch die Augen. So, als hätte er eine übergriffige Frage gestellt. Was höchst seltsam ist angesichts der Tatsache, dass sie sich definitiv noch nie getroffen haben und sie gerade mit ihm unter einer Bettdecke liegt. Vincent reibt sich den Schlaf aus den Augen und schüttelt den Kopf.

»Hör mal, wir kennen uns nicht, du und ich. Und da ist es doch naheliegend, dass du mir mal kurz erklärst, was du hier machst und wer du überhaupt bist.«

»Ich bin Matilda.«

»Äh ja, das hatten wir schon geklärt. Und das andere? Also, was du hier machst?«

»Ich bin zu Besuch.«

»Okay. Bei Greta, schätze ich mal?«

Das Mädchen nickt, und Vincent sieht, dass es sehr große, sehr funkelnde Ohrringe in der Farbe seines Kleides trägt. Eine eher mutige Entscheidung an einem Samstagmorgen. Andererseits ist sie einer von Gretas Gästen. So weit hergeholt ist das dann also doch nicht.

»Ja genau. Greta ist die Cousine von meinem Papa.«

»Ah, okay. Und dein Papa ist … Alex?«

»Quatsch.« Das Mädchen schüttelt den Kopf und kichert. »Das ist der Mann von meiner Tante Maya. Mein Papa heißt Toni und ist der Zwillingsbruder von Maya.«

»Oh, okay. Und wo ist Greta jetzt?«

»Schläft noch.«

Das Mädchen mit den dunklen Locken erfühlt Dackel Leah unter Vincents Bettdecke und zieht ihn auf ihren Schoß. Dass der sich schon wieder in sein Bett gestohlen hat, hatte er gar nicht bemerkt. Vincent überlegt. Gestern Abend war das Kind definitiv noch nicht da. Wie kann es also sein, dass … Er greift nach seinem Handy auf dem Nachttisch und blickt auf das Display … Wie kann es sein, dass dieses Kind hier um sieben Uhr morgens auftaucht?

»Aha«, sagt er und legt das Handy wieder weg. »Und was machst du hier?«

Matilda drückt dem Dackel einen Kuss auf die Schnauze, dann einen weiteren.

»Papa hat mich gestern Abend ganz spät noch hierhergefahren. Mama ist krank. Und da musste Papa sie ins Krankenhaus fahren.«

Vincent hebt die Brauen. »Oh. Das tut mir leid.«

Sie nickt, ist aber weiterhin sehr beschäftigt damit, den Dackel zu küssen. Trotzdem sieht sie besorgt aus, weshalb Vincent lieber das Thema wechselt.

»Du scheinst ja schon ganz schön früh aufgestanden zu sein.« Sie sieht ihn an.

»Nein«, sagt sie und schüttelt die Locken.

»Nicht?«, fragt Vincent zurück und zeigt auf ihr Kleid. »Du bist ja sogar schon angezogen.«

Das Kind sieht an sich herunter. »Ach das. Nee. Schlafanzüge zerquetschen alle meine Ideen. Ich habe sogar unter den Kniekehlen Schubladen mit Ideen, weißt du?«

Sie sieht sehr ernst aus, als sie das sagt.

»Okay, ich verstehe.« Vincent hofft, dass er sein Lächeln unterdrücken kann. Dann fallen ihm die Worte ein, die sie ihm vorhin ins Ohr geflüstert hat. Er fragt, was sie damit gemeint habe.

»Na, dass Kühe beste Freunde haben!«

»Ja, das hast du schon gesagt. Aber was meinst du denn damit?«

»Wie, was ich meine? Das, was ich gesagt habe, halt.« Sie hebt die Schultern und zeigt dann mit dem Daumen in die Richtung, in der sich Gretas Schlafzimmer befindet.

»Das hat meine Lehrerin letzte Woche erzählt, und weil Tante Greta noch geschlafen hat, hab ich das gerade gegoogelt und gelesen, dass das stimmt. Ist das nicht toll? Kühe können ihre Freunde sogar auf Fotos erkennen.«

Vincent lächelt. »Das ist wirklich ziemlich toll.«

»Finde ich auch. Und ich habe Hunger.«

Vincent ist ein bisschen überrascht ob des zügigen thematischen Wandels, fügt sich aber und steht auf. Er zieht sich die weiche graue Jogginghose und ein weißes T-Shirt an und geht mit Matilda und Dackel Leah runter in die Küche. Als sie an Gretas Schlafzimmer vorbeigehen, liegt sie auf dem Bauch, den Kopf halb unter einem

Kissen, die Haare wie ein riesiger, verwuschelter Fächer um Kopf und Oberkörper. Als ein Grunzen aus dem Zimmer zu hören ist, müssen Matilda und Vincent lachen.

»Tante Greta ist ein Grunzeschnarcher«, sagt sie, als sie die alte dunkle Holztreppe runterlaufen, und hüpft die letzte Stufe hinunter.

Als sie den ersten Schritt in die Küche getan hat, bleibt sie stehen.

»Wow!« Sie dreht sich einmal im Kreis und öffnet theatralisch groß den kleinen Mund. »Hast du das gemacht?«

Vincent lacht und nickt und betrachtet selbst sein fast fertiges Werk.

Zwei Wochen harte handwerkliche Arbeit haben sich gelohnt. Während dieser zwei Wochen ist er über sich hinausgewachsen. Hat geschliffen, gestrichen, verputzt, gesägt und alles aus diesem Raum herausgeholt, was er dank den vielen, vielen YouTube-Tutorials konnte. Und zwar ohne jegliche Katastrophen. Was sich wie ein Wunder anfühlt. Klar war er nicht völlig ahnungslos.

Doch dass er tatsächlich allein einen alten Holzboden abschleifen, Lampen ab- und wieder anschließen und Küchenschränke mit einer solchen Perfektion streichen würde können – das hätte er sich niemals zugetraut. Auch die Tapeten sind in der Zwischenzeit mit viel Mühe und Schweiß von den extrem hohen Wänden gekratzt, verputzt und mit dem schönsten, wärmsten Weiß gestrichen, das der Baumarkt hergab.

Ja, die Küche ist perfekt. Mit dem seidig matten Weiß-Taupe der frisch gestrichenen Fronten, der goldenen Mischbatterie, dem aufgearbeiteten, kühlen Eichenparkett und der Arbeitsplatte aus Quarzid und in Marmoroptik, die die Küchenbauer vor einigen Tagen angebracht und die dem Raum den letzten Schliff gegeben haben.

Oh, und sein Lieblingsstück: Die mobile Mobile Kücheninsel, auf die er dieselbe Quarzid-Platte montierte und vor die er drei Barhocker stellte, die er im Keller des Hauses gefunden hatte. Zusammen mit zahllosen weiteren antiken Möbelschätzen, die er im Lauf der nächsten Wochen restaurieren und im Rest des Hauses verteilen würde. Die Hocker sind jetzt in einem hellen Salbeigrün gestrichen.

»Oh, und das da!« Matilda zeigt auf den riesigen Kronleuchter. Angesichts ihres Outfits wundert es Vincent nicht, dass er ihr gefällt. Wobei auch er in der Zwischenzeit zugeben muss, dass die Lampe bestens ins Ambiente passt.

Matilda setzt sich auf einen Hocker der Kücheninsel und sieht ihn an.

»Machst du mir Pfannkuchen? Und Kakao?«

Vincent, der gerade Kaffeepulver in die gusseiserne Kanne löffelt, dreht sich zu ihr um und neigt den Kopf ein wenig. Er zieht die Nase kraus. »Also, um ehrlich zu sein: Ich habe noch nie Pfannkuchen gemacht.«

Matilda nickt. »Das ist nicht schlimm. Wenn Google das mit den Kühen weiß, dann weiß er auch das.«

Vincent muss wieder lachen und stimmt zu.

Und tatsächlich, nach etwa einer halben Stunde hängt in der Luft der Küche nicht mehr nur der Duft nach Lack und Farbe. Sondern auch der nach frischen Pfannkuchen. Vincent wischt über die Ceranfeldplatte, bei der er noch immer nicht glauben kann, dass sie bereits zehn Jahre alt ist, und setzt sich dann zu Matilda an die Bar. Die beiden stoßen mit Kaffee- und Kakaotasse an und beißen in die Pfannkuchen, die Vincent dick mit Himbeermarmelade bestrichen hat.

»Ist das dein Beruf?«, fragt Matilda nach einer Weile mit vollem Mund.

»Was?«

»Na, Häuser schön machen.«

Vincent seufzt.

Die Arbeit, das Bangen und Tun und Planen sind während der letzten Zeit seine Rettung gewesen. Er hat kaum an Katharina und die Firma gedacht. Und was noch wichtiger ist: Der Strudel ist nicht zurückgekommen. Nicht ein einziges Mal ist er ganz hinten am Ende des Zimmers unter dem Dach aufgetaucht, um ihn zu sich zu ziehen. Nicht einmal nachts, wenn er in dem engen Bett liegt und sich das Licht des Mondes fast zwischen den Bäumen vor dem Fenster verliert und nur eine kleine Hoffnung Licht ins Zimmer lässt. Dafür ist er meist viel zu müde.

Deshalb ist er nicht gerade glücklich über Matildas Frage.

»Nee. Aber irgendwie mache ich was ganz Ähnliches.«

Matilda verdrückt den letzten Rest Pfannkuchen und dreht sich zu Vincent.

»Erzähl!«, sagt sie und wirkt dabei ein bisschen wie eine Erwachsene.

»Na ja, also, ich helfe Leuten, die ein Geschäft haben, das nicht so gut läuft, dass es wieder ... na ja, dass es wieder gut läuft. Dass sie wieder mehr von den Sachen verkaufen, die sie herstellen.«

»Und warum verkaufen die die Sachen nicht mehr?«

»Oh, also da gibt es ganz schön viele Gründe. Auf jeden Fall schaue ich mir an, wie sie arbeiten, und ganz viele andere Sachen auch. Und dann sage ich ihnen, was sie anders machen müssen, damit sie wieder Geld verdienen und ihre Mitarbeiter ihren Job nicht verlieren.«

Manchmal sorge ich aber auch genau dafür, fügt er in Gedanken hinzu. Aber das will er Matilda gerade nicht sagen, weil er offensichtlich in ihrer Gunst steht und er die irgendwie nicht verlieren will.

»Okay, das macht bestimmt Spaß. Ich will mal Bücher schreiben, so wie Tante Greta.«

»Wegen der vielen Ideen in den Schubladen unter deinen Kniekehlen?«, fragt Vincent, und das Mädchen strahlt ihn an.

»Genau!«

Dann erzählt sie von ihren Ideen, doch Vincent hört nur mit halbem Ohr zu. Er hat Greta noch nicht einmal nach dem Buch gefragt, das sie schreibt. Na ja, und bisher hat er sie auch nicht schreiben sehen. Das Ganze scheint ein etwas heikles Thema zu sein, deshalb weiß er nicht, ob er sie darauf ansprechen sollte. Obwohl ihn das ja eigentlich nichts angeht.

»Guten Morgen, liebster Vincent und noch viel liebstere kleine Matilda-Prinzessin.«

Greta betritt die Küche, holt sich eine Tasse aus dem Schrank und geht direkt auf die gusseiserne Kaffeekanne auf dem Herd zu. Dann hält sie inne.

»Hast du Pfannkuchen gemacht?« Sie sieht von dem noch immer halb vollen Teller zu Vincent. Er nickt.

»Hier ist Marmelade, und ich empfehle dir, eine ordentliche Portion draufzugeben. Dann schmecken die Pfannkuchen am besten.«

»Ein Pfannkuchenexperte also«, sagt Greta und nickt anerkennend. »Na, dann lass mal sehen.«

Sie bestreicht den Pfannkuchen, beißt rein und schließt die Augen. »Mmh. Zehn von zehn Punkten! Okay, also, das schreit ja wohl nach einer Wiederholung. Ab jetzt ist jeden Samstag Pfannkuchenfrühstücksamstag.«

»Hurra!«, ruft Matilda, obwohl Vincent bezweifelt, dass sie jeden Samstag hier sein wird. Trotzdem klatscht er in die High-Five-Hand, die das Mädchen ihm hinhält.

»Vielleicht sollten wir nach dem Frühstück der Gräfin einen rüberbringen«, überlegt Greta, und Vincent beschließt, nicht darauf einzugehen. Denn mit der zugegeben wunderbaren Matilda ist sein Kontingent an neuen Bekanntschaften für den Tag mehr als erfüllt.

Nach dem Frühstück ist Matilda in Vincents Schlafzimmer gegangen, um mit den Spielsachen dort zu spielen. Vincent und Greta sitzen an dem großen Esstisch und betrachten gemeinsam Vincents Liste. »Oder vielleicht Kurt. Der ist anscheinend immer noch sauer, weil ich ihm bis auf Weiteres verboten habe, hier immer wieder aufzutauchen. Nicht dass du noch einen Infarkt bekommst.«

Sie zwinkert Vincent zu.

»Also eigentlich wären wir dann so weit mit der Küche.« Vincent lehnt sich zurück und betrachtet noch einmal sein Meisterwerk. Na ja, nicht nur seines. Viele Male haben er und Greta auch Schulter an Schulter gearbeitet. Zu seiner Überraschung sind sie ein gutes Team. Klar schüttet Greta ihre Persönlichkeit über ihm aus wie einen großen Eimer mit kaltem Zitronenwasser. Außerdem hat sie keinerlei Gespür dafür, wann es besser ist, einfach mal nichts zu sagen.

Gleichzeitig kann Vincent nicht bestreiten, ihren Robotertanz mit zwei Schraubenschlüsseln in der Hand und dem Radio auf voller Lautstärke nicht genossen zu haben. Außerdem ist da eine stetige Geduld und Zuversicht, die Vincent zwar nicht verstehen kann, die ihm aber gefällt, auch wenn er das Greta niemals sagen würde. Selbst als Dackel Leah, die ihren Besuch auf unbestimmte Zeit verlängert hat, weil die Übelkeit von Gretas schwangerer Cousine Maya noch schlimmer geworden ist, mitten in die Farbwanne mit der cremeweißen Wandfarbe trat und den frisch aufgearbeiteten Parkettboden mit Pfotenabdrücken schmückte.

Vor allem aber kümmert sie sich um Vincent. *Kümmern.* Er schüttelt sich bei dem Gedanken. Anfangs fand er das entsprechend befremdlich. Weil sich noch nie jemand um ihn *gekümmert* hat. Und er nicht behaupten kann, dass er das vermisst hätte. Viele seiner Kommilitonen hatten mit den Augen gerollt, wenn ihre Eltern sie anriefen, um einen Termin für ihren nächsten Besuch bei ihnen auszumachen. Und in solchen Momenten war er sogar froh gewesen, dass sein Vater sich höchstens alle zwei Monate mal meldete. Wobei Vincent vermutete, dass er das nur tat, weil es auf seiner To-do-Liste stand. Falls er so etwas überhaupt hatte.

Diese Gespräche waren kurz und davon geprägt, dass der Vater sich über irgendeinen Missstand in der Anmeldestelle beschwerte. Über einen Kollegen, der ständig krank war, oder einen anderen, der es nicht schaffte, auch mal die Kaffeemaschine sauber zu machen. Sein Leben war das alte geblieben, während Vincent nicht nur im Studium brillierte, sondern auch ab und an in einem kleinen Schreinerbetrieb in Potsdam aushalf. Doch dafür interessierte sich der Vater nicht. Sondern er betonte nur seine Sorge, dass sich dadurch Vincents Studiendauer verlängern könnte.

Deshalb fand Vincent es die erste Woche ganz schön befremdlich, dass Greta ihm jeden Morgen eine Schüssel Haferflocken in die Hand drückte. Oder wie sie gleich am ersten Tag, als Vincent die Küchenmöbel abmontiert hatte, einen riesigen Berg Lieferprospekte der unterschiedlichsten Restaurants auf den Tisch knallte und die Verpflegung der nächsten Wochen für sie beide durchplante. Am ersten Tag bestellte sie beim Vietnamesen.

»Ist das dein Ernst?«, fragte Vincent und öffnete den Deckel der Schüssel, in der sich eine köstlich duftende Suppe befand.

»Oh, Mist, magst du etwa keine Pho?«, fragte sie, brach die Essstäbchen in der Mitte durch und versenkte sie in der orangeroten Brühe.

»Na klar mag ich Pho.«

»Also was ist dann? Warum schaust du so?«

Vincent griff ebenfalls nach den Essstäbchen und sah Greta an. Hatte sie das tatsächlich nicht bewusst getan? Vietnamesisches Essen bestellt. Sie war nicht der subtile Typ, und würde sie etwas über ihn und seine Herkunft wissen wollen, hätte sie bestimmt einfach gefragt. Andererseits kannten sie einander noch nicht gut genug, um sicher zu sein, ob da nicht doch ein bisschen politische Korrektheit vorhanden war in ihr. Die sie von einer direkten Frage abhielt.

»Na ja, also ich komme nicht umhin zu vermuten, dass du vielleicht irgendwelche Rückschlüsse auf meine Herkunft gezogen hast ...« Okay, jetzt, wo er es laut aussprach, hörte es sich wirklich an den Haaren herbeigezogen an. Deshalb konnte er auch verstehen, dass sie ihre Essstäbchen auf den Tisch warf, die Arme vor der Brust verschränkte und mehrmals den Kopf schüttelte, um ihre Empörung auszudrücken.

»Sorry, aber ich muss die Frage zurückspielen: Ist das dein Ernst? Ich habe also vietnamesisches Essen bestellt, um ... was genau zu tun? Deine Herkunft zu würdigen, oder was? So wie ich das verstanden habe, kommst du aus Dresden. Deshalb wäre eine Eierschecke wahrscheinlich naheliegender gewesen, meinst du nicht? Und wenn du wissen willst, warum ich vietnamesisches Essen bestellt habe, ist die einfache Antwort, dass ich vietnamesisches Essen liebe. Und weil ich das Gefühl habe, dass dir ein bisschen Essensliebe auch guttun könnte. Außerdem kenne ich Minh schon, seit ich ein Kind war. Und er mich. Und meine Eltern. Die zwei wirklich sozial unverträgliche Menschen sind, aber definitiv vernünftig genug waren, keine Rassistin heranzuziehen, wenn man ihnen überhaupt zusprechen kann, irgendwas an mir erzogen haben.«

Sie war wütend. Ehrlich und aufrichtig empört. Vincent kniff die Augen zusammen und spürte, wie ihm die Scham einmal heiß und feucht den Rücken runtersauste.

»Sorry, echt.« Er schüttelte den Kopf und fuhr sich mit der Hand über den Nasenrücken. »Ich glaube, ich bin einfach ein bisschen dünnhäutig, wegen ... na ja, wegen allem.«

Sie schwieg und sah ihn an. Was äußerst unangenehm war. Dann kratzte sich Greta am Kopf und ging zu dem neuen cremefarbenen Kühlschrank von SMEG. Den hatten sie vor einigen Tagen in einem Hinterzimmer einer Art Nachtclub in Tempelhof abgeholt. Und Vincent war nicht ganz sicher, ob es sich dabei nicht um Diebesgut handelte. Sie holte ein Bier daraus hervor und stellte zwei geöffnete Flaschen zwischen sie. Ein bisschen schüchtern sah dieses Lächeln aus – und irgendwie schön.

»Ich hab das wirklich nicht deshalb bestellt.« Sie schenkte ihnen beiden einen Schluck Bier ein und griff nach ihrem Glas. »Aber entschuldigen musst du dich nicht. Ist ja klar, dass man so was denkt, wenn man … na ja … bestimmte Erfahrungen gemacht hat. Gott, wenn ich so drüber nachdenke, hast du die ja sogar hier gemacht. Mit Boje.«

Vincent erinnerte sich an die Frage dieses Boje. *Nein, woher kommen deine Eltern, meine ich.*

»Wo ist der überhaupt? Also, dieser Boje?«

Und wer, fügt er nur in Gedanken hinzu, weil er nicht sicher ist, ob ihm die Antwort gefallen wird. Greta trank einen Schluck Bier, lehnte sich auf ihrem Stuhl zurück und zog die Beine an.

»Irgendwo in Ligurien. Er meinte, dass er sich erst mal ordentlich den Wind durch sein volles Hirn blasen lassen müsse nach all der Arbeit.«

Vincent brachte es kaum über sich, nicht die Augen zu verdrehen. Was für ein Idiot. Eigentlich hätte er das gerne laut ausgesprochen. Andererseits war die Stimmung zwischen ihnen beiden gerade wirklich nicht schlecht. Deshalb schwieg er, nickte und griff nach dem Bier vor sich. Sie hatte anscheinend auch keine Lust, weiter über Boje zu sprechen. Denn noch während sie sich eine riesige Portion Nudeln mit Tofu in den Mund schob, sprach sie weiter. »Aber, um noch mal auf das vorherige Thema zurückzukommen … Ah, heiß, warte, ich muss erst was trinken.« Sie hob die Flasche an die Lippen und wischte sich dann mit der Hand über den Mund. »Ich bin eh der Meinung, dass Menschen besser ohne Form aufgehoben wären. Also ohne Körperformen und Farben und den ganzen anderen Scheiß.«

Da musste Vincent lachen und stellte seine Flasche ab, bevor ihm das Bier noch aus der Nase laufen konnte.

»Was lachst du so? Ich mein das völlig ernst. Schau mal Leah an. Der ist es völlig egal, ob ein Artgenosse lang, kurz, schwarz oder weiß ist.«

»Ich versteh schon, was du meinst. Deshalb lache ich auch nicht.« Vincent schüttelte den Kopf und wischte sich mit einer Papierserviette den Mund ab. »Ich habe nur oft einen ganz ähnlichen Gedanken. Also, dass es womöglich besser wäre, hätten wir so was wie eine gasförmige Konsistenz oder, keine Ahnung, zumindest etwas weniger Konkretes als einen Körper oder ein Gesicht. Weniger Ablenkung vom Wesentlichen.«

»Und weniger Arschlöcher, denen man auf den Leim gehen würde«, fügte Greta hinzu.

Sie stießen die Flaschen aneinander und sahen sich eine Weile an. Und plötzlich war Vincent doch froh, dass Greta eine Form hatte. Noch dazu eine so … ihm fiel nur das Wort *reizend* ein. Ja, sie war reizend. Irgendwie. Bis sie nieste und eine Nudel aus ihrer Nase direkt in die Mitte des Tisches katapultierte. Worüber sie sich etwa zehn Minuten lang kaputtlachte.

»Erde an Vincent.« Greta wedelt mit der Hand vor Vincents Gesicht, und der zwinkert mehrmals.

»Sorry, ich war kurz in Gedanken.« Vincent kratzt sich am Kopf.

»Das habe ich gemerkt. Deshalb noch mal: Irgendwas fehlt hier noch.«

»Was meinst du denn?« Vincent kann hören, dass sich seine Stimme ein klein wenig panisch anhört.

»Na, hier in der Küche.« Greta zeigt auf die taupefarbenen Küchenmöbel und die Gruppe der Esszimmermöbel. »Ich will ja, dass eine Familie hier zusammensitzt oder kocht oder, keine Ahnung, einfach Zeit hier verbringt. Und obwohl die Küche echt schön aussieht und gemütlich, fehlt irgendwie noch ... wie soll ich das ausdrücken ... ein bisschen das Ümpf.«

»Das Ümpf?« Vincent sieht Greta an.

»Genau, das Ümpf. Damit meine ich das gewisse Extra. Irgendwas, das hippe, coole Familie schreit.«

»Na, das sind ja sehr konkrete Wünsche«, sagt Vincent und trinkt einen Schluck Kaffee aus der Rainer-Tasse.

»Ich weiß, ich weiß.« Greta zeigt auf den alten massiven Holztisch, den Vincent abgebeizt und neu lackiert hat. Da ihr Budget für neue Stühle nicht reichte, schliff er einfach die vorhandene Sammlung unterschiedlicher Modelle ab und malte sie in unterschiedlichen Pastelltönen an. »So was wie die Idee mit den Stühlen. Irgendwas Freches, Lustiges. Ein Ümpf eben.«

»Ein Ümpf also«, antwortet Vincent und nickt langsam. »Okay, ich überleg mir was.«

Greta lächelt. »Super.«

»Aber eine Frage habe ich noch, und das hat gar nichts mit dem Umbau zu tun und geht mich eigentlich auch gar nichts an ...«

Greta sieht Vincent an und hebt die Brauen.

Er zeigt mit dem Zeigefinger auf die Decke, spricht leiser weiter. »Was ist denn mit Matildas Mutter?«

Greta zwinkert mehrmals, dann versteht sie. »Ach so, Frieda geht es nicht so gut. Seit ein paar Monaten hat sie immerzu diese Kopfschmerzen, und gestern Abend war es so schlimm, dass mein Cousin Toni sie ins Krankenhaus fahren musste. Toni ist Mayas Bruder. Du weißt schon, die du am ersten Tag in meinem Taxi kennengelernt hast.«

»Ich weiß schon.« Vincent nickt. »Und wird Matilda jetzt auch hier wohnen?«

»Was? Nein! Ah, du solltest dein Gesicht sehen. Nein, keine

Angst, Frieda und Toni waren gegen Mitternacht schon wieder zu Hause. Aber ich fand, dass Matilda lieber weiterschlafen soll. Deshalb noch mal: Keine Angst, wir sind erst mal vollzählig.«

»So war das gar nicht gemeint«, sagt Vincent. Denn obwohl er das Gefühl hat, bereits mehr als genug Bekanntschaften in diesem Haus gemacht zu haben, würde es ihm tatsächlich nichts ausmachen, würde Matilda bleiben. Interessant.

»Ach Mensch, Vincent. Jetzt bist du doch schon wieder in Gedanken versunken. Also noch mal: Ich bringe Matilda heute Nachmittag wieder nach Hause. Aber vorher müssen wir alle mal einen Moment an die Luft. Es hat«, sie greift nach dem Handy, das auf dem Esstisch liegt, »zwanzig Grad, und der Dackel ist bestimmt dankbar für ein bisschen Bewegung. Na ja, und Matilda auch. Das arme Kind hat mir heute Morgen im Halbschlaf irgendwas über Kühe erzählt. Keine Ahnung, was da los war ...«

Vincent nickt und kommt nicht um ein breites, aufrichtiges Lächeln herum.

»Kühe haben beste Freunde«, sagt er und fühlt, dass auch er gerade so etwas wie eine Freundin hat. Vielleicht sogar zwei. Eine große und eine kleine. Und zwar das erste Mal seit Langem.

15

Leah, friss das nicht, du Schweinchen.« Greta zieht an der Leine des Dackels. Der ist gerade dabei, eine alte Döner-Verpackung auseinanderzureißen, die er auf dem Spielplatz gefunden hat, auf den Matilda sie gezerrt hat. Jetzt sitzen Vincent und Greta auf einer Bank und schauen dem Mädchen beim Schaukeln zu. Ein schöner Spielplatz ist das, denkt Vincent und betrachtet den großen Kletterturm, die Schaukeln und die breite Metallrutsche, auf der gleich mehrere Kinder gleichzeitig kichernd herunterrutschen.

Greta steht auf und versucht, den Dackel hochzuheben. Der jedoch verbeißt sich nur noch mehr in die Tüte. Leah hat eindeutig einen Schatz gefunden und ist bereit, ihn mit allen Mitteln zu verteidigen. Also steht Vincent auf und geht neben dem Dackel in die Knie.

»Leah, Leah komm!« Vincent holt die Leckerli-Box aus der Tasche seiner grauen Jogginghose. Die Dackeldame gehorcht, lässt die Verpackung los und setzt sich vor ihm auf den Boden. Er lehnt sich hinunter, gibt ihr einen kleinen Kaustreifen und lobt den schwanzwedelnden Hund.

»Was ist denn mit dir los?« Greta starrt Vincent an. »Vor zwei Wochen hast du dir fast in die Hosen gemacht, als Leah dich nur angesehen hat, und jetzt bist du plötzlich ein Hundeflüsterer?«

»Kein Hundeflüsterer.« Vincent nimmt Leah auf den Arm, setzt sich wieder auf die Bank und den Dackel auf seinen Schoß. »Aber wenn wir schon so eng zusammenleben, will ich mich schon ein bisschen auskennen.«

»Ein bisschen auskennen ... soso.« Greta hebt eine Braue. »Liegt es vielleicht auch im Rahmen des Möglichen, dass du, lieber Vincent, den Dackel einfach magst?«

Vincent verdreht die Augen. »Ja, okay. Ich mag den Dackel.«

Greta lacht und streichelt Leah über den Kopf, und auch Vincent muss grinsen und fühlt sich durch und durch gut. Es ist wunderbares Wetter, und als er am anderen Ende des Spielplatzes einen kleinen Kiosk entdeckt, beschließt er, einen Kaffee für sich und Greta zu kaufen.

»Eis!«, schreit Matilda, sobald ihr klar wird, in welche Richtung Vincent steuert. Der salutiert und ist froh, neben der Leckerli-Box auch an seinen Geldbeutel gedacht zu haben. Denn am Stand riecht es nicht nur ganz hervorragend nach Kaffee. In der kleinen Auslage liegen auch frisch gebackene Zimtschnecken, von denen Vincent zwei bestellt.

Mit Dackel, zwei Kaffees, Zimtschnecken und Eis beladen, will er zurück zur Bank laufen, als eine Stimme die Luft und direkt danach Vincents Herz durchschneidet.

»Winnie?«

Vor ihm steht Katharina. Sie trägt eine helle, weite Bluse über einer schwarzen Skinny-Jeans, dazu rotbraune Mokassins und eine große Sonnenbrille, die sie jetzt abnimmt. Was Vincent schockt. Also, nicht ihr Outfit. Sondern, was sie hinter der Brille verborgen hat. Denn sie sieht schrecklich aus. Unter den Augen sind dicke, dunkle Tränensäcke, Lippen und Mundwinkel sind trocken und gerötet, und ihr rechtes Auge scheint leicht entzündet zu sein.

Vincent hat keine Ahnung, was er sagen soll. Warum spricht sie ihn überhaupt an? Warum ist sie nicht geflüchtet, wie jeder normale Mensch es getan hätte? Er möchte Wut fühlen und Katharina etwas Schnippisches entgegnen, denn das wäre angebracht. Gleichzeitig merkt er, dass er einfach nur wegwill.

Trotz des müden Aussehens scheint Katharina ganz und gar nicht unangenehm berührt. Eher ... verärgert?

»Was machst du denn hier?«, fragt sie und sieht sich um. Dann wandert ihr Blick von den vielen Sachen in seiner Hand über sein weißes T-Shirt mit V-Ausschnitt, die graue Jogginghose und runter zu Leah.» Wie bist du denn angezogen und … und was ist das bitte?«

Vincent überlegt. »Äh … ein Dackel.«

»Das sehe ich, verdammt«, zischt Katharina. »Was ich mich frage, ist, was du mit einem Dackel auf unserem Spielplatz machst.«

»*Unser* Spielplatz?« Vincent versucht, zumindest ein klein wenig bestimmt zu klingen.

»Ja, unser Spielplatz. Wir wohnen drei Straßen weiter. Wie du ja schon weißt.« Sie verengt die Augen, und Vincent wird ein bisschen schlecht bei dem, was der Satz insinuiert.

»Wir auch«, antwortet Vincent, und Katharinas Brauen schießen nach oben. Noch bevor sie nachfragen kann, steht Greta neben Vincent.

»Soll ich dir was abnehmen?«, fragt sie, sieht dabei aber zu Katharina, nicht zu ihm. Die erwidert Gretas Blick.

Der Kontrast zwischen den beiden Frauen könnte wirklich kaum größer sein. Katharina in Beige und Braun, Greta in … na ja, eigentlich hat ihr gebatiktes T-Shirt so ziemlich alle Farben des Regenbogens. Der wadenlange Faltenrock ist froschgrün und ein doch gewagtes Statement zu dem roten Haar, das sie heute in einem geflochtenen Kranz um den Kopf trägt. Ihre abgenutzten Chucks zeigen Katharinas Mokassins den Mittelfinger. Ziemlich abgefahren sieht sie aus, hat Vincent gedacht, als sie vorhin in der Villa zur Haustür kam und sie losgingen. Und irgendwie ziemlich, ziemlich cool. Doch jetzt weiß er nicht, was er fühlt. Jetzt ist ihm die Situation einfach nur unangenehm. Seine eigene Aufmachung, dass er hier ist auf dem Spielplatz so nah an Katharinas Zuhause. Wenn Greta jetzt nur nichts Falsches sa…

»Der Dackel kackt gleich auf deine Schuhe.«

»Igitt«, Katharina quietscht und zieht einen der sicher sündhaft teuren Mokassins zurück und rettet das weiche Leder damit vor dem Tod durch Dackelkot. »Das ist ja ekelhaft.«

Vincent merkt, wie er trotz allem grinsen muss, während Greta das Häufchen entfernt.

Katharina sieht ihn an, den Mund geöffnet und die Augen wieder verengt, während sie einen Schritt auf ihn zugeht.

»Lachst du etwa?«

»Ich?«, fragt Vincent. »Überhaupt nicht.«

Dabei tut er genau das, und seine Augen treffen auf Gretas, die auch ein wenig schmunzelt. Katharina verfolgt den Austausch und betrachtet Greta von oben bis unten.

»Irgendwoher kenne ich Sie doch?«

Greta legt den Kopf schief und sieht aufrichtig erstaunt aus. »Mich? Kann nicht sein. Also ich kann mich nicht erinnern …«

Doch weiter kommt sie nicht. Denn plötzlich ertönt ein großes Geschrei, und Dackeldame Leah zieht wie verrückt an der Leine in Richtung einer Mini-Menschenmenge. *Mini*, nicht weil die Menge an sich klein ist. Sondern weil sie ausschließlich aus Kindern besteht, die um zwei Mädchen herumstehen, die sich immer wieder schubsen.

»Matilda!«, ruft Greta und läuft mitten in die Gruppe. Und bevor Vincent überhaupt etwas begreifen kann, ist auch Katharina mitten im Getümmel und greift nach dem Arm des größeren Mädchens, das gerade noch Teil des Geschubses war. Matilda war der andere Teil und reibt sich mit dem Ärmel des Glitzerkleids über ihre laufende sandige Nase. Dabei wirft sie einen echten Todesblick auf das Mädchen, in dem Vincent jetzt Katharinas Tochter erkennt. Er stellt Kaffee und Essen auf einer Bank ab und tritt zu ihnen. Leah nimmt er sicherheitshalber unter den Arm.

»Die hat sich vorgedrängelt«, sagt Katharinas Tochter und zeigt erst auf Matilda, dann auf die Rutsche.

»Ja, aber da haut man nicht gleich«, antwortet Matilda.

»Da hat sie aber recht«, mischt sich Greta ein und holt ein Taschentuch aus ihrer Rocktasche, mit dem sie über Matildas Nase fährt. Sie steckt das Tuch zurück in die Tasche und sieht direkt zu Katharina. »Das ist nämlich ziemlich, ziemlich unfair.«

»Aber sie hat zurückgehauen!« Katharinas Tochter sieht zwischen ihrer Mutter und Greta hin und her.

»Hab ich nicht! Ich hab nur geschubst!« Matilda verschränkt die Arme vor der Brust und ist sehr selbstbewusst angesichts der Tatsache, dass Katharinas Tochter sicher zwei bis drei Jahre älter ist als sie. Vincent sieht zu Katharina und wundert sich, wie kleinlaut sie sich zeigt. Trotz der scharfen Worte, die sie ihm gerade entgegengeschmettert hat, wirkt sie irgendwie leer, und er fragt sich, was das Aufeinandertreffen in ihr ausgelöst haben mag. Und was es in ihm auslöst, auch. Denn da ist er irgendwie nicht so sicher.

»Ist ja jetzt auch egal. Wir gehen jetzt sowieso«, sagt Greta, nimmt Matildas Hand zieht sie in Richtung der Bank, wo Vincent ihre Sachen abgelegt hat.

Vincent bleibt noch einen Moment stehen und sieht, wie auch Katharina ein Taschentuch herausholt und über die Tränen auf den Wangen ihrer Tochter fährt.

»Hör auf, ich will das nicht. Ich will Papa!«, schreit sie und dreht den Kopf zur Seite. Katharina zieht die Hand mit dem Taschentuch zurück, dreht sich zu Vincent, geht einen Schritt auf ihn zu und hebt den Zeigefinger in seine Richtung.

»Ich habe keine Ahnung, was du da machst und mit wem du dich da eingelassen hast, Vincent«, sagt sie und bewegt den Finger grob in Richtung Greta und Matilda. »Aber ich kann dir nur raten, dich mir und meiner Familie nicht mehr zu nähern.«

Vincent hat keine Ahnung, was er dazu sagen soll. Gerade als er antworten will, dass er keine Ahnung hatte, dass sie sich hier treffen würden, sieht er, dass auch aus Katharinas Augen Tränen rinnen. Als sie selbst das bemerkt, nimmt sie ihre Tochter bei der Hand und zieht sie hinter sich her vom Spielplatz.

Auf dem Weg nach Hause fragt Greta zum Glück nicht weiter nach. Das muss sie auch nicht. Weil sie klug ist und eins und eins zusammenzählen kann, denkt Vincent. Gleichzeitig spricht sie kaum mit ihm, und wenn, dann in einem für sie untypischen, neutralen Tonfall. Als sie wieder in der Villa sind und in der Küche ihre Zimtschnecken essen, bemerkt er außerdem, dass sie ihn mustert. Irgendwie nachdenklich. Eigentlich wäre es ihm lieber, sie würde ihm einfach sagen, worüber sie nachdenkt. Obwohl das vor Matilda vielleicht doch nicht so gelungen wäre.

Bevor Greta Matilda nach Hause fährt, kommt das Mädchen noch einmal zu ihm in die Küche. Er brütet gerade an seinem PC auf Pinterest darüber nach, wie er das von Greta geforderte *Ümpf* in die seiner Meinung nach perfekte Küche einbauen kann.

»Ich finde dich sehr nett«, sagt Matilda und reicht ihm ein Blatt Papier. »Deshalb habe ich das hier für dich gemalt.«

Vincent greift nach dem Papier und betrachtet das, na ja, sagen wir mal interessante Bild. Er nickt. »Wow, vielen Dank. Bin … bin ich das?«

Matilda schüttelt den Kopf. »Nee, Quatsch. Das ist Jesus Christoph. Aus Gretas Zimmer.«

Vincent sieht von dem Bild zu Matilda und überlegt.

Greta kommt in die Küche, geht zu einer Küchenschublade und holt ihren Autoschlüssel daraus hervor.

»Sie meint Jesus Christus. Also die an die Wand genagelte Holzfigur in Omas und Opas ehemaligem Schlafzimmer«, sagt sie, ohne von der Schublade aufzusehen.

»Ah.« Vincent nickt. »Das ist sehr nett von dir, vielen Dank.«

»Sehr gerne.« Matilda verneigt sich leicht vor ihm, und die beiden verabschieden sich.

Eigentlich will Vincent noch weiter recherchieren. Doch er kann nicht aufhören, an Katharina zu denken. An ihr erschöpftes Gesicht und die Tränen. Er fühlte kein Mitleid, das nicht. Eher Verwunderung und Neugier und ... das Gefühl, dass das irgendetwas mit ihm zu tun haben könnte. Okay, nicht mit ihm. Aber zumindest mit dem, was da in der Firma passiert ist. Er wird am Montag noch einmal versuchen, einige seiner ehemaligen Mitarbeiter zu erreichen. Bei dem Gedanken wird ihm schlecht, und er will wieder in seiner Home-DIY-Blase verschwinden. Und eigentlich ... o Gott ... eigentlich sollte er das auch. Weil da nämlich ein leichtes Zucken war in seinem Augenwinkel. Einen Luftzug gespürt hat er auch. *Ich fühle nichts, ich fühle gar nichts, ich kann gar nichts fühlen.* Vincent schließt die Augen, atmet tief ein und aus und spürt, wie sein Puls langsamer wird.

Als er die Augen wieder öffnet, bleiben die an einem Pinterest-Foto hängen, das ihn auf Anhieb aufspringen und alle negativen Gedanken vergessen lässt. Und plötzlich versteht Vincent genau, was Greta gemeint hat. Denn vor ihm ist ... ein eindeutiges, nicht zu übersehendes *Ümpf.*

16

*W*eiter, weiter, weiter.« Vincent hat die Hände auf Gretas Schultern gelegt, deren Augen geschlossen und Arme und Hände nach vorne ausgestreckt sind, während sie langsam die Küche betritt.

Über das Zusammentreffen mit Katharina vor zwei Tagen haben sie nicht mehr gesprochen. Am gestrigen Sonntag fuhr Greta den ganzen Tag Taxi. Was praktisch war, weil er nämlich den ganzen Tag damit beschäftigt war, an seinem geheimen Projekt zu arbeiten. Er sägte alte Bretter aus dem Keller, schliff und lackierte sie. Heute Morgen fuhr er dann in den Baumarkt, um passende Dübel und Schrauben zu kaufen, und war pünktlich am Abend fertig. Und zwar, bevor Greta sich per WhatsApp mit indischem Essen ankündigte.

Jetzt stehen sie gemeinsam vor den weiß lackierten Regalbrettern, die Vincent in die Wandvertiefung neben der Küchentür eingepasst hat. Die Vertiefung hat jetzt den Charakter eines Einbauschranks ohne Türen, ihr oberer Rand ist halbrund und macht sie deshalb noch ein wenig interessanter. Auf den sechs Regalbrettern, die er von oben bis unten angebracht hat, stehen nun etwa fünfzig Vasen, die Vincent in verschiedenen Kartons in Küche und Keller gefunden hat.

Gretas Großmutter muss eine wahre Vasen-Fanatikerin gewesen sein. Denn sie besaß nicht nur Gefäße in allen Farben und Formen, sondern es waren auch richtig wertvolle Stücke darunter. Eine der portugiesischen Firma Vista Allegra wäre ihm fast heruntergefallen, doch im letzten Moment konnte er sie auffangen, packte das Teil dann aber doch lieber wieder weg. Schließlich könnte Greta die gegebenenfalls verkaufen, wenn ihnen tatsächlich das Geld ausgeht. Denn das Schmuckstück ist mindestens fünfhundert Euro wert. Wenn nicht sogar mehr.

Nachdem er jedes Teil auf Marke und etwaigen Wert untersucht hatte, sortierte er die nicht ganz so wertvollen nach Farben, um sie dann wie die Farben des Regenbogens von links nach rechts auf den Regalbrettern anzuordnen. Links die roten, ganz rechts die in Blaulila. Nach demselben Muster verteilt auf die sechs Regalbretter, sieht das Ganze wie ein richtiges Kunstwerk aus.

»Okay, du darfst die Augen öffnen.« Vincent merkt, wie sein Herz in der Brust hämmert, während Greta die rechte Hand vor den Mund hält.

»Nein!«

Sie lässt die zwei Tüten mit dem indischem Essen aus der rechten Hand einfach auf den Boden sinken. Sie dreht sich zu Vincent, lächelt, geht dann zum Regal und fährt mit den Fingern vorsichtig über die vielen Glasgefäße.

»Ist das schön!«, sagt sie und tritt wieder einen Schritt zurück, um das alles mit ein wenig Abstand zu betrachten.

»Ümpf genug?«

Sie lacht. »Absolut!«

Dann geht sie zu Vincent und legt ihm die Arme um den Hals. Er erwidert ihre Umarmung, bemerkt aber, wie sich sein Körper ein wenig versteift. Seit dem Zusammentreffen mit Katharina am Samstag war Greta ein bisschen einsilbig. Was Vincent mehr beschäftigte, als ihm lieb war. Deshalb ist da nicht nur Freude und Erleichterung darüber, dass sie sich so über das Überraschungsprojekt freut. Sondern auch Verwirrung. Als Greta sich von Vincent löst, lächelt sie immer noch. Doch nur, bis ein Rascheln von der Küchentür die Aufmerksamkeit beider auf sich zieht.

»Verdammter Dackel!«, ruft Greta und eilt in Richtung der bereits teilweise zerfetzten dünnen Plastiktüte. Statt sich verschämt in eine Ecke zu verziehen, schnappt der Dackel sich das Stück

Naan-Brot, das er dank seiner spitzen Zähne aus der Verpackung gerissen hat. Er rennt aus dem Zimmer und in irgendein sicheres Versteck, in dem er seine Beute angemessen wird genießen können. Vincent vermutet, dass es sich dabei um sein Bett handelt. Denn das ist seit einigen Tagen Leahs Lieblingsplatz.

Anfangs setzte Vincent das Tier noch auf den Boden und versuchte, es aus dem Zimmer zu drängen. Leah ließ sich zwar vom Bett heben, rührte sich aber kein Stück von ihrem Platz vorm Bett. Auch mit Rufen und Leckerlis und Schimpfen und Fluchen nicht. Sie sah Vincent einfach an. Vielleicht kritisch, mit Sicherheit aber amüsiert. Und sprang als Antwort einfach wieder auf die Matratze, um sich mit ihrem wurmhaften Körper unter die Decke zu graben und dort auf ihn zu warten.

Also gab er irgendwann auf, legte sich in das schmale Einzelbett und hoffte, dass es dem Dackel irgendwann zu eng und zu warm werden würde unter der Decke. Doch Leah schien dieses Szenario sehr gut zu gefallen. Denn sie schnarchte nicht nur, sie grunzte regelrecht, als er aus Platzmangel die Unterschenkel wie eine Art Zange neben ihrem Körper platzierte. Und als Vincent dann beschloss, dass ihm das jetzt einfach egal wäre, weil am Ende ja im Moment ohnehin alles egal war, begann auch er das neue Schlafarrangement zu genießen. Obwohl er das niemals jemandem erzählen würde.

Die paar Krümel Naan-Brot machen also auch keinen großen Unterschied mehr. Außerdem hat er Hunger, und der Geruch nach Palak Paneer ist einfach zu gut, als dass er das jetzt ernsthaft wichtig finden könnte.

Als sie wenig später am Esstisch sitzen, bestätigt sich die Vermutung, die durch den Geruch des Essens geweckt wurde.

»Okay, also zehn von zehn Sternen.« Vincent zeigt mit dem Löffel auf den Teller vor sich und schiebt sich noch eine Portion des weißen indischen Brotes in den Mund. In der Mitte des Tisches steht eine lange Kerze, die Greta in eine leere Weinflasche gestellt hat.

»Du übertreibst immer gleich so. Bisher hast du nur drei Restaurants weniger als zehn Sterne gegeben. Ich muss dich deshalb dazu aufrufen, ein bisschen weniger inflationär mit der Zehn-Sterne-Vergabe umzugehen.«

Vincent schüttelt den Kopf und zeigt auf den Tisch. »Aber du wirst«, er nimmt den Flyer, der der Tüte beigelegt war, »*Sweet Indian Palace* doch wohl nicht weniger geben. Also, wenn du das tust, ist das reine Schikane.«

Greta wiegt den Kopf. »Neun von zehn, würde ich sagen.« Noch bevor er etwas erwidern kann, sieht sie ihn an und hebt die Brauen. »Außerdem bist zu ziemlich selbstbewusst für jemanden, der sich bis vor Kurzem nur von Proteinshakes ernährt hat.«

Dagegen kann Vincent leider nichts sagen. Trotzdem hat ihn die letzte Zeit etwas Überraschendes feststellen lassen. Eine Erkenntnis, die ihn nicht nur verwundert, sondern die am Ende seines Aufenthalts auf jeden Fall hier in dieser Villa bleiben muss, wenn er noch in seine teuren Anzüge passen will: Vincent liebt Essen.

Also nicht nur das Verspeisen der Gerichte selbst. Er liebt es, über Essen zu sprechen, er liebt es, die Packungen zu öffnen und es zu betrachten, er liebt die Gerüche, die von den verschiedenen Gerichten aus aller Welt ausgehen – und er liebt das Heft, das Greta irgendwo hervorgekramt hat und das sie in ihr gemeinsames Bewertungstagebuch der Lieferservices verwandelt haben.

Doch. Das hier ist wirklich eine Freundschaft. Egal, wie sehr Vincent es dreht und wendet. Doch freundschaftliche Gefühle für jemanden wie Greta zu haben, ist ein Risiko. Für Greta ist das Teil ihrer Natur. Und genauso selbstverständlich ist es für sie, dass jemand diese Freundschaft auch annimmt.

Für Vincent dagegen ist es die erste Freundschaft seit vielen, vielen Jahren. Das würde er niemals laut aussprechen. Obwohl er gar nicht sicher ist, ob das schlimmer wäre, als es selbst zu wissen. Denn diese Erkenntnis – ob ausgesprochen oder nicht – ist auch in seinem Hirn schon beängstigend genug. Gleichzeitig geht mit dieser Erkenntnis eine drängende Frage einher: Wie viel wert ist die Freundschaft einer Person, die selbst die Spinne im Eingangsbereich »mon ami« nennt?

Aber ist nicht alles, was man als Beziehung bezeichnet, ein Risiko? Freundschaft, Beziehung und alles dazwischen sind eine Illusion, die uns Sicherheit schenken soll in einer Welt, die einfach nicht aus sicheren Fäden gewebt ist. Sondern deren Nähte und Maschen sich lösen, wenn man nicht aufpasst.

Mit einem Mal fühlt sich die Küche kein Stück mehr wie der sichere Ort an, für den er ihn bis eben noch gehalten hat. Vincent rutscht auf seinem hellrosa lackierten Stuhl nach vorne, drückt die Schultern ein wenig durch, bemerkt, wie sein Appetit schlagartig verschwindet, und versucht, nicht in die hintere Ecke des Raumes zu sehen, wo er gerade eindeutig eine Bewegung wahrgenommen hat. *Ich fühle nichts, ich fühle gar nichts, ich kann überhaupt nichts fühlen.*

»Was ist?« Greta geht zum Kühlschrank, holt einige Salatblätter und eine Gurke daraus hervor und legt sie zu Schildkröte Charlotte in deren Kiste. Dann tritt sie zur Verandatür und öffnet sie. Darüber ist Vincent froh, weil sich der Raum mit den würzigen Gerüchen plötzlich viel zu eng anfühlt. Er atmet tief die feuchte Luft ein, die die Abenddämmerung hinterlassen hat, und überlegt einen Moment. Das, was er gerade gedacht hat, wird er nicht aussprechen können. Und noch viel weniger das mit der Bewegung dahinten im Zimmer. Also braucht es etwas anderes.

»Was hat es mit den Vasen eigentlich auf sich?«

»Das war Omas Vasensammlung. Als junge Frau hat sie wohl mal erwähnt, dass sie Vasen mag. Und dann haben alle angefangen, ihr die Dinger zu schenken. Mein Großvater eingeschlossen, der kein besonders kreativer Mensch war. Die, die die Vasen aber wirklich genutzt und geliebt hat, war Aga.« Sie sieht zum Regal und lächelt.

»Und Aga ist ...?«

Greta hat den Namen schon einmal erwähnt, doch in der Vielzahl von Personen, die er während der letzten Wochen getroffen hat, kann Vincent sich nicht mehr daran erinnern, wer genau das ist. Und in welcher Beziehung die Person zu Greta steht.

Die antwortet nicht sofort. Ihre Nasenflügel bewegen sich einige Male, dann reibt sie sich mehrmals über den Nasenrücken. »Aga war die Haushaltshilfe meiner Großeltern. Sie kam aus einem kleinen Dorf bei Warschau, hat aber fast dreizehn Jahre hier gewohnt und sich um Opa und Oma gekümmert. Und um mich ...« Sie weicht Vincents Blick aus, bückt sich und hebt Charlotte auf ihren Schoß. Bevor sie weiterspricht, überlegt sie, der Falte zwischen den Brauen zufolge sehr konzentriert, was sie sagen will. »Eigentlich war sie die einzige Person in meinem Leben, die so was wie mütterliche Gefühle für mich hatte. Scheiße, sorry, keine Ahnung, wo das jetzt herkommt.«

Sie greift nach einer der Servietten auf dem Tisch und wischt über die vielen Tränen, die von einer Sekunde auf die andere ihr halbes Gesicht bedecken. Vincent schiebt ihr auch noch den Berg Servietten rüber, der vor seinem Teller liegt, und weiß nicht, was er jetzt sagen soll. Was er fühlt, kann er nicht aussprechen. Und was er denkt, noch weniger. Weil der Ort, an den ihn das Wort *Mutter* bringen wird, einer ist, an den er nicht geht, wenn möglich niemals. Andererseits muss er etwas sagen, irgendwas, weil man so etwas nicht einfach unkommentiert lassen kann, weil ... O Gott, da ist wieder die Bewegung dahinten, und zwar ganz deutlich, und dieses Mal wird er es wohl nicht schaffen, sie ...

Auf einmal bricht ein lautes, allumfassendes Scheppern über den Raum herein, dringt in jede Ecke und auch in Vincents Hirn und vertreibt alles darin, was nicht Geräusch und Scherben und lautes Schreien ist. Greta und Vincent sind aufgesprungen, Leah ist wieder aufgetaucht und bellt so intensiv, dass sich ihre Dackelstimme fast überschlägt.

Der Ursprung des Chaos liegt in Vincents Werk neben der Tür. Der unterste Regalboden ist aus der Wand gebrochen und hat alle Vasen darauf mit sich gerissen. Kurz stehen Greta und Vincent beide vor den Scherben und können nichts sagen. Das müssen sie auch nicht. Denn das bringt schon ein anderer sehr gut auf den Punkt.

»Ach du grüne Neune.«

Vincent erschrickt, weil der Satz und die mechanische Stimme, die ihn formuliert, nicht von Greta stammt. Sondern von Kurt, der direkt neben ihm steht. Gretas Nachbar muss sich in den Raum gezaubert haben. Denn hier steht er. In einem Blaumann, die Trillerpfeife um den Hals gehängt.

»Das ... das tut mir so leid. Ich weiß gar nicht, was ich sagen soll ...« Vincent sieht zu Greta, doch die reagiert gar nicht auf ihn. Sie geht zu dem Scherbenhaufen, um die Hälfte einer großen, feuerroten Vase aus mattem Stein in die Hand zu nehmen. Unter dem Scherbenstück kommt eine kleine Stofftasche zum Vorschein, nach der Greta lächelnd greift. Vincent tritt neben sie und schaut über ihre Schulter auf das kleine lindgrüne Täschchen, das er übersehen haben muss, als er die Vase aus der Kiste geholt und auf das Regalbrett gestellt hat.

»Das hat Aga selbst gemacht. Da sind ihre Sticknadeln drin und Garn.« Greta rollt die kleine Stofftasche auf und streicht langsam über die Fäden und Nadeln. Sie schüttelt den Kopf und lacht. »Solange sie die Nadeln noch halten konnte, hat sie gestickt. Oma muss das Set in die Vase gelegt haben. Hätte ich ihr gar nicht zugetraut, nachdem ich sie fast dazu zwingen musste, für ein ordentliches Hospiz für die arme Aga aufzukommen. Statt sie einfach nach Polen zurückzuschicken, wo sie Gott weiß in welchem Umfeld alleine gestorben wäre, weil von ihrer eigenen Familie niemand mehr übrig war. Obwohl sie so viele Jahre für die beiden gesorgt hat.« Greta scheint jetzt mehr mit sich selbst zu sprechen als mit ihm oder Kurt, der sich der Wand genähert hat. Sie rollt die kleine Tasche mit den Fäden und den Nadeln wieder ein und steckt sie in die vordere Tasche ihrer Latzhose.

»Der falsche Dübel«, tönt Kurts Stimme da. Er hat sich nah an die Wand gelehnt und besieht sich das Loch, aus dem die Schraube gebrochen ist, die das Regalbrett hätte halten sollen. »Ein klassischer Fehler.«

»Kurt.« Greta tippt ihn an, doch der Nachbar reagiert nicht auf sie. »Kurt, was machst du überhaupt hier?«

Kurt greift mit einem Finger in das jetzt leere Schraubenloch in der Wand, zieht den Dübel heraus und dreht ihn zwischen Zeigefinger und Daumen. »Hier wird ein Dübel benötigt, der für das Mischmauerwerk von Altbauten geeignet ist. Beispielhaft dafür ist der *Altbaujoker* der Marke *Tox*. Ein Allzweck-Spreizdübel aus Nylon, der extra tief im Mauerwerk sitzt.«

»Kurt, ich hab dich was gefragt.«

Der Mann zwinkert ein paarmal, sieht kurz vage in Richtung Greta, dann wieder auf den Dübel in seiner Hand. »Es hat gescheppert. Ein ohrenbetäubendes Geräusch. Das habe ich bis nach drüben gehört und bin hier herübergeeilt. Die Tür war nicht verschlossen. Ihr habt Glück, dass ich so schnell gekommen bin. Sonst hättet ihr bestimmt noch einmal denselben falschen Dübel benutzt.«

»Woher weißt du das?« Vincent nimmt ihm das kleine Plastikteil aus der Hand und legt es auf seine Handfläche.

»Menschen tendieren dazu, bei Unwissen ihre Fehler zu wiederholen, weil ...«

Vincent schüttelt den Kopf. »Das meine ich nicht. Ich meine, woher du dich mit den Dübeln auskennst.«

Kurt sieht ganz kurz in seine Richtung, dann schnellen die kleinen Augen wieder zur Wand, und er zwinkert mehrmals. Er legt den Kopf schief und macht etwas, das wie eine Art konzentrierter Schmollmund aussieht. »Ich mag Baustoffe. Und Baustellen. Baugeräte liegen ebenfalls in meinem Interessengebiet.«

»Verdammte … Na klar!« Greta greift sich an den Kopf und legt dann die Hand auf Kurts Schulter.

Der weicht instinktiv zurück und streckt die Hand nach dem Dübel aus, den Vincent noch immer in der Hand hält. »Kann ich den für meine Sammlung haben?«, fragt er, obwohl er ihn schon genommen und in seiner Hosentasche hat verschwinden lassen.

»Kurt«, sagt Greta und sieht ihn an. »Kannst du Vincent vielleicht ein bisschen zur Hand gehen hier im Haus? Ich zahl dir selbstverständlich was dafür.«

Vincent will anmerken, dass er das auch gut alleine schafft. Und dass sie für einen bezahlten Handwerker eigentlich nicht das Geld haben.

Doch da hebt Greta schon abwehrend beide Hände. »Ich weiß schon, dass du das auch ohne Hilfe hinbekommst. Aber Kurt ist Maler und gerade zwischen zwei Jobs. Er kennt sich schon fast auf eine obsessive Art mit allem aus, was Baustoffe betrifft. Außerdem ist er echt fleißig und …« Greta dreht den Kopf zu Kurt, um zu sehen, ob er zuhört. Doch der hat sich mittlerweile wieder dem Loch in der Wand gewidmet, vor dem er leicht geneigt steht, um in die kleine Vertiefung zu blicken.

Sie lehnt sich nach vorne und fährt flüsternd fort: »… na ja, ich glaube, seine Schwester Sina wäre uns auch dankbar, wenn wir ihn ein bisschen beschäftigen. Seit dem Tod ihrer Eltern ist das alles nicht so einfach, glaube ich. Deshalb wär das doch eigentlich eine Win-win-Situation, oder?«

Vincent sieht zu dem Mann vor sich. Er will fragen, weshalb Kurt gerade nicht arbeitet. Aber das geht ihn nichts an. Außerdem steht Kurt trotz des Flüstertons neben ihnen, und es fühlt sich nicht richtig an, so über ihn zu sprechen. Ob er nun zuhört oder nicht.

»Ähm, also ich weiß nicht«, murmelt er und kratzt sich am Kopf.

»Na komm schon, ein bisschen Unterstützung wird ja wohl nicht schaden.«

Vincent lehnt sich jetzt doch ein Stück näher an Gretas Ohr. »Meinst du wirklich, dass das klappt? Ich meine, ich kenne ihn ja nicht wirklich, aber Kurt scheint mir ein wenig ... na ja, also ... wunderlich zu sein.«

Gretas Stirn legt sich in Falten. »Das finde ich aber sehr intolerant von dir. Nur weil er ein bisschen unkonventionell ist, soll er gleich zu nichts zu gebrauchen sein, oder was? Da hätte ich echt mehr erwartet, Vincent.«

Damit hat sie recht, und sofort schämt sich Vincent seiner Worte. Außerdem klingt es ja tatsächlich so, als würde Kurt sich gut auskennen. Und eine weitere Person kann sicher nicht schaden. Vor allem, wenn Vincent endlich anfängt, sich selbst nach einem neuen Job umzusehen. Denn viel länger kann er das nicht vor sich herschieben. Was also soll schon passieren?

In diesem Moment ergreift Kurt das Wort.

»Ist euch schon mal aufgefallen«, sagt er und zeigt auf Schildkröte Charlotte vor seinen Füßen, »dass alle Schildkröten eine Glatze haben?«

TEIL 4

Wohnzimmer

*W*as heißt das denn, du hast eine Absage?« Ihr Vater ist von dem hellbraunen Ledersofa aufgesprungen, an dessen zwei Enden jeweils ein taubenblaues Samtkissen liegt.

Sie beschließt, sich während der nächsten Minuten auf das riesige Bild über der eckigen Couch zu konzentrieren, das den abstrakt gemalten Torso einer nackten Frau zeigt. Dort werden ihre Gedanken jetzt sein, werden einen Pinselstrich mit den Augen heraussuchen, nachfahren und dann dem nächsten folgen. Doch natürlich ist das ein Versuch, der nur scheitern kann. Viel zu laut ist die Stimme des Vaters und viel zu penetrant das rote Gesicht, das sich jetzt vor sie schiebt. »Kannst du mir bitte mal antworten?«

Sie nickt und schluckt und sieht, dass ihm eine Strähne seiner sonst akkurat zurückgekämmten Haare in die Stirn gefallen ist. Ihr Vater ist ein attraktiver Mann. Sein Gesicht ist klar definiert, so wie seine Stimme und alles, was er sagt. Oder, genauer, alles, was er anordnet. Weil er ein Mann ist, dem zugehört wird. Ihr fällt auf, dass sie ihn noch selten so lange und von so nah angesehen hat.

»Ich hab den Brief heute Morgen bekommen«, sagt sie, greift in die Gesäßtasche ihrer Jeans und hält ihm den Brief hin, auf dem die feuchten Abdrücke ihrer Hände zu sehen sind.

Er reißt ihr den Brief der Zentralen Vergabestelle aus der Hand, liest einmal quer und dann ein weiteres Mal.

»Ich glaube, ich seh nicht richtig. Die Tochter des Chefarztes der Inneren Medizin der Charité Berlin bekommt keinen Studienplatz.« Er lacht ohne Heiterkeit und schüttelt den Kopf, sodass sich noch mehr Strähnen lösen und er ein bisschen manisch aussieht. »Na, das wollen wir doch mal sehen.«

Mit diesen Worten läuft, nein, stampft er aus dem Wohnzimmer und lässt sie allein zurück. Er wird jetzt bei irgendwem anrufen, denkt sie und wundert sich, dass das Gefühl schon wieder verflogen ist. Dieses sich von ihm *Gesehen-Fühlen*. Und dass auch die Erleichterung weg ist, die sie gespürt hat, als sie den Brief öffnete. Denn er wird das schaffen, ohne Frage.

Ihr Vater wird in wenigen Minuten aus seinem Schlafzimmer ins Wohnzimmer zurückkommen und ihr verkünden, dass sie, die Tochter des Chefarztes der Inneren Medizin der Charité Berlin, eines der wichtigsten Ärzte des Landes, natürlich einen Medizin-Studienplatz erhält.

Und ihr wird nichts anderes übrig bleiben, als diesen Platz auch anzutreten.

Sie setzt sich auf die harte Couch, die Ellbogen auf den Knien und den Kopf in die verschwitzten, kalten Handflächen gepresst. Sie hasst dieses Sofa, es ist ihr unverständlich, warum sich irgendwer so was kauft.

Einen Fernseher haben die Eltern auch nicht. Zum Glück hat sie ihren Laptop dabei, auf dem sie zumindest YouTube-Videos und illegale Serien auf irgendwelchen Streaming-Plattformen sehen kann. Alles, um die furchtbaren Sommermonate zwischen Abitur und Abschied im Internat und dem baldigen Studium rumzukriegen.

Ihre Freundin Mascha liegt im Moment auf irgendeiner karibischen Insel und bräunt sich den Bauch. Doch sie durfte das nicht. Natürlich nicht. Natürlich muss sie die ersten Praktika im Krankenhaus absolvieren. Und das ist genauso furchtbar, wie sie es sich ausgemalt hat.

Sie blickt auf das riesige Bücherregal am anderen Ende des weitläufigen Zimmers, vor dem ein großer schwarzer Ledersessel, ein kleiner Beistelltisch aus silbernem Metall und eine goldene Stehlampe platziert sind. Die Bücherauswahl ist exquisit. Das weiß sie, weil sie die Einzige in diesen vier Wänden ist, die jedes einzelne der klassischen und weniger klassischen Werke gelesen hat, die die Innenausstatterin des Vaters ausgewählt hat, um die drei deckenhohen Regale mit etwas befüllen zu können.

Auch das Regal in ihrem Internatszimmer ist voller Bücher. Alles Geschenke von ihrer Mutter, die immer wieder ganze Konvolute an Romanen kaufte, um sie ihr zu schenken, seit sie ihr gegenüber erwähnt hatte, dass sie sich statt irgendwelcher Markensachen mehr über ein Buch freuen würde zum Geburtstag.

Die Menge an Büchern soll wohl über das sonst vorherrschende generelle Desinteresse hinwegtäuschen, das sie ihrer Tochter gegenüber empfindet. Für die Bücher selbst scheint sie sich kein Stück zu interessieren. Stattdessen kauft sie die Sammlungen, die die *Süddeutsche Zeitung* gerade verkauft.

Ihr Vater wiederum liebt alles *Kultivierte*. Oder zumindest liebt er es, so zu wirken. Exquisiter Wein, teure, doch zurückhaltende Kleidung, der Flügel vor dem Wohnzimmerfenster. Für den Inhalt der Bücher interessiert auch er sich nicht.

Sie dagegen haben diese Bücher nicht nur glücklich gemacht. Für sie sind die Geschichten zwischen den Buchdeckeln zur Leidenschaft geworden. So sehr, dass sie es am Ende doch wagte, sich auf einen Studienplatz im Fach Literaturwissenschaft der Uni Leipzig zu bewerben. Für die Stadt hat sie sich einzig deshalb entschieden, weil sie die Kosten für die Miete theoretisch auch würde tragen können, falls ihre Eltern damit drohten, ihr nichts zu zahlen, wenn sie sich gegen ein Medizinstudium entscheidet.

Dann erst ergoogelte sie sich die Stadt. Und war von Anfang an verliebt. Sie stellte sich vor, wie sie in einem kleinen Café jobbte. Oh, und in einer WG würde sie wohnen. Dort würde es weiche Sofas mit bunten und völlig unpassenden Kissen und Rotweinflecken auf dem Bezug geben. Und zu viele WG-Partys und einen alten Schallplattenspieler in der Ecke des Wohnzimmers und Poster irgendwelcher Bands an den Wänden. Aber vor allem ein Wohnzimmer, wo gelacht und gespielt wurde und was die Leute sonst so taten in Wohnzimmern, die nicht dazu da waren, repräsentativ zu sein.

Sie zwinkert mehrmals und versucht zu verstehen, was ihr Vater da im Raum nebenan redet. Das ist nicht sonderlich schwer, denn er regt sich schrecklich auf. Irgendwas von einem Einserabitur, von einer bodenlosen Dreistigkeit und einem völlig veralteten System. Ganz am Ende klingt er versöhnlich.

Obwohl sie gehört hat, wie er sich von seinem Gesprächspartner verabschiedet, erschrickt sie doch, als ihr Vater die Schlafzimmertür aufreißt und zurück ins Wohnzimmer kommt.

»Na also. Die Tochter des Chefarztes ... das wäre ja noch schöner gewesen. Ich habe herumtelefoniert und meine Kontakte spielen lassen. Ich wette, bis spätestens heute Abend haben wir einen Platz für dich organisiert.« Seine Hautfarbe hat sich wieder normalisiert. Sie dagegen fühlt, dass ihr Gesicht weiß ist, weil alles an ihr kribbelt, sie von den Füßen bis zur Nasenspitze nichts als Kälte fühlt. Wie konnte sie auch daran zweifeln, dass er das hinbiegen würde? Wie konnte sie glauben, dass er sie würde Germanistik studieren lassen? Fast muss sie ein bisschen lachen ob dieser Dummheit. Er sieht noch nicht einmal, dass sie verzweifelt ist. Stattdessen geht er in die Küche und kommt mit zwei Gläsern Champagner zurück.

Sie nimmt das Glas, das er ihr reicht, und kann sich nicht dagegen wehren, dass sie seine Aufmerksamkeit genießt. Er muss gleich in die Klinik. Aber das will er dann doch feiern. Dabei fragt er sie noch nicht einmal, wie sie sich fühlt. Er redet einfach nur. Über seine eigene Studienzeit, darüber, wie hart alles gewesen sei und wie viel härter er selbst. Darüber, wie auch sie durch diese harte Schule gehen und dann als anderer, besserer, wichtigerer Mensch daraus hervorgehen werde. Und weiter darüber, wie anders, besser und wichtiger er selbst nach seinem eigenen Studium war.

Sie muss gar nichts sagen. Weil es nämlich nicht um sie geht. Sie muss nur nicken. Hier geht es um ihn. Immer nur um ihn. Und mit einem Mal steigt eine unbändige Wut in ihr auf, sodass sie das Glas packt, alles in einem Zuge leer trinkt, es auf den riesigen Marmorkasten knallt, der als Couchtisch fungiert, und aufsteht. Erst ist sie selbst überrascht und würde sich selbst vermutlich nicht weniger verdutzt anschauen, als ihr Vater das gerade tut, der seinen Monolog unterbrochen hat. Doch dann ist es, als würde ihr Herz, ihr Brustkorb, als würde alles in ihr zerspringen.

»Hast du schon einmal darüber nachgedacht, dass ich das überhaupt nicht will?« Sie sagt das weniger laut und selbstbewusst, als sie geplant hat.

Der Vater sieht sie immer noch an. Er zwinkert mehrmals, als hätte sie in einer Sprache zu ihm gesprochen, derer er nicht vollständig mächtig ist und die er erst noch im Kopf übersetzen muss, um den Inhalt verstehen zu können. Dann setzt er sich auf. »Moment mal kurz. Das kann jetzt nicht dein Ernst sein.«

Am liebsten würde sie sich wieder hinsetzen, ihm sagen, dass das nur ein Scherz war und sie natürlich liebend gerne und mit voller Motivation ins Medizinstudium starten wird. Doch nun ist sie endlich einmal so weit gekommen. Hat es vorher niemals für möglich gehalten, den Mut aufzubringen, den Lebenstraum ihres Vaters zu zerstören. Doch das ist genau das Problem: dass es nämlich einzig sein Lebenstraum ist, nicht ihrer.

»Ich will nicht Medizin studieren.« Da. Da war es. Jetzt hat sie das nicht nur ungefähr und um den heißen Brei herum gesagt. Sondern ist direkt durch den erwähnten Brei hindurchgewatet und hat alles um sich herum besudelt.

Der Vater sieht kurz so aus wie ein Hund, dem man mit einer Zeitung auf den Kopf geschlagen hat. Doch er fängt sich schnell, setzt sich auf, sieht vom Sofa aus zu ihr hoch und schüttelt den Kopf. »Aber was redest du denn da? Wie, du willst nicht Medizin studieren? Gerade habe ich sämtliche Hebel in Bewegung gesetzt, damit du einen Platz in einem der begehrtesten Studiengänge des Landes bekommst. Und du willst das nicht? Bist du verrückt geworden?«

Sie merkt, dass ihre Augen gleich in dicken, nassen Tränen ertrinken werden, und schluckt. Doch kein tiefes, langes Ein- und Ausatmen hilft, um die Tränen zu unterdrücken. Stattdessen pumpt es zu viel des zu holzigen Raumdufts in ihre Lungen, der in einem kleinen Gläschen auf einem Stapel dekorativ angeordneter Bücher auf dem Couchtisch steht, die neu und ganz sicher ebenfalls niemals gelesen worden sind.

Der Vater sieht sie immer noch an, und mit jeder Sekunde steigt der Druck, etwas zu sagen. Irgendetwas, das die dick gemauerte Stille zwischen ihnen am Weiterwachsen hindert. Aber was gibt es noch zu sagen? Natürlich ist jetzt der Moment, ihm zu erzählen, dass sie sich nicht nur für das Germanistikstudium angemeldet, sondern auch einen Platz bekommen hat. Doch sie kann nicht. Sie kann das einfach nicht. Weil sie zu schwach ist, wie sie sich eingesteht. Das hier hat sie noch nie geprobt, noch nie irgendeine Grenze ausgetestet.

Und inzwischen sieht der Vater auch nicht mehr wütend, nicht mehr empört und nicht mehr verwirrt aus. Stattdessen lächelt er, lehnt sich auf dem Sofa zurück und öffnet die Arme, als wolle er sie damit in eine Umarmung einladen.

»Ach, Mädchen«, sagt er mit einem wissenden Gesichtsausdruck, der ihr gar nicht gefällt. Er zeigt auf den Platz neben sich. Als sie sich nicht sofort setzt, legt er den Kopf schief und sagt leise: *Na komm.* Also tut sie, was ihr befohlen wird. Wie immer eigentlich.

»Weißt du, als ich so alt war wie du, ging es mir ganz genauso. Mein Vater war immer mein großes Vorbild, das weißt du ja. Gefäßchirurg, und zwar einer der besten in ganz Deutschland. Ich dachte, ich würde niemals so werden wie er. Dass ich das Studium gar nicht erst schaffen würde und so ein Quatsch. Deshalb habe ich überlegt, ob ich nicht besser Architektur studieren sollte, weil ich ja immer gerne gezeichnet habe. Stell dir das mal vor! Architektur, ich!« Lachend schüttelt er den Kopf. Das hat er noch nie zuvor erwähnt, und sie überlegt, was sie noch nicht von ihm weiß. »Mein Vater und ich hatten dann eine ganz ähnliche Unterhaltung wie du und ich gerade. Dein Opa hat mir dann erst mal ordentlich den Kopf gewaschen, und heute bin ich dankbar dafür. Ob man es glauben will oder nicht: Manchmal wissen die eigenen Eltern tatsächlich, was am besten für einen ist. Ich glaube, ohne meinen Vater hätte ich die falsche Entscheidung getroffen. Dabei ist das, was ich mache, wichtig. Es macht einen Unterschied.« Sie schluckt und nickt. »Und nun sieh mich an!« Er hebt noch einmal beide Arme, dieses Mal nicht als Einladung, sondern als plumpe Präsentation seines glorreichen Selbst. Dann lächelt er schief und legt ihr eine Hand auf die Schulter. Eine so unnatürliche Geste ist das, dass alles in ihr hart wird und steif. Ihr fällt auf, dass er nicht gesagt hat, warum das Medizinstudium die richtige Entscheidung für ihn war. Und was der Inhalt dieses Kopfwaschens seitens des Großvaters ist, hat er auch nicht erwähnt. Wobei sie es sich denken kann. Denn für den alten, griesgrämigen Mann mit den halblangen zurückgekämmten Haaren gab es nichts anderes als Medizin. Ein Sohn, der Architektur studiert, wäre fast schon eine Beleidigung gewesen. Eigentlich weiß sie auch nicht, was ihr Vater mit diesem *und jetzt sieh mich an* gemeint hat. Denn, wenn sie das tut, wenn sie ihn jetzt ansieht, nach all dem, was er ihr da eben erzählt hat, sieht sie eigentlich einen Mann, der in einem anderen Leben besser aufgehoben gewesen wäre. Ein Architekt. Ja, ihr Vater hätte als solcher mehr Sinn gemacht. Vielleicht wäre er sogar … na ja … glücklich gewesen. Doch was weiß sie schon.

»Du schaffst dieses Studium, genau wie ich das geschafft habe.

Und du wirst eine hervorragende Ärztin. Mensch, dass du das nicht schon vorher gesagt hast. Bestimmt quälst du dich damit seit Wochen.« Die Hand liegt immer noch auf ihrer Schulter. Doch anders als vorhin will sie jetzt nichts lieber, als dass er sich von ihr abwendet, seine Aufmerksamkeit auf irgendetwas anderes richtet – auf was auch immer –, nur nicht auf sie. Doch das tut er nicht. Stattdessen lächelt er immer noch dieses Lächeln, das ihr den Magen umdreht, und neigt den Kopf ein wenig, sodass er ihren Blick auffangen kann.

»Das nächste Mal kommst du mit so was direkt zu mir, okay? Ich weiß, dass ich nicht immer genug Zeit für dich hatte. Aber dafür … dafür habe ich immer Zeit.«

Sie nickt und schluckt, als er sich noch ein Stück nach vorne lehnt und sie ansieht.

Und da kommt ein Gedanke in ihr auf. Ganz klein und so komplex und verklärt, dass sie ihn kaum richtig zu fassen bekommt. Ihr Vater ist denselben Weg gegangen, den sie jetzt gehen wird. Obwohl er das auch nicht wirklich wollte. Und obwohl er vielleicht nicht glücklich ist, ist er doch zumindest überzeugt davon, das Richtige zu tun. Etwas *Wichtiges*. Etwas, das *einen Unterschied macht*. Sie weiß nicht, ob das Germanistikstudium *etwas Wichtiges* ist. Eigentlich weiß sie gerade gar nichts. Außer, dass sie sich in die Gewissheit des Vaters hineinfallen lassen will. Und dass der Rest der Welt dieselbe Gewissheit teilt: dass Ärzte wichtig sind, sie etwas Wichtiges tun. Sie wird also das Richtige tun, obwohl sich das jetzt gerade vielleicht nicht so anfühlt.

Dann studiert sie eben Medizin. Was soll's. Da sind die meisten anderen wahrlich ärmer dran als sie. Doch als der Vater sich dann in die Klinik verabschiedet, als sie wieder allein auf dem harten Sofa in dem riesigen Wohnzimmer sitzt, ist sie nicht mehr da, die Gewissheit. Sie ist mit ihm gegangen, und es fühlt sich so an, als würde sie so bald auch nicht mehr zurückkommen.

17

*H*ass. So wie die meisten anderen Gefühle ist auch dieses wenig zielführend. Und eine Effektivitätsbremse.

Vincent tunkt die Malerwalze in die Farbwanne. *Cozy White* steht auf dem Eimer, dessen Inhalt er gerade zur Hälfte in die Wanne geschüttet hat. Gemütlichkeit empfindet er im Moment allerdings nicht. Kein bisschen sogar. Obwohl er sich dagegen zu wehren versucht, ist da gerade nichts anderes in seinem Hirn als purer und völlig ungefilterter Hass. Abscheu. Ekel. Ressentiment, wenn man einen etwas weniger extremen, aber sicher euphemistischen Begriff verwenden will. Er streicht in schnellen, festen Bewegungen über den unteren Teil der Wohnzimmerwand, steigt dann auf die Leiter und bearbeitet den oberen Abschnitt des hohen Altbaus. Nicht einmal der Geruch nach frischer Farbe steigert seine Laune.

Dabei beobachtet er aus dem Augenwinkel, wie Boje gerade dieselben Bewegungen ausführt. Nur eben in Zeitlupe und unter Keuchen und während Hände und Blick immer wieder auf sein Handy wandern, das auf dem Boden neben ihm liegt. Vincent ist sich sicher, dass die kleine Matilda eine weitaus bessere Hilfe gewesen wäre, als er es ist. Und dass er den Typen auf Anhieb richtig eingeschätzt hat. Vor einigen Wochen in Gretas Küche, sich vor fliegenden Tellern duckend. Ein verwöhnter, egozentrischer Vollpfosten ist das. Obwohl Boje erst gestern zu ihnen gestoßen ist, klagte er schon heute Morgen über Muskelkater. Da seine Bachelorarbeit nun eingereicht und er aus dem Urlaub zurück ist, hat Greta den Freund dazu verpflichtet, sich beim Umbau einzubringen. Anders als Kurt, dem Greta einen für ihr Budget ziemlich hohen Stundenlohn zahlt, den er allerdings mehr als reinarbeitet, ist Bojes Arbeit als Wiedergutmachung für ihre Hilfe gedacht. Obwohl Hilfe stark untertrieben ist. Gretas Erzählungen nach hat sie Boje so ziemlich die halbe Bachelorarbeit geschrieben. Und Vincent fragt sich seit dem Eintreffen des blonden Typen mit der Wuschelfrisur, warum. Warum hilft Greta diesem Widerling überhaupt?

Von seinem Trip hat der Typ einen goldig-braunen Teint und einen Koffer voller Nichtwissen über Ligurien mitgebracht. Das Vincent wirklich, wirklich nicht interessiert. Wenn er nicht auf sein Handy starrt wie ein Affe auf eine Banane, dann redet er also. Und neben den Vorzügen Norditaliens im Vergleich zum Süden des Landes ist Bojes Lieblingsthema: Boje. Was Boje denkt und meint und glaubt und findet.

Weder Vincent noch Nachbar Kurt beteiligen sich an dem Fast-Selbstgespräch. Letzterer klebt gerade akribisch genau die Wand hinter dem Heizkörper ab. So, wie er alles akribisch genau und mit übermenschlicher Ausdauer und stiller Konzentration durchführt.

So haben Kurt und Vincent das komplette Wohnzimmer mit den muffigen und ungemütlichen Sofas, den dicken, schweren Vorhängen und den altmodischen Stehlampen innerhalb eines Tages komplett entrümpelt. Haben die alten Möbel bis auf wenige Ausnahmen auf eBay eingestellt, die unbrauchbaren verschenkt und alles andere verkauft. Ein interessanter Einblick in die Psyche deutscher Kleinanzeigenbenutzer, aber alles in allem der einfachste Weg, die Sachen loszuwerden.

Einzig ein in die Wand verbautes riesiges Bücherregal haben sie verschont. Das Regal und den Heizkörper wird Kurt gleich in dem *Cozy White* der Wand lackieren und das Regal dann wieder mit der riesigen und Vincents Meinung nach sehr sorgfältig kuratierten Bibliothek füllen. Zusätzlich haben sie gemeinsam alte Tapeten von den Wänden geschabt, wo nötig Wandteile verspachtelt und sich dann ans Streichen gemacht.

Der Parkettboden des Wohnzimmers war vor wenigen Jahren

aufgefrischt worden. Obwohl Vincent sein eigenes, ein wenig helleres Ergebnis in der Küche besser gefällt, mag er auch den schon wieder leicht verwitterten Eichenboden im Wohnzimmer.

Jetzt, da das Wohnzimmer leer und fast fertig vorbereitet ist, ist Vincent regelrecht verliebt in das Fischgrätmuster des Bodens, der die Höhe und Eleganz des sicher vierzig Quadratmeter großen, rechteckigen Raumes mit den weißen Flügeltüren unterstreicht. Trotz seiner Größe wirkte das Zimmer vorher eng und steif und ein wenig unheimlich, roch nach Staub und Stillstand. Was kein Wunder war angesichts der riesigen, dunklen Möbel, die sich stilistisch irgendwo zwischen Biedermeier und Gründerzeit bewegten.

Ohne Kurt hätte Vincent das unmöglich so schnell geschafft. Der nächste Schritt wird zum Glück durchaus angenehmer. Wenn sie mit dem Streichen fertig sind, folgen nämlich Einrichtung und Dekoration. Doch jetzt gilt es, das hier zu Ende zu bringen. Vincent dreht sich um, um die Walze erneut in die Farbe zu tunken. Kurt klebt ein Heizungsrohr ab und ist dabei so konzentriert, dass die Zungenspitze seitlich aus dem Mundwinkel schaut. In diesem Moment formiert sich ein Satz in Vincents Kopf, der ihn ein bisschen überrascht: *Ich mag dich, Kurt.* Tatsächlich. *Obwohl du seit Tagen Schlager singst, die ich nicht mehr aus dem Kopf bekomme, egal, was ich mache.*

Vincent sieht zu Boje, dessen Lippen sich bewegen und bewegen und bewegen. Er kaut auf seinen Worten herum, denkt Vincent. Er kaut auf seinen wiedergekäuten Worten herum. Die von anderen gedacht und von ihm als eigene Meinung aufgekocht werden.

»Ooookaaaaay«, sagte Boje tags zuvor beim Betreten der frisch renovierten Küche und stemmte die Hände in die Hüften, wo sich zwischen Hose und Hawaiihemd ein Stück seines gebräunten Bauches offenbarte. Dann drehte er sich zu Greta und lächelte sie schief an. »Wusste gar nicht, dass du jetzt auf so Luxussachen stehst.«

Bei Greta traf er da eindeutig einen Nerv. Denn sie drehte sich um und betrachtete konzentriert den Raum.

In der Zwischenzeit schien Boje Vincents wütenden Gesichtsausdruck wahrgenommen zu haben. Er hob die Hände und drehte sich zu ihm. »Also, nichts für ungut. Das sieht echt alles cool aus. Bestimmt liegt das nur an mir. Ich bin halt nicht so der Luxus-Typ. Ich brauch halt nicht viel, um glücklich zu sein. Aber da ist ja jeder anders, oder?« Dabei legte er Vincent die Hand auf die Schulter, und es kostete ihn Überwindung, sie sich nicht wie eine Fliege von der Schulter zu schlagen.

Erst abends im Bett in seinem Zimmer unter dem Dach wurde Vincent klar, warum ihn der Spruch so genervt hatte. Weil das so typisch ist für Leute, die ein Leben lang alles gehabt haben. Und dass Boje zu dieser Gruppe Mensch gehört, ist schon alleine deshalb klar, weil er einen fast neuen VW-Bus fährt, obwohl er offensichtlich noch Student ist. Jemand, der immer alles hat, denkt selbstverständlich, dass er nicht viel braucht. Weil diese Personen nämlich gar nicht wissen, was *nicht viel* ist.

Jetzt hat sich Boje wieder auf den Klappstuhl in der Mitte des Wohnzimmers gesetzt. Eine halbe Stunde, denkt Vincent. Der Typ hat es geschafft, eine halbe Stunde zu streichen, bevor ihn die Kräfte verlassen. Aus dem Augenwinkel sieht er, dass Boje die Arme hinter dem Kopf verschränkt und ihn beim Streichen beobachtet.

»Greta hat mir erzählt, was dir da in dem Haifischunternehmen passiert ist. Das tut mir echt leid, mein Freund.«

Vincent schließt die Augen und ist dankbar dafür, dass er gerade mit dem Rücken zu Boje arbeitet. Er nimmt neu Farbe auf und klatscht die Farbwalze an die Wand vor sich. Warum? Warum hat Greta diesem Typen das erzählen müssen? Wie kann sie diesen Boje nur so verkennen? *Das tut mir echt leid, mein Freund.* Ach was, klingt gar nicht so, denkt Vincent und reißt den Stiel, auf dem die Walze prangt, fast von oben nach unten. Obwohl die Wand eigentlich fertig ist und er zur nächsten übergehen kann.

»Das Einzige, was ich mich frage, ist …«, Vincent hört, wie Boje gähnt, »… ah, sorry, bin noch nicht ganz fit nach der Rückfahrt. Also, was ich sagen wollte, war: Ich bin nicht so ganz sicher, was da für dich bei rausspringt. Ich meine, versteh mich bitte nicht falsch, aber ihr kennt euch doch gar nicht. Ich weiß, dass Greta echt spontan ist und jedem ihre Hilfe anbietet, aber dich kenn ich ja gar nicht, und da stellt sich mir schon die Frage, warum du nicht einfach bei irgendeinem Freund unterkommst, oder bei deiner Familie, und dir einfach in Ruhe 'nen neuen Job suchst. Die ganze Welt will doch zurzeit beraten und gecoacht werden. Da findet sich doch bestimmt schnell was.«

Was da für dich bei rausspringt. Vincent glaubt, gleich zu explodieren. Was geht ihn das an? Wobei dieser Idiot sicher auf Beschützer machen würde, wenn Vincent ihm das antwortet. Doch noch ein anderer Satz hat seine Klauen in Vincents wundes Herz getrieben. *Warum du nicht einfach bei irgendeinem Freund unterkommst, oder bei deiner Familie.* Er denkt an den Vater in Dresden. Und dann, weil er es nicht vermeiden kann, an seine Mutter, seinen Stiefvater und die zwei Halbgeschwister in München und schüttelt den Kopf. Nein, nein, nein. Dieser Trottel wird ihm jetzt nicht unter die Haut gehen mit seinen Fragen. Nicht so einer. Also dreht er sich um und zeigt auf die halb gestrichene Wand, an der sich Boje versucht hat.

»Soll ich die fertig machen? Oder schaffst du das?«

Doch Vincent hätte sich nicht die Mühe machen müssen, Boje ablenken zu wollen. Denn der ist schon wieder in sein Handy vertieft und lächelt über irgendeine Nachricht auf seinem Bildschirm. Vincent schüttelt den Kopf und nimmt seine Farbwanne mit zu der Wand, die eigentlich Boje streichen sollte. Nach einer Weile legt der sein Handy zur Seite, und Vincent kann seinen Blick wieder im Nacken spüren.

»Ach, machst du jetzt da drüben weiter? Das ist ja nett, dann kann ich mich kurz ausruhen. Die Fahrt ist echt immer anstrengender, als man denkt, das kann ich euch sagen, Freunde.« Er rekelt sich erneut. »Was wollt ihr mit dem Zimmer hier eigentlich anstellen? Hat Greta schon einen Plan?«

Vincent räuspert sich. Eigentlich würde er jetzt wieder gerne antworten, dass ihn das nichts angeht. Doch er hat jetzt schon viel zu viel Zeit damit verbracht, sich über diesen Typen aufzuregen. Wenn er ihn jetzt noch anmotzt, wird die Situation bestimmt nicht besser. Vor allem, weil dieser Boje gut im Kontern zu sein scheint. Und das ist Vincent nicht. Was dazu führen würde, dass er sich den ganzen Nachmittag darüber ärgern müsste, nicht schlagfertiger zu sein. Dann lieber kurz und knapp und emotionslos antworten. Also räuspert er sich und tut genau das. »Greta will, dass der Raum hier vor allem gemütlich wird und ein Ort, an dem eine Familie Spaß haben kann.«

»Na, warum habt ihr das nicht gleich gesagt?« Boje steht auf und geht durch den Raum. »Da seid ihr bei mir an der richtigen Adresse.«

Klar sind wir das. Vincent atmet tief ein und aus und versucht, sich aufs Streichen zu konzentrieren.

»Wie wär's mit 'nem Kickertisch? Ja! Das ist es! Und so ein Sofa, das wir aus alten Paletten bauen. In dem Wandregal dort drüben können wir 'ne ganze Spielesammlung unterbringen, und an der Wand«, er zeigt auf die größte Fläche im Raum, an der Vincent gerade arbeitet, »da kommt so eine Tapete aus den Siebzigern hin. Yes! Und wir holen noch irgendwoher einen alten Plattenspieler und ganz viele Pflanzen überall, und vielleicht ein Wandteppich neben der Tür und …«

Vincent dreht sich immer noch nicht um, sondern versucht,

Bojes Stimme auszublenden. Würde er sich nämlich umdrehen, könnte Boje sehen, dass von Vincents Pupillen kaum mehr etwas zu sehen ist, wie dünn und verkrampft sein Mund und wie bleich sein Gesicht geworden ist.

Was bildet der Typ sich eigentlich ein? Kommt hierher, streicht eine halbe Stunde und denkt dann, dass er hier den großen Einrichter raushängen lassen kann. Während Vincent noch überlegt, was eine angemessen neutrale Antwort ist, kommt Kurt ihm zuvor. Ein lauter Pfiff. Und noch einer. Und dann ist Boje still. Vincent dreht sich um und sieht, wie Kurt direkt vor dem Blonden steht, die Trillerpfeife noch immer im Mund.

»Schluss jetzt!«, sagt er. Und dann nichts mehr. Dabei zuckt sein Gesicht, und Vincent überlegt, ob er fragen soll, ob alles in Ordnung ist.

»Boah, Kurt, eh ... « Boje drückt sich die Hand aufs Herz. »Mach das nie wieder, Alter. Sonst bekomm ich noch einen Herzinfarkt.« Bei den Worten legt er Kurt seine andere Hand auf die Schulter und lächelt leicht schief. »Vielleicht brauchst du ja mal eine kurze Pause, was, Kollege?«

Boje sagt das sehr laut, so, als könne Kurt ihn nicht verstehen, und ist dabei Kurts Gesicht sehr nahe gekommen. Doch der hat zum Glück keinen Sinn für die fiesen Zwischentöne, von denen Menschen wie Boje leben, schiebt dessen Hand von seiner Schulter und greift nach dem Klemmbrett auf der Fensterbank. Er nimmt den zwischen Papier und Brett eingeklemmten Bleistift zur Hand und betrachtet die Liste.

»Deine Vorschläge sind sehr konstruktiv gewesen, und dafür wollen wir uns herzlich bei dir bedanken«, leiert Kurt und scheint kurz nachzudenken. »Aber wir müssen sie schweren Herzens ablehnen. Wir haben bereits einen Renovierungsplan, an den wir uns halten müssen, damit wir das Haus so schnell wie möglich fertig bekommen.«

Kurt dreht sich weg, legt das Klemmbrett zurück an die Stelle auf der Fensterbank, wo er es hergeholt hat, und lässt Boje einfach stehen. Ha! Vincent sollte sich besser abwenden, weil Boje sonst die ganze Bandbreite des Wortes Schadenfreude in seinem Gesicht sieht.

Aber er will Bojes leicht geöffneten Mund, die überrascht aufgerissenen und irritiert zwinkernden Augen noch ein bisschen genießen. *Ich mag dich, Kurt,* denkt Vincent noch einmal. *Dich – und die Trillerpfeife irgendwie auch.*

Den Rest des Nachmittags streicht Boje eingeschnappt seine Zimmerseite, bis Greta von der Arbeit kommt und er schlecht gelaunt verschwindet, ohne ein Stück der Pizza anzurühren, die sie mitgebracht hat.

»Was war denn mit Boje los?«, fragt Greta, als die drei am Tisch sitzen und sie den Deckel ihres Pizzakartons öffnet.

Kurt isst schon und antwortet nicht. Ein bisschen so, als hätte er die Frage nicht gehört. Dabei rutscht er mehrmals auf dem Bauernstuhl mit dem breiten Rückenteil und den Armlehnen hin und her, den Vincent hellblau gestrichen hat. Vincent überlegt, ob er die Reaktion imitieren soll, kommt aber zu dem Schluss, dass der soziale Druck der Stille ihn zu sehr belastet. Also erzählt er die halbe Version der Ereignisse. Die Hälfte mit der Trillerpfeife lässt er lieber weg.

»Boje hatte einige Vorschläge in Sachen Wohnzimmer. Aber da wir ja schon ein Konzept haben, mussten wir ihm leider sagen, dass wir seine Ideen nicht annehmen können. Ich glaube, das kam nicht so gut an.«

Vincent sieht aus dem Augenwinkel, dass Kurt kurz zu ihm sieht und dann wieder auf seine Pizza. Greta nickt indes.

»Ja, das kann ich mir vorstellen. Er hat meistens ziemlich klare Vorstellungen. Und ein Dickkopf ist er auch. So, nun aber zum Wesentlichen.« Sie schiebt sich den Rest eines Pizzastücks in den

Mund, greift nach dem Heft am Rand des Tischs und wischt sich den Mund ab. »Punktevergabe. Ich sage ...« Greta legt den Kopf in den Nacken und überlegt. »Acht von zehn Sternen. Der Boden könnte dünner sein, der Rand knuspriger. Der Vier-Käse-Belag dagegen ist der Hit.«

Vincent schaut auf seine Pizza mit Kapern und Sardellen runter. »Auch auf die Gefahr hin, hier wieder in Misskredit gebracht zu werden, weil meine Bewertungen so positiv ausfallen, komme ich nicht umhin«, er hält sich sein Stück Pizza vor die Nase und riecht daran, »das hier als Gesamtkunstwerk zu bezeichnen. Und zehn von zehn Punkten zu vergeben.«

Greta schnaubt. »Wann«, fragt sie dann und schüttelt lachend den Kopf, »wann hat irgendwas von dir mal weniger als neun Punkte erhalten?«

»Ich sage nur zwei Worte: Beef Jerky.« Vincent schüttelt sich.

Anders als Greta war Vincent überrascht von den Personen und Universen, mit denen sie dank eBay während der letzten Wochen in Kontakt gekommen sind, um neue Lampen, Teppiche und Möbel zu erstehen. Ein Mann, der ihnen einen hübschen Läufer für den Flur am Eingangsbereich verkaufte, hat besonderen Eindruck bei ihm hinterlassen. Der Typ öffnete in Jeans-Hotpants und Unterhemd die Tür – obwohl es ein eher kühler Junianfang war und seine Wohnung im Untergeschoss eines eisigen, kaum renovierten Altbaus lag. Dabei kaute er unentwegt auf einem getrockneten Stück Fleisch herum.

»Endlich darf ich das«, sagte er schmatzend und hielt Vincent eine Tüte vors Gesicht, auf der *Beef Jerky* stand. »Endlich bin ich frei, und Fraukes ganzen Scheiß verkaufen kann ich auch.« Damit zeigte er auf einen Berg Dekozeug und Gläser und Kissen, die sich im Flur seiner muffigen Wohnung stapelten. Als Greta und Vincent dann bezahlten und den aufgerollten Läufer entgegennahmen, lehnte sich der Fleischfan nach vorne und flüsterte Vincent ins Ohr, dass er sich bloß nicht die Butter vom Brot nehmen lassen solle. *Das gehe schneller, als man denkt.* Dabei sah er, immer noch mit dem Fleischstück bewaffnet, misstrauisch zu Greta.

»Ich pass auf«, antwortete Vincent und presste die Lippen aufeinander, um nicht zu lachen. Dann griff der Verkäufer in die Tüte und hielt Vincent ein Stück getrocknetes Fleisch hin. Vincent lehnte ab, doch der Typ ließ sich nicht beirren und argumentierte, dass das sein Leben verändern würde. Also steckte Vincent das Fleisch in den Mund, und der Mann legte freudig noch einige Zierkissen und einen Besteckkasten auf Vincents Arm. Und die waren gar nicht schlecht, wie Vincent auf dem Weg von der Wohnung des Typen ins Taxi feststellte. Anders als das Fleisch. Das war eine Katastrophe.

»Einer von zehn Sternen«, sagte Vincent und spuckte das Fleisch in eine Mülltonne, die neben dem Taxi stand.

»Na, diese Frauke hat sich ja was entgehen lassen«, sagte Greta, und beide mussten so laut lachen, dass sich ein älterer Herr, der gerade an ihnen vorbeiging, zu ihnen umsah.

18

*B*oje kommt heute nicht. Magenverstimmung oder so was«, sagt Greta am nächsten Morgen über den Küchentisch hinweg. Vincents Laune verbessert sich schlagartig. Er hat den ganzen Morgen darüber gebrütet, wie er den geschickten Seitenhieben des Idioten ausweichen kann. Deshalb ist das eine gute Nachricht. Irgendwie vorhersehbar, aber trotz alledem gut.

»Was grinst du denn so?«

Was soll er jetzt antworten? Greta mag diesen Typen offensichtlich. Und wer weiß, was da sonst noch zwischen den beiden ist. Noch als er das denkt, bemerkt er, dass ihm diese Vorstellung nicht gefällt. Nicht, weil er irgendein Interesse an der Frau vor sich hätte, die heute einen pinkfarbenen Arbeitsanzug trägt. Obwohl sie nicht auf der Baustelle arbeiten wird, sondern eine Junggesellinnengruppe aus dem Ruhrpott durch Berlin kutschiert. Ein Seidentuch hat sie sich um den Kopf geschlungen und wie eine Art Turban mit einem Knoten auf der Stirn zusammengebunden.

Nein, Interesse hat er keines. Aber sie ist eine tolle Person und für Boje definitiv viel, viel, viel zu gut. Das allerdings kann er ihr nicht antworten. Also, dass er grinst, weil er froh ist, dass Boje hoffentlich verfrüht aufgegeben hat, sie damit vorerst nicht mehr auf der Baustelle belästigt – und sich damit auch von Greta fernhält.

»Ich weiß, dass Boje nicht gerade der Super-Heimwerker ist«, kommt Greta einer Antwort zuvor und schiebt sich einen Löffel Kellogg's Frosties in den Mund. Die Packung hat Vincent gekauft und konnte sich im Nachhinein nicht ganz erklären, weshalb. Legte den blauen Karton mit dem orangefarbenen Tiger geistesabwesend in seinen Einkaufskorb. Und jetzt isst er die Dinger auch noch. Und genießt es, obwohl sie voller Zucker und leerer Kalorien sind.

Greta schluckt und spricht weiter. »Aber er hat dafür andere Qualitäten. Er kann einen echt gut motivieren zum Beispiel. Und kreativ ist er auch. Und er ist ein guter Geschäftsmann.«

Okay, jetzt muss Vincent etwas sagen.

»Ein guter Geschäftsmann?« Er legt den Löffel weg und lehnt sich auf seiner Stuhllehne zurück. »Was sind das denn für Geschäfte?«

»Jetzt klingst du ein bisschen so wie ein Mafiaboss.« Sie greift nach ihrer Kaffeetasse. »Boje ist gerade dabei, ein eigenes Business aufzubauen.«

»Okay.« Vincent ist gespannt. »Worum geht es denn dabei?«

»Jetzt wirst du erst mal lachen, aber die Idee ist echt genial.« Greta reibt sich die Hände. »Ein Bauchladen-Späti.«

Vincent zwinkert einige Male. »Du meinst, dass er mit einem Bauchladen nachts durch die Gegend laufen und Essen oder so was verkaufen will?«

Greta schüttelt den Kopf. »Nicht er allein. Sondern ein riesiges Team in allen Partyvierteln der Stadt. Du musst zugeben, dass das genial ist.«

Nachdem er seine Cornflakes-Schüssel zur Seite geschoben hat, schüttelt Vincent bedächtig den Kopf. »Also ich bin mir nicht sicher, was genau … also, was du mit *genial* meinst. Wenn ich mich nicht täusche, gibt es Leute, die das schon machen. Eben nicht als Bauchladen, sondern mit mobilen Kühlgeräten. Was also soll an der Idee neu sein?«

»Na, dass Boje das ganze System legal macht. Bisher sind das doch alles Leute, die das Zeug verkaufen, ohne es zu versteuern. Boje wird eine Marke daraus machen, mit Festangestellten, Firmensitz und allem Drum und Dran.«

Okay, Vincent sollte jetzt den Mund halten. Soll dieser Boje doch diesen Blödsinn verzapfen. Kann ihm egal sein. Aber dass Greta diese Idee auch noch gut findet, ärgert ihn dann doch. Greta, die Bullshit normalerweise auf die Entfernung von einem Kilometer riecht.

»Und was ist mit den echten Spätis? Die gibt es ja auch noch, und zwar ganz schön viele davon. Außerdem kann ich mir gut vorstellen, dass die Leute, die im Moment mobil Wasser und Chips und solche Sachen verkaufen, zu irgendeinem mafiösen System gehören. Und mit solchen Typen will sich Boje sicher nicht anlegen. Zumindest sollte er das nicht.«

»Das hat Boje alles schon bedacht und … na ja, am besten fragst du ihn selbst. Hey, weißt du was? Vielleicht kannst du mal über seinen Businessplan schauen? Du kennst dich mit Sicherheit noch um einiges besser aus als er. Boje hat zwar echt Ahnung, weil er neben seinem Soziologiestudium einige Kurse gemacht hat, aber es wäre doch echt total super, könntest du ihm da ein bisschen unter die Arme greifen.«

Vincent erwidert Gretas Blick nicht, sondern schaut zu den Regalbrettern mit den bunten Vasen, auf die Greta noch eine hübsche senfgelbe Lampe gestellt hat, die sie aus irgendeinem Sperrmüll an der Straßenseite gezogen hat. Wie kommt er aus der Nummer raus? Er will Boje nicht helfen. Ganz bestimmt nicht. Andererseits wäre es interessant zu sehen, was im sogenannten Businessplan dieses Typen so steht.

»Na gut, ich kann ja mal einen Blick darauf werfen«, antwortet Vincent also und nickt.

»Super! Du bist der Beste!« Greta klatscht in die Hände und strahlt. »So, und jetzt noch was anderes.« Sie geht zur Kaffeemaschine und bringt die halb leere Kanne an den Tisch. Während sie Vincents Rainer-Tasse erneut füllt, redet sie schon weiter. »Ich hab heute Nacht noch mal über unsere Pläne fürs Wohnzimmer nachgedacht, die du mir letzte Woche gezeigt hast. Und, na ja, also irgendwie fehlt da noch was.«

Nicht schon wieder. Vincent hebt den Kopf und bemerkt, wie

sein Augenlid zu zucken beginnt. Sie haben sehr, sehr lange über Einrichtung und Stil des Wohnzimmers diskutiert. Was nicht sehr sinnvoll ist, das ist Vincent schon klar. Schließlich ist das hier ja nur ein Aufhübschen, um die Villa verkaufen zu können. So hat es sich aber nicht angefühlt, und vielleicht haben sie das ja beide irgendwie ausblenden wollen, weil es so viel Spaß gemacht hat. Und weil dadurch einige Grundsatzdiskussionen losgetreten wurden.

Ein *Familienwohnzimmer* hat Greta sich gewünscht. Ein Raum, der *Spaß* und *Gemütlichkeit* gleichermaßen vermittelt.

Familienwohnzimmer, Spaß, Gemütlichkeit.

Vincent bemerkte, dass er da an eine Grenze stieß.

Er erinnerte sich an das Wohnzimmer seiner Kindheit. Klein war es. Mit einer Schrankwand auf der einen Seite des rechteckigen Zimmers und einer hässlichen, braunen Couch auf der anderen. Darüber hing ein länglicher, dünn gewebter Wandteppich, auf dem die Silhouetten zweier Frauen zu sehen waren. Den Teppich hatte Vincents Mutter mit aus Vietnam gebracht. Platz dafür hatte sie, weil sie ohnehin nicht viel besaß, was sie in den kleinen Koffer hätte packen können. Der Teppich war grau und braun und passte gut in den stickigen, dunklen Raum. Zwar legte sein Vater sehr viel Wert auf Sauberkeit. Trotzdem schien sich immer eine Schicht Staub auf allem zu legen. Oder war das Traurigkeit?

Da saß sein Vater jeden Abend. Ganz allein. Und Vincent saß in seinem Zimmer. Baute Häuser aus Schuhkartons oder zeichnete oder las in einem der Bücher, die er in großen Stoffbeuteln aus der Bücherei nach Hause schleppte. Wenn Vincent aus der Schule kam, war sein Vater meistens noch nicht da. Andere Kinder unterhielten sich in den Pausen darüber, was sie während dieser elternfreien Zeit so im Fernsehen anschauten. Grundsätzlich hatte auch Vincent Interesse daran, sich diese Sendungen anzuschauen. Aber der einzige Fernseher befand sich in der Schrankwand, zwischen dem Staub und der dicken Luft und der ganzen Traurigkeit. Gemütlichkeit war definitiv nichts, was er mit dem Zimmer aus seiner Erinnerung verbindet. Deshalb weiß er auch nicht, wie sich eine *richtige Familie* ihr Wohnzimmer so vorstellte. Anders als Greta.

Dann noch das Wort *Spaß*. Das Vincent vor eine noch größere Herausforderung stellt. Was soll das überhaupt sein: *Spaß*. Also, nicht, dass er das grundsätzlich nicht versteht. Aber wie sich das anfühlt, musste er erst googeln. Dass Spaß *energetisierend* und gleichzeitig *erheiternd* sei, stand irgendwo. Womit er nicht viel mehr anfangen konnte. Weil er in seinem Gehirn keinen konkreten Zusammenhang zwischen den Worten und einem Gefühl hervorrufen konnte. Genauso wenig wie zwischen den Begriffen *Zuhause* und *Spaß*.

»Spaß kann man nicht beschreiben«, sagte Greta. »Was ist das denn überhaupt für 'ne Frage? Du kannst mir unmöglich erzählen, dass du das nicht weißt? Überleg mal richtig: Was machst du denn so, wenn du Spaß haben willst?«

Doch Vincent hatte keine Antwort. Und die hat er auch jetzt noch nicht.

»Was meinst du mit: Da fehlt noch was? Dir hat mein Pinterest-Board mit den Wohnzimmer-Ideen doch gefallen, oder täusche ich mich da?«

Greta schüttelt den Kopf und setzt sich die Glitzer-Schildkröte auf den pinken Arbeitsanzug. Was ein skurriles Bild abgibt, das Vincent ein wenig zum Lachen bringt. Bis er wieder an das denkt, was Greta gerade gesagt hat. Während seiner Recherche hat Vincent die Worte *fun living room* in die Suchleiste von Pinterest eingegeben. Er hat eine Melange aus Bildern gesammelt und Gretas Wünsche auf ein für mögliche Hausinteressenten vertretbares Maß an Individualität heruntergetunt.

»Das mit den bunten Kissen und den Beistelltischen in organischen Formen finde ich immer noch super. Das helle Sofa und der riesige Kasten in Marmoroptik als Couchtisch sind auch cool.«

»Aber?«

Jetzt ist Vincent tatsächlich gespannt. Weil er keine Ahnung hat, wie er sein Konzept noch verbessern kann. Seiner Meinung nach erfüllt das, was er recherchiert hat, perfekt die Ansprüche, die Greta ihm genannt hat. Entstehen wird ein Raum, der Möglichkeiten für abendliche Brettspiele, für gemütliche Stunden vorm Fernseher, Cocktails mit Freunden und sogar genug Platz für morgendliches Yoga bietet. Mal abgesehen von dem Farbkonzept, das ihm immer besser gefällt. Und was durch die neutralen Grundfarben des Raumes und die knalligen Effekte der Deko gut zur Küche passt. Wenn Greta jetzt also alles wieder umwerfen will, dann …

»Ich weiß nicht so richtig.« Greta lehnt sich auf ihrem Stuhl zurück und sieht ihn an. Sie kratzt sich am Kopf. Vincent gibt in der Zwischenzeit dem Betteln des Dackels nach und hebt ihn auf seinen Schoß. Der quittiert das mit einem Grunzen und macht sich daran, ihm akribisch die Hände abzuschlecken.

»Ich hab das Gefühl, dass an deinem Konzept noch was fehlt. Irgendwas, das witzig ist und fröhlich und nicht so ernst.« Sie schließt kurz die Augen und öffnet sie wieder mit einem Lächeln. »Ich glaub, ich hab's …« Sie hält inne, und Vincent weiß schon jetzt, dass sie gleich eine ihrer verbalen Konfettibomben über ihm abwerfen wird. »Wir brauchen irgendwas mit Pinguinen. Jawohl, Pinguine.«

»Aber …« Vincent weiß tatsächlich nicht, was er darauf antworten soll. »Warum denn Pinguine?«

»Na ja, also, versteh mich jetzt nicht falsch. Ich liebe das ganze Beige und Weiß und die Farbtupfer dazwischen ganz besonders. Aber irgendwie ist das nicht mutig genug. Da fehlt was.«

Vincent lehnt sich nach vorn, und gerade ist es ihm egal, dass er gleich mit seiner tiefen, langsam-sonoren Beraterstimme antworten wird. »Und Pinguine sind … mutig?«

»Voll!« Greta nickt schnell, dabei wackelt die Schildkröte auf ihrem Schoß auf und ab.

»Aber …«, Vincent merkt, dass er ins Stottern kommt, »… aber Pinguine können doch noch nicht mal fliegen.«

Einen Moment lang sieht Greta ihn einfach an. So, als hätte er etwas Schockierendes gesagt. Als sie dann spricht, ist es, als hätte sie gerade eine Eingebung. »Natürlich können Pinguine fliegen. Halt nicht an Land. Aber im Wasser, mein Lieber. Im Wasser fliegen Pinguine eleganter als jeder Vogel durch die Luft.«

Vincent legt den Kopf kurz in die Hände und schließt die Augen. Wenn Greta schon nicht rational denken kann, dann wird er das jetzt tun.

»Alles klar, dann fliegen Pinguine eben im Wasser. Aber was soll das bitte mit meinem Wohnzimmer-Moodboard zu tun haben?« Vincent streicht nervös über den Dackelkopf und hat kurz die Vermutung, dass es Gretas Plan sein könnte, ihn in den Wahnsinn zu treiben.

»Eigentlich nichts. Aber irgendwie auch alles.«

Noch ein tiefer Atemzug. »Geht das ein bisschen weniger kryptisch? Oder vielleicht gar nicht kryptisch, das wäre womöglich noch besser.«

»Na ja, also von Pinguinen erwartet man ja nicht sonderlich viel. Die sehen ein bisschen so aus wie Kegel, und besonders elegant sind die auch nicht. Doch dann, wenn sie in ihrem Element, also im Wasser, sind, bieten sie plötzlich voll die Show, und man denkt: Wow, krass! Wo kommt denn das auf einmal her? Irgendwie so wie bei Menschen, die man anschaut und denkt, was für ein Langweiler, ey, und dann sieht man den Typen plötzlich auf der Tanzfläche, und der macht den weltbesten Moonwalk oder einen Robotertanz oder sonst was Supercooles …«

»Alles klar.« Vincent nickt. Aber nur äußerlich. Innerlich schüttelt er vehement den Kopf. »Können wir noch einmal darauf zurückkommen, was das jetzt mit dem Wohnzimmer zu tun hat.«

»Klar können wir das.« Greta steht auf, setzt die Schildkröte auf den Boden und greift nach ihrer Müslischüssel und Vincents. »Dein Konzept ist noch ein bisschen zu vorhersehbar. Da fehlt ein Kontrast oder was Überraschendes oder ... keine Ahnung ... was Lustiges eben. Was, das Spaß macht, was einen ... keine Ahnung ... fliegen lässt wie einen Pinguin im Wasser.«

Und da sind wir wieder. Vincent seufzt und hebt und senkt die Schultern. »Ich glaube, ehrlich gesagt, dass du damit bei mir an der falschen Adresse bist.«

Greta legt den Kopf schief. »Was redest du denn ...«

Weiter kommt Greta nicht, der Klang einer viel zu nahen Krankenwagensirene lässt sie beide zusammenzucken. Der Dackel fängt automatisch an zu bellen, jeder Laut wie die Salve eines Gewehrs. Bis eben war das Geräusch noch in der Ferne und unaufdringlich gewesen. Jetzt ist es, als wäre das Fahrzeug direkt in ihre Einfahrt gefahren. Als beide an die hohen Wohnzimmerfenster treten, sehen sie, dass tatsächlich ein Krankenwagen in eine Einfahrt fährt. Allerdings nicht in ihre. Ein Sanitäter öffnet das riesige hellgrüne Tor der Residenz nebenan.

»Die Gräfin!«, ruft Greta und läuft schon zur Tür, dem Dackel hinterher und ohne Schuhe direkt hinaus in den Garten.

Vincent hebt an zu fragen, ob das ihr Ernst ist. Dass sie die Sanitäter ihre Arbeit machen lassen sollten. Doch dann läuft er hinterher. Vielleicht aus Neugier, vielleicht, weil er sich dafür verantwortlich fühlt, Greta im Notfall von der Unfallszenerie zu entfernen. Nicht, dass sie das mit sich machen lassen würde, aber viel Zeit zum Denken bleibt ihm nicht.

Also rennt er einige Meter hinter Greta und dem Dackel her durch einen ausgedünnten Teil der Hecke, den er bis dahin gar nicht bemerkt hat und der einen direkten Weg in den Garten der Gräfin eröffnet, dann weiter einigen Stimmen folgend auf die andere Seite des Gartens, wo erst Greta und der Dackel und dann auch Vincent überrascht stehen bleiben.

19

*A*ufpassen, Sie Grobian!«

Vincent sieht sich um. Diese Seite des Nachbargartens hat er noch nie gesehen. Weil sie aufgrund des riesigen Anwesens der Gräfin von Gretas Villa aus nicht einsehbar ist. Auch nicht das riesige Hühnergehege, auf dessen Boden eine alte Dame liegt, links und rechts neben ihr die zwei knienden Sanitäter, um diese wiederum eine riesige Schar Hühner, die wie schwarze, braune und weiße Wattebäusche aussehen.

Eines der Hühner pickt immer wieder mit dem Schnabel auf einen der Sanitäter ein, der es von sich zu schubsen versucht, was den Protest der älteren Frau erklärt, bei der es sich selbsterklärend um die Gräfin handelt.

Nicht nur, weil die ja hier wohnt. Sondern auch, weil ihre Aufmachung ganz und gar dem Spitznamen entspricht, den Greta ihr gegeben hat: dunkelgrüner Morgenmantel aus Samt, unter dem ein lindgrünes Nachthemd hervorblitzt, und leicht gewelltes, seidig weißes Haar, in dem jetzt allerdings Federn und Stroh hängen. Einzig die klobigen schwarzen Gummistiefel sehen sehr unadelig aus. Einen davon zieht gerade eine junge Sanitäterin vom Fuß der Gräfin.

»Au, gottverdammt tut das weh. Catherine, jetzt geh endlich aus dem Weg«, ruft die Gräfin und schiebt eines der gackernden Hühner zur Seite.

Vincents Blick bleibt kurz an dem Vogel hängen. Trägt das Tier tatsächlich einen hellblauen Haargummi um die Flauschfedern, die auf seinem Kopf thronen? Ja, tatsächlich.

»Ich werde jetzt Ihren Fuß untersuchen«, erklärt die Sanitäterin mit lauter Stimme.

»Was schreien Sie denn so? Ich liege direkt hier unten, und meine Ohren sind weitaus wéniger schlecht, als es vielleicht den Anschein macht. Also, machen Sie schon, was Sie tun mü… Auuu … Bloody hell!«

Die junge Frau tauscht einen genervten Blick mit ihrem ebenso jungen Kollegen und sieht dann wieder auf den Fuß, den sie nach links und rechts dreht. Sie gibt der Gräfin die Anweisung, den Fuß zu bewegen, und nickt dann, als die das ohne Probleme, aber unter Schmerzenswimmern tut. Währenddessen misst der junge Mann den Blutdruck der Gräfin und lächelt ihr aufmunternd zu.

»Ein bisschen zu niedrig …«, gibt er der Kollegin weiter und dreht den Monitor des Blutdruckgeräts ein wenig, damit sie den Bildschirm auch sehen kann.

»95 zu 65. Na, das ist zwar nicht optimal, aber auch gar nicht mal so schlecht. Der Fuß ist nur leicht verstaucht. Sie bekommen jetzt eine Schmerzspritze von mir, dann geht es Ihnen gleich besser. Und in Ohnmacht gefallen sind Sie bestimmt, weil Sie heute noch nichts gegessen haben, stimmt's?«

Die Gräfin nickt sehr langsam. »Gut möglich, junge Frau. Aber erstens bin ich nicht in Ohnmacht gefallen, sondern über eins der Hühner gestolpert. Ich hatte kurz das Gefühl, nicht mehr aufstehen zu können, und habe deshalb beschlossen, Sie von dem unsäglichen Mobiltelefon anzurufen, von dessen Kauf mich mein Hausarzt überzeugt hat. Was ganz eindeutig übertrieben von ihm *und* mir war. Genauso übertrieben, wie den Rettungsdienst zu rufen. Also verzeihen Sie. Zweitens sind anders als bei Ihrer Generation bei uns Alten immer zuerst die anderen dran. In meinem Fall meine Tiere. Die können sich schließlich nicht selbst Frühstück machen, oder?«

Sie setzt sich langsam auf und sieht sich um.

»Und Sie beiden? Schaulustig, oder wie?« Der Blick ihrer zusammengekniffenen Augen schwankt jetzt zwischen Greta und Vincent hin und her, während sie sich durch das weiße Haar fährt.

»Na, aber hallo!«, ruft Greta und geht auf die Gräfin zu und vor
ihr in die Hocke. Sie streckt ihr die Hand hin. »Ich bin Greta Matuschek, die Enkelin von den toten Nazis von nebenan.« Sie hebt
den Daumen in Richtung ihrer Villa, während die Gräfin ihr ihre
exquisite, zarte Hand reicht.

Die Sanitäter sehen einander an. Vincent beißt sich auf die Lippen, um nicht zu lachen. Das wäre in dieser Situation wohl unpassend. Er blickt nach unten und sieht, dass eines der Hühner direkt
vor ihm steht und ihn ansieht. Dabei dreht es den weißen, pusche-
ligen Kopf von links nach rechts, um den Eindringling ausgiebig
zu betrachten.

In dem überdachten Gehege befinden sich sicher zehn bis
zwanzig Hühner. Wie viele genau es sind, kann Vincent nicht ausmachen, weil einige sich in dem kleinen, lindgrün gestrichenen
Stall aus Holz tummeln und nur ab und an um die Ecke blinzeln.
Was er sehen kann, ist, dass das keine normalen Tiere sind.

Abgesehen von denen, die wie kleine Wattebälle aussehen, gibt
es noch einige sehr dicke mit schwarz-weißen Flecken, braune mit
bauschigen Federn an den Füßen und andere, die wie eine ge-
schrumpfte Version normaler Hühner aussehen. Es scheint keinen
Hahn zu geben. Was auch erklärt, weshalb sie von der Existenz der
Tiere gleich nebenan bisher nichts mitbekommen haben. Auch
der Geruch scheint Vincent für ein Tiergehege eher angenehm. Es
duftet nach frischem Heu und nur ein wenig nach Huhn.

»Ich weiß, wer Sie sind.« Die Gräfin sieht Greta an und sieht
dabei nicht sonderlich freundlich aus. »Die Frage ist, was Sie hier
machen.«

»Na ja.« Greta steht auf und stemmt die Hände in die Hüften.
»Wir haben den Rettungswagen gesehen und gedacht, dass wir
kurz nachschauen, ob alles in Ordnung ist. Schließlich sind wir
Nachbarn, zumindest zeitweise.«

»Vielleicht wäre es gut, würden Sie Frau von Bommel während

der nächsten Tage ein bisschen im Auge behalten. Weil sie ja sonst niemanden hat, der ...«, sagt die Sanitäterin, so leise sie kann, an Greta gewandt.

»Also hören Sie mal!« Die Gräfin kommt langsam und nur mithilfe des Sanitäters auf die Beine, doch ihr Körper scheint vor Empörung ganz angespannt. »Ich bin zweiundachtzig Jahre alt und topfit, und zwar nicht nur *für mein Alter*. Ich benötige ganz sicher niemanden, der mich beaufsichtigt. Und nur weil ich Ihnen gesagt habe, dass Sie niemanden benachrichtigen müssen, heißt das noch lange nicht, dass *da niemand mehr ist!*« Sie schüttelt den Kopf und den Arm des Sanitäters ab, der sie immer noch zu stützen versucht. »Also wirklich. Und jetzt machen Sie, dass Sie alle aus dem Gehege kommen. Meine Hühner werden ja noch verrückt bei der ganzen Aufregung.«

Die Sanitäterin presst kurz, aber fest die Lider zusammen, nickt dann. »Gut, dann lassen wir Sie jetzt in Ruhe, Frau von Bommel. Bitte legen Sie das Bein möglichst hoch und kühlen die Verstauchung. Falls es innerhalb der nächsten Tage nicht besser wird, wenden Sie sich bitte umgehend an Ihren Hausarzt, in Ordnung?«

Die Gräfin lehnt in der Zwischenzeit mit dem Rücken an den Hühnerstall. Sie hat ganz klar Schmerzen. Aber genauso klar scheint zu sein, dass sie das nicht zugeben wird.

»Gut, vielen Dank«, murmelt sie, als koste sie auch das Überwindung, während die Sanitäter das Gehege verlassen. »Und Sie beide«, sie zeigt mit einem schmalen Finger erst auf Vincent, dann auf Greta, »was stehen Sie hier noch rum?«

»Na ja, also«, Vincent sieht zu Greta, die ihm zunickt, »es geht Ihnen ganz eindeutig nicht gut, und obwohl ich verstehe, dass die Sanitäter weitermüssen, gilt das nicht für uns. Also, was ich sagen will, ist, dass wir ja noch kurz hierbleiben und Ihnen ins Haus helfen können, Frau von Bommel. Und dann gehen wir auch schon wieder. Nur ein bisschen Hilfe beim Treppensteigen. Das war's schon.«

Die Miene der Gräfin entspannt sich ein wenig, ihre Schultern sinken nach unten. Sie betrachtet Vincent und sieht dabei recht wohlwollend aus.

»Ja, in Ordnung«, sagt sie ein bisschen leiser und weniger resolut.

Vincent fühlt, wie ihm das Herz schwer wird. Genauso hat er seine eigene Großmutter in Erinnerung, dabei hat er sie nur ein einziges Mal getroffen, da war er sechzehn und die Großmutter zu Besuch aus Vietnam. Eigentlich war sie bei Vincents Mutter in München, bestand aber darauf, einen Ausflug nach Dresden zu unternehmen, um ihren Enkel zu treffen. Bei ihrer Ankunft versuchte er, ihre Reisetasche aus dem ICE zu heben, doch davon wollte sie nichts wissen. Und auch sonst wirkte sie sehr hart und war wenig gesprächig, obwohl ihr Englisch ein bisschen besser war als das seine damals. Einzig, als sie ihm ein rechteckiges, rot eingepacktes Geschenk reichte, hatte sie Tränen in den Augen. Darin befand sich ein gerahmtes Foto von der Großmutter und Vincents Mutter. Die war in München geblieben. Nicht nur wegen der jüngeren Halbgeschwister, da war sich Vincent sicher. Sie hatte einfach kein Interesse daran, ihn zu sehen. Und das tat kaum mehr weh. Die Mutter hatte ein neues Leben ohne Vincent, das war eine Tatsache, die er schon lange akzeptiert hatte. Er hatte beschlossen, einfach nicht mehr an sie zu denken. So zu tun, als ob es sie nie gegeben hätte. So, als hätte sie ihn und den Vater nicht von einem Tag auf den anderen für einen anderen Mann verlassen.

Da auch sein Vater jedes diesbezügliche Gespräch ablehnte, war das zwar nicht einfach, aber mit der Zeit möglich geworden. Weshalb es ihm schwerfiel, beim Auspacken des Fotos irgendeine Freude vorzutäuschen.

Die Mutter trug einen eleganten, kamelfarbenen Mantel, das

Haar lang und gepflegt. Sie lachte in die Kamera, und Vincent hatte vergessen, wie schön dieses Lächeln war, mit den großen, geraden Zähnen und den strahlenden Augen. Ja, die Mutter sah glücklich aus. Und das war wohl der größte Verrat.

Was hatte sich die Großmutter überhaupt dabei gedacht? Sollte das Foto irgendeine Art Trost dafür sein, dass Vincent seiner Mutter vollkommen gleichgültig war? Der Besuch wurde danach nur noch unangenehmer, und Vincent konnte nicht behaupten, dass sie sich sonderlich nahegekommen wären. Sie fragte nach der Schule und nach seinen Noten. Ob er ein Instrument spiele und ob er ein bisschen Vietnamesisch spreche. Er holte sie von der kleinen Pension ab, in der sie schlief, und zeigte ihr alle Sehenswürdigkeiten, die Dresden so zu bieten hatte. Doch alles in allem war ihr zweitägiger Besuch randvoll mit unangenehmer Stille und wenig Herzlichkeit gefüllt und Vincent froh, als die alte Dame wieder in den Zug stieg.

Nur kurze Zeit später rief seine Mutter an und erzählte ihm, dass die Todesursache Bauchspeicheldrüsenkrebs gewesen sei. Sie sprach deutsch mit Vincent, so wie sie es immer tat. Während im Hintergrund die Halbgeschwister auf Vietnamesisch stritten.

Die Großmutter hatte gewusst, dass sie sterben musste, als sie ihn besuchte. Deshalb auch das Foto, vermutete er.

Eigentlich kannten sie sich gar nicht wirklich. Trotzdem empfand er die Nachricht über ihren Tod seltsam beunruhigend. Vielleicht, weil es nur wenige Menschen gab, denen sich Vincent verbunden fühlte. Ihre Verbindung fußte auf derselben DNA, nicht mehr. Und doch: Er fühlte sich nach dieser Nachricht noch ein wenig einsamer, als er es ohnehin immer tat.

»Also, was starren Sie denn so? Helfen Sie mir jetzt ins Haus, oder sollen wir hier ewig im Hühnermist stehen?« Vincent schüttelt den Kopf, um sich aus den unwillkommenen Erinnerungen zu reißen, und geht zu Frau von Bommel. »Natürlich«, murmelt er und hält ihr den Arm hin. Greta tritt auf die andere Seite der Frau und stützt sie von dort aus. Trotz der immer noch vorhandenen Feindseligkeit seitens der Gräfin ist Vincent froh, dass er und Greta geblieben sind. Denn ihre Schmerzen sind eindeutig größer, als sie es sich anmerken lässt. Und obwohl sie es bestimmt hassen würde, das zu hören, fühlen sich die Arme der Frau klein und schmächtig an, Vincent kann sich nur wundern, dass die Sanitäter sie nicht zur Sicherheit mit ins Krankenhaus genommen, sondern sie in gewisser Hinsicht sich selbst überlassen haben. Andererseits ist höchst zweifelhaft, ob sie sich überhaupt hätte mitnehmen lassen.

Als sie ins Haus treten, ist Vincent kein bisschen überrascht davon, dass er sich fühlt, als wäre er in eine Ausgabe von *Homes & Gardens* geraten. Eine Sonderausgabe sogar, über die schönsten Häuser des britischen Landadels oder so was in der Art. Alles ist in dunklen, starken Farben gestrichen, in tiefen Blau- und Grüntönen. Aus dem riesigen Eingangsbereich führt eine geschwungene Treppe ins Obergeschoss. Ganz ähnlich der von Gretas Villa.

Vincent hilft der Gräfin, sich auf eine Holzbank neben der Tür zu setzen, zieht ihr vorsichtig den verbliebenen Gummistiefel von den Füßen und stellt ihn neben die Tür zu einer langen Reihe ähnlicher Modelle in unterschiedlichen Farben. Er muss sich daran erinnern, den anderen Stiefel später aus dem Gehege zu holen. Sie stützen die Gräfin von jeweils einer Seite und lassen sich von ihr in ein riesiges Zimmer lotsen, und Vincents Augen sind einen Moment lang fast überfordert von all der Kunst, die sie umgibt. An den Wänden hängen keine Porträts von grimmig dreinblickenden Vorfahren der Gräfin oder ihres Gatten, wie Vincent stereotypisch vermutet hätte. Stattdessen ist fast jeder Zentimeter mit modernen, teilweise abstrakten Kunstwerken behängt.

Sie bringen die Frau in ein Wohnzimmer mit hohen Decken und einer riesigen Wand, die nur aus Büchern zu bestehen scheint, und betten ihren kleinen Körper auf ein riesiges dunkelblaues Sofa aus Samt. Greta nimmt drei dunkelgrüne Kissen und legt darauf vorsichtig das verletzte Bein der Gräfin ab.

»So«, sagt sie und setzt sich auf einen riesigen hölzernen Couchtisch vor die Dame, die das mit einer kritisch gehobenen Braue beantwortet. »Was machen wir jetzt? Haben Sie die Hühner noch füttern können?«

Die Gräfin bleibt einen Moment still, so als denke sie über ihre Möglichkeiten nach. Dann blinzelt sie einige Male mit ihren kleinen hellblauen Augen, und ihre Gesichtszüge verraten, dass sie sich der Situation zu ergeben scheint.

»Nein«, antwortet sie und scheint sich für das zu wappnen, was sie daraufhin sagt. »Wenn Sie das übernehmen könnten, wäre das überaus freundlich von Ihnen. Das Futter steht noch in dem großen Eimer mit Deckel direkt im Gehege. Füllen Sie einfach die grünen Futterautomaten, die überall herumstehen. Und wenn Sie auch die Wasserspender auffüllen könnten, wäre ich Ihnen sehr verbunden. Ein Wasseranschluss befindet sich neben dem Haus, eine Gießkanne direkt daneben. Könnten Sie eventuell auch meinen fehlenden Stiefel mitbringen?«

Greta salutiert und läuft aus dem Zimmer. Die Gräfin atmet aus und besieht sich ihren Fuß.

»Was kann ich für Sie tun?«, fragt Vincent und hätte fast die Frage nachgeschoben, ob er jemanden für sie benachrichtigen könne. Zum Glück ist ihm noch eingefallen, was die Sanitäterin gesagt hat.

»Tee. Sie könnten in die Küche gehen und mir einen starken schwarzen Tee kochen. Der Kessel steht auf dem Herd, Tee und Zucker daneben.«

Plötzlich scheinen der Dame die Anweisungen sehr leicht über die Lippen zu gehen. Vielleicht liegt es auch daran, dass sie seine Anwesenheit in ihrer Nähe auf ein Minimum beschränken will und ihm deshalb irgendeine Aufgabe zugeschoben hat.

In jedem Fall ist Vincent froh, ungestört einen weiteren Blick in das Haus werfen zu können. Auch die riesige Küche sieht aus, als hätte sie jemand aus dem Set-Designteam von Downtown Abbey gestaltet. Auf dem riesigen Gasherd steht tatsächlich ein kupferfarbener Teekessel. Bestimmt ist der von der *Richmond Kettle Company,* denkt er, und die Annahme bestätigt sich, als er zu der weißen, großen Keramikspüle geht und die Kanne umkippt, um den Rest Wasser auszuschütten. Auf dem äußeren Boden des Schmuckstücks steht der Markenname.

Er füllt die Kanne, stellt sie auf den Herd und lehnt sich kurz an die alte Kücheninsel aus Holz. Über dem Herd hängt ein Regalbrett, auf dem zahlreiche Kupfertöpfe in unterschiedlichen Größen stehen, und darüber eine große Uhr. Nach zehn ist es schon. Falls die Gräfin bis eben noch nichts gegessen hat, sollte er ihr vielleicht einige Kekse zu ihrem Tee servieren. Wobei sie es sicher nicht gerne sieht, wenn jemand in ihren Schränken wühlt. Doch weil er das auf der Suche nach einer Tasse ohnehin wird tun müssen, kann er auch gleich nach etwas Essbarem Ausschau halten.

Also öffnet er den Schrank neben dem Ofen. Doch da findet er nur einige schwere Teller unterschiedlicher Größe. Er sucht weiter, stößt auf ein Regal voller Tassen, doch Nahrungsmittel sind da keine. Im Kühlschrank finden sich nur eine offene Packung H-Milch, eine weiße Butterdose aus Keramik und ein offenes Marmeladenglas. Aber irgendwo muss doch … Vincent überlegt, während er einen Teebeutel aus der Dose neben dem Herd nimmt, ihn in die bauchige Tasse legt und dann heißes Wasser darauf gibt.

Der Tee riecht stark und lecker, und bevor er darüber nachdenken kann, ob das jetzt in Ordnung ist, nimmt Vincent zwei weitere Tassen. Er will gerade nach einem schweren Tablett mit Blumenaufdruck greifen und die drei Teetassen darauf platzieren, als es ihm einfällt. Als er hereinkam, war da vor der Küchentür ein deckenhoher Einbauschrank.

Er geht durch die Küchentür und öffnet die mächtigen dunkelblauen Schranktüren, die in der Farbe der Wand gestrichen sind. So wie vermutet, ist das hier ein Vorratsschrank. Doch abgesehen von einer offenen Tüte mit Toast, weiteren Packungen H-Milch, einigen Gläsern Marmelade und zwei Linsensuppen aus der Dose ist da nichts.

Er nimmt zwei Scheiben aus der Toastpackung und steckt sie in den alten Toaster neben dem Herd. Noch einmal geht er zum Vorratsschrank, holt ein Glas mit Orangenmarmelade daraus hervor und bestreicht die Toastscheiben dick mit Butter und Marmelade. Als er zurück ins Wohnzimmer kommt, ist auch Greta wieder da. Sie sitzt der Gräfin gegenüber auf einem großen Sofa und hat die Beine auf den Couchtisch gelegt.

»Nein, also die Dicken sind Orpingtons. Die gehören zu den schwersten Hühnerrassen der Welt, sind gleichzeitig aber besonders freundlich. Ich bin im Süden von London aufgewachsen. Da kommt diese Rasse ursprünglich her. Vielleicht mag ich sie auch deshalb so.« Erst als er das Tablett mit Tee und Toast auf den Tisch stellt, bemerkt Vincent, dass auch die Füße der Gräfin jetzt auf einem Kissen auf dem Couchtisch thronen. Die lässt sich nicht von ihm ablenken, sondern erzählt weiter und sieht dabei schon wesentlich weniger blass aus.

Vincent setzt sich neben Greta und sieht, dass die Gräfin sogar lächelt. Greta lehnt sich nach vorne und greift nach einer der Teetassen. »Ich finde ja die kleinen Weißen am schönsten, die wie Staubwedel aussehen.«

»Das sind Seidenhühner. Eine alte asiatische Zuchtform, deren Gefieder eher wie Fell wirkt. Ihre Eier sind winzig, deshalb sind sie nicht sonderlich wirtschaftlich. Sie werden gehalten, weil sie absolut bezaubernd aussehen.«

Sie erzählt das, als wäre sie eine Professorin und Vincent und Greta aufmerksame Studenten. Was auf Greta auch zuzutreffen scheint. »Und was ist mit den ganz Kleinen? Also denen, die aussehen, als hätten sie einen Hut aus Federn auf dem Kopf.«

Die Gräfin nickt und greift nach einer Tasse und dem Teller mit dem Toastbrot. Dass er ohne ihr Einverständnis etwas zu essen gemacht hat, lässt sie unkommentiert. Dabei ist sie bestimmt keine Person, die es schätzt, wenn jemand Entscheidungen für sie trifft. Nicht einmal, wenn es sich nur um die Wahl ihrer Mahlzeit dreht. Dafür beißt sie ziemlich genüsslich in ihr Brot, verschluckt sich aber fast, als hinter ihr eine weitere Stimme ertönt.

»Das sind Zwerg-Paduaner. Eine sehr scheue Rasse, die zu den Ziergeflügeln gezählt werden.«

In der offenen Flügeltür des Wohnzimmers steht Kurt. Er trägt seinen Blaumann und sieht zu Vincent. »Wann kommst du, Vincent? Wir müssen weitermachen, sonst können wir unseren Zeitplan nicht einhalten.« Er hält das Klemmbrett hoch.

»Um Gottes willen, Herr Mai. Was machen Sie denn schon wieder hier? Das Thema hatten wir doch schon, Sie können hier nicht einfach ohne Erlaubnis reinschneien. Ihre Schwester hat mir das hoch und heilig versprochen. Und Sie auch, wenn ich mich recht erinnere. Irgendwann bekomme ich noch einen Herzinfarkt, wenn Sie immer so hier reinplatzen.«

Anders als bei den Sanitätern sieht Frau von Bommel nicht ganz so verärgert aus. Sondern so, als hätte sie sich wirklich erschrocken. Kurt reagiert erst einmal gar nicht. Stattdessen starrt er auf Vincents Füße und hebt noch einmal sein Klemmbrett, um seine Frage stumm zu wiederholen.

»Kurt kommt gleich wieder mit uns mit, Frau von Bommel. Aber kurz musst du noch warten, Kurt. Am besten setzt du dich, falls das für Frau von Bommel in Ordnung ist«, sagt Greta und zeigt auf einen der dunkelblauen Samtsessel, die neben der Sofagruppe stehen.

Sie wendet sich wieder der alten Frau auf dem Sofa zu.

»Völlig verrückt ist das.« Greta dreht sich zu Vincent und dann wieder zur Gräfin. »Ich komme seit sechsunddreißig Jahren hierher und hatte keine Ahnung, dass nebenan preisgekrönte Hühner wohnen.«

»Na ja, also, an Wettbewerben haben wir schon seit vielen Jahren nicht mehr teilgenommen. Als ich noch unterrichtet habe, kamen zumindest immer wieder Kunststudenten, um die Tiere zu zeichnen oder zu malen. Da sind ziemlich verrückte Werke rausgekommen, das können Sie mir glauben. Doch seit mich dieser schreckliche neue Dekan in den Ruhestand gezwungen hat, erfreue nur noch ich mich an ihnen. Na ja, und Kurt Mai von nebenan, der einfach unbelehrbar ist und sich nicht von meinen Hühnern fernhalten kann.«

»Ich prüfe ab und an, ob die Sicherheit der Tiere noch gewährleistet ist und somit kein Fuchs oder Marder in das Gehege eindringen kann.« Kurt blinzelt einige Male, und sein Gesichtsausdruck verrät, dass er gar nicht versteht, warum das ein Problem sein sollte.

»Dabei lassen Sie leider die Information aus, dass Sie das völlig ungefragt tun. Aber sei's drum«, antwortet Frau von Bommel, sieht allerdings kein bisschen verärgert aus. »Besser, als wenn nur ich mich an ihrer Schönheit erfreuen kann.«

Obwohl sie das genauso klar und artikuliert sagt, wie sie auch alles andere ausspricht, war da gerade ein kleiner Bruch in ihrer Stimme. Und während Greta irgendetwas erwidert, sieht Vincent sich um. Wohin auch immer er den Kopf dreht, überall ist Kunst. Grazile Zeichnungen, große Stillleben in Öl, kleine Radierungen in Schwarz und Weiß und einige Werke, die zugegeben auch von Kleinkindern stammen könnten, füllen die Wände vom Boden bis zum Stuck der Decke. Stammen Letztere vielleicht von den Kindern der Gräfin? Oder ihren Enkeln?

Doch als Vincent sich weiter umsieht, sind da keine Familienfotos. Weder auf dem breiten Kaminsims noch an irgendeiner der

Wände, weder im Bücherregal noch auf dem schwarzen Flügel am Ende des Raumes. Nur auf einem kleinen Tisch neben einem Sessel in der Ecke steht die gerahmte Fotografie eines jungen Mannes, dessen Gesicht von vielen dunklen Haaren eingerahmt wird. Die Frau daneben muss eine etwa fünfzigjährige Gräfin sein. Sie sieht glücklich aus, genau wie der vielleicht achtzehnjährige Mann neben ihr, der Vincent irgendwie bekannt vorkommt. Doch ganz sicher ist er nicht, weil der Raum durch die dicken, halb geschlossenen Samtvorhänge trotz der Frühsommersonne ein bisschen düster ist.

Der Raum ist geschmackvoll, irgendwie feudal mit den hochwertigen Stoffen von Kissen, Sofas und Sesseln und auf seine Art sogar ein bisschen verspielt. Trotzdem beschleicht Vincent das Gefühl, dass in diesem Raum niemand mehr besonders viel *Spaß* hat.

»… oder, Vincent?«

Vincent dreht sich zu Greta und neigt fragend den Kopf.

»Wir kümmern uns während der nächsten Tage um die Hühner, und mit Essen werden wir Frau von Bommel auch versorgen, oder nicht?«

»Selbstverständlich machen wir das«, antwortet Vincent und bemerkt, dass er nicht eine Sekunde hat zögern müssen für seine Antwort.

»Aber ich habe Ihnen schon gesagt, dass das nicht nötig ist. Ich habe das immer hinbekommen und werde das auch jetzt allein stemmen.«

Doch Frau von Bommel kennt Greta eindeutig nicht. Würde sie das tun, wüsste sie, dass für Greta *nein* grundsätzlich *vielleicht* bedeutet.

20

*U*nd so ist es gekommen. Noch am Abend des Vortags kehrte Greta ins Nachbarhaus zurück, um nach Frau von Bommel und den Hühnern zu sehen. Dabei fiel auch ihr auf, dass im Haus der Gräfin kaum Lebensmittel vorhanden waren.

Anders als Vincent hatte sie allerdings nicht vor, das einfach so stehen zu lassen. Heute Vormittag fuhren er und Greta also zum Supermarkt, und jetzt stehen sie beide und mehrere Tüten mit Einkäufen in der großen Küche des Nachbarhauses. Die Gräfin leidet noch immer unter Schmerzen, ist ihnen aber trotzdem schimpfend hinterhergehumpelt und setzt sich jetzt noch immer schimpfend auf einen Stuhl.

»Ich habe Ihnen gesagt, dass ich keine Hilfe brauche.«

Vincent ist die Situation extrem unangenehm, doch Greta beachtet die schimpfende Frau gar nicht, sondern bestückt deren Kühlschrank mit Obst, Joghurt und Salat.

»Ich weiß, was Sie gesagt haben«, brummt sie und dreht sich nicht einmal um. »Aber *ich* sage Ihnen, dass Sie unsere Hilfe absolut brauchen. Und im Übrigen bin ich froh, dass Ihnen das mit dem Fuß passiert ist, weil Sie sonst weiterhin von Toastbrot und Tee gelebt hätten.«

Darauf weiß die Gräfin keine Antwort. Greta hat offenbar ins Schwarze getroffen, denn die Frau in ihrem luxuriösen Morgenmantel auf dem alten Küchenstuhl starrt sie einfach nur an.

»Ältere Menschen brauchen nicht mehr so viel.« Das klingt trotzig.

»Duschen ältere Menschen auch nicht? Oder waschen ihr Haar ohne Shampoo? Und brauchen sie auch keine Kleidung?«

»Also hören Sie mal! Wer hat Ihnen erlaubt, in mein Badezimmer zu gehen? Und in meinen Sachen zu wühlen?« Vincent kann sich sehr gut vorstellen, wie sie sich fühlt. Denn das wäre auch sein persönlicher Albtraum.

»Niemand hat mir das erlaubt. Ich bin einfach ein sehr übergriffiger Mensch. Aber manchmal ist das auch gut. Zum Beispiel dann, wenn man eine Nachbarin hat, die so stur ist, dass sie nicht um Hilfe bittet.«

Darauf sagt die Gräfin nichts, sondern verzieht den Mund zu einem strengen Strich. Ihre Haare liegen auch heute wieder perfekt, und Vincent fragt sich, wie sie das ohne Shampoo hinbekommt. Auch der Morgenmantel sieht nicht schmutzig, wenn auch aus der Nähe betrachtet etwas mitgenommen aus.

Als er und Greta die Einkäufe verstaut haben, nimmt Vincent einen großen Bronzetopf vom Regal, füllt ihn mit Wasser und legt eine Packung Linguine daneben. Er schneidet eine rote Zwiebel in große Stücke und brät sie in reichlich Olivenöl mit Zuckerschoten, süßen Cherrytomaten und gewürfelten Zucchinistückchen an, bis die Tomaten platzen und ihren Saft abgeben. Dazu gibt er noch ein halbes Glas passierte Tomaten, Salz, einen fertigen tiefgekühlten Kräutermix, ein wenig Zucker und einen Schuss Rotwein, den sie ebenfalls mitgebracht haben.

Eigentlich wollte Greta Spaghetti mit einer fertigen Tomatensoße kochen. Doch als sie in der Gemüseabteilung des Supermarkts standen, überkam ihn große Lust, sich an den saftig-roten Tomaten, den glänzenden Auberginen und den gelben und grünen Zucchini zu bedienen. Einfach seinem Gefühl zu folgen und zu kochen. So, wie er es manchmal in der ehemaligen WG-Küche getan hatte.

Und so, wie er es jetzt an diesem frühen Mittag an einem eigentlich fremden Herd tut, der sich allerdings so gar nicht fremd anfühlt. Außerdem mag er Gretas schiefes Lächeln und den Blick, der immer wieder zu ihm findet, während er kocht und sie sich mit der Gräfin unterhält. Die versucht immer noch, streng dreinzublicken. Doch Vincent kann sehen, dass es ihr nicht gänzlich missfällt, sie beide hier in der Küche zu haben.

Genauso wenig wie das Essen, das die drei jetzt auf den sicher unglaublich teuren Sofas der Gräfin verzehren. Die muss nämlich den Fuß wieder hochlegen, bestand aber darauf, dass sie zusammen essen. Nach dem dritten Glas Wein fängt sie an zu erzählen. Davon, dass es ihr mittlerweile schwerfällt, alleine einkaufen zu gehen. Auto fährt sie schon lange nicht mehr. Wobei der Weg zum Supermarkt nicht das Problem sei. Sie könne nur nicht mehr so viel tragen und habe sich deshalb eben auf Toast und Butter und Haferkekse beschränkt. Vincent kann sich das kaum vorstellen. Nur Toast und Butter. Da war ja sein eigener Diätplan kreativer.

Gleichzeitig fühlt er Mitleid und Betroffenheit, weil … Nein, jetzt nicht an den eigenen Vater denken. Der kann sich sicher noch gut selbst versorgen. Er ist schließlich keine zweiundachtzig, sondern einundsiebzig. Aber bald. Irgendwann. Irgendwann muss er zu ihm fahren und … sich kümmern. Und plötzlich taucht da wieder etwas auf, am Ende des Zimmers. Doch, doch … dahinten am Klavier. Wo kommt das jetzt auf einmal her? Er dreht sich um und fühlt, wie die Augen der Gräfin den seinen folgen. Nein, nein, nein. Er greift nach dem Rotweinglas und schüttet den Rest seine Kehle runter.

»Warum haben Sie sich kein Essen liefern lassen?«, fragt er und versucht, sich auf die Gräfin zu konzentrieren.

»Weil ich kein Pflegefall bin und ganz bestimmt kein Essen auf Rädern essen werde.« Die Gräfin verschränkt die Arme vor der Brust und hebt das Kinn ein wenig.

»Oh, Entschuldigung. Das habe ich gar nicht gemeint. Es gibt ja auch Supermärkte, die Essen liefern, und sogar Kochboxen, die direkt nach Hause kommen und schon alle Zutaten enthalten, aus denen man unterschiedliche Gerichte kochen kann.«

Frau von Bommel wiegt den Kopf. »Selbstverständlich gibt es das. Aber, um ganz ehrlich mit Ihnen zu sein ... und ich hoffe, Sie entschuldigen meine Aufrichtigkeit, aber ... ich muss zugeben, dass das für mich keinen großen Stellenwert hat. Ich habe einfach keinen Appetit mehr. Und Kleidung brauche ich auch kaum. Ich bin ja meistens im Haus oder im Garten, also wäre es eine Verschwendung, mir auf die letzten Jahre etwas Neues zu kaufen. Und zum Waschen brauche ich nicht mehr als ein Stück Seife und einen Schwamm.« Sie unterbricht sich und setzt sich ein wenig gerader hin. »Bitte entschuldigen Sie, das wollte ich gar nicht alles erzählen. Hört sich ja fast so an, als würde ich mich beschweren. Was ich nicht tue, denn ich habe alles, was ich brauche. Vor allem meine Ruhe. Oh, und meine Hühner, nicht zu vergessen. Um die kümmere ich mich selbstverständlich, da kommt seit Jahren meine Tierärztin einmal im Monat und bringt mir alles Mögliche an Futter vorbei und kontrolliert die Tiere.«

Sie nickt mehrmals und trinkt einen weiteren Schluck Wein. Greta, die einige Zeit sehr still gewesen ist, schüttelt den Kopf. »Sie merken aber schon, dass das so nicht geht, oder?«

Die Gräfin stellt ihr Glas auf dem Couchtisch ab und hebt die Brauen. »Entschuldigung?«

»Na, jetzt tun Sie nicht so. Das ist doch ... ich meine, so kann doch keiner leben. Also wirklich. Sie sind zweiundachtzig, und so, wie ich das sehe, haben Sie zwei Beine und zwei Hände, und einen klaren Kopf haben Sie auch. Sie wollen mir doch nicht ernsthaft erzählen, dass Sie die nächsten zehn, zwanzig Jahre so weitermachen wollen?«

»Also zwanzig Jahre ist wohl doch ein bisschen über...«

»Nein, ist es nicht!« Greta springt auf, sie scheint außer sich.

Vincent erhebt sich ebenfalls und legt ihr eine Hand auf die Schulter. »Vielleicht sollten wir jetzt mal rübergehen und ...«

»Jetzt versuch bloß nicht, mich abzulenken. Frau von Bommel, so geht das nicht. Zumindest, solange ich nebenan wohne. Tut mir leid.«

Die Gräfin prustet empört und fragt, was genau das heißen solle.

»Wir werden für Sie einkaufen gehen und wenn nötig für Sie kochen, und solange Sie verletzt sind, kommen Sie mit uns rüber in die Nazi-Bude.«

Vincent sieht sich gezwungen, einzuschreiten, da Frau von Bommel jetzt nicht weniger erbost aussieht als Greta. Wofür sie Vincents Meinung nach allen Grund hat.

»Ich glaube, das ist nicht unsere Entscheidung, Greti«, sagte er und will sich am liebsten die Hand vor den Mund halten. Hat er sie gerade Greti genannt? Wenn ja, wo kam das her – und warum? Er schüttelt den Kopf, sieht aber mit Erleichterung, dass Greta ihm gar nicht zugehört hat. Sie und die Gräfin starren einander an. Also legt Vincent noch einmal die Hand auf Gretas Schulter und neigt den Kopf ein wenig, damit sie ihn sieht.

»Außerdem bin ich sicher, dass Frau von Bommel jemanden hat, der sie unterstützt«, sagt Vincent und erinnert sich an das Foto des jungen Mannes.

Greta blinzelt mehrmals und nickt dann. »Stimmt!«, sagt sie und dreht sich wieder zur Gräfin. »Was macht eigentlich Ihr Sohn? Mein Vater hat mal was von ihm erzählt, aber das ist schon ewig her.«

In diesem Moment wird der Raum noch ein wenig dunkler. So dunkel wie das Gesicht der Gräfin, die langsam den Kopf schüttelt. Doch sie sagt nichts. Was Vincent so nervös macht, dass er Greta noch einmal dazu auffordert, jetzt gemeinsam mit ihm hinüberzugehen. Als offenbar auch Greta das Schweigen unheimlich wird, räumen sie gemeinsam die Teller und Töpfe in die Spülmaschine und verlassen das Haus.

Auf dem Weg zur Tür geht Greta noch einmal ins Wohnzimmer zur Gräfin, die sich den letzten Schluck Wein in der Flasche eingeschenkt hat.

»Wir sind noch nicht fertig miteinander! *Ich brauche nichts mehr,* dass ich nicht lache. Das hier geht so nicht, und das werde ich so nicht hinnehmen. Nein. Nicht mit mir!«

Damit verlässt sie erhobenen Hauptes Wohnzimmer und Haus. Vincent hört, wie die Gräfin noch einmal schnaubt, und er bewundert sie dafür, dass sie es bei diesem Schnauben belässt.

21

O Gott, gleich sterbe ich.«

Vincent reicht Greta eine Wasserflasche. Die liegt auf dem Bauch in der Mitte des Wohnzimmerbodens und stöhnt.

»Ich muss gestehen, dass du mich wirklich überrascht hast. Also, nichts für ungut, aber für eine so kleine Person bist du ziemlich stark.« Vincent setzt sich auf die Couch, die beide gerade zusammen ins Wohnzimmer getragen haben. Er fährt mit den Fingern über den hellen Boucléstoff des Ecksofas und entscheidet, dass sie das Möbelstück anders als geplant nicht an die Wand stellen, sondern genau hier in der Mitte des Raumes stehen lassen werden. Das Sofa riecht nach einem angenehm würzigen Raumspray, das sehr gut zu dem Paar passt, das eben vor der Villa gehalten und ihnen die Couch vorbeigebracht hat.

»Na, ihr habt's ja schön«, sagte die junge Frau im geblümten Sommerkleid und betrachtete die Villa. »Das wäre mein Traum. Da könnten wir ja fünf Kinder drin großziehen. Aber an so was ist ja kein Rankommen.«

Dabei zeigte sie auf den Transporter, aus dem gerade ein kleiner Junge sprang und in den Garten rannte, wo Dackel Leah wartete und überraschenderweise einmal nicht bellte, sondern sofort mit ihm zu spielen begann. Greta und er sahen sich an und lächelten. Bingo. Genau die richtige Zielgruppe für die Villa. Trotzdem hat keiner von beiden etwas zu der jungen Frau gesagt. Dabei sahen sie und ihr Mann in ihren Kaschmir-Pullis und den Golden-Goose-Turnschuhen durchaus so aus, als könnten sie sich ein Haus wie dieses womöglich leisten.

In der Zwischenzeit ist Greta aufgesprungen und hat sich vor Vincent aufgebaut.

»Stark für eine Frau, oder was?« Sie schüttelt den Kopf und verschränkt die Arme vor der Brust.

»Wie bitte?« Vincent sieht vom Sofa aus zu ihr hoch und zieht die Nase kraus. »Wie kommst du denn … Also, warum sollte ich denn so was, ich meine …«

Greta lacht, lässt sich auf den Platz neben ihm fallen und legt ihre Beine auf seine.

»Ich hab dich verarscht, Winnie.«

Vincent schnaubt und dreht sich zu ihr. Als sie ihn das erste Mal Winnie nannte, zuckte er regelrecht zusammen und dachte sofort an Katharina, um dann schon wieder auf derselben Frage herumzukauen: *Warum? Warum hat sie das getan? Und warum glaubt jeder in seinem Team und um ihn herum, dass er dazu fähig wäre, Firmengelder zu veruntreuen?*

Gut, dachte er dann, *am Ende sind die meisten Menschen wohl zu ziemlich vielem fähig.*

Wenn er so darüber nachdenkt, hat er bisher selten jemanden getroffen, der seine Karten, also sein echtes, wirkliches Selbst, einfach so auf den Tisch legt. Er sieht zu Greta. Selten. Aber nicht niemals.

Alles in allem hallt die Frage während der letzten Tage nur noch selten in seinem Kopf, und auch an Katharina hat er kaum gedacht. Und an seine berufliche Situation ebenso wenig. Was nicht klug ist oder weitsichtig. Aber die Sorglosigkeit fühlt sich wunderbar an. Dieser Moment hier auf der Couch fühlt sich wunderbar an.

Ja, *wunderbar. Wunderbar* ist der passende Ausdruck. Wunderbar frei, wunderbar leicht, wunderbar einfach.

Sie sehen einander eine Weile an, ohne zu sprechen.

»Was guckst du denn so?« Greta hebt das Kinn ein wenig, und eigentlich und in einer anderen Welt würde Vincent sich jetzt nach vorne lehnen und …

»Es ist 16.33 Uhr.«

Beide schrecken zusammen, als Kurts viel zu laute Stimme durch den Raum hallt.

»Kurt, verdammt noch mal!« Greta steht auf, dreht sich aber noch einmal zu Vincent mit einem schiefen Lächeln und einer gehobenen Braue.

Was war das da eben? Vincent spürt seinen Herzschlag in den Schläfen.

»Okay, also … ich fahr dann mal Geld ranschaffen, und ihr zwei Hübschen macht am besten weiter. Ach so, bevor ich's vergesse, und damit ihr euch nicht wundert: Boje ist immer noch krank und kommt den Rest der Woche nicht. Ach so, und Charlotte könnte ein bisschen Salat vertragen.« Kurt nickt, ohne von seinem Klemmbrett aufzusehen, und Vincent salutiert in Gretas Richtung. Er vermutet, dass er ein ähnlich schiefes Grinsen trägt wie das, was er da eben auf Gretas Lippen gesehen hat. Diesen Lippen, die immer ein klein wenig offen stehen und ihre schönen, hellen Zähne zeigen. Der rechte Vorderzahn steht ein kleines bisschen über dem linken, und das ist so schön, dass Vincent sich oft dabei erwischt, mehr auf ihre Zähne zu achten als auf das, was sie sagt. Bei dem Gedanken muss er lachen. Denn würde Greta das wissen, würde sie ihm ohne Zweifel und zu Recht die Hölle heißmachen.

Während der nächsten Stunden streichen Kurt und Vincent still nebeneinander die beiden riesigen Heizkörper des Wohnzimmers. Vincent genießt die Ruhe und die Tatsache, dass Boje sich eindeutig vor der Arbeit drückt. Apropos Boje … Er wird mit Greta noch über den Businessplan sprechen müssen, den er sich gestern Abend im Bett angesehen hat. Und über dem er fast den Tee ausgespuckt hätte, den er dabei trank.

Dackel Leah wohnt immer noch bei ihnen in der Villa und scheint ihre Besitzer nicht wirklich zu vermissen. Das vermutete Vincent zumindest, als sie es sich gestern Abend im Bett unter der

Decke und zwischen seinen Unterschenkeln gemütlich machte. Doch als sie sein ungläubiges Schnauben, Lachen und Stöhnen hörte, das einzig dem absoluten Blödsinn galt, den Boje da in diesen sogenannten Businessplan gestopft hatte, begann sie immer wieder zu knurren und zu bellen.

»Tut mir leid, kleiner Dackel«, sagte Vincent und streichelte dem Tier über den Kopf, das irgendwann unter der Decke hervorkam, um zu sehen, worüber sich seine menschliche Wärmflasche so ärgerte. »Aber so viel schamlosen Dilettantismus hatte ich selbst diesem Typen nicht zugetraut.«

Seitenweise Informationen über Marketingmöglichkeiten, Visionen und Missionen und eine dazu stark im Kontrast stehende geringe Anzahl von echten Zahlen. Die von Boje aufgestellten Investitionen und Kapitalbedarfe waren nicht nur optimistisch, sondern fahrlässig leichtgläubig. Eine Gewinn- und Verlustrechnung fehlte komplett, und auch in Sachen Risiken und Rentabilität gab es nur zwei schwammige Absätze. Kein Investor, keine Bank der Welt würde das hier ernst nehmen. Außer jemand, dessen Meinung von Boje und seinem »Business« auf einem unverständlichen und unbegründeten Wohlwollen fußt. Jemand, der womöglich schon eine gewisse Summe investiert hat und jetzt keinen kritischen Gedanken zulässt, um das eigene Investment nicht zu bereuen.

Er streichelte über den Kopf des Dackels und überlegte: Was war mit Greta los, was diesen Typen betraf? Wie hat sie all das übersehen können? Wie kann sie den ganzen Rest übersehen? Seinen Dilettantismus, seine konstant leeren Worte, den gammeligen Lebensstil und ... eine wirklich unangenehme Persönlichkeit. Greta hat normalerweise einen guten Radar für Bullshit-Bingo. Warum also nicht bei ihm?

»Es ist sehr gut möglich, dass der Lack nicht genügt und wir noch einmal neuen kaufen müssen«, sagt Kurt, und Vincent blinzelt sich zurück und taucht seinen Pinsel noch einmal in den klei-

nen Eimer. Die Farbe muss mehrmals in dünnen Schichten auf-
getragen werden, hat Kurt ihn belehrt. Weil starke Farbschich-
ten die Wärmeübertragung des Heizkörpers stören und sich im
schlimmsten Fall dadurch sogar die Heizkosten erhöhen können.
Also arbeitet er sich mit wenig Farbe und dem weichen Pinsel vor,
während seine Gedanken wieder zu Bojes Getippe zurückwan-
dern. Nein, er freut sich nicht auf das Gespräch mit Greta, in dem
er auf eindeutig uneindeutige Weise wird sagen müssen, dass ihr
Freund Boje noch hochstaplerischer ist, als er vermutet hat. Dass
sich das, was sie ihm auf den Küchentisch gelegt hat, wie der Geschäftsplan eines Dreizehnjährigen liest. Deshalb versucht er, sich
jetzt wieder auf seine Arbeit und den Raum zu konzentrieren.

Das Wohnzimmer ist schon fast komplett möbliert, und laut
Plan hätte das Streichen der Heizkörper eigentlich schon viel früher passieren sollen. Doch Kurt, der ja ausgebildeter Maler ist, hat
die Heizkörper erst mühselig bearbeitet, dabei Roststellen behandelt, alle Oberflächen gereinigt und angeraut. Dann hat er darauf
bestanden, dass Greta ihn in ein spezielles Malergeschäft in Schö-
nefeld fuhr, da er selbst keinen Führerschein hat. Das haben die
erst heute Morgen geschafft, deshalb hat sich das mit den Heizkörpern auf ihrer To-do-Liste ganz nach unten geschoben.

Aus diesem Grund achtet Vincent jetzt akribisch darauf, dass
keines der schon vorhandenen Möbelstücke und Textilien befleckt
werden. Alle Möbel sind zwar gebraucht, doch in hervorragendem
Zustand. Vincent kann sich gut vorstellen, dass Greta einen Käufer
findet, der die Villa möbliert übernimmt. Dafür hat er alle Preise
aufgeschrieben, denn dann kann Greta beim Verkauf sogar eine
konkrete Zahl nennen, zu der sie die Möbel abgeben würde. Wenn
sie dadurch noch ein bisschen mehr Geld herausschlagen kann,
würde er sich wirklich freuen. Und sonst nimmt sie die Sachen
eben mit in ihre neue Bleibe. Bei dem Gedanken wird ihm … ja,
wie wird ihm denn dabei? Vincent kann das Gefühl nicht wirklich

beschreiben. Aber der Gedanke gefällt ihm nicht, so viel steht fest. Genauso wenig, wie ihm die Vorstellungen und Gedanken zu seiner eigenen Wohnsituation besonders glücklich machen. Wobei Greta durch den Verkauf eine ziemlich reiche Frau wird. Auf jeden Fall muss alles, was jetzt schon im Zimmer ist, so unbefleckt bleiben, wie es ist. Auch wenn er seiner Vernunft zum Trotz eine Beziehung zu diesem Raum aufgebaut hat.

Als sie mit den Heizkörpern fertig sind, widmet sich Vincent der großen, leeren Wandfläche neben der Tür. Er hat sich schon immer schwer damit getan, Bilderrahmen aufzuhängen. Einen Nagel in die Wand zu hämmern, fühlt sich so ... so endgültig an. Was, wenn das Bild schief hängt und/oder seltsam wirkt in Kombination mit anderen, die man aufhängen wird? Aber auch da hatte das Internet Lösungen parat: Vincent wird die vielen Grafiken und Bilder – eine Melange aus eBay-Kleinanzeigen und Keller der Villa – nach der Petersburger Hängung anordnen. Was bedeutet, dass er die komplette Wand von oben bis unten mit Bilderrahmen behängt, wodurch aus den einzelnen Werken ein großes Kunstwerk als eine Art geordnetes Chaos entsteht.

Als er fertig ist, sieht das Ganze der Hängung im Wohnzimmer der Gräfin gar nicht unähnlich. Was Vincent freut. Wenn das nicht das gewisse Extra ist, von dem Greta gesprochen hat – ihrem geliebten Ümpf –, dann weiß er tatsächlich nicht weiter. Mehr noch, dann wird sie wohl statt seiner auf die schrecklichen Ideen dieses Boje zurückgreifen. Wobei ihm wieder das mit dem Businessplan einfällt. Er muss mit Greta sprechen. Ihr erzählen, dass von der Finanzierung bis zur Marktanalyse nur Geschwurbel in dem Dokument zu finden ist. Wieder denkt er an Gretas Großcousine und ist sich ziemlich sicher, dass Matilda auch in diesem Fall einen wesentlich besseren Job machen würde als Boje.

Aber wie auch immer, das wird er auf später verschieben. Was jetzt eigentlich nur noch fehlt, ist eine passende Beleuchtung. Vincent hat auf eBay zwei alte Poulsen-Lampen gefunden, die am Morgen angekommen sind. Die sehen zwar schon ein bisschen mitgenommen aus, doch gerade das wird dem Raum etwas Nahbares, Bewohntes geben.

Als er gerade die Glühbirne anschaltet, die zurzeit noch als Deckenlicht fungiert, hört er eine Stimme aus dem Flur.

»Tadaaaaa!«

Ein leicht schepperndes Geräusch ertönt, als Greta einen kleinen goldenen Servierwagen durch die breite Flügeltür schiebt. Die obere und untere Etage des Wagens sind durch zwei goldene Ringe aus Metall verbunden, die wie Plastikreifen aussehen, mit denen die Mädchen früher gern auf dem Pausenhof gespielt haben.

»Nicht dein Ernst!« Vincent grinst und läuft Greta entgegen. Er hat den Wagen gestern Abend in seiner Kleinanzeigen-App entdeckt und sich sofort in ihn verliebt. Sie könnten ihn als Beistelltisch nutzen, mit einigen Coffee-Table-Books und einer der Vasen dekorieren. Doch der Wagen ist ein Original aus den Zwanzigern und weit über ihrem Budget.

Kurz dachte Vincent darüber nach, ihn für seine eigene nächste Wohnung zu kaufen? Doch die kann er sich im Moment noch gar nicht vorstellen.

Außerdem gehört der kleine Wagen hierher, in diesen Raum. Und jetzt … jetzt steht Greta auf einmal damit hier und präsentiert ihn wie eine der Frauen, die damals in zu kurzem Kleid die Buchstaben beim Glücksrad umdrehten.

Vincent betrachtet ihn von allen Seiten, und auch Kurt ist in die Knie gegangen und begutachtet kritisch die Räder. Der ist noch schöner und edler als auf den Fotos, findet Vincent.

Greta hebt und senkt die Schultern. »Du warst so begeistert … ich musste den einfach holen. Außerdem lag die Wohnung von dem Typen genau auf meiner Strecke. Er wollte mich übrigens davon überzeugen, auch sein Kaninchenpaar mitzunehmen. Weil sie ihn immer *so anklagend anstarren und er ihre Blicke nicht mehr erträgt.*«

Vincent sieht zu ihr hoch. »O nein. Sag nicht, die sind noch im Auto.«

»Nee. Hab sie mir angeschaut, und er hatte recht. Ich habe noch nie Kaninchen gesehen, die so vorurteilsbehaftet dreinschauen. Obwohl die beiden da im absoluten Luxus leben und der Typ ein ganzes Zimmer für sie hergerichtet hat.«

Vincent lacht und will antworten, als eine andere Stimme hinter Greta erklingt.

»Na, das nenn ich mal ein Wahnsinnsteil, Alter.«

Boje taucht hinter Greta in der Tür auf und legt den Arm um sie. Sie drückt ihn von sich, aber nur sehr zaghaft. Vincent beschließt, den Idioten auszublenden, und weist Greta darauf hin, dass sie verrückt sei, so viel Geld auszugeben. Und das, obwohl sie bisher noch nicht einmal zwei Zimmer fertig haben.

Statt ihrer antwortet Boje. »Geld lässt sich doch immer irgendwo auftreiben.« Entspannt setzt er sich auf die Couch und drückt mit der Hand auf das Polster. Anscheinend, um die Qualität des Möbels zu testen. Was auch immer er von so etwas versteht, denkt Vincent und schnaubt innerlich. Auch der Kommentar könnte kaum weniger zutreffen. Denn mit diesem Geschäftsplan wird er niemals eine Bank davon überzeugen, in seine Unternehmung zu investieren. Wenn man das überhaupt so nennen kann.

Vielleicht ist ja jetzt der perfekte Moment, um etwas dazu zu sagen. Doch Vincent sagt nichts. Betrachtet einfach weiter den Wagen, der eindeutig gemacht ist für diesen Raum.

Für die Couch, die vielen Bücher und Vasen, die kleinen Metalldosen für Tabak, die Dackelskulptur aus Bronze, die Vincent im Keller entdeckt hat und bei deren Anblick Greta vor Freude aufschrie, und einige dekorative Bücher, die Vincent zur Dekoration des niedrigen Couchtisches nutzte.

Natürlich gehört der kleine Wagen ihm nicht wirklich. Er gehört Greta. Oder den Leuten, die bald hier einziehen werden. Aber Greta hatte gewusst, dass sie ihm damit eine Freude machen würde. Und irgendwie ist dieses Nicht-Geschenk damit viel mehr wert als all die Dinge, die Katharina ihm über die Jahre geschenkt hat. Genau wie das Bild von Matilda. Jesus Christoph. Er hat noch viele Male lachen müssen, als er die Zeichnung betrachtete, die er über sein Bett gehängt hat.

Greta hat sich in der Zwischenzeit zu Boje aufs Sofa gesetzt und blickt sich glücklich im Raum um.

»Ümpf«, sagt sie und nickt und sieht zu Vincent.

Der erwidert ihr Lächeln und sieht gleichzeitig, wie missmutig Boje dreinschaut.

»Moment!« Das war Kurt, der immer noch neben dem Wagen steht und den Zeigefinger in die Luft hebt.

»Was ist …«, fragt Vincent, wird aber unterbrochen.

»Psst«, sagt Kurt noch einmal und hält den Zeigefinger vor die Lippen. »Da ist etwas … da, schon wieder!«

Er geht langsam zum Fenster und öffnet es, und dann hört Vincent es auch. Jemand ruft um Hilfe, ganz in der Nähe, aber wer …

»Die Gräfin«, rufen Kurt und Vincent und rennen beide aus der Tür direkt in den Garten, gefolgt von einem kläffenden Dackel.

22

*D*as nennt man Entführung, und hätte ich das verfluchte Handy-Telefon, würde ich jetzt die Polizei rufen.« Die Gräfin liegt auf dem neuen Sofa in Gretas Villa und sieht ganz und gar nicht so aus, als ob sie meint, was sie da in dem Raum schimpft. »Außerdem muss an die gegenüberliegende Wand auch noch Kunst. Sonst ist der Raum völlig unharmonisch. Also wirklich.«

Sie zeigt mit den noch immer zitternden Händen auf die Bilderwand neben der Wohnzimmertür, und Vincent sieht ein, dass Gräfin von Bommel recht hat. Doch das muss warten. Jetzt ist erst einmal das hier wichtig.

»Gleich kommt der Rettungsdienst, und ich denke, es wäre wirklich gut, würden Sie ein wenig ausruhen und vielleicht auch etwas trinken.«

»Der Rettungsdienst? Haben Sie den etwa gerufen?«

Vincent sitzt auf dem Couchtisch vor der Gräfin und greift nach ihrer Hand. Warum, weiß er nicht, aber er tut es, und es fühlt sich richtig an. Sie erwidert den Druck seiner Hand nicht, die die ihre ganz und gar einhüllt. Doch wegziehen will sie sie offenbar auch nicht.

»Sie sind gestürzt und konnten nicht mehr aufstehen. Wir haben Ihre Hilferufe zum Glück gehört, erinnern Sie sich? Da Sie eine kleine Wunde an der Stirn haben, hielten wir es für besser, dass sich das jemand mit Sachverstand ansieht.«

Die Gräfin schnaubt und zieht die Hand jetzt doch weg.

»Natürlich kann ich mich daran erinnern. Bin ja nicht senil. Aber Sie hätten mich einfach wieder auf mein Sofa bringen können. Und gleich wieder einen Krankenwagen, pah. Als ob mir das beim letzten Mal was gebracht hätte«, sagt sie, bleibt aber liegen.

Vincent geht in die Küche, um der Gräfin einen Tee zu machen. Boje ist auf mysteriöse Art verschwunden, als sie zur Gräfin rüberliefen. Vermutlich fürchtete er, dass man ihm eine Aufgabe auferlegen könnte. Kurt, der die alte Dame mit ihm gemeinsam aus ihrem Garten ins Wohnzimmer der Villa getragen hat, ist wieder aufs Nachbargrundstück gegangen, um den Hühnerstall auszumisten. Das hat er übernommen, seit die Gräfin stürzte, und schien sehr erfreut darüber zu sein.

Anscheinend ging das Misten schneller als gedacht, denn Vincent hört die Haustür ins Schloss fallen.

Als er aber das Marmortablett, ebenfalls ein Kleinanzeigen-Fund, mit Tee und einer Scheibe Butterbrot ins Wohnzimmer bringt, ist da kein Kurt. Sondern nur eine Greta mit Verbandskasten aus ihrem Taxi, die gerade die Wunde der Gräfin abtupft.

»Sollte da nicht lieber ein Profi ran?«, fragt Vincent vorsichtig.

Greta sieht ihn an und dann wieder auf die Gräfin. Was war das für ein Blick? Er hat keine Ahnung.

»Sie müssen auf jeden Fall ins Krankenhaus, Frau von Bommel. Dort wird man eine Computertomografie von Ihrem Kopf machen und Sie etwa einen Tag zur Aufsicht dabehalten. Eine Gehirnblutung lässt sich bei einem Sturz leider nie ausschließen.«

Die Gräfin schnaubt noch einmal, doch Vincent sieht an den nervös zuckenden Händen, dass sie die Situation jetzt doch ernst zu nehmen scheint.

»Dann ist aus Ihnen doch noch eine richtige Ärztin geworden.«

Greta will gerade nach einem Pflaster greifen, hält aber in der Bewegung inne und dreht sich langsam zur Gräfin.

»Jetzt sehen Sie mich nicht so an. Ist nicht unbedingt etwas, wofür man sich schämen muss.«

Greta sieht nur ganz kurz zu Vincent, doch lange genug, um dessen gehobene Brauen und den geöffneten Mund zu sehen. Dann wendet sie sich wieder der Gräfin zu und klebt das Pflaster auf.

»So, jetzt haben wir das erst mal desinfiziert, und gleich kommt sicher auch der Krankenwagen.« Greta steht auf und will das Zimmer verlassen, doch die Gräfin greift nach ihrem Arm.

»Das weiß ich nur, weil mein Sohn mir damals oft erzählt hat, wie viel strenger Ihr Vater mit Ihnen umging als mit dem Rest der Assistenzärzte. Das hat ihm leidgetan, weil er es geschätzt hat, wie empathisch Sie mit den Patienten umgegangen sind. Weil er Sie geschätzt hat. Bis Sie dann ...«

»Alles klar, dann schau ich mal, wo die Sanitäter bleiben.« Greta zieht den Arm zurück und geht aus dem Zimmer, in den Flur und aus dem Haus. Nach wenigen Minuten kehrt sie mit den Sanitätern zurück, die sich auch beim letzten Mal schon um die Gräfin gekümmert hatten. Dackel Leah rennt um beide herum und keift und schnappt in die Luft vor Wut, um den unangemeldeten Eindringlingen zu zeigen, wer hier das Sagen hat. Vincent streckt die Arme nach ihr aus, hebt sie hoch und lässt sich das Gesicht abschlecken. Er würde das nie aussprechen, aber er liebt diesen Dackel. Einige Male ist Gretas Cousine während der letzten Wochen vorbeigekommen, um Leah zu sehen. Dabei sah sie blass aus und berichtete, dass sie nicht einmal mehr zu ihren Vorlesungen in die Kunstakademie könne. Und jedes Mal konnte Vincent gar nicht richtig zuhören. Weil er nämlich immer Angst hatte, dass sie den kleinen Hund wieder mitnehmen würde. Wobei ihn nicht mal diese Liebe von den vielen Fragen ablenken kann, die da gerade aufkommen.

Greta ist ... Ärztin? Warum fährt sie dann Taxi? Und was ist mit dem Buch, von dem sie an dem Tag im Taxi mit ihrer Cousine gesprochen hat und an dem sie angeblich schreibt? Bisher hat er sie noch immer nicht ein einziges Mal daran arbeiten sehen. Und eigentlich weiß er auch gar nicht, wann sie das machen sollte, bei den tausend Dingen, um die sie sich täglich kümmert. Nachts vielleicht? Doch da hörte er sie meistens im Zimmer nebenan leise schnarchen.

»Ich werde in kein Krankenhaus gehen. Niemals, auf keinen Fall! Wäre ja noch schöner. Es geht mir gut, ich habe keine Schmerzen, ich sehe, fühle keinen Schwindel, und übel ist mir ebenfalls nicht. Gegen meinen Willen können Sie mich nicht mitnehmen, und mein Wille ist es, bei mir zu Hause zu bleiben.«

»Aber Sie müssen doch verstehen, dass …«, setzt die junge Sanitäterin an und spielt dabei an einem ihrer vielen Ohrringe. Dabei sieht Vincent, dass ein langes schwarzes Tattoo ihren Hals hinaufschleicht, das unter dem Ohr endet.

»Was ich verstehe, sind meine Rechte. Ich bin nicht ansteckend, nicht geistig verwirrt und auch keine Gefahr für mich oder andere.«

»Na, da ist aber jemand gut informiert«, murmelt der männliche Sanitäter und räumt das Blutdruckgerät in seine Tasche.

»Das habe ich gehört und kann nur zustimmen. Mein verstorbener Mann war Rechtswissenschaftler, und wenn seine Korinthenkackerei eine gute Seite hatte, war es, dass ich weiß, was meine Rechte sind.«

Die junge Frau mit dem Tattoo hebt die Hände. »Ist ja gut, ist ja gut.«

Kopfschüttelnd verlassen beide die Villa. Greta bringt sie zur Tür, und er hört, wie sie leise mit ihnen spricht. Als sie wieder im Wohnzimmer ist, setzt sie sich neben Vincent auf den Couchtisch und vor die Gräfin.

Die beobachtet Greta aus den kleinen, klugen und misstrauischen Augen.

»Okay, also …«, setzt Greta an, überlegt dann aber kurz. »Sie werden jetzt gleich ordentlich zetern, doch Sie sollten wissen, dass mir das völlig egal sein wird. An meiner Entscheidung ändert das rein gar nichts.«

Jetzt dreht auch Vincent sich interessiert zu ihr.

»Sie bleiben die nächsten drei Tage hier bei uns. Nein, halt! Lassen Sie mich aussprechen, und erinnern Sie sich bitte daran, was ich gerade gesagt habe: Ihr Zetern hat keinen Zweck. Wir werden Ihnen nicht aufhelfen, und um allein aufzustehen, sind Sie eindeutig zu schwach. Verzeihen Sie, wenn ich das jetzt sage, aber: Sie sehen wirklich besorgniserregend aus. Und deshalb bleiben Sie erst einmal hier, denn um ehrlich zu sein, sind Sie gerade eine Gefahr für sich selbst. Außerdem haben Sie zwar Rechte, aber wir haben auch Pflichten. Und eine dieser Pflichten ist es, nicht dabei zuzusehen, wie eine alte Frau sich zu Tode hungert, weil sie keine Lust mehr auf ihr Leben hat.«

Sie holt kurz Luft, und Vincent rechnet damit, dass die Gräfin den Moment nutzt, um sich zu verteidigen. Oder zumindest, um ein wenig zu schimpfen. Doch dafür hat sie offenkundig keine Kraft mehr. Stattdessen sinkt sie ein in das weiche Sofakissen unter ihr, und ihre Augenlider flackern. Sie nickt langsam, dreht sich zur Seite und schläft ein. Kurz erschrickt sie noch, als Dackel Leah von Vincents Arm auf die Couch hüpft, um sich an die Beine der Gräfin zu schmiegen. Dann sackt sie wieder weg und ist eingeschlafen.

Vincent und Greta beobachten die alte Frau eine Weile, schließlich dreht sich Greta zu ihm.

»Wir machen ihr das ehemalige Arbeitszimmer meines Großvaters fertig, okay? Das war in meiner Vorstellung ein gutes Gästezimmer, oder was sagst du?«

Vincent nickt. »Und viel zu tun ist da nicht. Kurt und ich tragen den riesigen Schreibtisch und den Rest der Möbel raus und streichen einmal durch. Trocknen werden die Wände bei der Temperatur schnell, nur der Geruch wird ein bisschen intensiv sein. Aber das bekommen wir durch ordentliches Lüften und einen Raumduft bestimmt auch in den Griff. Ein Bett lässt sich auf Kleinanzeigen schnell besorgen, die Matratze können wir neu kaufen, das kostet nicht die Welt, und dann kannst du das Bett auch gleich mitnehmen, wenn du ausziehst und die neuen Besitzer es nicht wollen. Dekorieren können wir dort mit Sachen aus dem Keller, einen Nachttisch habe ich da unten auch gesehen. Wir machen das im schlichten Scandi-Design vom Rest des Hauses und ...«

»... und außerdem ist das der Gräfin im Moment sowieso egal«, beendet Greta seinen Satz, und Vincent nickt erneut.

»Noch eine Sache«, setzt er an, und eigentlich will er etwas zu dem Kommentar der Gräfin fragen. Darüber, dass Greta Ärztin sei. Doch ihr Blick ist auf einmal tiefdunkel. So, als wisse sie, was er sagen will. Also lässt er das erst einmal bleiben und biegt in weniger gefährliche Fahrwasser ab. »Also, meinst du nicht, wir sollten den Sohn der Gräfin darüber informieren, wie es seiner Mutter geht?«

Greta sieht zur Gräfin und legt den Kopf schief. Dann hebt und senkt sie langsam das Kinn. »Ja. Ich glaube, das müssen wir sogar«, sagt sie und ahnt in diesem Moment gewiss noch nicht, welches Chaos damit über sie und Vincent hereinbrechen wird.

23

*N*och ein Stückchen höher, junger Mann. Hundertfünfundvierzig Zentimeter über dem Boden. Im Zweifel immer hundertfünfundvierzig Zentimeter über dem Boden.«

Vincent zählt im Kopf bis zehn, dann nimmt er das Bild wieder von der Wand, das er gerade erst hingehängt hatte. Das war, bevor die Gräfin aufwachte. Denn seit sie vor einigen Tagen bei ihnen einzog, ist das Sofa im Wohnzimmer der Platz, den sie für ihren Mittagsschlaf auserkoren hat.

Also helfen Kurt und Vincent ihr jeden Vormittag von ihrem Bett im improvisierten Gästezimmer hierher ins Wohnzimmer. Dort legen sie gerade noch letzte Hand an, da durch die eingeschobene Renovierung des Gästezimmers der letzte Schliff in diesem Raum noch fehlt. Nach ihrem Sturz war die Gräfin zwei Tage sehr ruhig und in sich gekehrt. Die Gesamtsituation gefiel ihr nicht, so viel war klar. Dass sie im Bett oder auf der Couch mit Essen versorgt wurde, dass Greta ihr beim Anziehen half und dass sie ihr im alten Badezimmer jeden Abend eine heiße Wanne einließ.

Anfangs schimpfte sie ständig und weigerte sich, in die Wanne zu steigen. Schon nach dem zweiten Tag aber schienen ihr die steigenden Temperaturen so weit zuzusetzen, dass sie sich doch von Greta in die alte Wanne helfen und duschen ließ. Obwohl sie auch danach noch schimpfte und sich über Gretas unsägliche Bevormundung empörte, sah sie nach jedem Waschgang und jedem weiteren Tag immer zufriedener und weitaus gesünder aus. Obwohl sie beides niemals zugeben würde.

Ihre Dankbarkeit zeigt sie leider damit, Vincent beim Einrichten assistieren zu wollen. Der findet das ziemlich anstrengend, muss aber zugeben, dass die Gräfin ein Gefühl dafür hat, Zimmer zu dekorieren.

Den geliebten Servierwagen hat er mit zwei großen, schweren Büchern über Klimt und Monet versehen, die er aus dem Bücherregal im Büro der Gräfin holen durfte. Die Gräfin hat auch sonst einiges zu sagen. Zu Kissen, Bildern, Decken. Und so ist aus dem Wohnzimmer mittlerweile eine »Scandi meets Jane Austen«-Mischung geworden. Die zu Vincents Überraschung wunderbar und vielschichtig aussieht.

Wie der Servierwagen beweist, auf dem die beiden Bücher und daneben eine alte Whiskey-Karaffe mit Gläsern stehen. Er hätte den Wagen wesentlich reduzierter dekoriert. Doch nun ist auch die untere Etage mit teuren Schnäpsen und Likören bestückt. Alles edle, dekorative, ungeöffnete Flaschen, die ebenfalls aus dem Haus der Gräfin stammen.

»Möbelstücke, die nur der Dekoration dienen und nicht für ihren eigenen Zweck genutzt werden, mögen zwar schön sein, aber besonders wohnlich macht so was einen Raum nicht«, belehrte die Gräfin ihn. »Das wirkt zwar perfekt. Aber ein Zuhause soll ja nicht perfekt sein, sondern echt. Und ich bin froh, wenn ich die Flaschen aus dem Haus habe. Wer soll das da drüben schon noch trinken?«

Sicher sollte das nonchalant klingen. Aber Vincent hörte die Trauer, die sich so schlecht hinter ihren Worten verbarg wie ein Kind, das sich beim Verstecksspielen einfach die Hände vor die Augen hält. *Wenn ich dich nicht sehe, dann siehst du mich auch nicht.*

Doch Vincent kann die Gräfin sehen. Und die ganz leise Einsamkeit, die sie selbst überrascht und letztlich verschluckt zu haben scheint. So ist das bei Menschen wie ihr. Menschen, die gesellig sind und ein Leben führen, das so voll ist, dass die Zeit nur so an ihnen vorbeiflattert, und die dann ganz plötzlich und fast im Schock bemerken, dass sie dem Tod näher sind als dem Leben.

Und dass da nicht mehr viele übrig sind, die sie bis dahin begleiten können.

Dass ihr Leben so gewesen sein muss, also voller Menschen, Abenteuer und Erfahrungen, liest Vincent aus den Geschichten, die sie ihm und Kurt erzählt.

Es fing damit an, dass Vincent sie Dinge über ihr Haus und ihre Einrichtung fragte. Mehr, um die unangenehme Stille zu füllen, denn die Gräfin zeigte sich schon am ersten Tag genervt von der leisen Radiomusik, die Vincent und Kurt normalerweise im Hintergrund laufen ließen.

»Also, das ist ja wohl weitaus schlimmer als jede Gehirnerschütterung«, rief sie und hielt sich die Hände über die Ohren, als Beyoncés *Texas Hold'em* lief.

Und so fing sie zu erzählen an. Davon, wie sie ihren Mann, einen deutschen Adeligen, Anfang der Sechziger beim Studium in Oxford kennenlernte. Wie das ihren Eltern anfangs gar nicht gefiel. Die waren durch den Handel mit Stoffen aus Indien zu Reichtum gekommen und hatten beide Weltkriege miterlebt. Entsprechend hielt sich ihre Begeisterung darüber in Grenzen, dass ihre Tochter einen jungen Deutschen kennengelernt hatte. Zu tief saßen die Wunden, die der Zweite Weltkrieg hinterlassen hatte.

Sie erzählte vom Umzug nach Westberlin mit gerade einmal fünfundzwanzig Jahren, von Reisen nach Asien, Süd- und Nordamerika. Und darüber, wie sie ihren Beruf als Dozentin für Kunstgeschichte an der Freien Universität Berlin liebte. Und wie enttäuscht sie darüber war, dass ihr einziger Sohn sich nicht für ein Kunststudium entschied, für das er sich mehr als einige ihrer Studenten geeignet hätte, sondern für das Studium der Medizin.

»Als mein Mann starb, arbeiteten wir beide noch. Er war Teilhaber einer Kanzlei, wo er kommen und gehen konnte, wie es ihm beliebte. Was die Mitarbeiter dort nicht sonderlich erfreute, wie Sie sich bestimmt vorstellen können. Und ich war an der Universität, die mich trotz meiner fünfundsiebzig Jahre noch immer nicht loshaben wollte. Und dann ging alles ganz schnell, und ich war allein und alt und auch in der Universität nicht mehr willkommen.«

Vincent hat sie schon mehrmals fragen wollen, was mit ihrem Sohn ist. Doch er weiß viel zu gut, wie es sich anfühlt, wenn jemand ihn etwas über seine eigene Familie fragt. Eigentlich hat Greta ihren Sohn auch über das Krankenhaus kontaktiert, in dem er arbeitet. Doch er hat sich nicht zurückgemeldet. Obwohl sie explizit erwähnte, dass es um seine Mutter gehe. Greta kennt den Typen wohl persönlich und meinte, dass ihm das gar nicht ähnlichsähe. Also, sich nicht zurückzumelden. Seine Handynummer hat sie allerdings auch nicht, weshalb es jetzt eben zu warten gilt, bis er sich zurückmeldet. Was wiederum Greta gar nicht ähnlichsieht, findet Vincent. Also zu warten, statt zu agieren.

Auf jeden Fall wird er deshalb nicht noch mal explizit nach dem Sohn fragen. Denn die Gräfin soll sich nicht schlecht fühlen, das ist ihm wichtig. Dafür hat er sie zu sehr schätzen gelernt. Sie und ihre hervorragend konstruktiven Ideen für die Villa.

»Haben Sie über meine Vorschläge für das Gästezimmer nachgedacht?«, fragt sie jetzt und nippt an einem Wasserglas, das Kurt ihr aus der Küche geholt hat. Wie immer übergab er ihr das Glas mit einer tiefen Verbeugung. Meist braucht sie noch nicht einmal etwas zu sagen, und Kurt weiß schon, was sie benötigt. Die Hühner sind schon gefüttert, und ihr Stall ist gereinigt, bevor die Gräfin überhaupt wach ist. Kurt hat die Kleidungsstücke der alten Frau nach drüben geholt, gewaschen und in den alten gedrechselten Holzschrank im Gästezimmer geräumt. Der hat im Eingangsbereich des Hauses gestanden und wirkt nun im frisch gestrichenen und minimalistisch eingerichteten Gästezimmer viel besser.

»Ja, wir werden den Teppich aus dem Wohnzimmer doch unter das Bett im Gästezimmer legen«, antwortet Vincent. »Stattdessen habe ich einen gebrauchten hellen Wollteppich gefunden, der hier im Wohnzimmer nicht ganz so viel Wirbel macht.«

»Wunderbar. Gute Entscheidung. Ein Wollteppich lässt sich leichter reinigen. Wesentlich besser geeignet für Räume, die häufig genutzt werden«, antwortet die Gräfin, während sie Dackel Leah ein Stück Keks zusteckt. Dabei war das nicht unbedingt Vincents Entscheidung. Die Gräfin hat seit Tagen von nichts anderem mehr gesprochen. Und Vincent wusste zwar sofort, dass sie damit richtiglag, wollte das aber nicht gleich eingestehen, weil das hier ja sein Projekt ist. Dabei weiß er, dass er sich viel zu viele Gedanken und definitiv zu viel Arbeit macht. Einen passenden Käufer wird Greta auch ohne die akribisch gewählte Deko finden. Doch es macht ihm ... Ja, es macht ihm einfach unglaublich viel Spaß. Ha! Da ist es. Er, Vincent, hat Spaß. Und zwar eine ganze Menge davon.

»Und dann können wir noch ...«, setzt Vincent an, kommt aber nicht weiter.

Denn im Rahmen der Flügeltür des Wohnzimmers, neben der Bilderwand und einfach so mitten in seinem Leben, steht jemand, der da unmöglich stehen kann. Aber das ist er, kein Zweifel. Das ist Katharinas Mann. In all seiner Größe, seiner lässigen Eleganz und sieht dabei ganz und gar ... na ja, eigentlich sieht er genauso schockiert aus wie Vincent. Und blass und müde und ... verlebt.

»Na ja, also ...«, sagt Greta, die neben dem Mann steht, und hebt die Schultern, als sie sieht, wie schockiert sowohl die Gräfin als auch Vincent aussehen. »Tadaa! – würde ich mal sagen. Oder so ähnlich ...«

Die Gräfin hat sich aufgesetzt und scheint völlig überfordert mit der Situation.

»Also, ich weiß ja nicht, was hier los ist, aber ...«, setzt Vincent an, dabei ist er komplett ahnungslos, was er sagen will.

»Mutter«, sagte Katharinas Mann leise und kommt näher ans Sofa, ohne Vincent aus den Augen zu lassen. Dann nickt er ihm zu. »Vincent.« Der nickt zurück, weil er nicht weiß, was er sonst tun soll, und weil seine Gedanken rasen. *Mutter* hat er gesagt. Aber das kann nicht sein. Katharinas Mann ... und der Sohn der Gräfin ... sind eine Person?

»Ach, ihr beiden kennt euch? Na, also die Welt ist ja wohl echt ein Dorf, oder nicht?« Greta lacht, geht in die Küche und kommt mit fünf Flaschen Bier zurück, von denen zu Vincents Überraschung auch die Gräfin eines annimmt. Was wirklich skurril aussieht. Greta drückt den Sohn der Gräfin auf das Eckmodul des Sofas, der das geschehen lässt, sich aber offensichtlich nicht traut, seine Mutter richtig anzusehen. Vincent setzt indes die Flasche an und trinkt sie in einem Zug halb leer. Er hat spontan beschlossen, den unangenehmen Knoten in seinem Bauch mithilfe von Alkohol aufzulösen. Den und die Bewegung, die er dahinten gerade wieder wahrgenommen hat.

»Also, wo fangen wir am besten an?«, fragt Greta, die sich in den großen Sessel setzt, den ihre Cousine Maya und deren Mann Alex tags zuvor vorbeigebracht haben. Natürlich fragten die beiden auch, ob Dackel Leah ihnen sehr zur Last fallen würde und ob sie sie möglicherweise direkt mitnehmen sollten. Was für Vincent ein wahrer Schock war. So, wie er auch alle Gedanken an ein Leben außerhalb der Villa verdrängt, ist da auch kein Platz für die Tatsache, dass die kleine Dackeldame den Ort zwischen seinen Schenkeln oder auf seinem Schoß oder auf dem Küchenstuhl zwischen ihm und Greta jemals verlassen könnte. Also versicherte er mehrmals und vehement, dass Leah kein bisschen störe. Den Sessel, den die beiden brachten, hatten sie als Stillsessel gekauft, dann aber nie benutzt und konnten ihn auch für das neue Baby nicht gebrauchen. Er ist aus Korb und so tief, dass man richtiggehend darin einsinken kann. Was Greta aber gerade nicht macht. Stattdessen setzt sie sich sehr gerade hin und lässt den Blick noch einmal zwischen der Gräfin und ihrem Sohn hin- und herwandern. Sie zeichnet diese unsichtbare Linie mit dem rechten Zeigefinger nach, bevor sie zu sprechen beginnt. »Also, um direkt zur Sache zu kommen: Gräfin von Bommel, Sie hören mal bitte als Erstes damit auf, mich so böse anzusehen. Ich habe Ihren Sohn hierhergeholt, weil er das Recht hat, zu erfahren, dass seine Mutter krank und allein ist.«

»Das Recht, das Recht«, antwortet die Gräfin und scheint mit einem Mal kein bisschen schwach mehr zu sein. Sondern auf der Hut und verkrampft. Wie der Dackel, wenn er eigentlich Angst hat, sich dann aber für die aggressive Flucht nach vorne entscheidet. Im Gegensatz zu ihrem Sohn, der zusammengesunken auf dem Sofa sitzt und dessen Blick sich in der Tischplatte verkeilt zu haben scheint. »Gar kein Recht hat er mehr. Und das will er sicher auch gar nicht.«

Dabei sieht sie nur kurz zu ihm und dann wieder auf ihre verschränkten Arme. Katharinas Mann schüttelt langsam den Kopf, fährt sich mit den Händen über die Augen und trinkt einen großen Schluck aus der Flasche in seiner Hand. Da muss noch jemand einige Knoten im Bauch lösen, denkt Vincent. Vielleicht noch mehr als er selbst, wenn er das zerfurchte, graue Gesicht des Mannes so betrachtet.

»Es tut mir leid, Mutter.« Mehr sagt er nicht, und das auch nur sehr leise. Er kratzt sich an der Narbe auf der Wange, zwinkert mehrmals und hebt den Blick langsam von der Tischplatte zur Gräfin. »Ich weiß eigentlich gar nicht, was ich sagen soll. Das hier ist … Dass du bei anderen Leuten bist, ohne dass ich überhaupt etwas mitbekommen habe … das ist … völlig inakzeptabel und beschämend, und ich …« Weiter kommt er nicht, kann nur noch den Kopf schütteln.

Die Gräfin sieht ihn schweigend an. Sie blinzelt und wirkt aufrichtig überrascht ob seiner Worte. Und ganz plötzlich und ohne Vorwarnung ist ihr eben noch hartes Gesicht weich und rund und nass. Sie greift nach der Hand ihres Sohnes, und der lehnt sich nach vorne, um sie zu umarmen. Es wirkt, als müsse er sich an ihr festhalten. Vincent steht daneben und schüttelt mehrmals den Kopf, weil er die Situation immer noch nicht begreifen kann. Also noch mal: Philipp ist Katharinas Mann. Und der Sohn der Gräfin.

»Wo ist Katharina?«, fragt die Gräfin, und Vincent zuckt zusammen, als er diesen Namen hört.

Philipp blickt von seiner Mutter zu Vincent und wird noch einige Nuancen grauer. Vincent kann diesen Blick kein bisschen deuten. Was kommt jetzt? Er stellt sich vor, dass der Mann auf dem Sofa aufspringt und ihm eine ordentliche Abreibung verpasst. Was er verstehen und nachvollziehen könnte. Denn da ist eindeutig etwas vorgefallen zwischen Katharina und ihrem Mann. Und dem Timing nach zu urteilen, ist es mehr als wahrscheinlich, dass das was mit Vincent zu tun hat.

»Ausgezogen«, sagt er, und seine Stimme klingt belegt. »Katharina ist ausgezogen. Zu ihrer Mutter, mit den Kindern. Das ist … das ist eine lange Geschichte.«

Er sieht wieder zu Vincent. Dieses Mal mit … war das gerade ein aufmunterndes Nicken? Vincent versteht nicht. Was ihn nur umso nervöser macht.

Die Gräfin fühlt sich offenbar zu einer Erklärung verpflichtet. »Bitte entschuldigen Sie, dass Sie hier so in unsere Angelegenheiten gezogen werden. Meine Schwiegertochter verabscheut mich seit dem ersten Tag, an dem Philipp sie mir vorgestellt hat. Und ich verabscheue sie, wenn ich das mal so ganz direkt sagen darf. Sie ist ein rücksichtsloser, schlechter Mensch, der mir meinen Sohn und meine Enkelkinder genommen hat, nur wegen eines einzelnen falschen Wortes und … «

»Du hast Katharina eine falsche Schlange genannt«, sagt Philipp, klingt aber nicht danach, als habe er große Lust, seine Frau zu verteidigen. Wodurch sich Vincent dann doch ein wenig unangenehm berührt fühlt. Warum, weiß er nicht.

»Ganz genau das habe ich. Weil ich immer noch glaube, dass sie damals die Grafik von uns gestohlen hat. Du weißt schon, die von Neo Rauch. Und dann das mit den Kindern ...« Die Gräfin verschränkt die Arme vor der Brust, und sogar ihre Unterlippe steht ein wenig hervor. Vincent will wissen, was *das mit den Kindern* bedeutet. Was vorgefallen ist, dass sich noch nicht einmal Fotos der Enkel in ihrem Haus finden. Doch das geht ihn nichts an. Überhaupt nichts.

Greta sieht das natürlich mal wieder anders. »Welche Kinder? Deine?« Sie sieht zu Philipp. Der nickt und kratzt sich wieder über die Wange. Dabei weicht er ihrem Blick aus, so als wäre ihm vorab schon unangenehm, was er gleich erzählen wird.

»Katharina hat gemeint, eins der Kinder hätte erwähnt ... na ja, dass meine Mutter schlecht über sie spräche, und dann hat Katharina ihnen verboten, sie zu besuchen und ...«

Vincent hebt die Brauen. Er fragt sich noch einmal, mit wem er da seit einigen Jahren immer und immer wieder im Bett gelandet ist, wem er seine Karriere und seinen Ehrgeiz und seine Pläne zu Füßen gelegt hat. Und er erkennt, dass er keine Ahnung hat, wer Katharina überhaupt ist. Auf der anderen Seite ist das hier natürlich nur eine Seite der Erzählung. Eine, die nach dem, was er mit Katharina erlebt hat, zwar schlüssig erscheint. Die aber auch einen Vater, nämlich Philipp, beinhaltet, der das zugelassen hat. Der scheint seine Gedanken zu lesen.

»Ja, ich habe das damals geglaubt. Also, dass meine Mutter die furchtbarsten und ordinärsten Dinge über Katharina erzählt. Na ja, also eigentlich hat Nicholas das mir sogar berichtet.«

Nicholas muss der männliche Blondschopf sein, den Vincent in Katharinas Haus getroffen hat.

Die Gräfin beugt sich vor. »Weil sie es ihm eingeredet hat!«

Philipp nickt langsam. »Möglich. Ja, das stimmt vielleicht sogar. Trotzdem kannst du nicht bestreiten, dass du dich bei Katharina ab und an im Ton vergriffen hast.«

»Korrekt«, antwortet die Gräfin. »Aber das ist etwas, das wir Erwachsenen unter uns hätten klären können. Nicht die Kinder.«

Philipp hält sich die Hand vor den Mund, nickt und schließt die Augen.

»Ich weiß. Ich weiß«, sagt er, und seine Stimme klingt unendlich müde. »Das ist alles total eskaliert. Wir haben das alles falsch gemacht. Ich habe das alles falsch gemacht. Ich hätte zwischen euch vermitteln sollen, statt das zu tun, was im ersten Moment das Einfachste zu sein schien. Ich wollte keinen Streit mehr. Das Ganze ging ja über Jahre, und ihr habt immer neue Dinge gefunden, die ihr aneinander gehasst habt, und ich konnte einfach nicht mehr, und dann … dann habe ich die Beziehung zwischen dir und den Kindern geopfert.«

Die Gräfin schnieft und wischt sich die Tränen von den Wangen. Was nicht viel Sinn ergibt, weil denen sogleich neue folgen. Als niemand etwas sagt, schaltet sich Greta wieder ein. Sie lehnt sich zur Gräfin nach vorne, und in ihren Augen ist nur noch Mitgefühl.

»Und dann haben Sie Ihre Enkel wie lange nicht gesehen?«

Die Gräfin schüttelt den Kopf. »Fünf Jahre«, sagt sie und sieht auf ihre Hände. »Und nicht nur die Kinder, sondern auch meinen Sohn.«

Vincent sieht zu Philipp, dessen Augen immer noch geschlossen sind. Sein Gesicht ist verkrampft und verzerrt, und er sieht ein bisschen wie ein verwundetes Tier aus.

»Ich weiß nicht, was ich sagen soll. Wirklich, ich weiß es nicht. Außer, dass es mir leidtut. Ich glaube, dass Katharina sich von dir verunsichert gefühlt hat. Was keine Entschuldigung für ihr Verhalten ist, ich weiß. Aber zumindest ist es … eine Erklärung, zu der ich schon vor Jahren gelangt bin. Aber die Beziehung zwischen Katharina und mir ist immer komplizierter geworden, und ich habe einfach nicht gewusst, wie ich das zwischen ihr und dir da hätte noch irgendwie verarbeiten können. Geschweige denn, es zu

klären. Gott, das hört sich alles so unlogisch an. Und feige und …
total kompliziert.«

Alle schweigen. Weil er recht hat, denkt Vincent. Um das alles zu
verstehen, würden sicher Stunden und Tage nötig sein. Und er
hofft, dass Philipp und die Gräfin sich diese Tage jetzt nehmen werden. Was er selbst allerdings wissen will, ist, was Philipp gerade gemeint hat. Damit, dass Katharina ausgezogen sei. Doch statt darauf
eine Antwort zu geben, öffnet Philipp die Augen und sieht seine
Mutter direkt an. »Es tut mir leid, Mutter. Wirklich, wirklich leid.
Du hattest recht mit allem, was du über Katharina gesagt hast.«

Die Gräfin hebt die Brauen. »Aber was ist denn bloß passiert,
Junge?«

Philipp streichelt über die weichen Ohren des Dackels, der immer noch zu Füßen der Gräfin sitzt, und schüttelt den Kopf.

»Also ich glaube«, sagt Greta und nimmt Philipp die Bierflasche
aus der Hand, »du brauchst jetzt erst mal was Richtiges zu trinken.
Einen ordentlichen Alkoholschleier über dem ganzen Schlamas-
sel.«

Innerhalb weniger Minuten hat Philipp zwei Whiskey Sour intus. Bisher kam die Sprache noch nicht wieder darauf, dass Philipp
und Vincent einander kennen. Und eigentlich hat Vincent gehofft,
dass der Mann gerade andere Sorgen hat, als sich mit ihm zu beschäftigen. Bis sich Philipp nach vorne lehnt und auf Vincent zeigt.
Was sich wie ein Déjà-vu der Situation in seiner und Katharinas
Küche vor einiger Zeit anfühlt. Dieses Mal ist Philipps Blick allerdings schon nicht mehr ganz so klar, der Finger, mit dem er auf
ihn zeigt, zittert leicht. Und nun sehen Vincent drei Augenpaare
an, die sich von Philipps ausgestrecktem Zeigefinger bis hin zu
ihm vorarbeiten.

»Du«, sagt er und zwinkert mehrmals. »Du hattest Glück. Bist
noch mal davongekommen. Mich hat sie zerstört.«

»Na ja, also davongekommen würde ich das jetzt vielleicht nicht unbedingt nennen.« Vincent klingt kleinlauter, als ihm lieb ist. Schließlich hat er wegen Katharina all das verloren, was er sich jahrelang aufzubauen versucht hat. Andererseits steht ihm ein kleinlauter Ton gerade gut an. Schließlich wusste er, dass Katharina verheiratet ist und Kinder hat. Deshalb verspürt er auch nicht das Bedürfnis, Katharina zu verteufeln und sich so aus der Verantwortung zu reden, um dann mit dem Mann vor sich Bruderschaft zu trinken. Obwohl: Vielleicht kann Philipp auch gerade einfach nicht anders, als blind vor sich hin zu hassen, ohne kritisch auf seine eigene Rolle in seiner und Katharinas Ehe zu blicken. Vielleicht würde er bei zu viel Selbstkritik nämlich einfach durchdrehen.

»Moment mal.« Greta setzt sich auf dem Sessel auf und blickt von Vincent zu Katharinas Mann. »Du bist der Mann von Vincents Ex. Also ... äh ... Ex-Chefin«, sagt sie und hält sich die Hand vor den Mund. Sie scheint nicht sicher zu sein, welche Informationen Philipp wirklich vorliegen. Sie mimt ein *Sorry* in Vincents Richtung.

»Philipp weiß von uns«, antwortet Vincent und blickt tief in die Öffnung der Bierflasche in seiner Hand.

Die Gräfin stemmt sich mit ihren dünnen Armen hoch und lehnt sich ein Stück nach vorne. Sie stellt ihre Flasche auf den Tisch und fragt, was sie hier gerade verpasst habe.

»Vincent hatte eine Affäre mit Katharina. Genau wie zwei, drei der anderen Jungspunde in der Firma.«

Die Gräfin formt mit den Lippen ein O, und jetzt ist sie es, deren Blick zwischen Vincent und Philipp hin- und herwandert. »Und du hast das gewusst?«

Philipp legt den Kopf in den Nacken und sieht einen Moment zur Decke. »Ja, das habe ich. Und ich dachte, das wäre irgendwie okay, weil ich so wenig Zeit habe und wir uns sowieso nicht mehr ... weil das, was wir hatten, keine echte Beziehung mehr war und weil das nicht nur von ihr ausging und ... ach, ich weiß auch nicht. Weil ich keine Scheidung wollte. Für mich und für die Kinder. Und ich hätte das durchgezogen, wenn …«

»Moment mal«, sagt Greta und hebt beide Hände. »Du weißt aber schon, dass das hier euer Leben ist, von dem du sprichst. Sein Leben einfach *durchziehen,* also echt. Als wäre das irgendeine vorübergehende Sache und nicht das einzige Leben, das du hast.«

Philipp verdreht die Augen. »Das kann schon sein, Greta, aber sobald Kinder im Spiel sind, werden die Sachen eben viel, viel komplizierter.«

Zu Vincents Überraschung antwortet Greta nicht sofort. Sie blickt auf die Flasche in ihrer Hand und scheint zu überlegen, wie sie zu dem steht, was Philipp da gesagt hat. Dann nickt sie und sieht sehr zerknirscht dabei aus. »Da hast du recht, entschuldige. So sollte das ja auch sein«, sagt sie, und Philipp und sie sehen sich einen Moment zu lange an, und Vincent überlegt, welche unausgesprochenen Wahrheiten die beiden da gerade austauschen. Doch da redet Greta auch schon weiter »Außerdem wolltest du noch was anderes sagen.«

»Was?« Philipp sieht wieder verwirrt aus, trinkt noch einen Schluck aus dem großen Glas vor sich und überlegt. »Ach so, ja. Ich wollte sagen, dass ich das mit den Affären ausgehalten hätte. Aber da ist noch mehr. Eigentlich … na ja … eigentlich sind die Affären noch der harmlose Teil von allem.«

Jetzt ist Vincent ganz Ohr. Genauso wie die Gräfin, die nach der Hand ihres Sohnes greift und sie zwischen ihre nimmt. Sie sehen sehr schwach aus, diese beiden kleinen, weißen Hände. Doch nur, bis man den Blick zu der Person hebt, zu der die zarten, blassen Hände gehören. Denn der ist voller Feuer, voll von Zorn und Wut ist ihr angespannter Körper, wie eine Löwin bereit, ihr Junges zu verteidigen, als sie fragt, was er damit meine.

»Ich weiß gar nicht so richtig, wie ich das sagen soll. Ich hab das vorgestern erst herausgefunden. Also nicht das mit den Affären, sondern ... also ... ich weiß gar nicht, wie ich das zusammenfassen soll. Das ist alles so vollkommen ... absurd ...« Philipp schüttelt den Kopf und legt ihn in seine Hände und hebt ihn dann wieder, um in die Runde zu sehen. »Vorgestern hat einer von der Bank angerufen. Der Mann wollte wissen, ob wir die Summe von einem unserer aufgelösten Fonds schon reinvestiert hätten. Er hat mir seine Beratung angeboten, aber der Witz war ... der Witz *ist*, dass ich nichts von irgendeinem aufgelösten Fonds wusste. Überhaupt nichts. Katharina hat ... sie hat sich all unsere Rücklagen geholt, die Mietwohnung verkauft und den ganzen Schmuck, den ich ihr über die Jahre geschenkt habe und der wahrscheinlich in etwa so viel wert war wie alles zusammen.«

»Wie bitte?« Die Gräfin sitzt noch ein wenig aufrechter, und auch Vincent rutscht auf dem hellen Pouf nach vorne, den er bei einem erneuten Besuch im Möbelhaus letzte Woche gekauft hat. Einzig Kurt wirkt völlig desinteressiert an dem Geschehen um ihn herum. Er stiert auf sein Klemmbrett, seit Philipp angekommen ist, und scheint hier und da etwas zu korrigieren. »Hat sie alles verkauft, weil du dich scheiden lassen willst? Ich habe also richtiggelegen. Eine falsche Schlange ist sie, und das war sie von Anfang an.«

»Nein, nein, deshalb hat sie das ganze Zeug nicht veräußert. Als mich der Bankmitarbeiter anrief, war ja von Scheidung noch gar nicht die Rede. Und auch nicht, als Vincent vor ein paar Wochen bei uns aufgekreuzt ist«, antwortet Philipp jetzt schwach, und die Gräfin sieht überrascht zu Vincent. Er muss ihr das später unbedingt erklären, sonst bekommt sie noch einen komplett falschen Eindruck von ihm. Doch jetzt ist erst mal Philipp dran. Er setzt sich ein wenig gerader hin und hält sich kopfschüttelnd beide Hände vors Gesicht. »Der Grund dafür, dass ich mich scheiden lassen will, ist ... na ja, der ist eigentlich ... viel verheerender, würde ich sagen.«

24

Vincent kann an weniger als einer Hand abzählen, wann in seinem Leben er aktiv getanzt hat. Als er mit vierzehn das erste Mal Alkohol trank und sich plötzlich wie Elvis Presley fühlte.

Beim Abiball, weil er nicht bei seinem Vater sitzen wollte, aber auch nicht allein am Rand der Tanzfläche stehen. Also stellte er sich zwischen die Feiernden, wippte ein bisschen hin und her und fieberte darauf hin, dass der Abend endlich zu Ende ging.

Auch betrunken in einer Bar in Madrid nach dem Pitch für eine alte spanische Biermarke, die kurz vor dem Konkurs stand. Den Auftrag hatten sie nicht bekommen. Es wäre einer der ersten seit Beginn seiner Arbeit für Katharina gewesen. Und das war seine Schuld. Denn das war der Tag, an dem sein Vater ... Egal. Viel schlimmer war, wie Katharina ihn angesehen hatte ... so enttäuscht.

In ihr Hotelzimmer war er an diesem Abend nicht gegangen – und sie nicht in seines. Also ließ er sich volllaufen in der ersten Bar, die er hatte finden können. Bei jedem Schritt blieben seine Schuhe am Boden kleben, und das hätte sicher ein hässliches Geräusch ergeben, wäre die Musik nicht so unglaublich laut gewesen. Doch diese Bar und diese Stadt hatten sich angefühlt, als gäbe es hier keine Regeln. Und so ließ er sich mit der Menge mitreißen und tanzte. Am Tag danach riss er sich zusammen und bekam von nun an jeden einzelnen Auftrag.

Jetzt ist er nur ein wenig angetrunken. Und anders als bei den letzten Malen geht jeder Schritt nach rechts und links, jedes Klatschen und Im-Kreis-Drehen fast wie von selbst, und es fühlt sich an, als ob da gar kein Gedanke mehr in seinem Kopf ist, nur Bewegung im Körper, in Armen, Beinen, Händen und Füßen.

Vor ihm tanzt Greta und zeigt ihm, Philipp und Kurt, was sie zu tun haben, hinter ihnen klatscht die Gräfin ein bisschen steif, aber trotzdem ziemlich bei der Sache mehr oder weniger im Takt zu Beyoncés *Texas Hold'em*. Das Lied, über das sie sich vor einigen Tagen noch furchtbar aufgeregt hat. Was zwei Whiskey Sour doch ausmachen. Philipp ist so betrunken, dass er die meisten Bewegungen nur halb ausführt, und Kurt fordert Greta immer wieder dazu auf, ihre Tanzschritte zu wiederholen, und studiert jede ihrer Bewegungen, um sie dann auf seinen eigenen Körper zu übertragen. Das gelingt ihm überraschend gut, sodass sein Tanz richtig, aber ein wenig mechanisch aussieht.

Und Vincent ist wie in Trance. Linedance im Kerzenschein, im Wohnzimmer einer Berliner Villa, die er gerade renoviert, nachdem er seinen Job und seinen Ruf verloren hat. Wobei Letzterer nach Philipps Ausführungen anscheinend doch noch zu retten ist. Wie auch immer: Hätte er ein Lebens-Moodboard, wäre das tatsächlich nichts, was er so vor sich gesehen hätte. Und er ist froh, dass er so etwas niemals erstellt hat. Denn er hätte mit allem falschgelegen. Das Ding hätte nämlich nur aus dem bestanden, was er will. Und aus nichts, was er braucht. Weil er das bis eben gar nicht gewusst hat.

Doch hier ist es. Das hier ist, was Vincent braucht. Was er braucht, um … zu fühlen. Denn ja, er fühlt etwas. Alles eigentlich. Ohne dass der Strudel dahinten auftaucht, ohne Angst und Krampf. In diesem Moment ist alles richtig und losgelöst, und er hat … ja, da ist das Wort schon wieder: Er hat Spaß.

Und er denkt kurz an den kleinen Jungen, der sich so viele Jahre zuvor mit den Fingern in den Pullover seines Vaters gekrallt hat, weil er nicht ins Schulgebäude gehen wollte. Dem gesagt wurde, dass er sich zusammenreißen und keine Szene machen und doch bitte seine Gefühle im Griff haben solle. Der aber viel zu viel fühlt und alles durcheinander und dem niemals jemand gesagt hat, dass das okay ist. Okay, dass er Gefühle anderer durch die Luft flirren sieht. Okay, dass die Welt für ihn immer ein bisschen lauter sein wird als für den Rest. Okay, dass er ist, wie er ist. Auch wenn das heißt, dass da vielleicht ein bisschen mehr Gefühle sind als bei den meisten anderen. Oder er einfach nicht ganz so gut darin ist, die Welt und deren Geräusche auszublenden.

Der kleine Junge, dem niemals gesagt wurde, dass es besser ist, zu viel zu fühlen, als gar nichts zu empfinden. Dass es keinen Schutz vor Verletzungen gibt, weil sie Teil von allem Großen sind. Dass ein Erdbeben Straßen und Asphalt zerstört, in den entstandenen Rillen aber neues, echtes Leben erwächst. Erst in kleinen Stängeln, an denen zarte, fast winzige Blätter wachsen, dann aber große, duftende Blumen mit dicken, satten Blütenblättern.

Das hier. Das hier ist aus Vincents Erschütterung erwachsen. Er dreht sich zu Philipp um, der klatscht und sich dreht und loslässt, genau wie er selbst das gerade tut. Und der für einen Moment genauso glücklich scheint wie Vincent. Obwohl er alles verloren hat. Auch genau wie Vincent. Am Ende lassen sie sich auf Sofa und Boden fallen und atmen tief ein und aus. Sie haben die Performance etwa zehnmal getanzt und sahen am Schluss längst nicht mehr ganz so ungelenk aus wie noch am Anfang.

»Woher können Sie denn so etwas?«, fragt die Gräfin in Richtung Greta, die aus einer großen Flasche Wasser trinkt. »Ist das nicht eigentlich so ein Südstaaten-Relikt.«

»Ein Relikt?« Gretas Stimme überschlägt sich ein wenig, als sie sich aufsetzt und den Kopf schüttelt. »Überhaupt nicht! Bis ich die Villa bekam, war ich Teil einer Linedance-Gruppe in Wilmersdorf. Im Moment hab ich keine Zeit mehr, was echt schade ist.«

»*Du* warst in einer Linedance-Gruppe?« Vincent lacht und greift nach der Wasserflasche in Gretas Hand.

»Ja, warum denn nicht?« Sie sieht ihn an. Und offensichtlich gefällt ihr nicht, dass er über sie lacht. Verständlich.

»Sorry, das war gar nicht … also, gar nicht *irgendwie* gemeint.

Ich habe beim Linedancing nur an ältere Herrschaften mit Cowboyhut gedacht, was natürlich totaler Quatsch ist.« Vincent kratzt sich am Kopf und verzieht das Gesicht.

»Oh, die gibt es auch! Sogar eine ganze Menge davon. Aber es gibt halt auch Leute wie mich, und eigentlich sind wir eine ganz bunte Truppe. Und so, wie du gerade getanzt hast, würdest du echt gut reinpassen.«

Normalerweise wäre Vincents erster Impuls, auf so etwas nichts zu antworten. Weil es ihm noch vor einigen Wochen absolut und vollkommen abwegig erschienen wäre, dass er, Vincent, Unternehmensberater und Teamchef, sich so einer Gruppe anschließen würde. *Im Leben nicht,* wäre die einzige Antwort gewesen, die er damals über die Lippen gebracht hätte.

Er dreht den Kopf zu Philipp, der neben ihm auf dem Boden liegt und keuchend ein- und ausatmet. Dass er mit dem Mann seiner Ex-Freundin Linedancing im Wohnzimmer seiner … seiner … na ja, seiner Greta macht – darauf hätte es bis vor Kurzem auch eine »Im Leben nicht«-Antwort gegeben. Er versucht, das Gefühl zu fassen, das da in ihm sprudelt, als er wieder zu Greta sieht. Alles an ihr ist gut und ehrlich und … ohne sie wäre nichts von alledem hier. Vincent blinzelt. Schenkt er ihr … schenkt er ihr da gerade die verbeulte Sache, die da so wild in seiner Brust schlägt? Scheiße, schenkt er ihr gerade sein Herz?

Sein Herz schenken. Oha. Seit wann denkt er in solchen Worten? Und überhaupt sind das wahrscheinlich eher Alkohol und Libido statt Herz und Verstand, die ihn das alles fühlen lassen.

Und die Tatsache, dass er offiziell gerettet ist. Obwohl er es noch nicht so ganz wagt, den Gedanken zuzulassen. Denn Philipps Geschichte hat es in sich. Und Vincent will gerade nicht mit dem armen Mann tauschen.

Die veruntreuten Firmengelder Vincent in die Schuhe zu schieben, hatte Katharina nur teilweise geholfen. Denn natürlich hatte

Kaiser & Partner den Vorfall nach Vincents Abgang untersucht. Hatte Firmenkonten, Vincents kompletten Mailverkehr und seine Firmenkreditkarte durchkämmt. Und war dabei auf nichts gestoßen. Ganz anders bei Katharina. Schon bevor Vincent überhaupt bei *Kaiser & Partner* anfing, hatte ein anderes Mitglied der Geschäftsführung Katharina im Verdacht gehabt, heimlich Gelder abzuzweigen. Immer nur ein bisschen und zunächst auch sehr klug. Sodass sich besagter Verdacht niemals so weit verdichtete, dass eine formelle Untersuchung eingeleitet werden konnte. Doch mit den Jahren wurde sie unvorsichtiger. Und immer großzügiger, was die Geschenke betraf, die sie sich selbst und anderen machte.

Nach der Sache mit Vincent kamen dann die ersten Gerüchte auf. Logischerweise konnte sich kaum jemand vorstellen, dass Vincent zu so etwas in der Lage wäre. Was ihn nun unglaublich erleichtert, auch wenn dennoch niemand gewagt hat, sich öffentlich für ihn einzusetzen. Und obwohl niemand den Anstand besessen hat, seine Anrufe und Nachrichten zu beantworten. Auf jeden Fall bohrte man dieses Mal weiter. Und nach und nach kam heraus, dass Katharina das schon jahrelang so gehalten hatte. Sie hatte ein Leben gelebt, das sie sich trotz des sechsstelligen Gehaltes nicht leisten konnte. Vincent denkt an die Rolex in dem grünen Kästchen, die in edle Kartons verpackten Kaschmir-Pullover und -Schals und den teuren Burberry-Mantel. Mit Pullovern und Mantel wird er nichts anfangen können, aber die Uhr wird Vincent Philipp geben.

Was hat er sich nur dabei gedacht? Er kann doch nicht geglaubt haben, dass das so in Ordnung geht. Und irgendwie hat er jetzt noch nicht einmal einen Preis dafür gezahlt. Denn theoretisch könnte er den Aufhebungsvertrag mit diesem Wissen anfechten. Anders als Philipp, der gar nichts anfechten kann und der noch dazu betrogen wurde. Von seiner Frau und von ihm, Vincent.

Als Philipp ihm jetzt die Hand auf die Schulter legt, fühlt sich das sehr, sehr unangenehm an.

»Was ist denn los? Warum schaust du auf einmal so? Wenn einer hier schon Grund zur Freude hat, sollte derjenige sie doch wenigstens nutzen.« Philipp versucht sich an einem Lächeln, das wohl Vincent und ihn gleichermaßen trösten soll.

»Ich …«, setzt Vincent an und überlegt. »Ich fühle mich unglaublich schlecht damit, dass ich dir das angetan habe.«

»Angetan? Du?« Philipp schüttelt den Kopf, und Vincent bemerkt, dass der Rest des Raumes jetzt sehr aufmerksam zuhört. »Das ist ja wohl alles auf Katharinas Mist gewachsen.«

»Zu einer Affäre gehören immer zwei.« Vincent schüttelt sich innerlich, als er das Wort Affäre laut ausspricht. »Und ich habe gewusst, dass es dich gibt und die Kinder. Was einfach egoistisch war und irgendwie … keine Ahnung. Peinlich, schätze ich.«

»Ganz ehrlich, Vincent«, Philipp setzt sich wieder ans Fußende seiner Mutter, die in der Zwischenzeit eingedöst ist, zieht die Decke über ihren Oberkörper und streichelt ihr über die Wange, »das ist gerade mein geringstes Problem. Außerdem wusste ich das ja alles irgendwie. Ach, Scheiße, ich wusste das nicht nur *irgendwie*, sondern komplett. All die schönen Kleider, die Taschen, die Uhren, die Bilder, die Möbel. Gott, und all die Affären. Wie hätte ich das nicht mitbekommen können. Außerdem …«

Er sagt eine Weile nichts, sondern sieht einfach still auf seine im Schoß gefalteten Hände. Greta und Vincent sehen ihn an, Kurt dagegen probiert noch einmal jeden Schritt der Linedance-Performance. Wie viele andere hat es denn außer ihm wohl noch gegeben?, fragt sich Vincent. Und wie fühlt er sich damit? Die Zusammenfassung lautet … na ja, dass er im Moment einfach gar nichts mehr für Katharina fühlt. Zumindest nicht für die Katharina, die er während der Kündigung kennengelernt hat. Das Einzige, was er seit Philipps Erzählung empfunden hat, ist Erleichterung. Darüber, dass er wieder frei ist von der Last der Intrige, die Katharina gesponnen hat. Wenn er überhaupt etwas fühlt, dann ist es Mitleid.

Für Philipp und – auch wenn sich vieles in ihm dagegen sträubt – für Katharina. Die offensichtlich sehr, sehr viele Probleme hat.

»Außerdem?«, fragt Greta und neigt den Kopf ein wenig, um Philipps Aufmerksamkeit zu bekommen, damit er seinen Satz beendet.

Doch der antwortet noch immer nicht. Lange scheint er zu überlegen, was er sagen will, und nickt dann sehr langsam, bis das Nicken in ein Kopfschütteln übergeht.

»Außerdem war das ja nicht das Einzige, was bei uns schieflief. Katharina hat mich von Anfang an nicht geliebt. Ich war viel älter als sie und definitiv interessierter an ihr als umgekehrt. Eigentlich weiß ich gar nicht, ob sie das überhaupt kann. Also jemanden lieben, der nicht sie selbst ist. Außer vielleicht die Kinder. Obwohl ... obwohl sie dich wirklich gemocht hat.« Er sieht zu Vincent, der den Blick abwendet. »Oder vielleicht ...« Philipp schüttelt noch vehementer den Kopf. »Vielleicht lag das auch einfach alles an mir und ihr und der Tatsache, dass wir uns in etwas verliebt haben, was gar nicht da war. Keine Ahnung. Seit sie zu ihrer Mutter gezogen ist, geht mir da immer wieder dieser Satz durch den Kopf. Also kein Satz, sondern irgendein Filmtitel ist das, glaube ich. Ich weiß nicht mehr, was für ein Film das war oder worum es ging. Auf jeden Fall hieß der: *Zusammen sind wir weniger allein* – oder so ähnlich, ganz genau weiß ich das nicht mehr. Und bei uns ... bei uns war es das Gegenteil: Seit Katharina weg ist, fühle ich mich viel weniger allein. Ich hasse es, die Kinder nicht bei mir zu haben, und werde alles dafür tun, dass wir mindestens ein geteiltes Sorgerecht bekommen. Und eigentlich hasse ich auch Veränderungen. Aber diese Fremde zwischen uns, die immer mehr das Vakuum ausgefüllt hat, das meine Verliebtheit damals hinterlassen hat. Die war nicht mehr auszuhalten. Und ich habe noch nicht einmal gemerkt, dass ich es nicht ausgehalten habe. Ich habe es einfach«, er hebt den Blick und sieht mit einem traurigen Lächeln zu Greta, »durchgezogen.«

TEIL 5

Badezimmer

*G*ott, ist ihr schlecht. Nein, *schlecht* ist noch nicht Ausdruck genug für den Totalausfall, den ihr Körper und ihr Hirn da gerade gleichzeitig durchmachen. Langsam, ganz langsam erhebt sie sich von dem hässlichen roten Ledersofa und geht schwankend den Flur entlang in Richtung Badezimmer. Denn da unten am Ende des Flurs sind doch die Badezimmer, oder ist ihr Hirn jetzt völlig durch?

Sie fährt mit den Händen an der Wand entlang, um etwas zu haben, wo sie sich im Notfall abstützen kann, und läuft an den vielen Zimmertüren vorbei und an vielen Menschen, die mit oder ohne Flasche in der Hand über den ganzen Linoleumboden des langen Gangs links und rechts verteilt sitzen.

Ein Typ mit einer schwarz gefärbten Emo-Frisur nimmt sie bei der Hand und will sie zu sich ziehen. Doch sie entreißt sie ihm, schwankt nach hinten und schiebt sich an der entgegengesetzten Wand entlang. Wo ist nur Mascha, die blöde Kuh? Sie hat sie mit hierhergeschleppt, nur um dann mit der Blonden mit der Gitarre abzuhauen. Die kennt sie wohl aus irgendeinem Seminar und hat schon lange ein Auge auf sie geworfen.

Eigentlich wollte sie nicht mitgehen. Eigentlich wollte sie so lange wie möglich schlafen, um morgen früh in dem stickigen, vollen Keller nicht wieder in Ohnmacht zu fallen. Dicht an dicht gedrängt, die Arme einander berührend, den nervösen Schweiß der anderen auf der eigenen Haut und über den stinkenden Körper gelehnt, den sie Stück für Stück auseinandernehmen, als wäre es ein Frosch oder ein Reptil und sie im Biologieunterricht und nicht in der Gerichtsmedizin.

Und dann war es doch die Angst vor morgen, die sie Maschas Einladung hat annehmen lassen. Und die sie hierhergebracht hat. Was völlig bescheuert war. Denn auch wenn sie die Angst kurz vergessen konnte, morgen früh würde sie sich wieder an den Tisch stellen, da führt kein Weg dran vorbei. Schon der Gedanke treibt ihr die Tränen in die Augen. Sie wird da stehen und irgendeinem fünfundneunzigjährigen Toten die Leber rausschneiden, und nach dem, was sie jetzt intus hat, nicht nur ohnmächtig werden, sondern den Kommilitonen gegenüber direkt ins Gesicht kotzen. Gott, warum? Warum ist sie nicht einfach in ihrer Wohnung geblieben?

Endlich kommt sie an der Reihe von Türen an, die in kleine graue Badezimmer führen, die sich die Bewohner der Etage teilen. Erst als sie die letzte Türklinke nach unten drückt, gibt diese nach und den Weg frei zu der dringend benötigten Kloschüssel, in die sie sich gleich mehrmals übergibt.

Als sie fertig und ihr Magen leer ist, sitzt sie zwischen Toilette und Dusche, den Kopf auf die Knie gelegt und ohne eine Ahnung, wie sie nach Hause kommen soll. Der Weg ist kurz, aber im Moment fühlt sie sich nicht einmal dazu imstande. Doch sie kennt niemanden aus dem Wohnheim. Nicht wie Mascha, die ganz Berlin zu kennen scheint. Eigentlich will sie sich nur hinlegen und einschlafen. Doch dann wird es morgen noch viel schlimmer. Denn dann wird sie nicht nur ohnmächtig und kotzt auf den Tisch. Sondern sie kommt auch noch zu spät. Nicht hingehen ist keine Option, weil sie die Punkte braucht und weil sie das Anatomie-Seminar endlich hinter sich bringen muss.

Und weil sie will, dass das endlich aufhört. Dass sich das alles weniger widerlich anfühlt und das Studium weniger schwer. Dass sich alles richtiger anfühlt. Sie so stolz wie alle anderen gefragt und ungefragt bekannt gibt, dass sie Medizin studiert. Dass sie irgendwen findet, der das verstehen kann. Der sie nicht ansieht, als wäre sie eine Außerirdische, weil sie sagt, dass sie gar nicht so sicher ist, ob das alles was für sie ist.

Doch so jemanden gibt es nicht. Nicht einmal Mascha versteht sie wirklich. Sagt immerzu, dass sie aufhören soll zu meckern und sich was anderes suchen soll. Als ob das so einfach wäre. Als ob sie das tun könnte. Maschas Eltern ist es egal, was sie studiert. Würden sie das mit der Blonden rausfinden, wären sie bestimmt nicht erfreut. Aber selbst das würden sie ihr verzeihen. Denn in der Welt von Maschas konservativen Eltern gäbe es da tatsächlich was zu verzeihen. So, wie sie ihr immer alles verzeihen, und so, wie sie immer nur das Allerbeste in ihr sehen.

Jemanden, der sie versteht. Sie richtet sich auf, wäscht sich die Hände mit einer billigen Seife, die nach zu viel Kokosnuss und nach zu wenig Sauberkeit riecht. Dann das Gesicht. Sie greift nach einer vergessenen Zahnpastatube, die auf dem Rand des Waschbeckens liegt, drückt sich ein bisschen davon auf den Finger und reibt damit über ihre Zähne, bevor sie mit so kaltem Wasser ausspült, dass ihre Zähne schmerzen. Das Wasser macht, dass sie sich ein bisschen besser fühlt. Aber nur körperlich.

»Was soll das eigentlich alles?« Die Frage hat sie ihrem grauen, aufgedunsenen Spiegelbild gerade gestellt. Obwohl sie keine Ahnung hat, was sie damit eigentlich hat sagen wollen. Trotzdem wiederholt sie die Frage, bevor sie den Kopf schüttelt, sich von sich selbst abwendet und zur Tür des Badezimmers schwankt.

Unten im großen Vorraum sitzt eine Gruppe von Typen, die ebenso viel getrunken zu haben scheinen wie sie. Sie grölen, und es stinkt nach zu viel Alkohol und zu viel Testosteron. Einer läuft ihr hinterher.

»Wart mal, meine Schöne«, sagt er und wuschelt sich durch sein blondes Haar. »Du bist doch Maschas Freundin, oder?« Sie nickt. »Wenn du sie siehst, sag ihr, dass sie mich unbedingt anrufen soll. Ich hab da so eine Idee für ein Onlinemagazin, und ich glaub, das könnte sie interessieren.« Der Typ drückt ihr einen Zettel in die Hand und hält sie dabei ein bisschen zu lange.

»Da steht meine Nummer drauf. Na ja … und wenn du mal … keine Ahnung«, er sieht sie an und lächelt schief, »wenn du mal ein bisschen Spaß haben willst, stehen meine Türen für dich natürlich ebenfalls weit offen.«

Er zwinkert ihr zu, und jetzt muss auch sie lachen, obwohl sie den Kopf schüttelt und aus der Tür läuft.

»Ich bin übrigens Boje«, ruft er ihr hinterher, doch sie dreht sich nicht noch einmal um. Läuft hinaus auf die Straße. Der Abend ist kalt und ihre Jeansjacke zu dünn. Aber vielleicht fühlt sich das auch nur so an, weil sie müde ist und traurig.

Zu Fuß wird sie schon in einer Viertelstunde zu Hause sein. Sie wohnt allein in einer der vielen Wohnungen, die ihre Eltern über die Jahre hinweg erstanden haben. Da ist also niemand, der beobachten wird, wie sie sich schon im Flur bis auf die Unterwäsche auszieht, ihre Klamotten genau dort liegen lässt, wo sie auf den Boden fallen, und sich direkt auf die neue Matratze legt, die eine Spedition letztens überraschend bei ihr abgegeben hat und die ganz bestimmt von einem der vielen Online-Shoppingbummel stammt, denen sich ihre Mutter in ihren kurzen Mittagspausen hingibt.

An der Ecke ihres Häuserblocks ist das italienische Restaurant noch hell und warm erleuchtet. Sicher eine geschlossene Gesellschaft, die das Lokal für den Abend gemietet hat. Trotz der Kälte stehen mehrere Gruppen vor den Türen. Sie sprechen, rauchen, und ein kleiner Mann singt ein italienisches Lied. Seine Stimme ist nicht schön, passt aber zu der traurigen Melodie. Und sicher auch zu den Worten, die sie nicht versteht.

Als sie an ihm vorbeigeht, stellt er sich ihr in den Weg. Erst erschrickt sie. Doch nur, bis sie seine lieben, ruhigen Augen sieht und den kleinen Tomatenfleck auf seinem gut gebügelten, weißen Hemd. Und die Tatsache bemerkt, dass er noch viel betrunkener ist als sie und sich kaum mehr auf den Beinen halten kann. Geschweige denn über sie herfallen. Er betrachtet sie von oben bis unten und nickt.

»Und wenn ich …«, setzt er mit starkem italienischen Akzent an, »… wenn ich dir jetzt sage, dass die schlimmste Armut die Einsamkeit ist … was ist dann deine Antwort?«, lallt er und schwankt ein bisschen zur Seite.

Schon kommen mehrere Männer und ziehen den Alten von ihr weg, wieder in Richtung des Lokaleingangs. Sie geht weiter. Und weiter. Und antwortet stumm und nur in ihrem Kopf, dass er damit wohl recht hat.

25

Okay, also, wir haben noch drei Tage.« Greta hält sich die Augen zu und blinzelt an ihrer rechten Hand vorbei zu Vincent und Kurt.

»Wieso denn das auf einmal?« Vincent stemmt die Hände in die Hüfte und wischt sich mit dem Unterarm den Schweiß von der Stirn. »Drei Tage für ein Badezimmer und den Rest des Flurs und die Treppengalerie? Du weißt schon, dass hier oben immer noch ein Zimmer zu renovieren ist, und noch dazu das wichtigste, weil wir unmöglich ein Haus ohne Elternschlafzimmer anbieten können.«

Natürlich können sie das, und das weiß Vincent auch. Aber er will das nicht. Er will dieses Projekt fertigstellen, wird dieses Projekt fertigstellen, weil er dieses Haus in der Zwischenzeit liebt. Und weil auch er mittlerweile die *richtigen* Käufer dafür finden will. Jemanden, der diese Liebe teilt und die Arbeit schätzt, die sie in die vielen Zimmer investiert haben. Und noch investieren werden.

Vielleicht ist das alles aber auch nur eine gute Ablenkung. Während der letzten zwei Wochen hat Vincent mehrere Mails seines ehemaligen Arbeitgebers bekommen. Und Anrufe. Und Nachrichten hinterlassen haben sie auch. Er könne jederzeit zurückkommen. Könne die Abfindung behalten und darauf hoffen, bald Katharinas früheren Posten zu übernehmen.

Doch er kann nicht antworten. Auch wenn das meiste davon von Katharina ausgegangen ist: Sie haben ihn aus der Firma und aus seiner Wohnung geworfen und zumindest anfangs einfach akzeptiert, dass man ihm ohne Beweise eine ziemlich schwerwiegende Straftat vorgeworfen hat. An diesem Punkt erschaudert er innerlich immer ein bisschen, weil er an seine Unterschrift unter dem Aufhebungsvertrag denken muss. Klar, da hat er noch nicht gewusst, was ihm hinter vorgehaltener Hand vorgeworfen wurde. Trotzdem war das unglaublich dumm von ihm. Und einfältig auch. Er sollte froh sein, dass keine polizeilichen Ermittlungen gegen ihn aufgenommen wurden. Sondern dass die Firma es vorzog, ihren Ruf zu retten, statt das aus ihrer und aus rechtlicher Hinsicht einzig Richtige zu tun.

Trotzdem könnte er auf die Anrufe antworten. Was auch immer passiert ist, das hier ist eine einmalige Gelegenheit. Einfach mal so eine Position in der Geschäftsführung angeboten zu bekommen, ist ziemlich unglaublich. Auch wenn er weiß, dass er diesen Posten verdient hat. Und zwar nicht nur als Wiedergutmachung für alles. Sondern, weil er einfach verdammt gut ist in seinem Job. Warum also hat er bislang jeden Anruf, jede Mail ignoriert? Er weiß nicht, ob er das wirklich weiß. Ob er wirklich so tief in sich hineinzuschauen wagt. Oder ob da gar kein Blick nach innen hilft. Sondern eher einer geradeaus auf Greta. Plötzlich fällt ihm wieder ein, was sie gerade gesagt hat.

»Und warum genau ist es so wichtig, dass das Badezimmer unten noch vor dem Flur und dem Schlafzimmer hier oben gemacht wird? Das Bad wollten wir doch erst ganz am Schluss machen. Und überhaupt: Wie kommst du denn jetzt plötzlich auf drei Tage? Warum bleibt uns denn nur so wenig Zeit?«

Greta nimmt beide Hände von den Augen, zieht die Nase kraus, und Vincent muss lachen. Obwohl er sehr, sehr müde ist und sich fragt, wie sie es innerhalb von zwei Wochen geschafft haben, das riesige Obergeschoss der Villa mit den vier Zimmern komplett zu renovieren und einzurichten. Vincent legt die Farbrolle in den Eimer zu seinen Füßen und betrachtet die Wand im Flur des Obergeschosses. Fast fertig. Jetzt müssen sie sich noch die Treppengalerie und den unteren Flur vornehmen. Da die obere und die untere Etage zusammenhängen und über die Galerie verbunden sind, ist das ihr nächster und vorletzter Schritt.

»Na ja, also«, sagt Greta und hält sich wieder die Augen zu, »vielleicht habe ich mich dazu hinreißen lassen, für Ende nächster Woche eine Art Einweihungsparty zu planen. Und ganz vielleicht möchte ich auch, dass die Gäste dann eine komplett fertige Unteretage vorfinden. Vor allem das Bad, weil ich das echt hasse und mich jeden Tag darüber ärgere, dass wir noch nicht dazu gekommen sind. Na ja, und deshalb würden uns vier Tage fürs Bad und drei Tage für den unteren Flur und die Galerie bleiben.«

»Aber den Flur wollten wir doch zuerst machen. Ich meine, jetzt sind wir schon dabei. Und wegen der offenen Galerie müssen wir uns vom oberen in den unteren Flur vorarbeiten. Das haben wir doch alles besprochen. Und überhaupt … warum musst du jetzt plötzlich eine Party veranstalten, wenn wir echt Besseres zu tun haben? Hast du nicht vor ein paar Tagen noch gemeint, dass du das Haus erst Ende des Monats zum Verkauf ausschreiben willst?«

Greta legt den Kopf in den Nacken und kratzt sich unter dem großen roten Haarturm auf ihrem Kopf. »Das weiß ich alles. Echt. Aber dann hat meine Freundin Mascha angerufen und gesagt, dass sie ein paar potenzielle Interessenten hätte und dass wir uns überhaupt schon ewig nicht mehr gesehen haben. Und dann sind wir ins Reden gekommen, und das war so schön, dass ich Lust hatte, sie hier zu haben. Sie ist eine verwöhnte Kratzbürste, aber irgendwie glaube ich, dass du sie trotzdem magst. Egal, auf jeden Fall ist Mascha dann auf die Idee mit der Party gekommen, bei der sich potenzielle Käufer unverbindlich und in einem gemütlichen Rahmen umsehen können. Und ich finde das eigentlich ziemlich genial.«

Vincent schüttelt langsam den Kopf und sieht zu Kurt. Der streicht immer noch und hat eindeutig nicht zugehört.

»Also müssten wir jetzt sofort die Arbeit am Flur liegen lassen und erst einmal das untere Badezimmer auf Vordermann bringen.

Nur, um uns dann wieder dem Flur zu widmen, denn es ist doch logisch betrachtet schlimmer, wenn der Flur im Eingangsbereich unfertig ist und man reinkommt und gleich abgeschreckt wird. Außerdem habe ich keine Ahnung, ob wir das mit dem Bad so schnell hinbekommen.«

»Na, da hast du aber Glück gehabt, dass ich mir die nächsten Tage freigenommen habe.«

»Das ist sehr passend«, meldet sich Kurt, während er mit seinen typisch steifen Bewegungen weiter die Decke streicht. »Meine Schwester hat veranlasst, dass ich für einige Tage mit ihr verreisen muss.«

»*Muss?*« Greta hebt die Brauen. »Du meinst wohl, *darf.* Ist doch voll schön, dass ihr zusammen verreist, oder nicht?«

»Das findet Sina auch.« Kurt legt die Malerwalze in die Farbwanne und nimmt noch einmal Farbe auf.

»Und wie findest *du* das?« Greta lehnt sich an das Geländer der offenen Treppengalerie, an deren Wänden bisher noch eine Tapete aus den Siebzigerjahren hängt, wenn Vincent die großen Blumen in erdigen Tönen richtig interpretiert. Und die er unbedingt noch überstreichen will. Auch wenn sie das mit dem Badezimmer jetzt einschieben müssen.

»Ich mag keine Züge.«

»Okay.« Greta beobachtet Kurt, der die Walze weglegt und anfängt, an der Pfeife um seinen Hals zu spielen. Dabei schiebt er die Unterlippe nach vorne und sieht wirklich nicht begeistert aus.

»Dort riecht es, und Sina hält sich nicht an die Regeln. Beim letzten Mal haben wir uns auf einen leeren Platz gesetzt. Doch dann kam ein Mann, der sagte, dass das sein Sitzplatz sei. Und dann mussten wir stehen. In dem Teil zwischen der Toilette und dem Bordrestaurant. Dort hat es gerochen. Nach Kaffee und Fäkalien. Und im Hotelzimmer stand, dass es um sechs Uhr dreißig Frühstück gäbe. Aber als ich um sechs Uhr dreißig unten war, gab es noch keines. Erst um sieben Uhr, sagten sie. Deshalb musste ich warten, und das war unangemessen. Weil die Kellner erst eindecken mussten.«

Greta überlegt und nickt, und Vincents Herz wird ganz schwer von dem Lächeln, das sie Kurt schenkt. Weil das so völlig ohne Mitleid oder Überheblichkeit ist. Und voller Wohlwollen. Und weil er weiß, dass sie beide gleichermaßen nur das Schönste und Beste für diesen wunderbaren, genial-seltsamen Menschen wollen. Vor allem aber wollen sie, dass ihm niemand wehtut. Auch kein Kellner, der ihn wegschickt, weil er sich durch ihn beim Eindecken gestört fühlt. »Das verstehe ich, Kurt. Hätte mich auch genervt und ist ja echt das Mindeste, dass da die richtigen Zeiten stehen.«

Jetzt dreht sich Kurt in ihre Richtung und nickt mehrmals. »So ist das leider meistens. Sie sagen eine Sache. Und dann machen oder meinen sie eine ganz andere.«

Greta lächelt. »Vielleicht wird es ja trotzdem ganz okay. Wohin geht es überhaupt?«

»Auf die Insel Rügen, so wie immer. Was gut ist. Weil jeder unsere Sprache spricht und deshalb eine große Zahl Missverständnisse vermieden werden können.«

»Coolio«, sagt Greta und wendet sich Vincent zu. »Then it's just you and I, my friend. Du hast doch bestimmt schon eins von deinen Moodboards bereit, oder?«

Vincent verengt die Augen, weil ihm der belustigte Unterton in Gretas Stimme nicht entgangen ist. »Wenn du es genau wissen willst, ja, das habe ich. Und da ich so vorausschauend arbeite, kann ich dir auch die Liste mit dem Material schicken, das wir dafür brauchen. Dann können Kurt und ich zumindest die Treppengalerie noch zu Ende streichen. Für Dekoration sorgen wir dann, nachdem wir mit dem Bad unten fertig sind.«

»Das nenn ich mal professionell. Also extrem nerdy. Aber professionell.«

Vincent wirft eine Rolle mit Küchenpapier nach Greta, die lachend die Treppe runterläuft. »Ich geh rüber zur Gräfin. Philipp wollte mir noch irgendwelche alten Bilder im Keller zeigen, die die Gräfin aussortiert hat und von denen ich mir welche aussuchen darf.«

Vincent wäre eigentlich gerne dabei, denn da gibt es sicher einiges zu sehen. Die Gräfin ist mit der Hilfe ihres Sohnes wieder in ihre Villa gezogen. Philipp hat sich freigenommen. Vielleicht wurde er auch krankgeschrieben, denn er sieht wirklich schlecht aus. Vincent will sich gar nicht ausmalen, wie furchtbar das alles für ihn sein muss. Denn mit Sicherheit gibt es da noch einiges zu klären zwischen ihm und der Gräfin.

Und umso mehr zwischen ihm und Katharina.

Katharina. Die hat Vincent gestern getroffen, als er das erste Mal seit Langem wieder joggen war. Plötzlich stand sie vor ihm. Oder er vor ihr. Denn als er den Kopf zur Seite drehte, war da ihre riesige Villa, an der er fast vorbeigerannt wäre, weil er sich in Dahlem nach wie vor nicht auskennt. Auf jeden Fall standen sie sich gegenüber und starrten sich an.

Katharina hatte rote Augen, war ungeschminkt und hatte eine große Tasche in der Hand, aus der hier und da Kleidungsstücke heraussahen. Die Haare waren zu einem einfachen Zopf nach hinten gebunden und sahen matt und spröde aus. Sie war offenbar genauso erschrocken wie er. Und genauso verwirrt.

»Hallo«, sagte sie leise. »Ich hole gerade ein paar Sachen aus dem Haus, weil ich ja ...«

Sie brach den Satz in der Mitte ab und starrte auf den Fußweg vor ihrer Einfahrt. Und plötzlich waren die Rollen tatsächlich und nachhaltig vertauscht. Denn anstatt in die erwartete Schockstarre zu fallen, richtete Vincent sich auf und nickte und sah, wie Katharina schluckte und wieder aufsah. »Ich muss mich entschuldigen.«

Vincent blickte ihr in die Augen mit den roten Rändern und nickte langsam und bemerkte dabei, dass sein Herzschlag wieder ruhiger und gleichmäßiger wurde.

»Da hast du wohl recht. Nur, dass eine Entschuldigung ein bisschen zu wenig ist, wenn du mich fragst. Aber weißt du, was gut ist?« Er wartete keine Antwort ab. »Dass das überhaupt keine Rolle mehr spielt.«

Damit rannte er an ihr vorbei, und zwar ohne jegliche Schadenfreude. Was ihm da in den letzten Wochen passiert ist, was mit ihr passiert ist – das wird ihn noch lange beschäftigen. Doch anders als noch vor einigen Wochen weiß er jetzt, dass es tatsächlich keine Rolle mehr spielt. Dass *sie* keine Rolle mehr spielt.

Anders als bei Katharina. Auf dem Weg zurück an den hübschen und weniger hübschen Gärten vorbei, deren Sträucher und Bäume mittlerweile in voller Blüte standen, dachte er über sie nach. Darüber, was sie getan und was das für Folgen für sie und ihre Familie hatte. Dabei schwankte er zwischen Mitleid und Verständnislosigkeit. Wie hatte sie nur alle so hintergehen können? Wie die Schulden und den Betrug so von sich schieben und einfach weiterleben? Als er bei Gretas Villa ankam, blieb er kurz stehen und betrachtete das Haus. Es war nicht perfekt. Anders als bei Katharinas Villa konnte die Außenfassade einen neuen Putz und der Garten ein bisschen mehr Aufmerksamkeit vertragen. Trotzdem hatte es etwas, dieses Haus. Es legte alles offen, versuchte gar nicht erst, den Anschein von Luxus und Geheimnis zu erwecken. Es legte die Karten auf den Tisch, dieses Haus. Anders als Katharinas Villa. Anders als Katharina. Und ganz genauso wie …

»Also, ich geh dann mal«, ruft Greta und zieht die alte schwere Tür hinter sich ins Schloss.

Vincent blinzelt sich in die Gegenwart zurück. Ihm fällt auf, dass Greta ihn gar nicht gefragt hat, ob er mitkommen will zur Gräfin. Was ihn überrascht. Trotz der augenscheinlichen Heiterkeit ist da irgendetwas mit ihr an diesem Morgen. Zum Frühstück kam sie nicht, und auch die vermeintlich gute Laune von eben hat ihn nicht überzeugt. Im Moment kann er allerdings noch nicht mit dem Finger darauf zeigen.

Ihre Bewegungen, ihre Worte, ihre Stimme. Alles wirkt ein wenig langsamer, träger, gebremster. So, als wate sie durch eine Wand Gelatine, müsse dabei aber unbedingt Fassung und gute Laune bewahren. Unnatürlich wirkt das – und befremdlich. Ist da am Ende irgendwas zwischen ihr und Philipp? Ist sie deshalb allein gegangen?

Seine Gefühle diesbezüglich ergeben keinen Sinn und gleichzeitig jeden. Er und Greta sind Freunde. Richtige Freunde, zwischen denen aber eine etwas zu fließende Intimität herrscht, eine Art Heimeligkeit, die eigentlich keinen Platz für Angst lassen sollte. Angst zu verlieren, sich selbst und den anderen.

Mit jedem Zimmer, das sie mehr oder weniger gemeinsam renoviert haben, ist dieses Gefühl gewachsen. In der Zwischenzeit kennt er ihren Blick, wenn sie gleich etwas Freches sagen wird. Und das, was ihm am Anfang unangenehm unvorhersehbar erschien, fühlt sich jetzt frisch und überraschend an. Eigentlich.

Vincent schüttelt den Kopf, als da ganz hinten wieder diese Bewegung … noch bevor da überhaupt ein weiterer Gedanke ist, noch bevor er ein Für und Wider der Bewegung seiner Füße abwägen und sich im optimalen Fall dagegen entscheiden kann, steht er schon vor der Tür der Gräfin. Und klingelt. Und sieht, wie sein Zeigefinger einen schweißig-feuchten Abdruck auf dem Klingelknopf aus Keramik hinterlässt.

»Die Tür ist offen.« Das ist die Stimme der Gräfin. Also dreht Vincent den goldenen Türknauf der schweren, massiven Holztür und lässt sich einen Moment von der Flut der Grafiken und Collagen und Abstraktheiten aus Öl des Eingangsbereichs verschlucken, bis sein Blick an einem Bild hängen bleibt, das er bei seinem letzten Besuch gar nicht beachtet hat.

Nicht größer als sechzig mal sechzig Zentimeter kann es sein. Der Rahmen scheint – er kommt näher und betrachtet den neonorangenen Rahmen – aus Acrylglas zu sein. Unten links sind drei Figuren gekritzelt, Vater, Mutter, Kinder, vermutet Vincent. Den Rest des Bildes zieren Kleckse und Pinselstriche, die genauso gut Luftschlangen sein könnten, und grob gezeichnete Bienen und Bäume und kleine Flächen, die aussehen, als wären sie aus einer Mischung aus sehr viel Wasser mit nur ein wenig Farbe entstanden. Ein bisschen wie die Zeichnung eines Kindes mutet es an.

Als Kind ist jeder ein Künstler. Die Schwierigkeit liegt darin, als Erwachsener einer zu bleiben. Wer hat das noch mal gesagt? Picasso muss das gewesen sein. Am liebsten würde Vincent die Hand ausstrecken, um das Relief der Farben vor sich zu berühren. Denn wer auch immer das hier gemalt hat, hat dieses Kindlich-Künstlerische in sich bewahrt. Nein, viel mehr. Hat es bewahrt und vakuumverpackt, um seinem erwachsenen Ich den süßlichen, tragischen und schmerzhaften Geschmack des Verlustes dieser Zeit zu servieren.

»Das ist von Katharina Santl.«

Die Gräfin steht im Türrahmen zwischen Wohnzimmer und Eingangsbereich, über einen alten Stock gebeugt. Vincent dreht den Kopf und betrachtet das Bild noch einmal.

»Wie gemacht für Menschen wie Sie«, fügt die Gräfin hinzu, und bevor Vincent fragen kann, was sie damit meint, hört er Stimmen von irgendwo aus dem Haus. Gretas Stimme ist das, die sehr laut klingt dafür, dass sie und Philipp nur Kunst im Keller zusammen betrachten. Die Gräfin dreht sich indes wieder in Richtung Wohnzimmer.

»Am besten lassen wir den beiden noch einen Moment«, ruft sie über ihre Schulter und sagt, dass er ja wisse, wo sich Teebeutel und Kessel befinden, und ob er so lieb wäre, sie beide damit zu versorgen. Das alles gefällt Vincent nicht. Am liebsten will er umdrehen und zurück in Gretas Villa gehen. Doch dann hört er plötzlich ein Rauschen, was ganz dahinten im Kopf anfängt, sich zu einem Tosen zu erbauen. Also schüttelt er sich kurz und geht in die Küche, um zu tun, was die Gräfin angeordnet hat.

Etwas ist jetzt anders in dieser Küche. Zwei der Bronzetöpfe stehen auf dem Gasherd. Einer mit einer Tomatensoße, die von gestern zu sein scheint. Und ein anderer mit einem kleinen Häufchen Spaghettirest. Außerdem stehen mehrere Tassen in der Spüle und in einer Schale auf der Kücheninsel mehrere Plastikbehälter mit Trauben, Nektarinen und Kirschen. Vincent kann sich nicht vorstellen, dass die Gräfin die Plastikverpackung in ihrer eleganten Küche sonderlich schätzt. Andererseits wirkt der Raum jetzt nicht mehr wie ein Filmset, sondern wie ein Lebensraum.

Er setzt Tee auf und geht zu dem großen Vorratsschrank im Flur. Dort findet er nicht nur eine mutige Anzahl an Süßigkeiten, Keksen und Knabberzeug. Sondern auch Reis, Spaghetti, Mehl und Vorräte, mit denen die Gräfin bis zur Jahrhundertmitte versorgt ist. Und die eindeutig nicht nur für sie bestimmt sind. Denn da sind auch Kekse in Dinosaurier-Form. Und Kellogg's Cornflakes in unterschiedlicher Ausführung.

Als er mit einem Tablett mit Tee und Keksen ins Wohnzimmer kommt, sitzt die Gräfin auf dem tiefen Sofa, die Beine auf zwei Kissen gebettet, und hat ein schweres, großes Buch auf den Beinen. Unter der dicken Decke in Petrol müsste ihr eigentlich viel zu heiß sein. Doch dem ist eindeutig nicht so. Denn sie sieht sehr entspannt aus, wie sie da sitzt, die Lesebrille auf der Nase und in die Fotografien des Buches vertieft. Als er das Tablett abstellt, sieht sie zu ihm auf.

»Reichen Sie mir noch die Tasse? Vielen Dank.«

Die Gräfin trinkt einen Schluck, und ihre Lippen sehen dabei nicht mehr wie der zerbrechliche Schnabel eines Kükens aus. Sie sind in einem hellen Korallenrot geschminkt, ihr Gesicht eingecremt und die Nägel mit durchsichtigem Lack bemalt. Als er auch ihre Augen betrachten will, bemerkt er, dass sie nicht mehr in das Buch, sondern in ihn vertieft ist. Und Vincent weiß sofort, dass sie eine Meisterin der Stille ist. Vor Kurzem hätte er sich selbst noch als solchen bezeichnet. Also als jemanden, der Stille mit anderen nicht nur aushält, sondern der es auch vermag, sie strategisch einzusetzen.

Doch weil er das jetzt eben nicht mehr zu sein scheint, wandert sein Blick nach unten in die filigrane Teetasse, dann zu den Keksen, von denen er sich einen nimmt und reinbeißt, weil, wer isst, ja nicht gleichzeitig sprechen kann. Doch auch als der gegessen ist, lässt die Gräfin das Zimmer noch in Stille zergehen.

»Wie ist es für Sie, dass Philipp hier ist?« Vincent ist ein bisschen beschämt, weil das so eine offensichtliche Lückenfüller-Frage ist. Doch die Gräfin ist gnädig genug, ein wenig Druck aus der Ruhe zu nehmen.

»Er ist ein kleiner Schnösel und lässt überall seine Sachen herumliegen. Man könnte denken, dass er fünfzehn ist und nicht dreiundfünfzig. Morgen kommen auch noch die Kinder, und dann ist hier sicher die Hölle los«, sagt sie und zeigt auf eine Hose, die über der Lehne eines Sessels hängt. »Alles in allem ist es also kompliziert und dramatisch und … ziemlich wunderbar.«

Vincent muss lachen, und selbst der Gräfinnenmund verzieht sich ein bisschen.

»Aber deshalb sind Sie nicht hier, oder?«

Natürlich bin ich deshalb hier. Wollte nur wissen, wie es Ihnen geht und ob ich noch was tun kann. Antwortet Vincent. Aber nur in seinem Kopf, weil die Gräfin dafür viel zu intelligent ist und ihn sofort entlarven würde. Also schüttelt er den Kopf und vertieft sich noch einmal in die Tasse.

»Sie fehlinterpretieren die Situation, Vincent.« Mehr sagt sie nicht, scheint aber zu wissen, dass ihn das nicht überzeugen kann, und wechselt deshalb das Thema. Sie lässt Vincent mit viel mehr Fragen zurück als die, die er eben schon hatte. »Sie haben das Haus da drüben wirklich geschliffen wie einen kleinen Edelstein.«

»Danke«, sagt Vincent und hört dabei noch einmal Gretas Stimme und die von Philipp. »Vielleicht sollte ich doch kurz …«

Vincent will aufstehen und den Stimmen folgen. Obwohl ihn das alles gar nichts angeht und obwohl das völlig übergriffig wäre und unpassend.

»Bleiben Sie, Vincent.« Die Stimme der Gräfin klingt nicht so, als würde sie eine Widerrede dulden. »Und erzählen Sie mir davon, wie Sie so ein Einrichtungstalent geworden sind.«

Obwohl das Kompliment nur ein Zuckerstück ist, das sie ihm hinwirft und das ihn offensichtlich ablenken soll von dem, was da unten im Keller gerade passiert, greift Vincent zu und erzählt. Denn vielleicht braucht er ein wenig Ablenkung, um nicht etwas Dummes zu tun. Er berichtet von den vielen Büchern in der Firmenwohnung. Von Onkel Freddie und seiner Firma. Und davon, wie das Gestalten und Einrichten sich fast wie etwas Zwanghaftes, auf jeden Fall aber wie etwas Natürliches für ihn anfühlt. Die Gräfin nickt und lächelt jetzt tatsächlich.

»Sie sind äußerst kreativ. Kreativ und feinsinnig. Deshalb hat Ihnen das Bild im Flur gefallen. Den Wert von Kunst, vor allem von solcher, die das Kindliche in uns anspricht, kann nur der erkennen, der sehr viel fühlt, vielleicht mehr als alle anderen. Der Gefühle wie Glühwürmchen durch den Raum schweben sieht. Und der keine Angst vor der Macht dieser Gefühle hat. Haben Sie das denn, Vincent? Angst vor Ihren Gefühlen?«

Die Antwort auf die Frage bleibt in Vincents Hals stecken wie ein halb gelutschtes Bonbon. *Ich fühle nichts. Ich fühle gar nichts. Ich kann gar nichts fühlen.* An sein Mantra hat er seit Wochen nicht mehr gedacht. Doch in diesem Moment wünscht er, es wäre wahr.

»Gibt es denn jemanden, der das hat? Oder, besser gesagt, der das nicht hat? Also, Angst vor seinen Gefühlen?«, fragt er und fügt im Kopf hinzu, dass er das kaum glauben kann.

»Natürlich gibt es das. Männer vielleicht nicht so sehr wie Frauen. Aber die sind ja von Natur aus mutiger, sonst würden wir keine Kinder zur Welt bringen. Und sie aufziehen und ihnen dabei zusehen, wie sie selbst alles fühlen. Und das kann noch beängstigender sein, das können Sie mir glauben«, sagt sie und lässt sehr viel Unausgesprochenes durch den Raum fliegen. »Aber wenn Sie ein konkretes Beispiel hören wollen, fällt mir da spontan unsere Greta ein. Die hat kein bisschen Angst vor Gefühlen.«

»Das stimmt wohl«, sagt Vincent und nickt.

»Jetzt schauen Sie nicht so. Wenn einem ein Leben lang gesagt wird, dass ein *Indianer gefälligst keinen Schmerz zu kennen hat,* dass es Farben gäbe, die nur Mädchen gehören, und ein bestimmtes Vokabular, bei dem sich das genauso verhält ...« Sie schüttelt den Kopf und sieht ein wenig traurig dabei aus. »Ich habe nicht nur einen Sohn, sondern hatte auch zwei große Brüder und weiß, wovon ich spreche, glauben Sie mir. Dabei ist es genau andersherum. Nur die starken Jungen weinen. Und nur, wenn Sie das begreifen, lieber Vincent«, die Gräfin hält inne und legt das große Buch mit den Fotografien auf den Tisch vor sich, »nur dann kann jemand wie Sie glücklich werden. Wenn Sie das wollen, versteht sich.«

»Wer will denn nicht glücklich sein?«, fragt Vincent und hört, dass sich da ein schneidender Unterton in seine Frage geschlichen hat. Weil die Gräfin ihn entlarvt hat, das weiß er. Weil sie ihn genommen und sein Hirn seziert und alles freigelegt hat, wie auch immer ihr das gelungen ist.

»*Wollen* vielleicht jeder, da haben Sie recht. Aber dahin zu finden, erfordert viel mehr Mut, als die meisten Menschen zu geben bereit sind. Einen Mut, den auch unsere Greta nur teilweise aufbringen kann.«

»Bitte was?« Greta steht in der Tür, die Hände in die Hüften gestemmt, und neben sich Philipp, der gerade mehrere Bilder auf dem Boden abstellt und gegen die Wohnzimmerwand lehnt. Gretas Augen sind gerötet, ihre Schultern leicht gebeugt.

»Wir reden gerade darüber …«, setzt die Gräfin an, wird aber von Vincent unterbrochen.

»Wir haben gerade davon gesprochen, dass dir der Verkauf der Villa bestimmt nicht leichtfallen kann. Was verständlich ist, schließlich hat sie ja deinen Großeltern gehört.«

»Meinen Nazi-Großeltern«, korrigiert Greta, und Vincent ist froh, dass mit dieser Antwort alle Ernsthaftigkeit aus dem Raum gesogen wurde wie durch einen breiten, kurzen Strohhalm.

26

*H*ast du schon mal darüber nachgedacht, ob du in einem dieser Körbe auf der Spree angespült wurdest, so wie dieser ...
na, wie hieß der Kollege noch mal?«

»Mose. Und die Antwort lautet: nein. Wenn, dann auf der Elbe.«

»Was?«

»Na wenn, dann wäre ich auf der Elbe angespült worden.«

»Ach so. Der Fluss ist aber auch völlig egal. Du weißt schon, was
ich meine.«

Vincent überlegt und öffnet die Packung mit dem Klick-Vinyl,
den die beiden gleich im Badezimmer verlegen werden. Die beige-
warme Marmoroptik der quadratischen Platten zeigt schon jetzt
ihre Wirkung, obwohl Vincent nur ein einziges Teil davon auf den
Boden gelegt hat, um zu sehen, ob er die richtige Entscheidung
getroffen hat. Die Vinylfliesen sind ihm schon bei seinem und
Gretas ersten Baumarktbesuch vor einigen Wochen ins Auge gefallen. Jetzt wird seine Erinnerung zum Glück bestätigt, dass der
Boden sowohl ästhetisch ist als auch robust erscheint.

Vinyl hat er noch nie verlegt, aber große Lust, das auszuprobie-
ren. Obwohl Vincent die starken, erdigen Farben des Siebzigerbads
faszinieren und es ihn ein wenig Überwindung kostet, die gewiss
hochwertigen, orangefarbenen Fliesen zu verstecken, ist klar, dass
das sein muss. Denn in der cremigen Eleganz des Hauses wirkt dieses Bad wie ein Kaffeefleck auf einem Brautkleid.

»Eigentlich nicht, nein.«

»Ist auch egal«, sagt Greta und hebt die Liste hoch, die Vincent
ihr gestern gegeben hat. Nachdem Greta und er das Haus der Gräfin mit den Bildern verlassen hatten, ist sie ohne ihn und Kurt los-
gefahren, um den Materialzettel abzuarbeiten, den sie jetzt in den

Händen hält. »Hier ist die Liste, und am besten haken wir noch mal alles ab. Da guckst du, was? Hab ich vom Meister gelernt. Señor Kontrolletti heißt der, glaube ich. Vincent Kontrolletti.«

Vincent lacht, obwohl er gern wieder etwas nach ihr werfen möchte. Stattdessen geht sein Lachen in ein Gähnen über. Er hat die halbe Nacht darüber nachgedacht, was da gestern los war. Im Keller mit Philipp und in Gretas Kopf ganz allgemein. Da kann nichts sein zwischen ihr und Philipp. Eigentlich. Aber wo nichts ist, gibt es auch keine Kelleraufenthalte mit lauten Stimmen und langen Blicken. Da ist also schon ein zweiter Mann, den Vincent nicht einschätzen kann, vor allem dessen Beziehung zu Greta nicht.

Eifersüchtig ist er nicht. Weder auf Philipp noch auf Boje. Weil das zwischen ihm und Greta dafür noch zu abstrakt und Vincent dafür zu pragmatisch ist. Auch wenn er von dieser Pragmatik viel abgeworfen hat in der letzten Zeit. Pragmatik.

Während des Vorstellungsgesprächs für seinen ersten Job fragte ihn der Personaler, was seine drei signifikantesten Charakterzüge seien. Vincent musste nicht überlegen. Disziplin. Perfektion. Und Pragmatik. Das hatte er sich nicht ausgedacht, um zu gefallen. Das war die Person, die er geschafft hatte zu sein. Dabei hat er jetzt und hier und in diesem Haus mit einem völlig ungeordneten Leben nicht das Gefühl, irgendetwas zu unterdrücken.

Die Person, die er geschafft hatte zu sein. Der Satz hallt von seinem Hirn bis hinunter in die Zehen. Und wenn er das nicht *geschafft* hätte? Wenn Kontrolle und Perfektion einfach die höchste Stufe der Angst davor waren, ein echtes Leben zu führen? Eines mit Fehlern und Rückschlägen. Aber auch ein echtes.

»Winnie?«

Er erschrickt immer noch ein bisschen, wenn Greta ihn so nennt.

»Hattest du noch mal gemessen, ob die Höhe von den Vinylplatten so passt?«

Vincent nickt. »Die Tür lässt sich nach dem Verlegen noch problemlos öffnen. Und weil der Untergrund farblich einheitlich und ohne Muster ist, sollte da auch nichts durch die Vinylplatten durchscheinen, auch wenn wir uns für die dünnen entschieden haben. Ich bin nur am Überlegen, ob wir die Wände wirklich mit Fliesenfarbe streichen sollten oder ob wir sie überputzen und streichen. Das wäre bestimmt wesentlich wohnlicher. Aber es dauert auch länger, und wir müssten noch mal los, um Putz und so zu holen. Ansonsten ist aber alles unter Kontrolle, glaube ich.«

»Drei Tage, Señor Kontrolletti. Drei Tage.«

Er kratzt sich am Kopf und legt die Vinylplatte in die Packung zurück. Gleichzeitig packt er Gretas Frage von eben wieder aus. Entpackt sie und betrachtet sie von allen Seiten, weil er nicht versteht, was sie ihm hat sagen wollen. Und weil er das Gefühl hat, dass es wichtig ist, es zu verstehen. War das auf sie selbst bezogen? Oder … Moment mal.

»Was meintest du eben mit dem Korb und der Spree?«

Greta lehnt einen großen, runden Spiegel an die Wand, der den alten Alibert ersetzen soll. Sie geht ein Stück zurück, legt den Kopf schief und scheint sich in ihrem eigenen Spiegelbild zu verlieren.

»Ich glaube, ich meine …«, setzt sie an, und dann ist die Traurigkeit auch schon wieder da, »… dass meine Eltern Arschlöcher sind, die mich unmöglich auf die Welt gebracht haben können.«

»Dito«, sagt er und hebt die Wasserflasche in Richtung Spiegel und trinkt.

Sie dreht sich zu ihm, setzt sich ihm gegenüber und verknotet ihre Beine zum Schneidersitz.

»Erzähl.«

»Drei Tage, Señora Kontrolletti. Drei Tage«, wiederholt Vincent, und dieses Mal ist es Greta, die zwar nichts nach ihm wirft, ihn zur Strafe aber in den großen Zeh zwickt.

»Au, verdammt.«

»Geschieht dir ganz recht, mein Freund. Und jetzt rück raus. Warum *dito?*«

Vincent schüttelt den Kopf, nimmt die Packung mit den Vinylfliesen und trägt sie vor die Badezimmertür. »Erst du«, sagt er, als er zurückkommt und ein kleines Schränkchen nimmt, um es ebenfalls vor die Tür zu tragen.

»Du bist cleverer, als ich dachte«, antwortet Greta und steht auf. Sie greift nach einer großen schwarzen Mülltüte, schüttelt sie einige Male, um sie zu öffnen, und macht sich daran, alte Kosmetika und Zahnpasta aus dem Alibert in den Sack zu werfen. Dabei beginnt sie zu sprechen, ohne sich zu Vincent umzudrehen.

Der wollte gerade rausgehen, um Band zum Abkleben zu holen, bleibt jetzt aber stehen und sieht zu Greta. Oder, besser gesagt, auf die Schultern, die sich jetzt zweimal auf und ab bewegen, bevor sie damit weitermacht, Dinge in die schwarze Tüte zu knallen.

»Meine Eltern haben ein Kind in die Welt gesetzt, weil man das eben so macht. Sie haben ein Kind in die Welt gesetzt und es mit in ihre schicke Wohnung genommen. Dort haben sie es betrachtet und betrachtet, bis ihnen auffiel, dass sie mit einem Baby eigentlich gar nichts anfangen können. Und später, als andere ihr Kind für sie aufgezogen haben, haben sie es erneut betrachtet. Dieses Mal voller Erwartung. *Und jetzt du!,* hat ihr Blick gesagt, aber da kam nichts. Also sind sie wieder gegangen und haben noch ein paar weitere Jahre gewartet, und endlich war das Kind in der Lage zu tun, womit sie sich gut und noch besser fühlen konnten. Denn sie hatten ein Kind in die Welt gesetzt, und das Kind tat endlich, wozu es geboren wurde: Mutter und Vater glücklich und stolz zu machen. Dabei ist Stolz auf jemand anderen so eine Lüge, so ein Gerüst aus heißer Luft, dass ich kotzen könnte. Denn stolz kannst du doch verdammt noch mal nur auf etwas sein, das du selbst gemacht hast. Und mit meiner Erziehung hatten die beiden rein gar nichts zu tun. Die wissen ja noch nicht mal, wer ich bin. Ganz ehrlich, Vincent? Es gibt ein einziges Album mit Kinderfotos von mir.« Sie macht eine Pause, dreht sich zu ihm um und hält den Zeigefinger der rechten Hand hoch. »Eins. Und das überrascht mich nicht. Gar nicht. Denn die waren ja nie da. Kommen nur in den Momenten aus dem Krankenhaus gekrochen, wo es um sie geht. Ja, dann kommen sie und sagen, dass ich nichts im Griff habe und eine Enttäuschung bin und auch das mit dem Haus hier in den Sand setze, genauso wie meine Karriere und den Blödsinn mit dem Buch und … Scheiße.« Greta wischt sich die Tränen von den Wangen.

»Haben sie das gesagt?«, fragt Vincent und nimmt Greta die schwarze Tüte ab. Er setzt sich auf den Boden vor sie hin, weil das hier eindeutig kein Gespräch ist, das man im Stehen führen sollte. Greta zögert kurz, setzt sich dann aber ihm gegenüber, sodass ihre Knie sich berühren. »Und warst du gestern deshalb so komisch?«

»Ja, verdammt«, sagt sie und blickt kopfschüttelnd zur Decke. »Mein beschissener Vater hat mich angerufen, weil er wissen wollte, ob das Haus schon verkauft ist. Also habe ich ihm erzählt, dass wir es erst noch renovieren, hab alles ausgeschmückt und gelobt und getanzt wie das Zirkusäffchen, zu dem ich immer werde, wenn ich mit ihm spreche. Und natürlich war das trotzdem nicht genug, und er hat wieder losgelegt damit, was ich doch für eine unglaubliche Enttäuschung sei.«

»Und deine Mutter?«

»Weg. Schon ewig. Hat das mit dem Kinderkriegen bereut, glaube ich. War einfach nicht ihr Ding. Nur, dass sie das leider ein bisschen zu spät verstanden hat. Das Einzige, was sie und mein Vater noch teilen, ist ihr Vermögen und das Ferienhaus in Südfrankreich. Denn klug sind sie, das muss man ihnen lassen. Wissen genau, dass es ein großer Krieg würde, wenn sie sich nach so vielen Jahren scheiden lassen. Dann lieber getrennte Konten und den Rest weiter teilen.«

»Und das mit deinem Job ...« Vincent überlegt kurz, aber da die Frage jetzt ohnehin halb gestellt ist, kann er genauso gut den Rest aussprechen. »Du bist Ärztin?«

»War Ärztin«, antwortet sie. »Jetzt hab ich mein Taxi.«

»Und schreibst Bücher«, fügt Vincent hinzu und beobachtet ihre Reaktion. »Also, das mit deinem Buch, also ... ich habe noch gar nicht gefragt, worum es da geht. Und wie es heißt, auch nicht.«

Nachdem sie tief ein- und ausgeatmet hat, zieht Greta die Beine an und stemmt die Ellbogen darauf. Sie sieht ein bisschen wie Pippi Langstrumpf aus. Ihr pinker Arbeitsoverall hätte der bestimmt auch gefallen.

»*Rolf will tanzen.* So heißt mein Roman.«

Mehr sagt sie erst einmal nicht, also füllt Vincent die Stille mit einem Schluck Wasser aus der Flasche, die er Greta weiterreicht. Doch die reagiert nicht.

»Soll ich dir mal was sagen, Vincent?«

Er nickt.

»Ich bin Rolf. Denn Rolf will kein Banker werden wie sein Vater. Rolf will Stepptänzer sein, und das macht er verdammt noch mal auch. Obwohl die Welt ihm gesagt hat, dass er ein lächerlicher Träumer wäre und dass Jungs so was nicht machten. Anders als ich. Denn ich ... Scheiße ... ich habe nur ein paar Schritte getanzt ... einen halben Foxtrott, oder auch nur einen Viertel.«

»Aber das stimmt doch nicht!« Vincent lehnt sich nach vorne. »Ich habe dich tanzen gesehen da drüben. Ich sehe dich jeden Tag tanzen, ganz frei und wild.« Er verzieht das Gesicht, weil er selbst hört, wie kitschig sich der Satz angehört hat. Doch eine andere Beschreibung hat er nicht.

»Nein. Ich habe angefangen. Ich habe einen Roman geschrieben, habe ihn weggelegt, statt mir einen Verlag zu suchen, und habe dann einen weiteren angefangen, der auch nur zur Hälfte fertig ist. *Renate reicht's.* Weil ich Angst hatte. Scheiße, nicht, weil ich die *hatte*. Sondern weil ich sie *habe*. Denn am Ende hat mein Vater doch recht. Ich bin genauso lächerlich wie meine Bücher. Und weißt du was?«

Sie sieht ihn an.

»Ich bin noch nicht einmal eine gute Taxifahrerin.«

Vincent will ihr eigentlich widersprechen, doch ihr Fahrstil ist tatsächlich fragwürdig.

»Aber dein Taxi ist gemütlich. Und wer da einsteigt, kommt definitiv ein bisschen glücklicher wieder raus. Weil du zuhörst und weil du dich kümmerst. Um alle.«

Sie schiebt die Ränder der Mundwinkel nach oben, aber so richtig will das mit dem Lächeln nicht klappen.

»Außerdem kannst du deinen Roman doch immer noch weiterschreiben. Und einen Verlag suchen kannst du dir auch. Niemand hält dich davon ab. Und sobald du die Villa verkauft hast, musst du noch nicht einmal mehr Taxi fahren. Zumindest für eine Weile.«

»Vielleicht ist das mit dem Kümmern ja auch das Problem«, sagt Greta und wischt sich noch einmal die Tränen von den Wangen. »Hast du schon mal was von Autophobie gehört?«

Vincent hebt die Brauen und schüttelt den Kopf. Greta atmet tief ein und aus, und Vincent kann spüren, dass sie einen Moment darüber nachdenken muss, ob sie weitersprechen soll.

»Das ist die Angst vor Einsamkeit. Woher ich das weiß? Weil mir das die Psychologin gesagt hat, zu der ich vor einigen Jahren gegangen bin, weil ich mich nur noch erschöpft gefühlt habe. Und da hatte ich noch keine Villa, sondern nur meinen Job, aber tausend Leute, um die ich mich gekümmert habe. Ich bin danach nie wieder in die Praxis gegangen, weil ich das für völligen Unsinn hielt. Ich? Angst vor irgendwas? Ich hatte meinen Job gekündigt und die kaum vorhandene Beziehung zu meinen Eltern damit irgendwie auch. Ich hatte vor gar nichts Angst. Aber weißt du was?«

Die Frage ist eigentlich keine. Also schüttelt Vincent noch einmal nur den Kopf.

»Ich habe das gestern gegoogelt. Nachdem ich mit meinem beschissenen Vater geredet habe. Weil sich auf einmal alles wieder zu viel angefühlt hat. Die Villa, das Taxi, die Gräfin, mein Buch, mein Vater und ...« Sie schüttelt den Kopf.

»Und Philipp?«, ergänzt Vincent ihren Satz, obwohl er gar keine rechte Lust auf eine diesbezügliche Ausführung hat.

»Was? Philipp? Der hatte eigentlich gar nichts damit zu tun. Er war schlicht der Einzige, der meinen Vater kennt, der Zeit für mich hatte und der praktischerweise direkt nebenan war. Anders als meine Cousine, die schwanger und mit Übelkeit im Bett liegt. Und meine Freundin Mascha, deren Baby krank ist und ihre Wohnung vollkotzt. Außerdem macht mein Vater mich so unheimlich wütend, dass ich nicht mehr rational denken kann und so schnell wie möglich irgendein Ventil gebraucht habe. Also bin ich zu Philipp rübergegangen.«

Jetzt greift Vincent doch nach Gretas Hand und sie nach seiner. Er sieht sie an, und da ist nicht mehr viel übrig von der kompromisslosen Souveränität, die sie sonst vor sich hält wie einen Schutzschild.

»Das tut mir leid. Wirklich«, sagt Vincent und drückt ihre kalte Hand. Er wartet einen Moment und überlegt, ob er fragen soll, was ihn gerade noch beschäftigt. Oder ob er damit zu weit gehen wird. »Und könnte es sein, dass das stimmt? Also, dass du tatsächlich Angst davor hast? Vorm Alleinsein?«

Greta zieht die Hand zurück und bedeckt damit für einen Moment die Augen. Dann lehnt sie sich zurück, greift nach Charlotte, die in der Zwischenzeit ins Zimmer gekrabbelt gekommen sein muss und der sie jetzt langsam und immer wieder über die Glitzersteine fährt. »Scheiße, na klar stimmt das. Das ist ja das Schlimmste daran. Wenn ich wenigstens so ignorant wie mein Vater sein könnte, das wäre ein Segen. Aber ich muss ja zu so was wie Selbsterkenntnis fähig sein, pfui Teufel.« Jetzt lacht sie wieder ein bisschen. »Ich mische mich ein und helfe hier und da und schreibe Bachelorarbeiten zu Ende und passe auf Dackel auf – nichts für ungut, Leah – und auf Kinder und auf alles, was kreucht und fleucht, auch wenn mich noch nicht einmal jemand um Hilfe gebeten hat.«

»Mmh.«

»Mmh? Mehr hast du nicht zu bieten?« Greta schnauft in ein Stück Toilettenpapier und kann jetzt tatsächlich wieder lächeln.

»Ich überlege.« Vincent hebt den Dackel auf seinen Schoß, der auch zu ihnen gekommen ist, einfach weil er niemals fehlen darf. »Da ist eine Sache, die ich nicht so ganz verstehe. Warum hat es dich so umgehauen, dass dein Vater dir das alles an den Kopf geworfen hat? Also, du hast gesagt, dass das seine Standardvorwürfe seien. Warum also jetzt? Warum fühlt sich jetzt alles *zu viel* an?«

»Wegen der Angst.« Greta setzt die Schildkröte auf den Boden und zieht die Beine an den Körper, der auf einmal ein wenig zittert. »Ich glaube … O Gott, mach dich bereit, denn ich merke gerade selbst, dass ich komplexer bin, als ich dachte, verdammt.« Sie legt das Kinn auf ihre Knie. »Vielleicht liegt es gar nicht daran, dass alles zu viel ist. Vielleicht habe ich einfach eine Scheißangst, weil alles gerade so unfassbar gut ist. Nicht nur gut. Alles ist perfekt mit dir und Kurt und der Gräfin und dem Dackel und Charlotte, und, verdammt noch mal, sogar die Hühner sind mir ans Herz gewachsen. Aber das alles ist bald vorbei. Ich verkaufe die Villa, und dann seid ihr weg und ich auch.«

Als sie das sagt, fühlt Vincent auch Angst. Mehr als das. Traurigkeit ist da. Eine Vorahnung des Verlusts, den er bald spüren wird. Eigentlich will er sich umdrehen, weil da zwar noch nichts ist am Ende des Badezimmers. Weil da aber möglicherweise gleich etwas sein wird. Doch stattdessen sieht er sich selbst an in dem angelehnten Spiegel hinter Greta. Sieht sein gefasstes Gesicht und begreift plötzlich, dass da gar nichts ist am Ende des Zimmers. Da ist nur er selbst. Und Gefühle, die okay sind und ihn nirgendwohin ziehen, auch wenn sich das gerade nicht so anfühlt.

»Gar nichts muss zu Ende sein«, sagt er und setzt Leah neben sich, um wieder nach Gretas Händen zu greifen. Der Dackel versucht noch einige Male, seinen Platz zurückzuerobern, läuft dann aber beleidigt aus dem Zimmer. »Weil wir dich nämlich nicht alleine lassen. Zumindest ich nicht. Überhaupt nie mehr ... also, wenn du mich lässt.«

»Das wäre schön«, sagt Greta und atmet tief ein. »Auch wenn du mich mit deinem Kontrollzwang vielleicht in den Wahnsinn treiben wirst.«

»Das finde ich auch.« Vincent erwidert ihr Lächeln. »Auch wenn du vor wenigen Minuten offenbart hast, dass du dich eigentlich als Rolf identifizierst.«

Beide lachen. Und dann, auf einmal und ohne dass die beiden überhaupt etwas davon mitbekommen haben, ist aus dem Lachen ein Kuss geworden und aus dem Kuss zwei nackte Körper. Und aus zwei nackten Körpern einer.

27

*S*cheiße, Scheiße, Scheiße! Hol einen Eimer oder Handtücher oder – keine Ahnung was, verdammter Mist!«

Vincent dreht sich zu Greta, die aber schon aus dem Zimmer verschwunden ist, und läuft selbst hinaus und in den Keller zum Hauptwasserhahn. Er dreht ihn ab und rennt wieder nach oben, wo Greta schon damit beschäftigt ist, das Wasser von den neuen Vinylfliesen aufzuwischen, das eben unter dem neu montierten Wasserhahn herausgespritzt ist wie eine Fontäne.

Auch er greift nach einem Tuch und wischt über den neuen Vinylboden und die Holzverkleidung aus Wildeiche, mit der sie spontan noch die Wanne verkleidet haben. Die Idee war Vincent gestern Abend dank eines YouTube-Videos noch gekommen. Also ist er heute Morgen zum Baumarkt gefahren, um sich ein Stück Holz zuschneiden zu lassen. Er und einige der Baumarkt-Mitarbeiter sind mittlerweile per Du. Deshalb haben sie ihn außerdem mit einem wasserfesten Lack und einigen Tipps zum Thema Holz im Badezimmer ausgestattet. Und einer davon lautete, trotz der Lasur gut darauf zu achten, dass man das Holz keiner zu großen Menge an Wasser aussetzt. Keine Fontänen also …

Greta, die schon dabei ist, den großen Badezimmerspiegel mit dem dünnen, schwarzen Rahmen zu putzen, der auch etwas abbekommen hat, lacht in sich hinein.

»Das ist nicht witzig.«

Sie dreht sich zu ihm um und lehnt sich an das neue, quadratische Doppelwaschbecken in rosa Terrazzo. Mit verschränkten Armen sieht sie zu ihm herunter, und ihr Lächeln wird noch breiter. »Oh doch, das ist es.«

»Das kommt davon, wenn man sich von der Arbeit abhalten

lässt.« Vincent steht auf, geht zu Greta ans Waschbecken und küsst sie einmal, zweimal und immer wieder, bis sie ihn wegschiebt und den Kopf schüttelt.

»Noch zwei Tage, Señor Kontrolletti. Und den Flur und die Treppengalerie wollen wir auch noch zu Ende streichen. Also lass uns so schnell wie möglich herausfinden, warum der Wasserhahn hier zum Springbrunnen wird, sobald man den Hauptwasserhahn aufdreht.«

Vincent weiß, dass Greta recht hat. Muss sie aber trotzdem noch einmal küssen. Dann schiebt sie ihn noch einmal weg und in Richtung des schwarzen matten Wasserhahns. Auf den sie im nächsten Moment so ratlos hinabblicken wie auf ein Baby, das einfach nicht zu schreien aufhört.

»Okay«, sagt Greta und kniet sich vor die Leitungsschläuche von Warm- und Kaltwasser. Die befinden sich freiliegend unter dem Waschbecken und über einem dicken Regalboden aus Eichenholz, der bei einem Schreiner in der Nähe übrig geblieben war und dem Raum statt eines Unterschranks eine Möglichkeit zur Aufbewahrung bietet. Und der dem Raum zudem eine reduzierte skandinavische Note verleiht.

»Ich habe echt keine Ahnung, was wir falsch gemacht haben. Die Leitungsschläuche sind richtig angeschlossen, und der Hahn ist neu. An dem kann es also nicht liegen.« Vincent schüttelt den Kopf. »Das Wasser ist ja direkt hier oben am Anschluss zwischen den Schläuchen und dem Hahn rausgekommen. Ich glaube, ich dreh die Verbindung einfach noch mal fester, dann müsste das eigentlich klappen. Der YouTube-Herr hat das schließlich auch nicht anders gemacht.«

Doch auch beim dritten und vierten Versuch werden Böden, frisch gestrichene Wände und sogar das gerahmte Picasso-Plakat durchnässt, das über der Toilette hängt. Eine abstrakte Skizze seines Dackels Lump, das Greta im Keller der Gräfin gefunden hat.

Also setzen sich beide noch einmal vor die Schläuche und betrachten sie.

»Okay, Greta, ich glaube, jetzt ist es Zeit, einen Experten zu beauftragen. Das hier geht offenbar weit über unsere Kenntnisse hinaus.«

Greta nickt, sieht aber nicht sehr glücklich aus.

»Also, um ganz ehrlich zu sein ...«, sagt sie, und Vincent stellt fest, dass sie ihm eindeutig nicht in die Augen sehen will, während sie sich erst am Oberarm und dann in den Tiefen ihres Haarturms kratzt.

»Ja?«, fragt er, als sie nicht weiterspricht.

»Na ja, also ... ich weiß nicht so richtig, wie ich das jetzt sagen soll, aber ... das Waschbecken hat ehrlich gesagt mein letztes bisschen Geld verschluckt.«

Sie rümpft die Nase und sieht Vincent jetzt doch direkt an. Der schaut zum Waschbecken, dann wieder zu Greta. Eigentlich muss er nicht groß über das nachdenken, was er gleich vorschlagen wird. Gleichzeitig weiß er schon jetzt, dass Greta das gar nicht gefallen wird. Deshalb denkt er kurz nach und kommt tatsächlich zu einer Lösung, die für beide passen könnte.

»Wie wäre es, wenn ich den Klempner bezahle, und du gibst mir das Geld dann einfach, sobald das Haus verkauft ist? Also nicht, dass ich das überhaupt zurückwill. Aber da du das sicher unbedingt so machen willst, ist das mein Vorschlag.«

Doch Greta ist schon aufgesprungen und thront jetzt kopfschüttelnd über Vincent. »Auf keinen Fall. Also: niemals. Du hast hier ewig kostenlos gearbeitet, und jetzt willst du auch noch Geld in die Kiste stecken. Nein, nein, nein, mein Freund. Ich komm schon irgendwie wieder an Nachschub, zur Not muss Boje endlich mal was zurückzahlen.«

Vincent hebt die Brauen. Da Greta seinem Blick ausweicht, geht er davon aus, dass sie nicht geplant hatte, das laut auszusprechen.

Boje ist seit seiner halb- oder sogar nur viertelherzigen Streich-
aktion im Wohnzimmer nicht mehr hier aufgetaucht. Erzählt hat
Greta auch kaum mehr von ihm, und Vincent vermutet, dass der
Idiot abtauchen wird, bis das Haus fertig und keine Hilfe seiner-
seits mehr notwendig ist. Gott, er hasst den Typen. Deshalb muss
er jetzt noch einmal nachfragen. »Warum braucht dieser Boje
eigentlich so viel Geld? Und vor allem: warum von dir?«

Gretas eine Hand knetet die andere, und das Szenario fühlt sich
für Vincent sofort sehr falsch an. Schließlich ist sie eine erwachsene Frau und ihm keinerlei Erklärung schuldig. Trotzdem macht
eine feste Wut seinen Körper ganz steif, sobald er den Namen dieses Vollidioten hört. Gleichzeitig überrascht es ihn, dass Greta so
plötzlich so wenig souverän reagiert. Noch vor ein paar Wochen
hätte sie ihm für die Frage und die Art der Fragestellung womöglich eine Kopfnuss verpasst.

Jetzt aber steht sie vor ihm, in einer ausgeleierten Leggins und
einem weißen Shirt mit dem Aufdruck »Destroy patriarchy, not
the planet«, und sieht zwar nicht hilflos aus. Aber anders. Mehr
wie eine echte Frau. *Eine echte Frau.* Was für ein seltsamer Satz.
Eher wie die *echte* Greta, korrigiert er sich. Die, die nichts zu verstecken oder zu überdecken versucht. Ein Mensch, der schwach
ist, wenn auch nur einige Sekunden lang. Vincent fand sie nie
schöner als jetzt.

»Kann mir jemand erklären, was hier los ist? Warum steht ihr
da?« Vincent und Greta drehen sich beide in Richtung Badezimmertür, von wo die monotone Stimme kommt. Im Türrahmen
steht Kurt, der einen grün gefilzten Wanderhut mit Feder auf dem
Kopf und einen alten Koffer in der Hand trägt.

»Warum *wir* hier so stehen?« Greta geht auf ihn zu und schüttelt den Kopf. »Was machst du denn bloß hier? Du solltest doch
noch bis morgen an der Ostsee sein? Zusammen mit deiner
Schwester?«

Kurt stellt den Koffer ab und nimmt den Hut in die Hand. Er sieht sich im Badezimmer um und antwortet nicht sofort. Das ist das erste Mal, dass er es im teilweise renovierten Zustand sieht. Und wie immer ist Vincent nicht sicher, ob ihm gefällt, was er betrachtet. Außerdem zwinkert er nervös, während er mit den Fingern immer wieder über die Feder seines Hutes fährt.

»Ich musste von da weg. Das Hotel hat einen neuen Raumerfrischer. Er riecht nach Lavendel. Und ich hasse Lavendelgeruch. Aber Sina hat nicht auf mich gehört. Sie hat gesagt, dass das nicht so schlimm wäre. Aber das war schlimm. Also musste ich abreisen.«

»Okay.« Greta sieht ihn an, verengt jedoch die Augen. »Aber deine Schwester wusste schon, dass du wieder fährst, oder?«

Kurt dreht die Augen nach oben, was ein bisschen so aussieht, als ob er gleich einen Anfall bekommt. Dabei beißt er auf der rechten Seite seiner Wange herum und versucht, überall hinzusehen, nur nicht zu Greta und Vincent.

»Ich kenne dich, seit du klein warst, Kurt. Und ich weiß, wann du versuchst, nicht zu lügen.«

»Ich habe ihr gestern erklärt, dass ich den Geruch nicht aushalte. Und dass das Paar aus Nummer fünfzehn sich beim Mittagsbuffet erneut neben mich gesetzt und mit mir gesprochen hat. Obwohl ich mich dieses Mal extra woanders hingesetzt habe, so, wie Sina es mir gesagt hat. Die beiden heißen Helge und Lilli. Sie hatten ein Baby dabei, und Sina weiß, dass ich Angst vor Babys habe. Außerdem werde ich hier gebraucht. Um die Hühner muss ich mich ja eigentlich auch kümmern. Philipp mögen sie nicht. Er macht sie nervös.«

»Und was hat sie gesagt?«, fragt Vincent.

»Dass wir nur noch zwei Tage bleiben und ich die Zeit genießen soll, weil sie nächste Woche wieder für einen Auftrag nach London muss.«

»Lass mich mal raten, Kurt: Du bist abgehauen, oder?« Greta hält sich die Wangen.

Er nickt. »Sina hätte mich sonst nicht gehen lassen.«

Greta geht an Kurt und Vincent vorbei in den Flur, wo sie nach ihrem Handy greift, das auf der Treppe liegt, und verschwindet dann in der Küche. Vincent nimmt Kurt den Hut und die beigefarbene Jacke ab und hängt alles auf den neuen Kleiderständer im Eingangsbereich. Der besteht aus mehreren versetzt montierten vertikalen Holzstäben und passt gar nicht zu Kurts altmodischer Jacke. Doch die Kombination gefällt Vincent irgendwie. Sicher, weil Kurt ihm gefällt, irgendwie.

Kurt steht immer noch im Badezimmer. Vincent denkt, dass er bestimmt ein bisschen Ablenkung gebrauchen kann, also erklärt er ihm, weshalb er und Greta eben hier gestanden und ratlos dreingeblickt haben.

»Der Dichtungsring«, sagt Kurt und geht ans Waschbecken. Nach einer Minute hat er einen Gummiring in der Hand, der tatsächlich sehr mitgenommen aussieht.

»Vom Kaltwasserschlauch«, sagt er, und Vincent ist schon auf der Internetseite des Baumarkts, um einen neuen zu bestellen.

»Du bist echt ein Lebensretter«, sagt Vincent und bemerkt, wie Kurt ihm eine steife Hand auf die Schulter legt. Obwohl sich Hand und Schulter kaum berühren und sie gerade sicher aussehen wie eine schlecht gemachte Statuette, sieht Vincent zu Kurt hoch und lächelt ihn an. Und Kurt lächelt auch ein bisschen, während er an Vincent vorbei und in den Raum sieht.

»Du bist auch ein Lebensretter«, sagt Kurt, und seine Hand fühlt sich auf einmal ein wenig schwerer an auf Vincents Schulter.

28

*E*inige Stunden später ist der Wasserhahn angeschlossen und Kurt schon wieder im Arbeitsanzug dabei, die Treppengalerie zu streichen, als es an der Tür klingelt. Greta öffnet, und eine Frau stürzt ins Haus, das blonde Haar hat sich zur Hälfte aus dem Knoten im Nacken gelöst, die Augen sind rot, und die Wangen sind es auch.

»Kurt!«, ruft sie und steht kopfschüttelnd in der Mitte des Eingangsbereichs. Sie hebt die Arme und lässt sie wieder sinken und starrt zur offenen Galerie hoch, wo Kurt auf einer Leiter steht und sie keines Blickes würdigt.

Vincent läuft aus dem Badezimmer, in dem er gerade noch neue Handtücher und einige Vasen verteilt hat.

»Sina?«, fragt er und sieht die Frau an.

»Vincent?«, fragt die zurück und sieht von ihm zu Kurt und dann zu Greta, die aus der Küche kommt und sich gerade die Hände an einem Geschirrtuch abwischt. »Na, du kennst aber echt die ganze Welt«, sagt sie zu Vincent. Der lächelt breit und nickt. »Sina ist eine ehemalige Mitarbeiterin von mir.«

Sina schüttelt den Kopf und sieht nun noch mitgenommener aus. »Okay, also jetzt bin ich verwirrt. Was machst du denn hier?«

Vincent erzählt ihr in einigen Sätzen, was ihn zu Greta und in die Villa gebracht hat. Und dass Kurt vor einigen Stunden hier angekommen ist, und auch, dass er hier schon seit einigen Wochen mithilft.

»Das weiß ich«, antwortet Sina und folgt Greta in die Küche, die nach Kaffee riecht und nach den Zitronen, die Vincent in einer taupefarbenen Keramikschale auf der Kücheninsel verteilt hat. Sie setzt sich an den Küchentisch und erzählt, dass sie kurz davor war, die Polizei zu alarmieren, als Greta sie vor einigen Stunden anrief, um ihr zu berichten, dass Kurt hier bei ihnen in Berlin ist. Sina schüttelt den Kopf und sieht zu Vincent, der sich ihr gegenüber gesetzt hat. Greta reicht Sina eine Tasse Kaffee. Einzig Kurt zieht es vor, weiterzuarbeiten.

»Ich wollte sowieso schon länger vorbeikommen, um ... na ja, um mich bei euch zu bedanken«, sagt Sina jetzt, und nun, da sie lächelt, sieht sie schon weit weniger gestresst aus, findet Vincent.

Als er über ihre Worte nachdenkt und sieht, dass Greta über deren Inhalt genauso verwirrt ist wie er, lehnt er sich nach vorne.

»Bedanken? Was meinst du denn damit?«, fragt er und überlegt, ob Kurt sie trotz des Flüsterns gehört haben könnte, mit dem Sina die letzten Sätze ausgesprochen hat. Was ihm unangenehm wäre. Er will auf keinen Fall, dass Kurt das Gefühlt hat, sie würden hinter seinem Rücken über ihn sprechen.

»Na ja, ich weiß, dass mein Bruder ...« Sie überlegt, kommt aber nicht weiter mit ihrem Satz. Also fängt sie mit einem neuen an. »Es ist nicht einfach, seit meine Mutter tot ist. Ich versuche mein Bestes, aber ... ich weiß einfach nicht, was ich mit ihm machen soll. Also vor allem, weil wir immer noch keinen neuen Job für ihn gefunden haben.«

»Das tut mir leid«, sagt Vincent und meint das vollkommen aufrichtig. Sina ist toll. Aufgeschlossen, tough, geradeheraus, lustig. Und Kurt ist auf seine Weise ganz genauso wunderbar. Sina senkt die Stimme noch ein wenig mehr. »Kurt ist geschickt, ich weiß. Außerdem ist er hochgradig intelligent. Ach, und überhaupt ... er ist gar nicht das Problem.«

Greta reicht Sina ein Küchentuch, der die Tränen langsam über die Wangen laufen. Sicher, weil Stress und Angst der letzten Stunden gerade von ihr abfallen.

»Bei seinem letzten Job kam er am Ende immer mit blauen Flecken von der Baustelle. Er hat Maler und Lackierer gelernt in einem kleinen Unternehmen am Rand von Berlin. Da ist er, seit er sechzehn ist. Das war toll für ihn dort. Aber vor einem Jahr hat der Sohn des früheren Geschäftsführers den Betrieb übernommen. Und dann... «, sie schluchzt ein wenig, bevor sie weiterspricht, »... dann ist irgendwie alles den Bach runtergegangen.«

Irgendwann habe Sina herausgefunden, dass ihn der neue Chef aufs Übelste beschimpfte, wenn er sich seiner Meinung nach unpassend verhielt. Oder einfach so. Weil er nicht über seine Witze lachen konnte, seine Noise-Cancelling-Kopfhörer aufsetzte, weil ihm das Radio zu laut war, oder weil er es auch nach über zehn Jahren in der Firma einfach nicht schaffte, mit den Kollegen ins Gespräch zu kommen. Er habe ihn offenbar regelrecht verabscheut und ihn das auch wissen lassen.

Kurz überlegt Vincent, ob er fragen soll, was ihm von Anfang an durch den Kopf ging, seit er Kurt kennengelernt hat. Ob er irgendeine Diagnose hat. Aber eigentlich ... eigentlich ist das völlig egal. Weil das nämlich nichts ändert. Nicht an Kurt, der hervorragend ist, so, wie er eben ist. Ein begnadeter Handwerker, Techniker und Planer. Und ein cooler Typ. Er denkt an den Hut mit der Feder und den alten Koffer. Vielleicht ist er sogar der coolste Typ, den Vincent kennt. Und an dem absoluten und allumfassenden Wohlwollen, das er für ihn empfindet, würde irgendeine Diagnose nichts ändern. Deshalb muss er stark schlucken, als Sina weiterspricht.

»Ich habe Kurt fast angefleht, sich eine neue Firma zu suchen. Aber vor irgendwas Neuem hatte er noch mehr Angst als vor der Schikane in der alten Firma. Vor einem halben Jahr hat mich sein Chef, dieses Arschloch, dann angerufen und gesagt, ich müsse meine *Missgeburt von Bruder* abholen, weil der ihm die Baustelle zusammenbrülle. Als ich dort ankam, lag Kurt auf dem Boden, hielt sich die Ohren zu und konnte nicht aufhören zu schreien. Und sein Chef stand daneben und nannte ihn peinlich und einen Psycho und ich ...«

Sina schüttelt den Kopf und drückt das Gesicht in das nasse Küchenpapier. Vincent schüttelt den Kopf. Er ist fassungslos. Und wütend. Er möchte gerne etwas zerschlagen, am besten die Welt. Weil sie eben nicht nur Menschen wie Kurt, sondern auch diese Scheusale hervorbringt.

»Du musst dich nicht bei uns bedanken«, sagt Vincent und hofft, dass seine Stimme so fest klingt wie beabsichtigt. »Kurt ist mein Freund. Unser Freund. Und so was werde ich nicht noch mal zulassen. Ihr seid jetzt nicht mehr alleine.«

Obwohl er sich hier vielleicht ein bisschen zu heroisch darstellt und womöglich erschrecken sollte ob der Verantwortung, die er da gerade auf sich genommen hat, ist Vincent völlig ruhig. Alles, was er gesagt hat, meint er genauso. Es ist eine Schande, dass jemand wie Kurt Schutz braucht. Aber so ist es nun einmal. Also wird er das tun. Ab jetzt wird er Kurt beschützen. Seinen Freund Kurt. Er lächelt.

Sina hebt den Kopf und sieht ihn an. »Du warst schon immer ein cooler Typ, Vincent. Ein cooler Typ im falschen Leben.«

29

*A*n diesem Abend liegen Vincent und Greta lange wach. Sie sind mit dem Haus fast fertig. Was noch fehlt, ist ein wenig Deko im Flur und das Zimmer, in dem sie gerade zusammen auf dem harten Doppelbett liegen.

»Dass du hier drin alleine schlafen kannst, wundert mich wirklich.« Vincent streicht Greta über den Rücken und sieht zu der Silhouette des gekreuzigten Jesus aus Holz hoch, die über dem Bett hängt.

»Du meinst wegen Jesus Christoph?«, meint Greta, und beide lachen. Die Straßenlaternen werfen ein wenig Licht auf die Holzfigur und lassen sie noch unheimlicher wirken.

»Glaub mir, es war noch gruseliger, als meine Großeltern hier noch ihr Unwesen trieben«, antwortet sie. »Aber um ehrlich zu sein, bin ich auch froh, wenn wir das hier noch über die Bühne bringen. Ich habe nie verstanden, warum meine Großeltern das Zimmer nie renoviert haben. Diese Tapete, die Bilder, also echt.«

Vincent setzt sich leicht auf und blickt an die gegenüberliegende Wand. Dort hängt ein riesiges Gemälde, auf dem man bei Tageslicht ein Marienbild erkennt. Ein Ölgemälde eines stümperhaften Künstlers, der um das Gesicht der Maria mehrere Engelsköpfe in den blauen Himmel gemalt hat.

»Schon mal was von Tết Trung Nguyên gehört?«

»Äh, nee. Eher nicht, fürchte ich.« Greta schnauft ein wenig.

»Das ist das vietnamesische Totenfest. Der Raum hier wäre perfekt dafür geeignet.«

Wieder lachen beide. Und dann räuspert sich Greta. »Was für einen Bezug hast du eigentlich zu Vietnam? Also, du musst natürlich nicht antworten, wenn das zu persönlich ist.«

»Wir hatten gerade Sex im Bett deiner verstorbenen Großeltern und direkt vor den offenen Augen der Jungfrau Maria. Persönlicher kann es nicht werden.«

»Okay.« Er spürt, wie Greta nickt. »Dann möchte ich das wirklich gerne wissen.«

Vincent seufzt, ist aber überrascht davon, dass er kein bisschen Angst davor hat, Greta alles zu erzählen. »Dann kommt jetzt die superkurze Kurzfassung: Mein Vater ist Deutscher, und meine Mutter ist in Vietnam geboren. Kurz vor dem Mauerfall kam sie als Gastarbeiterin nach Ostdeutschland. Dann hat sie wohl relativ schnell meinen Vater kennengelernt. Ich wurde geboren, und nach ungefähr drei Jahren ist sie abgehauen. Und hat mich zurückgelassen. Nachdem sie weg war, habe ich sie«, er überlegt, »bestimmt sieben Jahre lang gar nicht gesehen, und dann nur sehr sporadisch.«

»Sieben Jahre? Hast du sie denn nie besucht? Oder sie dich?«, fragt sie, und dieses Mal ist sie es, die nach Vincents Hand greift.

Er nickt. »Irgendwann schon.«

Vincent erzählt davon, wie er als Zehnjähriger alleine nach München fuhr, wo die Mutter in der Zwischenzeit lebte. Seine Mutter und ihr neuer Mann und die zwei Halbschwestern holten ihn vom Bahnhof ab. Der neue Ehemann ihrer Mutter war auch Vietnamese. War aber anders als die Mutter nicht als Arbeiter nach Ostdeutschland gezogen. Er war mit seinem Vater Ende der Sechzigerjahre vor dem Vietnamkrieg nach Westdeutschland gekommen. Der Vater des Stiefvaters war Physikprofessor, konnte seine vietnamesischen Titel nach einer Weile anerkennen lassen und in München weiterforschen. Und Vincents Stiefvater war in seine Fußstapfen getreten.

»Mein Stiefvater war hochgradig gebildet. Anders als … na ja, anders als mein Vater. Und vielleicht war das einer der Gründe, weshalb meine Mutter sich damals von ihm getrennt hat.«

Vincent erinnert sich daran, wie unterkühlt der Stiefvater ihm die Hand reichte. Er war ein ganzes Stück kleiner als Vincent und begrüßte ihn auf Vietnamesisch. Obwohl er selbst fast sein ganzes Leben in Deutschland verbracht hatte und Deutsch damit seine zweite Muttersprache war. Und es missfiel ihm offensichtlich, dass Vincent der Sprache kaum mächtig war.

Seine Halbschwestern waren drei Jahre alt. So alt wie Vincent, als die Mutter ihn und den Vater verließ. Sie waren sehr süß und kicherten immerzu. Seine Mutter und der Stiefvater sprachen nur auf Vietnamesisch mit den beiden, Deutsch lernten sie erst, seit sie vor einigen Wochen in die Kita gekommen waren. Deshalb fiel es ihnen schwer, Kontakt zu Vincent aufzunehmen.

Vincent hatte sich nie ernsthaft mit seinen vietnamesischen Wurzeln auseinandergesetzt. Schließlich war die Mutter schon so lange weg, und der Vater hatte nie großes Interesse an der Kultur seiner Ex-Frau gezeigt. Dass Vincent halb Vietnamese war, stach nicht auf den ersten Blick ins Auge. Er sah nicht ganz wie die Jungen in seiner Klasse aus. Aber er hatte die überdurchschnittliche Größe des Vaters, dessen grünbraune Augen und muskulöse Statur geerbt und war deshalb einfach nicht anders genug, als dass die Klassenkameraden ihn dafür terrorisiert hätten. Anders als einen schwarzen Jungen eine Klasse über ihm. Zwischen dem Stiefvater, der Mutter und den kleinen Geschwistern fühlte er, wie fremd ihm das alles war. Und wie fremd er ihnen war, fühlte er auch.

»Warum ist deine Mutter überhaupt gegangen?«, fragt Greta in seine Gedanken hinein.

Vincent muss nicht lange überlegen. »Wegen meinem Vater.«

»Okay«, sagt Greta, und Vincent spürt, dass sie mehr wissen will. Und eigentlich … eigentlich ist das auch okay. Er seufzt und überlegt, wie er etwas ausdrücken kann, was sich eigentlich zu komplex anfühlt, um es in ein paar Sätze zu packen. Also muss er ein bisschen weiter ausholen.

»Meine Mutter ist eine ziemlich … na ja, komplizierte Frau. Das habe ich während meiner wenigen Besuche in München gemerkt. Oder vielleicht … vielleicht sind da auch einfach die vielen kulturellen Unterschiede, die ich nicht wirklich verstehen kann. Auf jeden Fall war sie extrem wortkarg, obwohl es ja eigentlich viel zu sprechen gegeben hätte zwischen uns. Ehrlich gesagt kann ich mich nicht daran erinnern, dass sie mich auch nur einmal angelächelt hätte. Ich meine, wer verhält sich denn so?« Er schüttelt den Kopf. »Trotzdem kann ich tatsächlich verstehen, dass sie sich von meinem Vater getrennt hat. Mein Vater war depressiv. Ist depressiv. Das habe ich lange nicht verstanden. Bis ich selbst zu einem Psychologen gegangen bin, weil ich während einer stressigen Zeit während meines Studiums das Gefühl hatte, in Traurigkeit zu ertrinken.« Er fühlt, wie Greta lächelt, und auch er lächelt, und sie fährt mit der rechten, warmen Hand über seine linke Wange.

»Zwei Psychos in einem Bett also.« Greta lacht, und Vincent kneift ihr vorsichtig in die Seite.

»Vermisst du deine Mutter manchmal noch?«, fragt Greta in die Dunkelheit hinein.

Vincent schluckt und weiß nicht, ob er antworten kann. Weil es jetzt doch zu sehr wehtut. Und weil er immer noch nicht weiß, auch mit sechsunddreißig Jahren nicht, ob es wirklich in Ordnung ist, dass er seine Tränen einfach so laufen lässt. Dass er schluchzt und dass die Antwort auf Gretas Frage lautet, er würde sich jetzt, genau in diesem Moment und mit all diesen Gefühlen, gerne in die Arme seiner Mutter legen.

Doch die ist nicht da, und eigentlich war sie das ja nie wirklich. Doch Greta ist da, und in ihre Umarmung lässt er sich nicht nur fallen. Er erwidert sie, klammert sich fest an ihrem Körper mit allem, was er hat. Und auch mit dem, was ihm fehlt, was an ihm kaputt ist und vielleicht niemals repariert werden kann.

TEIL 6

Flure

CHARITÉ BERLIN, 2016

Vier Sekunden einatmen, vier Sekunden halten, vier Sekunden ausatmen, vier Sekunden halten. Gleich ist es vorbei, und gleich wird alles wieder okay sein. Weil es das muss. Es muss besser werden. Jetzt.

Herr Wurster von der Privatstation hat wieder nach ihr verlangt. Das zweite Mal heute Nacht. Wenn sie gleich zu ihm geht, wird er wieder so tun, als wäre sie seine Privatärztin. Er wird im Bett sitzen in seinem hellblauen Satinschlafanzug und auf mehrere Kissen gelehnt und es nicht erwarten können, sie mit seinen eigentlich gar nicht vorhandenen Beschwerden zu quälen. Vorhin war es ein seltsames *Drücken und Zwicken im Magen, das vorher noch nie da gewesen ist.* Ob man nicht direkt eine Computertomografie machen könne, jetzt, wo er schon mal da sei, im Krankenhaus.

Sie hat nur den Kopf geschüttelt und ihm ein Medikament gegen den Bauchschmerz gegeben. Innerlich aber hat sie geschrien, dass man selbstverständlich keine Computertomografie machen könne. Weil das nämlich für Patienten sei, die wirklich krank sind. Und dass er, Volker Wurster, selbstständiger Unternehmensberater und Privatpatient, eine unfassbare Flachzange sei und er sich doch verdammt noch mal ein anderes Hobby suchen solle als seine Gesundheit.

Dabei ist Volker Wurster, selbstständiger Unternehmensberater und Privatpatient, gar nicht das Problem. Nicht er, nicht der Rest seiner hypochondrischen Kumpanen, nicht die Nachtschicht. Doch das hier ist der zweite Teil einer Doppelschicht, die sie vor einer Woche von Lukas übernommen hat, weil der heute irgendwo hinmuss. Damals wusste sie noch nicht, dass der erste Teil der

Doppelschicht das Schlimmste werden würde, was ihr bisher hier passiert ist.

Und deshalb sitzt sie jetzt hier, in einer Nische im halbdunklen Gang der Privatstation, und sieht hoch zu einem der Notausgangsschilder. Wenn sie die Augen schließt, sind das grüne Licht und die Struktur des Männchens noch immer auf der Netzhaut sichtbar. Wie es da aus der Tür rennt, ins Freie. Wo auch sie hinwill. Hinmuss. Nicht hinkann.

Sie greift mit geschlossenen Augen nach dem Klemmbrett neben sich. Aus keinem besonderen Grund, vielleicht braucht sie einfach etwas, woran sie sich festhalten kann. Sie ist die einzige Assistenzärztin, die mit Klemmbrett arbeitet. Weil *er* gesagt hat, dass sich das so gehört. Dass das dem Patienten das Gefühl gäbe, dass hier jemand steht, der alles notiert und über alles Bescheid weiß. *Fünfzig Prozent Medizin, fünfzig Prozent Show* nennt er das.

»Mensch, Greta, was machst du denn noch hier?«

Sie erschrickt, öffnet die Augen und sieht auf weiße Hosenbeine, die im kaum vorhandenen Licht des Flures eher grünlich aussehen. Dann hockt sich die Gestalt vor sie hin, und ein bekanntes Gesicht mit einem unbekannten Pflaster auf der Wange sieht sie an. Und sieht aus, als könne es sich nicht zwischen Besorgnis und Belustigung entscheiden.

Dann setzt sich Philipp neben sie und reicht ihr die weiße Kaffeetasse. »Der war eigentlich für mich, aber du siehst aus, als könntest du ihn besser gebrauchen. Was machst du überhaupt noch hier? Du hattest doch vorgestern schon Nachtschicht, wenn ich mich richtig erinnere.«

Sie hebt und senkt die Schultern. »Musste eine Schicht übernehmen. Und du?«

»Überstunden aufbauen, um ganz ehrlich zu sein. Im Sommer schließt die Kita für mehrere Wochen, und wir haben niemanden, der sich traut, auf die *Zwillinge des Grauens* aufzupassen, wie meine Schwiegermutter sie gerne nennt. Na ja, und zu meiner Mutter kann ich die Kinder nicht geben, weil … na ja, das ist eine lange Geschichte. Eigentlich wollte Katharina das dieses Mal auch übernehmen, aber das geht jetzt doch nicht, weil … ach, ist eigentlich auch egal …«

Er winkt ab und schüttelt den Kopf.

»Und was machst du hier auf der Privatstation?«, fragt Greta und trinkt einen Schluck von dem lauwarmen Kaffee.

»Schwester Marion hat mich unten abgefangen, weil die zuständige Assistenzärztin anscheinend nicht ans Telefon geht … Ähem.« Er zwinkert ihr zu, bevor er weiterspricht: »Irgendein Patient hier oben ruft sie immer wieder an, weil sein Magendrücken schlimmer und schlimmer wird und er vermutet, einen Bandwurm zu haben. Er habe sich schon informiert, und alle Symptome im Internet weisen genau darauf hin. Deshalb habe ich, der Bandwurm-Terminator, alles stehen und liegen lassen und bin sofort zur Rettung geeilt.«

»Das dramatische Pflaster auf der Wange passt auch ganz gut«, scherzt Greta, obwohl ihr nicht nach schlechten Witzen zumute ist.

Philipp nickt. »Stimmt, ich kann ja sagen, dass die Narbe nicht von der Leberfleck-OP stammt, sondern von einem wilden Bandwurm-Kampf.«

Greta legt sich das Klemmbrett auf den Schoß und schließt einen Moment die Augen. Jetzt muss ich mich zusammenreißen und aufstehen und weitermachen, denkt sie. Aber ihre Beine scheinen mit dem Boden verwachsen.

»Du nimmst das Ding ja immer noch.« Philipp grinst und zeigt auf das Brett. »Fünfzig Prozent Medizin, fünfzig Prozent Show, was?«

Sie erwidert seinen Blick, kann aber nicht mehr lachen.

»Okay, also das wird mir langsam unheimlich. Was ist denn los mit dir? Du siehst aus, als hättest du Angst, dass dich Mr. Bandwurm da drüben gleich auffressen wird.« Er zeigt mit dem Daumen den Gang hinunter in die Richtung, in der sich Herrn Wursters Zimmer befindet.

»Nichts, gar nichts«, antwortet Greta und versucht noch einmal, aufzustehen.

Und bemerkt, wie Philipp sie beobachtet und plötzlich sehr ernst wirkt. »Heute ist Donnerstag«, sagt er dann und hebt den Blick zur Uhr, die 23.37 Uhr anzeigt. »Donnerstag … oder auch Chefvisiten-Tag.«

Sie nickt sehr langsam und sieht wieder auf das Klemmbrett. Auf die rechte Seite des Holzes neben das Papier kritzelt sie immer, wenn sie besonders nervös ist. Die Kritzeleien von heute Morgen haben tiefe Spuren im Brett hinterlassen. Eine beschissene Chef-visite, bei der ihr Vater ihr mal wieder zeigen musste, dass sie nicht gut genug ist. Na und?, denkt sie, ist doch nichts Neues. Und fühlt etwas völlig anderes. Und erinnert sich daran, was danach passiert ist.

»Das ist es gar nicht. Also, nicht nur«, antwortet sie und weiß nicht, ob es klug ist, jetzt weiterzusprechen.

»Sondern?«, sagt Philipp, und sie fühlt, wie er sich zu ihr um-dreht.

Sie schaut wieder zu dem Notausgangsschild über sich und wünscht sich jetzt wirklich, mit dem Männchen tauschen und ein-fach weglaufen zu können. Andererseits muss sie das nun ausspre-chen, damit sie es selbst verstehen kann.

»Nach der Visite bin ich kurz auf die Toilette, um ein bisschen zu weinen«, sagt sie, und er nickt, weil das das Standardprozedere vieler Assistenzärzte nach einer Visite mit ihrem Vater ist. »Und da habe ich gedacht, dass ich das nicht mehr aushalte, und bin in sein Büro, und natürlich hat er nicht geantwortet, als ich klopfte, weil er das ja nie tut, und dann bin ich noch wütender geworden und bin einfach da rein, und dann …«

Philipp macht ein zischendes Geräusch. »Die große Sportliche aus deinem Jahrgang, stimmt's?«

Gretas Kopf schießt herum. »Das hast du gewusst?«

Er wiegt den Kopf und seufzt dann. »Alle. Alle wissen das.«

»Na, sehr schön.« Greta lehnt den Kopf wieder an die Wand hinter sich. »Dann ist meine frühere Kommilitonin also bald meine Stiefmutter, oder was?«

Philipp schüttelt den Kopf. »Das bezweifle ich. Sie ist«, er kratzt sich am Kopf, »na ja, eine von vielen.«

»Klar.« Das Wort wird von einem verzweifelten Lachen begleitet, das aus Gretas Hals sprudelt.

»Okay, Greta. Wie wäre es denn, wenn ich einfach den Rest deiner Schicht übernehme, und du gehst nach Hause und ruhst dich aus oder, keine Ahnung, gehst in irgendeinen Klub und tanzt deine Wut weg, am besten mit dem Blonden mit den Wuschelhaaren, der dich letzte Woche hier abgeholt hat, oder was auch sonst ihr jungen Leute heute so tut, um Spaß zu haben.« Er lächelt und kramt in der Tasche seines weißen Kasacks. Mit einem Knistern holt er eine Packung Gummibärchen hervor und hält sie ihr hin.

»Unglaublich«, sagt sie. »Dass du die immer noch auf Vorrat in der Tasche hast.«

»Die Grünen …«

»… magst du am liebsten. Ich weiß«, beendet Greta seinen Satz.

Und dann sind beide still und erinnern sich. Daran, dass sie hier schon viel zu lange sitzt und wartet. Aber worauf?, fragt sich Greta jetzt. Worauf?

»Vier Jahre«, sagt sie in die Stille hinein und hört, wie klar und sicher ihre Stimme mit einem Mal klingt. »Seit vier Jahren komme ich fast jeden Tag hierher und denke, dass ich das durchziehen kann. Jeden Tag muss ich mich dazu zwingen. So, wie ich mich davor dazu gezwungen habe, das Studium durchzuziehen. Ich ziehe alles durch. Damit er mich sieht. Damit er mich vielleicht sogar irgendwann lieben kann, wenn ich alles getan habe, was er sich von mir erwartet hat. Aber, um ehrlich zu sein …«

»… weißt du nicht, ob es in Ordnung ist, wenn man so sein Leben lebt«, beendet Philipp den Satz.

Greta nickt, und mit einem Mal ist alles ganz klar, und sie kann wieder aufstehen und hilft auch Philipp auf und sieht sich in dem halbdunklen leeren Gang um und hört, wie ganz hinten die Tür geöffnet wird, und sieht, wie sich jemand wehklagend den Bauch hält, und lächelt, weil sie merkt, wie sie das Klemmbrett von sich weg und an Philipps Brust drückt. »Ich glaube, ich nehme dein Angebot an.«

Philipp nickt und greift nach dem Brett. »Das ist gut. Morgen ist ein neuer Tag, und dann sieht die Welt schon ganz anders aus.«

Sie nickt und lächelt. Weil sie weiß, dass sie jetzt in keinen Klub gehen wird mit Boje. Stattdessen läuft, nein, rennt sie runter in eines der Sprechzimmer, fährt einen Computer hoch, lädt sich die Vorlage eines Kündigungsschreibens herunter und druckt es aus. Damit geht sie in den weißen Aufenthaltsraum und setzt sich an den Tisch mit der unangenehm kalten Tischplatte. Sie hebt den Kopf zu der Uhr über dem Tisch mit den schwarzen Zeigern und nickt.

Vierundzwanzig Uhr. Damit beginnt ein neuer Tag und – sie setzt eine Unterschrift unter die ausgefüllte Kündigung, die so fest und klar ist, dass der Kugelschreiber fast durchs Papier drückt – ein neues Leben.

Ihr Leben.

30

*E*inmal volltanken bitte, junger Mann.«

Vincent nickt und schüttet noch einen großen Schluck der selbst gemachten weißen Sangria ins Glas der Gräfin. Die sitzt auf der Couch des vollen Wohnzimmers, genau auf dem Platz, auf dem sie während ihrer Zeit hier in der Villa ihren Mittagsschlaf abgehalten hat.

Neben ihr Philipp, der immer noch die stoppeligen Wangen, die schweren Augenlider und die hängenden Schultern eines Mannes hat, der sich gerade von seiner Frau trennen musste. Und der mehr von seinem Glas Sangria festgehalten wird als andersherum.

Das Getränk hat Gretas Cousine Maya mitgebracht. Die hat für den Partyabend in der Villa extra ein Medikament gegen Übelkeit genommen. Und obwohl sie selbst keinen Alkohol trinkt, schenkt sie ihrem Mann Alex immer wieder nach, der neben ihr auf der Sessellehne sitzt und schon gefährlich lange über irgendeine Möwenart referiert, die er im Urlaub auf Rügen gesehen hat.

Doch Vincent gibt weiter vor zuzuhören. Weil er den Mann noch genauso gerne mag wie bei ihrer ersten Begegnung, als er ihn in Gretas Taxi getroffen hatte. Jetzt hebt Alex die Hände in die Höhe und deutet damit einen Bogen im und um das Wohnzimmer an.

»Unglaublich, was ihr da hinbekommen habt«, sagt er, und obwohl er sich Mühe gibt, jedes Wort klar zu formulieren, ist da ein offensichtlicher schwerer Zungenschlag in jedem Ausdruck.

Vincent sieht sich um. Das Wohnzimmer ist schön geworden. Wunderschön sogar. Aber es ist nichts gegen den Bereich von Flur und Treppengalerie. Denn der ist ein Meisterwerk. *Ihr Meister-*

werk, weil diesen Bereich er und Greta zusammen gestaltet haben. Eine Melange aus ihnen beiden ist das geworden.

Die Flure beider Etagen und die Galerie sind in demselben Cozy White gestrichen wie der Rest des Hauses. Die vielen Bilder, Fotografien und Grafiken der Gräfin in Schwarz und Weiß nehmen die komplette Wand über der Treppe ein. Zum Spaß hat Greta Vincent und Kurt gestern mit zur Gräfin rübergenommen, um dort ein Selfie von ihnen zu schießen. Das hat sie dann ebenfalls schwarz-weiß ausgedruckt, mit einem billigen Rahmen versehen und zwischen die kunstvollen Bilder gehängt.

»Jetzt sind wir für immer vereint«, sagte sie und lachte darüber, wie ernst Kurt, wie streng die Gräfin und wie steif Vincent in die Kamera blickt. Sie selbst strahlt.

Für die Party haben sie den Raum mit einer Girlande aus Wollbommeln in Neonfarben geschmückt, die Greta wohl irgendwann mal gemacht und für den Anlass herausgekramt hat. Die Farben der Girlande greifen die einzigen zwei Farbflecken des Raumes auf: Das Geländer der weiß lackierten Treppe, das sich von unten bis nach oben schlängelt, hat Greta trotz Vincents Protest in Pinkorange bemalt. Und der musste zugeben, dass das dem sonst stillen Raum eine angenehm ausgleichende Komponente hinzufügt.

Der zweite Farbfleck ist die Lampe, die an einem Kabel hängt, das vom oberen Stockwerk bis nach unten in die Mitte der Galerie reicht und damit direkt beim Eintreten in die Villa zu sehen ist. Mathieu Challières Petite Volière. Die Lampe mit rundem Schirm aus kupferfarbenem Draht ist oben und unten offen und erinnert an eine Vogelvoliere. In ihr tummeln sich einige bunte Vögel aus Pappmaché, die mit echten Federn beklebt sind. Greta hat die Lampe vor einigen Wochen auf einem von Vincents DIY-Pinterest-Boards entdeckt und sich sofort in sie verliebt. Also hat er zu recherchieren begonnen, und da er kein gebrauchtes Exemplar finden konnte und ihm keine Zeit mehr blieb, eine Replika zu basteln, beschloss er, das Original zu kaufen.

Als er Greta das Teil dann gestern zeigte, lächelte sie, umarmte ihn und erklärte, dass sie die Lampe auf jeden Fall mitnehmen werde, wenn das Haus verkauft ist. Dann sahen sie einander lange an und schwiegen. Weil keiner von beiden wusste, ob der andere dasselbe fühlte bei der Vorstellung.

Vincent erinnert sich, dass Mayas Mann ihm gerade ein Kompliment gemacht hat. Und dass sowohl er als auch Gretas Cousine ihn jetzt ansehen und auf eine Reaktion warten.

»Danke. War echtes Teamwork, vor allem der Flur war dann doch ein ziemlich spontanes Projekt.« Vincent zeigt in Richtung der Flügeltüren des Wohnzimmers, hinter denen sich der Flur mit der offenen Treppengalerie befindet.

Dort sitzen Dutzende von chic gekleideten Menschen auf den Treppenstufen und trinken, essen, reden. Greta hat nicht übertrieben: Die meisten dieser Menschen sehen tatsächlich so kaufkräftig aus, als könnten sie sich so eine Immobilie leisten. Obwohl Vincent bei dem Gedanken daran, dass jemand anderes auf dieser Couch sitzen und die Füße auf den Pouf legen könnte, ganz schlecht wird.

Einige Kinder rennen durch den Gang, die zu alt fürs Bett, aber eigentlich zu jung für eine Party voller Erwachsener mit Sangria-Atem sind. Die aber, wie Vincent feststellt, mehr als nur gut in die Räume passen. In Gretas ehemaligem Kinderzimmer im Obergeschoss hat sie noch aus einem Bettlaken und alten Besenstielen ein kleines Zelt aufgebaut, das gleich zu Beginn der Feier in Beschlag genommen wurde.

Auch die Wand des kleinen Zimmers, die Vincent mit schwarzer Tafelfarbe gestrichen hat, ist schon über und über mit bunten Kreidebildern bekritzelt. So wie das sein soll, denkt er noch einmal und lächelt in Gretas Richtung.

Die steht im Flur und redet mit einem jungen Paar. Die Frau trägt eine helle Jeans mit hohem Bund und eine dünne Jacke mit Pailletten über einem weißen Shirt. Sie sieht blass aus und dünn. Der Mann neben ihr hat einen dieser dünnen, hippen Schnauzbärte, mit denen Vincent wie ein Serienkiller aussehen würde. Doch er sieht damit einfach … na ja … cool aus. Genauso wie mit der Trachtenjacke, die er über dem gestreiften Shirt trägt. Noch eine Frau tritt zu der Gruppe, und Gretas Beschreibungen zufolge ist die große Frau mit dem schwarzen langen Haaren und dem schlafenden Baby in der Trage vorm Bauch ihre Freundin Mascha. Sie umarmt Greta, dann die Frau mit der Paillettenjacke und am Ende den Schnauzbärtigen, der sich ein bisschen zu dicht neben Greta stellt.

»Das ist mein Bruder Toni. Also keine Konkurrenz«, sagt Maya, die Vincents Blick in den Flur gefolgt ist und die ihn jetzt anlächelt. Woher weiß sie … Plötzlich kommt Matilda ins Wohnzimmer und auf Vincent zugelaufen.

»Vincent!«, ruft sie und umarmt ihn. Der hat mit so viel Wiedersehensfreude nicht gerechnet und lacht.

»Und das ist Tonis Tochter«, sagt Maya und schlingt die Arme um das Mädchen. »Die beste Matilda der Welt.«

Dackel Leah springt auf Vincents Schoß und rollt sich zusammen. Sie ist müde und erschöpft davon, jeden einzelnen der Gäste zu verbellen, und hat entschieden, sich jetzt zu ergeben.

»Ich habe dich auch vermisst, Leah«, sagt Maya und sieht auf Vincents Beine. Sie greift unter den Tisch und holt Schildkröte Charlotte darunter hervor, deren Kopf sie sich jetzt vors Gesicht hält. »Hunde sind ganz anders als ihr Ruf, lass dir das gesagt sein, Charlotte. Treulose Tomaten sind das.«

Sie setzt die Schildkröte auf ihre Beine und wendet sich wieder Vincent zu. »Lass mich raten: Der Dackel hat jede Nacht zwischen deinen Unterschenkeln und unter deiner Decke geschlafen? Jetzt sieh mich nicht so an. Ist nichts, wofür du dich schämen musst. Vielleicht brauchst du ja einen eigenen von der Sorte. Du wirst sehen: Ein Dackel ist nicht nur ein Hund, sondern eine Lebenseinstellung.«

»Vielleicht brauche ich das.« Vincent nickt. Dann hört Maya auf zu lächeln. Vincent folgt ihrem Blick, und er versteht, weshalb Gretas Cousine das Gesicht verzieht.

»Was für ein Vollidiot«, sagt Maya und spricht damit Vincents Gedanken laut aus. Boje ist offenbar gerade zur Haustür hereingekommen. Auf jeden Fall steht er neben der Gruppe um Greta und drückt ihr erst einen, dann einen zweiten Kuss auf jede Wange, um ihr dann etwas ins Ohr zu flüstern und sie fest in den Arm zu nehmen. Er hebt sie sogar ein Stück hoch, was sie mit einem Quietschen notiert.

»Ich hasse den Typen.« Mayas Stimme klingt tief, fast wie ein Knurren. Sie tippt Vincent an, greift nach seinem Glas und füllt es noch einmal randvoll mit Sangria. »Wenn ich du wäre, würde ich mir jetzt ein bisschen Mut antrinken und dieses Arschloch dazu bringen, meiner Cousine endlich ihr Geld zurückzugeben.«

Vincent hebt die Brauen. Eigentlich sollte er nicht nachfragen, weil Greta immer noch erwachsen und das immer noch ganz und gar nicht seine Angelegenheit ist. Doch dann fällt ihm der Businessplan wieder ein. Und die Tatsache, dass er seine Einschätzung Greta gegenüber nie erwähnt hat. Aber er hat selbstverständlich kein Recht, da jetzt hinzugehen. Das wäre ja die reinste Bevormundung. Doch zumindest … zumindest sollte er herausfinden, was da eigentlich los ist. Also fragt er. Doch nicht Maya antwortet, sondern ihr Mann lehnt sich sehr weit nach vorne und zieht Vincents Stirn an die seine.

»Hör zu, Vincent. Ich darf dich doch Vincent nennen, oder?«

»Alex!« Maya verdreht die Augen und nimmt ihrem Mann jetzt doch das Glas weg. »Natürlich darfst du ihn Vincent nennen. Das ist schließlich sein Name. Unglaublich, dass dieser Mann nicht nur eine Firma leitet, sondern sogar zwei Kinder in die Welt gesetzt hat.«

Die Gräfin lacht in ihr Getränk, und auch Philipp schmunzelt ein wenig. Mayas Mann scheint sie gar nicht gehört zu haben. Er presst noch immer seine an Vincents Stirn, so als planten sie den nächsten Schritt eines Rugby-Spiels.

»Der Typ ist gefährlich … eine falsche Schlange. Hat sich von unserer Greta ihr komplettes Erbe ›geliehen‹, pah! Das sieht sie nie wieder, weil seine sogenannte Geschäftsidee absoluter Blödsinn ist. Ein Bauchladen-Business. Wenn du mich fragst«, er lässt Vincent los, der seinen nach dem Griff leicht schmerzenden Nacken in eine und dann in die andere Richtung dreht, »wenn du mich fragst, hat der das ganze Geld irgendwelchen Beratern in den Rachen geworfen, deren Bullshit-Bingo-Sätze er so gerne wiederholt.«

Maya nickt, während sie den Blick nicht von Greta und Boje im Flur löst, die sich immer noch unterhalten. »Alex hat recht. Wir hassen den Typen. Er und Greta waren vor einigen Jahren ein Paar, und damals hat er sie genauso ausgenutzt, wie er das jetzt macht. Damals hat sie ihm Geld für sein Auto geliehen, obwohl sie da selbst kaum was hatte. Das hat er ihr erst Jahre später zurückgezahlt, und noch nicht mal den kompletten Betrag. Kannst du dir das vorstellen? Ich versteh einfach nicht, warum sie das mit sich machen lässt. Zum Glück ist unsere Tochter Florentine bei ihrer Oma. Sonst hätte sie ihn wieder in den Unterschenkel gebissen. Ein kluges Kind, aber leider erst mit wenigen Zähnen ausgestattet. Aber zurück zum Thema, Vincent. Geh rüber und vertreib die Flachzange. Denn wenn unsere Greta in dieser Welt überhaupt irgendwas nicht kann, dann ist es leider, sich dieses Idioten zu entledigen.«

Vincent nickt und steht auf, obwohl er keine Ahnung hat, wie er das anstellen soll. Er kann sich ja kaum zwischen die beiden stellen oder ihn wegboxen wie eine Art Super Mario.

Plötzlich stehen Nachbar Kurt und seine Schwester Sina vor ihm.

»Hi«, sagt Sina und hebt eine Flasche Crémant vor Vincents Kopf. »Hab ich mitgebracht.«

»Woher weißt du, dass ich Crémant mag?«, fragt Vincent beiläufig, lässt dabei aber nicht die Augen von Greta und der Flachzange. Doch Sina schiebt sich direkt vor ihn, und er zwinkert mehrmals, um ihr zuhören zu können.

»Ich kann mich da noch dunkel an eine Firmenweihnachtsfeier erinnern, während der der Herr Chef sogar mal ein paar Worte gesagt hat, die nichts mit Arbeit zu tun hatten. Unter anderem, dass er sehr gerne Crémant trinkt.«

Vincent nickt und lächelt und will eigentlich irgendetwas Oberflächliches sagen, damit er an Sina vorbeigehen kann. Doch Greta ist nicht mehr dort, wo sie gerade mit Boje gestanden hat. Er lehnt sich ein bisschen nach links, um an Sina vorbeizusehen, und tatsächlich ... da sind Greta und Boje. Er hat ihre Hand genommen und zieht sie hinter sich her die Treppe hoch.

31

*O*hne nachzudenken, lässt Vincent Sina und Kurt und die anderen stehen und rennt die Treppenstufen nach oben, hinter Greta und Boje her. Auch dort stehen unglaublich viele Menschen und reden über zu laute Musik und noch lauteres Gelächter hinweg. Alles riecht plötzlich zu sehr nach frischer Farbe und Putzmittel und den Gummiüberziehern, die sie jedem Gast gegeben haben, damit die Teppiche und Böden nicht gleich wieder zerstört werden.

Obwohl sie auch darum gebeten haben, keinen eigenen Alkohol, vor allem keinen Rotwein, mitzubringen, sind einige der Gläser, die Vincent in den Händen der Gäste sieht, mit irgendeiner dunklen Flüssigkeit gefüllt. Aber das ist jetzt auch egal. Jetzt zählt nur Greta.

Er blickt in jeden Raum und läuft dann in Richtung des unrenovierten Elternschlafzimmers. Das haben sie extra abgeschlossen, weil sie es doch nicht geschafft hatten, es vor der Party herzurichten. Langsam nähert er sich der Tür, lehnt sich nach vorne und legt den Kopf ans Türblatt. Nur, um ihn im nächsten Moment zurückzuziehen. *Was tue ich denn hier?*, fragt er sich und sieht sich um, ob ihn jemand beobachtet hat.

Er sollte nicht hier sein. Das hier geht ihn nichts an, obwohl sich das Gefühl, das da über Bauch und Brust kratzt, ihn fast aufschreien lässt.

Doch. Natürlich. Selbstverständlich. Er muss hier sein. Und das hier geht ihn etwas an. Also öffnet er die Tür, die nicht mehr abgeschlossen ist, und atmet ein und verschluckt sich fast an seinem eigenen Atem, weil da das steht, was er befürchtet hat. Denn da steht nur ein Körper, zusammengesetzt aus zweien, die sich fest umarmen, so fest, dass sie zu einem geworden sind.

Es können eigentlich nur wenige Sekunden vorbeigegangen sein, seit Vincent die Tür geöffnet hat. Bis sich Greta aber von Boje gelöst hat und zu Vincent blickt, ist der schon tausend Tode gestorben.

»Hallo, mein Freund«, sagt Boje und hebt die Hand zum Gruß, bevor er seinen Hosenbund ein wenig nach oben zieht und sich durch die Haare wuschelt.

»Wir sind keine Freunde«, sagt Vincent so laut, dass Boje seine Stimme auf jeden Fall über Musik und Stimmen hinweg hören kann.

»Ooookaaaaay«, antwortet der und hebt die Hände. Dann dreht er sich zu Greta, drückt ihr einen Kuss auf die Stirn und sagt, dass er dann mal gehe.

Zurück in dem dunklen, staubigen Zimmer bleiben Vincent und Greta. Und die sieht angemessen verärgert aus. »Was war das denn jetzt?«

»Was war was?«

»Na, warum bist du hier so reingeplatzt? Und warum warst du so unfreundlich zu Boje?«

»Weil ich den Typen hasse vielleicht?«, wiederholt er Mayas und Alex' Worte und seine eigenen Gedanken.

»Boje? Wieso das denn?« Greta sieht tatsächlich überrascht aus.

Vincent sieht sie an. »Ist das dein Ernst? Es ist ja wohl naheliegender zu fragen, weshalb *du* ihn nicht hasst.«

»Was redest du da?« Greta tritt einen Schritt näher und schüttelt den Kopf und zieht sich das bunte Seidenkleid ein wenig enger um die Schultern. Das Fenster steht offen, und die kühle Luft dieses Juniabends lässt auch Vincent kurz erzittern. Oder vielleicht ist das auch nur die Wut, die durch seinen ganzen Körper zuckt.

»Abgesehen davon, dass Boje ein ekelhafter, fauler Großkotz ist, hat sich der Typ so viel Geld von dir geliehen, dass du das Haus hier verkaufen musst.«

»Wer hat denn so was erzählt?« Greta schüttelt den Kopf.

»Das mit dem faulen Großkotz kommt von mir. First hand experience sozusagen.« Vincent entgeht nicht, wie großkotzig er selbst sich gerade anhört. »Das mit dem Geld hat mir deine Cousine erzählt.«

»Boah, Maya, ey.« Greta setzt sich auf das alte Doppelbett und spielt an der grau-weißen Spitzendecke, die darauf liegt.

»Maya ist hier nicht das Problem. Oder stimmt es etwa nicht, was sie gesagt hat?«

Greta sieht zu ihm und wirkt dabei traurig, nein, enttäuscht. »Willst du mir jetzt auch noch vorschreiben, wie ich mein Leben zu leben habe?«

»Was?« Vincent stellt sich vor sie und schüttelt den Kopf. »Nein! Natürlich nicht. Ich will nur nicht, dass du dich von dem ausnutzen lässt. Und, um ehrlich zu sein, bin ich ein bisschen …«

Sie hebt den Kopf, als er nicht weiterspricht.

»Ein bisschen verwundert.«

»Aha?« Greta sieht ihn noch immer an.

»Na ja, ich dachte eigentlich …«

»Jetzt lass dir doch nicht alles aus der Nase ziehen.«

»Ich dachte, dass du und ich vielleicht jetzt …«

»… zusammengehören?«, beendet Greta seinen Satz.

Er nickt und zieht die Nase kraus, weil er sich ein bisschen schämt. Und dann schämt er sich, weil er sich schämt und weil er schließlich keine dreizehn mehr ist. Greta nimmt seine Hände und zieht ihn ein Stück zu sich.

»Boje und ich kennen uns schon viele Jahre. Er hat mich damals aufgefangen, als ich meinen Job gekündigt habe und mehr oder weniger ohne einen Cent dastand. Ich konnte in seine WG einziehen, und er hat sich um mich gekümmert. Das werde ich ihm nie vergessen. Deshalb habe ich ihm das Geld gegeben. Und ich weiß, dass er es mir zurückgeben wird.«

Vincent schweigt einen Moment. Dann entscheidet er, dass er jetzt auch gleich alles fragen kann.

»Und was läuft da sonst noch zwischen euch?« Erst jetzt fällt ihm auf, dass sie seine Frage gerade nicht beantwortet hat. Ob sie beide, Vincent und Greta, zusammengehören.

»Eigentlich nichts.« Greta schüttelt den Kopf, aber dieses Eigentlich schwebt über Vincent und lässt einen Schauer von Unsicherheit und Beklemmung über ihm ab.

»Aha«, sagt er nur und will seine Hand aus ihrer ziehen. Doch sie hält ihn fest.

»Was ist denn jetzt?«

»Wie, was jetzt ist? Was soll denn das heißen, eigentlich nichts?«

»O Gott, Vincent. Ernsthaft jetzt?«

»Ja, absolut!«

»Okay, also ...« Greta holt Luft, steht auf und lässt seine Hand los. »Boje und ich waren wie gesagt mal ein Paar, und wie gesagt war er es, der mir so was wie Leben gezeigt hat, als ich im Krankenhaus gekündigt habe.«

Schon dieser erste Satz ihrer Erklärung fügt Vincent physische Schmerzen zu. *So was wie Leben.* Er will derjenige sein, der ihr das gezeigt hat. So, wie sie es bei ihm getan hat.

»Wir sind ein bisschen wie Geschwister, wir beiden.«

»Geschwister, die sich hinter geschlossener Tür umarmen.«

Greta legt den Kopf in den Nacken. »Wir mussten ernsthaft sprechen, wir zwei, Boje und ich. Und deshalb haben wir uns eben kurz zurückgezogen, weil er einfach wissen musste, dass ...«

»Weißt du was?« Vincent geht zur Tür und reißt sie auf, weil er nicht mehr zuhören kann, weil sie die Frage immer noch nicht beantwortet hat und er jetzt plötzlich selbst nicht mehr weiß, *ob sie zusammengehören,* wie er sich selbst gerade ausgedrückt hat. »Ich will mir das eigentlich gar nicht länger anhören. Mach, was du willst. Macht ihr, was ihr wollt.«

Vincent stampft über den oberen Flur, die Treppe hinunter und in die Küche, wo Sina gerade ein Sektglas mit Crémant füllt. Er nimmt ihr die Flasche aus der Hand, trinkt mehrere Schlucke und dann noch einige. Als er Greta im Türrahmen stehen sieht, nimmt er Sinas Schultern und zieht sie zu sich heran, lehnt sich nach vorne und küsst sie auf die Wange.

»Okay«, sagt die und starrt ihn an. Und auch Greta starrt. Bis sie aus dem Schockzustand erwacht, ihn anblickt – und dabei schmerzhaft traurig aussieht. »Hättest du mich meinen Satz gerade beenden lassen, hätte ich dir gesagt, dass ich einfach fand, dass Boje es verdient hat, zu erfahren, dass ich mich verliebt habe. In dich. Und dass das zwischen ihm und mir nicht mehr so weitergehen kann. Aber das hast du nicht. Du hast mich meinen Satz nicht beenden lassen.« Sie geht einen Schritt zurück und schüttelt den Kopf. »Du hast stattdessen das hier gemacht.«

Sie zeigt auf Sina, dreht sich um und geht und lässt Vincent zurück mit der Gewissheit, dass nicht nur Boje ein absoluter Vollidiot ist.

TEIL 7

Schlafzimmer

*H*appy End. Über das Wort hat sie noch nie so richtig nachgedacht. Bis Maya sie vor ein paar Tagen in dem Airbnb in Reinickendorf besuchte.

»Denkst du nicht, dass es bei euch doch ein Happy End geben kann?«, fragte Maya, und dann wurde ihr schlecht, und sie rannte aufs Klo und übergab sich.

Und ließ sie mit den zwei Worten zurück an dem klebrigen, fremden Küchentisch. *Happy End.* Was sollte das überhaupt sein? Es gibt doch gar kein Ende. Das Leben geht weiter und weiter und weiter, und dann dreht es meistens noch eine Runde, bis eben alles aufhört. Was gut ist. Also nicht dass irgendwann alles aufhört. Aber dass sich die Dinge, dass sich Beziehungen weiterentwickeln.

Jetzt greift sie nach dem Schlüssel, der die Tasche ihres leichten Rockes beschwert, schließt auf und betritt den großen Eingangsbereich der Villa. Es riecht nach Farbe und ... irgendwie immer nach ihm. Immer noch. Sie bleibt stehen. Schwer vorstellbar, dass hier vor zwei Wochen noch eine Meute Feiernder gestanden und gesessen hat. Und dass das passiert ist, was definitiv zu keinem *Happy End* geführt hat. Oder einem *Happy Beginning.*

Nachdem sie die goldenen Birkenstocks von den Füßen geschüttelt hat, läuft sie über das helle Parkett in die Küche, um Kaffee aufzusetzen. Nicht unbedingt, weil sie den jetzt braucht. Eher aus Gewohnheit und um sich zu beschäftigen und nicht in den Räumen herumzulaufen, wo in allen Ecken unwillkommene Bilder warten. Dann erinnert sie sich an die nächsten Worte ihrer Cousine in der Küche der Ferienwohnung, als sie aus der engen Toilette zurückkam und sich wieder mit dem Dackel auf dem Schoß an den Klebtisch setzte.

»Meinst du nicht, dass ihr das irgendwie reparieren könnt, ihr beiden? Vincent scheint ein wirklich netter Mann zu sein und … na ja … aufrichtig … trotz der Sache mit dem Kuss. Was meiner Meinung nach übrigens eine absolute Übersprungshandlung war.«

Sie nickte.

»Schon. Aber wenn er immer so was spontan Bescheuertes macht, sobald mal irgendwas passiert, was ihn verunsichert, bin ich ehrlich gesagt raus. Was schaust du denn jetzt so? Lachst du mich aus?«

»Nein, nein. Also, nicht direkt. Ich habe nur darüber nachgedacht, dass du so ziemlich der spontanste Mensch bist, den ich kenne, und dass da auch nicht unbedingt nur Konstruktives rauskommt.« Sie zeigte auf ihr Haar. »Ich erinnere mal an letztes Jahr, als du mir die Haare rot gefärbt hast.«

Sie rührte in der Tasse mit dem Tee vor sich, sodass in der Mitte ein kleiner Strudel entstand. Dann schüttelte sie den Kopf und betrachtete dabei die generischen Bilder, mit denen der Vermieter der Wohnung die Küchenwand verunstaltet hatte. Hatte er die Rahmen im Baumarkt gekauft und die Dekofotos einfach dringelassen? Darüber würde Vincent sich sicher unglaublich ärgern. Was aber egal war, weil er egal war und sie sich jetzt wieder auf das Gespräch hier konzentrieren würde.

»Und ich erinnere daran, dass du die Haarfarbe behalten hast und damit absolut fantastisch aussiehst. Außerdem ist das etwas völlig anderes. Vincent hätte einfach mit mir sprechen können. Ein Satz wäre das gewesen: Hey, sag mal, sind du und Boje noch zusammen, oder hab ich das da oben eben falsch interpretiert? Das wär's schon gewesen, mehr nicht. Aber das, was er gemacht hat, ist echt nicht zu entschuldigen. Und zwar nicht nur, was mich betrifft. Ich meine, was ist mit der armen Sina?«

Ihre Cousine nickte und rührte ebenso energisch in ihrer Tasse und sah dabei wirklich traurig aus. »Du hast recht, und das ärgert mich noch mehr. Das ist einfach so schade, echt.« Sie schwiegen, bis Maya ihr in die Augen sah. »Aber na ja, wie ist das denn überhaupt? Also mit Boje und dir? Seid ihr denn … zusammen?«

Sie atmet tief ein und aus und sieht dem Kaffee dabei zu, wie er in die Kanne tropft. Dann blickt sie sich um, und die Schönheit der Villenküche tut fast ein bisschen weh. Sie geht zur Tür des Wintergartens, öffnet sie und lässt die heiß wabernde Sommerluft des Gartens hinein.

Boje, denkt sie und sieht zu einem Luftballon, der als letztes Partyüberbleibsel an einem der Küchenstühle hängt. Sonst ist alles sauber und aufgeräumt.

Sie löst den Knoten der Schnur, mit dem der Ballon an dem Stuhl festgeknotet ist, und betrachtet die wellige Oberfläche aus Kautschuk. Genauso hätte sie Bojes und ihre Beziehung beschrieben, hätte Vincent sie nur gefragt. *In die Jahre gekommen,* hätte vielleicht auch gepasst. Auf jeden Fall aber *vorbei.* Und das betrifft nicht nur die Liebesbeziehung, die es schon seit Jahren nicht mehr gibt. Sondern auch ihre Freundschaft.

Dann hätte sie Vincent auch den Grund dafür nennen können. Er. Vincent war der Grund und die Tatsache, dass er sie daran erinnert hat, dass Freundschaft ein bisschen so wie ein Händeschütteln ist. Wenn beide gleich fest zudrücken, fühlt es sich richtig an. Wenn einer zu viel drückt, der andere zu wenig, ist das Gleichgewicht gestört. Boje hat ihr geholfen. Als sie im Minutentakt Anrufe des Vaters erhielt, der sie überzeugen, nein, ihr anordnen wollte, wieder zurück ins Krankenhaus zu kommen und seinen Traum zu leben, hat er gesagt, dass es okay sei, ihn zu ignorieren.

Doch irgendwie hat Boje sie einen Preis dafür zahlen lassen. Obwohl sie auch jetzt nicht davon ausgeht, dass er das bewusst getan hat. Boje ist einfach ein Mensch, der zu nehmen gewohnt ist.

Zum Glück ist er auch ein Mensch, der sich seine Fehler eingestehen kann. Deshalb hat er das Geld noch am Tag der Party zurückgezahlt, das sie ihm für seine Businessidee geliehen hatte. Erst hatte Greta ein schlechtes Gewissen. Schließlich hätte sie es sich auch vorher überlegen können, dass sie das Erbe selbst brauchte. Doch Boje blieb völlig cool und sagte nur, dass man immer irgendwoher Geld bekäme, wenn man es braucht. Und Greta ist sich sicher, dass das in seinem Fall tatsächlich genau so ist.

Aber nicht in ihrem. Sie will sich nicht mehr hinter den Problemen anderer verstecken, will nicht Taxi fahren, um bloß keine Zeit zu haben, an einem Traum zu scheitern, für den sie sich ganz tief im Inneren nicht gut genug fühlt. Will keine Angst mehr haben vor der Stille, die eintritt, sobald niemand mehr da ist. Will diese Stille als das wahrnehmen, was sie auch ist: Freiheit.

Und so haben sich die zwei Wochen in Reinickendorf angefühlt. Wie eine Befreiung. Ein bisschen beängstigend zwar. Aber auch richtig, was sie spätestens heute Morgen bemerkte, als sie die Tüte mit den Sachen nahm, die Maya ihr gebracht hatte, und die Tür der Ferienwohnung hinter sich schloss.

Das Erbe ihrer Großeltern ist ein Luxus. Genau wie dieses Haus. Ein Luxus und eine Chance. Sie blickt auf die große Uhr, die über der Küchentür hängt. So richtig hat sie es nie verstanden, wenn jemand sich nach seiner Kindheit oder Jugend sehnte. Noch mal achtzehn sein. Niemals. Das war der einzige Vorteil einer beschissenen Kindheit. Keine Wehmut, keine Nostalgie. Nein, sechsunddreißig darf gerne bleiben, solange es will.

Sie betrachtet die goldenen Zeiger der bunten Uhr. Obwohl das ja so eine Sache ist mit der Zeit. Denn die letzten zwei Wochen sind dann doch ein wenig zu langsam vergangen. Was nicht die Schuld der Zeit ist. Sondern ihre eigene, weil Unschlüssigkeit sich eben wie Stillstand anfühlt.

Ein Klopfen im Obergeschoss, und sie spürt ihren Herzschlag, hört ihn laut in Schläfen und Brustkorb pochen. Das ist gut, sagt sie sich. Jetzt bloß kein Stillstand mehr.

EPILOG

PINGUINE FLIEGEN
NUR IM WASSER

*G*reta?«

Vincent sieht sie an, wie sie in der offenen Tür des Schlafzimmers steht, und hat keine Ahnung, weshalb er so überrascht ist. Es war klar, dass sie früher oder später kommen würde. Dass ihre großen, schwarz umrandeten Augen ihn ansehen und er wieder genau dasselbe spüren würde. Ganz gleich, was passiert ist. Dass nichts anders oder weniger sein würde. Zumindest nicht für ihn.

»Du bist hier«, sagt sie und nickt.

Noch am Abend der Party ist sie in irgendeine Ferienwohnung in Reinickendorf gezogen, das hat ihre Cousine Vincent erzählt. Doch jetzt ist sie zurückgekommen. Ob das aber ein gutes Zeichen ist, weiß er nicht. Und auch nicht, ob es in Ordnung ist, dass er nicht gegangen, sondern geblieben ist.

»Ich bin hier«, antwortet er also und fühlt, wie seine Beine zu kribbeln beginnen.

Greta steht immer noch da, sieht ihn einfach an.

Dann fängt ihr Blick an zu wandern, und sie betrachtet das Zimmer. Von dem renovierten Parkettboden über den hellen Perserteppich, den Vincent im Keller gefunden hat, bleibt an der schwarzweißen Tapete im Toile-de-Jouy-Muster hängen und dann an dem Metallgestell des Doppelbetts, das in demselben Pinkorange lackiert ist wie das Treppengeländer. Und um das er eine Lichterkette gebunden hat, obwohl das vielleicht ein bisschen kitschig ist.

»Das ist schön. Also alles. Hätte ich mir niemals so ausdenken können. Ein perfektes Schlafzimmer«, sagt sie, und ihre Stimme klingt brüchig.

Vincent will gerne zu ihr gehen, zumindest ein kleines Stück näher, um zu fühlen, was sie fühlt. Aber er weiß nicht, ob das okay ist. Trotz ihrer Worte hat er noch nicht einmal eine Ahnung, ob es okay ist, dass er das hier überhaupt gemacht hat. Dass er hiergeblieben ist und auch das letzte Zimmer renoviert hat. Deshalb bleibt er dort, wo er steht. Am Fenster und mit einem hellen Samtvorhang in der Hand, den er gerade auf die Gardinenstange fädeln wollte, als Greta hereinkam.

»Das, was du auf dem Fest gemacht hast ...«

Vincents Herzschlag ist sofort wieder viel zu laut und seine Handflächen verschwitzt, und all die Scham, die er seitdem gefühlt hat, kommt zurück und ergießt sich über Körper und Herz. Er legt den Vorhang auf den Boden und wischt die Handflächen an der Jogginghose ab.

»Das war nicht okay ... Gott, was sag ich da. Das war völlig unangebracht ... Nein, also, das war total bescheuert von mir. Völlig überzogen und ... na ja, einfach daneben und peinlich und richtiggehend widerlich und ...«

»Fertig mit den Selbstgeißelungen? Darf ich jetzt?«

Greta geht zum Bett, streicht über die weiche, helle Bettwäsche und die helle Wolldecke, die Vincent quer übers Bettende gelegt hat. Sie nimmt eines der Zierkissen von der kleinen Bank am Fußende des Betts und setzt sich darauf. »Du hast recht mit allem, was du gesagt hast. Sina zu küssen ... das war wirklich hochgradig bescheuert von dir. Richtiggehend dämlich.«

Vincent hält sich die Hände vor die Augen, weil er sich gern in sich selbst verkriechen will. Er hat sich längst bei Sina entschuldigt. Mehrmals. Und sie hat zum Glück cool reagiert. Sina eben. Bei Greta aber hat er sich nicht entschuldigen können. Weil sie auf seine Anrufe und Nachrichten nicht reagierte. Und er nicht wusste, ob es okay wäre, einfach so in die Ferienwohnung zu fahren.

»Entschuldige. Wirklich. Das Ganze tut mir unendlich leid. Echt«, sagt er und setzt sich neben sie ans andere Ende der Bank. Er kann jetzt nicht zu ihr hinsehen, fühlt aber, dass sie ihn von der Seite aus betrachtet. Ist das da ein Lächeln, was er aus dem Augenwinkel heraus sieht? Ist sie etwa belustigt? Belustigt über seine Scham und seine Unsicherheit? Oder ist ihr die Situation einfach nur unangenehm, und sie weiß nicht genau, wie sie sich hier wieder rauswinden kann. Doch das wäre so gar nicht Greta, wirklich nicht.

Aber das ist jetzt auch völlig egal, denn er braucht eine schnelle Exit-Strategie. Warum hat er die nicht bedacht? Klar lacht sie über ihn, sie hat ja auch jeden Grund dazu. Weil seine Entschuldigung zu spät kommt und zu wenig ist. Also sagt er das Erste, was ihm einfällt.

»Ich habe einen Käufer für das Haus. Die Nichte meines früheren Chefs Martin. Ich habe letzte Woche einige Male mit ihm telefoniert. Eigentlich ging es um was anderes, aber dann habe ich ihm von der Villa erzählt, und er hat sofort an seine Nichte gedacht. Und die ist noch am selben Nachmittag vorbeigekommen. Ich weiß, dass das vielleicht ein bisschen übergriffig war, und du bist selbstverständlich zu gar nichts verpflichtet. Aber als ich mit ihr telefoniert habe, hat sie sich genauso angehört wie die Art Käufer, die du suchst. Drei Kinder haben sie, und ihr Mann und alle fünf haben sich auf Anhieb in das Haus verliebt. Vor allem in die Küche und den Garten mit der Schaukel. Die Kinder wollten gar nicht mehr weg hier, und …«

Er hält inne, als er Gretas Kopfschütteln bemerkt.

»Ähm, was ist? Warum schüttelst du den Kopf?«

»Weil du zu spät kommst.«

Vincent lässt die Schultern hängen. Er hätte sich sehr für Martins Nichte gefreut. Andererseits ist das hier nicht *sein* Haus und nicht *seine* Entscheidung.

»Okay«, sagt er deshalb und sieht aus dem Fenster in den sonnigen Garten und auf die Schaukel.

»Willst du gar nicht wissen, wer es ist? Also, wer das Haus bekommt?«

Vincent kann jetzt nicht zu Greta sehen. Er hebt und senkt die Schultern und bleibt mit dem Blick an einem Ast vor dem Fenster hängen. Ein Kastanienbaum. Ein Kastanienbaum direkt vor dem Fenster. Ein schöneres Schlafzimmer hat es wohl noch nie gegeben, denkt er, und sein Herz fühlt sich auf einmal noch ein bisschen leerer an.

»Ich kann dich beruhigen. Es ist auch eine Familie. Eine Familie, die sich gut um das Haus kümmern und sich hier sehr wohlfühlen wird. Vielleicht wird hier bald ein bisschen mehr Chaos herrschen, ich hab gehört, Eltern mit Neugeborenen sind erst mal ziemlich überfordert. Aber sie werden sich gut um den alten Kasten kümmern. Und Nazis sind sie auch nicht.«

Obwohl er traurig, sehr, sehr traurig ist, macht Vincent der Gedanke glücklich, dass hier bald wieder Leben einziehen wird. Das hat das Haus verdient. Dann begreift er, von wem Greta spricht. Er lächelt. Ein trauriges Lächeln, aber auch ein aufrichtiges. Warum haben die beiden nichts gesagt? Sie haben doch einige Male miteinander telefoniert.

»Maya. Maya und Alex ziehen hier ein, stimmt's? Und Florentine und das neue Baby und der verrückte Dackel. Das ist eine gute Nachricht, Greta. Eine sehr gute Nachricht ist das.«

Greta antwortet nicht, sondern sieht sich weiter im Zimmer um. Ihr Blick streift den antiken kleinen Schreibtisch im hinteren Eck des Zimmers, neben dem hohen Fenster, das ebenfalls Richtung Garten zeigt. Erst dann fällt Vincent ein, dass dieses Zimmer und alles andere, was er während der letzten Woche hier in einem

Mix aus Greta- und Vincent-Geschmack dekoriert und geschaffen hat, vielleicht ganz und gar nicht zu dem passt, was Maya und Alex sich unter einem schönen Zuhause vorstellen.

»Das mit der Tapete war vielleicht ein bisschen unüberlegt. Aber ich helfe den beiden auch gerne beim Abreißen. Oder Quatsch, wir können ja auch einfach drüberstreichen, und …«

»Maya und Alex ziehen hier nicht ein. Und Florentine und das neue Baby und der Dackel auch nicht.«

Vincent hebt die Brauen. »Oh«, sagt er, weil er keine Ahnung hat, was er sonst sagen soll.

Greta greift in ihre Rocktasche und zieht ein kleines schwarz-weißes Bild daraus hervor, das sie entfaltet und glatt streicht.

»Hier!«, sagt sie und reicht ihm das Bild, und er greift danach.

Lange starrt er auf die Schwarz-Weiß-Fotografie. Nein, nicht Fotografie. Das ist … ein Ultraschallbild. Plötzlich wird ihm schlecht. Vor allem, als er sieht, dass da vier helle Punkte zu sehen sind.

»Was … aber … das kann doch gar nicht sein, also …«

Greta lacht und nimmt das Bild. »Das war jetzt meine persönliche Rache. Du hättest dein Gesicht sehen sollen. Unbezahlbar.«

»Aber was war das denn eben?« Vincent starrt auf Gretas Rocktasche und weiß nicht, wie er sich gerade fühlt. Erleichtert auf jeden Fall nicht.

»Das war das Ultraschallbild einer zukünftigen Mama. Einer Dackelmama. Denn hier zieht bald ein Dackel ein. Aber nicht Leah. Sondern einer ihrer Welpen. Und nein, das ist nicht passiert, als der Dackel hier bei uns war. Aus irgendeinem Grund hielt es meine Cousine für eine gute Idee, noch vor der Ankunft ihres menschlichen Neugeborenen auch noch ein Rudel Dackel in Empfang zu nehmen.«

»Ein Welpe? Aber … mit wem soll der denn hier einziehen? Und warum …«

»Nicht mit irgendwem, du Blödmann. Mit dir und mir. Wir werden Dackeleltern, und wir ziehen hier ein. Und hättest du mich vorhin ausreden lassen, dann hätte ich meinen Satz auch noch zu Ende geführt: Das, was du auf der Party getan hast, war großer Mist. Wirklich. Aber irgendwie … irgendwie hätte ich vielleicht etwas ähnlich Bescheuertes getan, wäre ich an deiner Stelle gewesen. Weil du ja recht hattest. Das mit Boje war irgendwie noch nicht wirklich zu Ende. Zumindest emotional. Bottom Line: Schwamm drüber.«

Vincent dreht sich zur Seite, den Mund geöffnet, Oberkörper und Arme angespannt, wie ein Hase, der eben aufgeschreckt wurde und noch nicht ganz weiß, ob es sicherer ist, wegzulaufen oder hierzubleiben. *Du. Und ich.* Er schließt den Mund und schüttelt den Kopf.

»Das ist wieder ein Scherz, oder?«, fragt er leise und hat noch nie mehr auf ein *Nein* gehofft als in diesem Moment.

Ihr Lächeln kehrt zurück, als sie den Kopf schüttelt.

»Kein bisschen.«

»Du verzeihst mir? Und du und ich … Wir bekommen ein Baby? Also, ein Dackelbaby?«

»Ich denke schon. Wenn du das willst. Wenn es dir nicht zu viel Angst macht, dass wir jetzt beide arbeitslos sind. Ich habe nämlich gestern das Taxi verkauft. Jetzt schau nicht so, das war überfällig. Auf jeden Fall sind wir jetzt beide arbeitslos und zusätzlich auch ziemlich ahnungslos, was die Erziehung eines Welpen betrifft. Vor allem eines Dackelwelpen.«

Vincent schüttelt den Kopf. »Ich bin nicht mehr arbeitslos. Mein ehemaliger Chef Martin will in Teilzeit-Pension gehen und mich als Geschäftsführer seines Unternehmens einstellen. Und ich habe zugesagt. Unter der Bedingung, dass ich hier in Berlin bleiben und nicht von Hotel zu Hotel ziehen muss. Das mit der Hundeerziehung bekommen wir auch hin, ganz bestimmt sogar. Ahnungslos bin ich eigentlich nur noch … nur noch, was uns beide betrifft.

Also eigentlich nur, was dich betrifft und was *du* fühlst. Denn ich weiß, was ich fühle. Und ich weiß, was ich will.« Er räuspert sich und hofft, dass der nächste Satz nicht zu kitschig klingt. Aber sei's drum, er fühlt, was er eben fühlt. »Ich will dich. Und dieses Leben. Und nichts anderes. Außer den Dackel, auf den werde ich jetzt schon bestehen.«

Ein Lachen sprudelt aus ihrem Mund. Sie breitet die Arme aus und zieht ihn an sich.

Vincent lächelt in ihren Nacken. Das alles war einfach, einfacher, als er gedacht hat. Doch so ist das mit Greta. Sie ist, wer sie ist, und macht, was sie will. Dann löst er sich aus der Umarmung und zeigt auf die Wände.

»Ich habe den Raum hier für uns eingerichtet. Für dich und mich.«

Greta blinzelt einige Mal und nickt. »Das weiß ich. Und es ist wunderschön.«

Vincent fällt etwas ein, und er geht zu einer der Kommoden neben dem Bett. Er öffnet die kleine Schublade und holt einen Bilderrahmen daraus hervor, den er Greta reicht. Sie betrachtet den bestickten Rahmeninhalt und lächelt.

»Habe ich im Keller gefunden und gedacht, dass dir das vielleicht wichtig ist«, Vincent zeigt auf den Rahmen.

Greta sieht ihn an und dann wieder auf das Stickbild in ihrer Hand. Sie nickt.

Pinguine fliegen nur im Wasser, liest sie und schließt die Augen und denkt an Aga.

»Du hast recht. Das ist mir wichtig. Und ich glaube, jetzt habe ich den Satz sogar verstanden.«